在逆光中
——意大利文化散步

[德] 约阿希姆·费斯特 ◎ 著
苑建华 张晓玲 于 芳 ◎ 译

全国百佳出版社
中央编译出版社

目 录

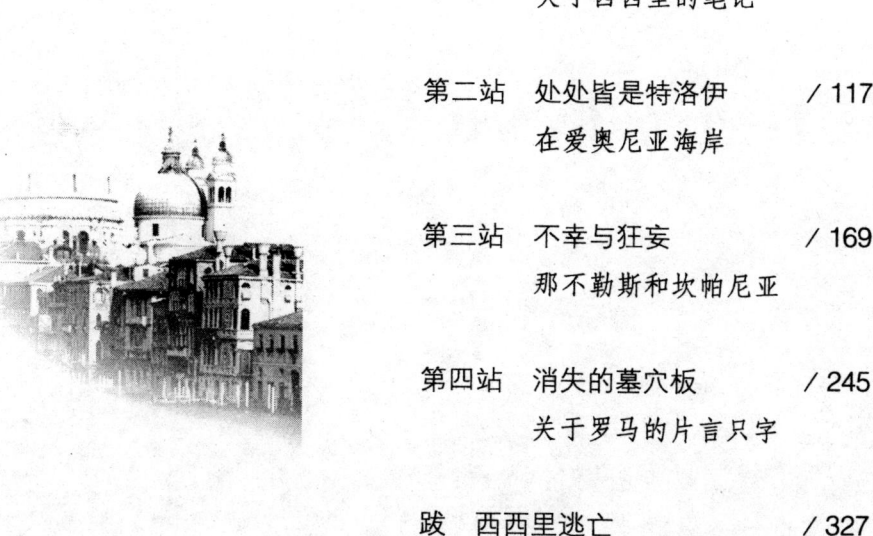

引 言　　　　　　　　　　/1

第一站　南方的沉默　　　/5
　　　　关于西西里的笔记

第二站　处处皆是特洛伊　/117
　　　　在爱奥尼亚海岸

第三站　不幸与狂妄　　　/169
　　　　那不勒斯和坎帕尼亚

第四站　消失的墓穴板　　/245
　　　　关于罗马的片言只字

跋　西西里逃亡　　　　　/327
　　（沃尔夫冈·布舍尔）

引 言

本书的作者在游历意大利南部的数年间，逐步完成了对整本书的构想。首先介绍西西里，然后是爱奥尼亚海岸，接下来是加拉布里恩（Kalabrien）、那不勒斯，最后是罗马。

最后一站选择罗马，显而易见，作者选择的路线不同于传统的意大利旅行路线。但正因为路线不同寻常，一些"意大利通"才更倾向于这种选择，避免在不经意间陷入游览意大利的窠臼——那些在各类旅游书籍和游记中都能看到的内容。卡尔·菲力普·莫里茨早在18世纪末期就写道，人们总习惯在意大利"仅仅走马观花的看看，消磨时间，过眼即忘，不作任何思考"。

在过去几年中，作者把自己对意大利南部的各种印象，在当地的所见所闻、所思所感都一一记在便签上。一开始，作者只是希望集中自己的游历笔记，但随后产生了一个念头，想把这些笔记分门别类、按照相互之间的内在联系整理起来。也许只有记下来的东西才真正属于我们。无论如何，抱着要整理游记的心态去旅游，总会拥有更大的好奇心，更批判的眼光，更浓厚的求知欲。书写丰富了我们的体验。

促使作者撰写此书还有另外一个原因。和欧洲大陆上的所有其他国家一样，意大利传统、成熟的生活方式和整个国家的外部形象都在经历一种转变。19世纪以来，人们一直担忧意大利的现状在未来将会不复存在，这种担忧开始变成现实。比如说，西西里在短短几年间就发生了彻底变化。不仅仅是西西里岛上几代人以来由傲慢、贫穷和宿命论混合而成的社会状况首次发生了变化，而且以这里忧郁著称的风景也逐渐失去了往日的模样，维尔加（Verga）和兰佩杜萨

（Lampedusa）笔下的西西里岛已逐渐消逝。

无可争议的是，西西里岛的转变和文明的进程紧密相关。但其代价也不容忽视。这本日记的书写目的之一就是，在美景永久消失之前，记录下当前的一切。世界的每一个地方都有其独特的风貌，当地的人文特征也和其他地方有显著差别。长久以来，这都是人们探索陌生地方的动因之一。某本书曾提到过，随着文明进程进入不同的阶段，旅游也改变着自身的特点。它的魅力不再和从前一样存在于发现未知之地，而是更多的在于，试图把游览时的所见所闻留存到记忆中。当时的一切也许会保持到将来，也许会随着世界文明进步的脚步成为过去。

这是现代社会不可避免要付出的代价，无论在何地，这样的损失都极为沉重。在意大利，人们可以比在其他地方产生更深刻的感受。回想一下从前的意大利，有一种无法抵挡的诱惑力。最晚从骑士团和教育之旅的时期开始，欧洲人无论来自何地，都对意大利怀有一种归属感：拥有自我意识、令人难忘的景象和概念、各类科学、艺术和有序的共同生活。

这一观念早就开始产生影响，从未被遗忘。很多人奔向意大利南方的主要原因之一，首先是罗马帝国曾经的辉煌和持续的合法性，然后是抚慰众生的教堂。意大利一面继续散发着自身魅力，一面在文艺复兴中发展成为欧洲最富有、最有修养却又最无礼的国家，其后又成为教育、品味和城市化交往方式的标准，不断吸引着其他地方的人们。最终，意大利在陷入无力、沉沦的时刻，变成了一个田园般的幻想，变成了人们脑中关于大理石、柠檬和南方纯真的各种神话。如沃尔特·本杰明提到的，如果说有某一个时期适合梦想，那一定是18世纪和19世纪初，那时的意大利比世界上任何其他地方都更加包容梦想家的想象。

其间逐渐出现一种看法，即向往意大利的各种原因只是一种表象，其下掩藏着人们对自由的地中海式生活的渴望。看，似乎意大利的幸福都是在更轻松的生活中寻觅和发现的。直到今天，还有不少人对意大利抱有这样的期待。

实际上，意大利人的个人主义、对现实的认识、对自我的坚持，使得意大利有别于欧洲的其他国家。管制少，约束少，无聊也少。为此付出的代价是更多陋习和混乱。如果说从前的游客在感受意大利的自然风光和观赏如画的宫殿之外，常常在惊叹中经历对该地渐趋荒芜和道德败坏的失望，如今的游客遇到的则是类似毫无头绪的陌生感、意大利的落后和无政府主义，难以理解这种混乱状态会出现在一个现代工业国家。同样令人费解的是，缺乏在组织管理的情况下，意大利在众多领域取得了巨大成就。在效率低下的情况下，意大利人以高超的艺术克服了危机，这在旁人眼中不啻于一场幻想剧。

然而，每年仍旧有越来越多的人前往意大利。去旅游的原因各不相同。但不少人去意大利还是和从前一样，为的是逃离家乡完美、规范的世界，也即人们所称的"疲惫的北方"（意指北方的生活沉重而寡淡，已经成为一个时代的特点）。对外面的世界而言，意大利比其他欧洲国家更深刻地受到现实的冲击。但似有奇迹出现，抑或是通过努力，意大利基本上成功地坚持了自己的特色。

某些方面表明，在条件发生变化之后，意大利这个国家长期具有典范性。总体而言，意大利和其周边国家处于相同的发展阶段，只不过基于历史和经验，使得它对于发展采取了更宽松闲适的应对姿态。意大利人的建议强调一如既往，能淡化我们的思维习惯和偏见，减少我们放眼未来时心存的强烈不安。

我常常觉得，旅行者在意大利除了了解欧洲艺术和其他事物的共同起源之外，比在其他国家能更好地了解自身。因此，本书中经常会说到一些家乡的情况而不是意大利本身，这是在观察不同之处的过程中发现的。因为人们到哪里都保持着自身的特点，不同之处成就个人特色。歌德在意大利曾写到，如此旅行只为在事物中认识自己。

在上述众多因由之外，构思本书还出于个人原因。将此书献给自己和朋友们作为娱乐消遣，想念因撰写本书而走到一起的同事，对他们的协助表示万分感谢。

第一站

关于西西里的笔记

南方的沉默

乘船前往西西里

雾气氤氲的早晨。在里吉欧（Reggio）听说了关于海市蜃楼的事。在特定的气候条件下，人们可以在晨光中从岸上看到西西里岛似乎漂浮在海面上。不过这一幕自然景象并未出现。

摆渡停稳之后，从狭窄松动的台阶上了甲板。晨风吹来凉意，身边是带着前夜倦色的面孔，他们皆竖起高高的衣领，挤在围栏边。所有人都眺望着西西里，在波浪起伏的海水中逐渐靠近。行至一半，墨西拿后面高高耸立的山峰出现，影影绰绰显现出房屋的轮廓，越来越有立体感。所以说，在晨雾中看西西里岛，你离她越近，就觉得她越高。每当船只遇到海浪，站立在各处观望的人总会被溅湿，他们因怀着对西西里的期待，仍旧站在原处。只有几个年长的旅客回到了各自的房间。

续上一段

在海岛上旅游，到达时的感受很特别。前往维也纳、马赛、佛罗伦萨时，尽管也有上千公里的距离，甚至更远，但人们总是知道自己还在原来的世界里。然而，里吉欧与墨西拿，或者加来（Calais）与多佛（Dover）之间的短短距离，却让人觉得踏上了陌生的领地。大海创造了神奇的距离感。

墨西拿

给工程师打电话。我们约好晚上见面。他说，他想带我见几个朋友，因为他得去北方待一段时间。他这么说，好像是要去一趟汉堡或者哥本哈根，但其实他只是去图林。意大利北方人总是把西西里描述成一个陌生的世界，古老废旧的地区，更像是非洲的某个地方而不是在欧洲，像以前在地图上被绘图工作者标记为有狮虎出没的那些空白地方一样。甚至意大利也远离西西里。

在途中

下午继续前往息拉柯斯（Syrakus）。沿海修建的公路已经陷入暮色。右侧的山麓雾气蒙蒙，呈现出各种形状。西西里的外貌，在这里看看那里瞧瞧的过程中，早就被抛在脑后了。这曾经是一个出人意料的晦暗场所，妖女在此聚会跳舞，让人联想到女巫鲍玻（Baubo，丰收和农业女神得墨忒耳痛失爱女时，鲍玻嘲笑——译者注），而不是珀耳塞福涅（Persephone，希腊神话中冥界的王后——译者注）。不过，目光一旦转到山谷，就会看到阳光闪耀在毫无遮拦的山地上。

作者案语

每个游客带着对此地的错误设想而来，又带着错误的印象离开。他们在这里发现的不过是自己的想象，而非令人感到陌生的真实面貌。也就是说，人们只能识别出自己已经知道的东西。

卡塔尼亚（Catania）

离开了公路，在坑坑洼洼的道路上行驶，经过贫困的郊区，进入市区。奥斯提亚（Ostia）的朋友帮我约好和格努·卡洛（Gnu Carlo）见面，他们不无讽刺地用西西里语中的"先生"称呼他，且补充道，此人是"朋友的朋友"，如果可以的话，将会有人进一步帮助我。

他在内城的一家餐馆等我。一个小个子的严肃男人，好容易才看见他坐在桌子后面，头发几乎垂到额头中间。他说，我不应抱有太大希望，这里的人们十分害羞，基本上对外来人没有信任感，他也只能求助于一个中间人。

下午他在布鲁克利（Bruccoli）还有事，问我是否愿意和他一起去。布鲁克利位于塔尼亚（Tania）和息拉柯斯之间，处于一条狭窄河流的入海口。那条河流在多孔的地表形成了深深的峡谷。他告诉我，这个地方在古代曾是一个广场，内陆的林地尼（Leontinoi）在这里延伸入大海。

今天，在河岸上竖立着诺曼时代留下来的城堡，城墙上满满地覆盖着明黄色的法兰西菊。去往市里的街道一片沉寂。从河对岸的度假村传来令人麻木的敲打声，似乎什么人在不断的打击铁轨。持续不断的声音反而让人觉得四周更加安静了。我们在集市广场分头而行。

继续前往息拉柯斯

扩建后的马路两侧是丑陋的住宅外墙。再远一点，是宽阔的风景、成堆的垃圾。不知什么地方出现一个路牌指示，斜插在地面上：叙拉古（Siracusa），阿格里琴托（Agrigento），塞利侬特（Selinunte）。要把这些名字带给人的激动之情与其给人造成的印象结合起来，还需要费些力气。只在脑海中，这个岛屿成为了值得回忆的纪念之地。

奥古斯塔（Augusta）

当我靠近城市前方的丘陵腹地时，马路的另一侧过来一个农民。他骑在自己的马上，似乎在鬃毛后面突然冒出来。马鞍两侧都挂着篮子。他的目光僵直，面朝前方，仿佛根本没有觉察到身边来来往往的汽车、公共汽车和卡车。在炽热的空气中，盘旋着的云朵般的烟尘，围住马背上的人，进入各种褶皱中。农民的脸上、眉毛已白，伤口已经结痂，也许覆盖万物的迷雾营造出雕像般的景象。在其后陡峭的海湾中隐藏着奥古斯塔油港的迷宫：集装箱、原油体系、闪烁的灯塔。仿佛两个时代在极端的象征符号中相逢。

息拉柯斯

要是从卡塔尼亚来，首先会发觉此处的颜色变化有所不同。在卡塔尼亚，偏黑的火山石铺平了巴洛克风格的店面，带有怀旧的、灰烬般的光泽；而在息拉柯斯则采用了明亮色彩，几乎是银色的石灰石，完美的调节了下午斜落的日光下建筑物造成的视觉冲击。

夜幕初降时我到达了住所。是一个周日。从广场传来一阵阵的嘈杂声，隐约能分辨出嬉笑声和脚步声。他们聚集在楼下，总是有某个人着急的打着手势表达自己的想法。其他人则手挽手上上下下，沉浸在完全的信任感中，沉浸在所谈论的琐事、阴谋或者丑闻中。几乎所有人都身着深色衣服。在这样的外表下，也在没有女性的场合中，集市的传统才能继续保留：和在所有其他意大利城市一样，出于对古迹的尊重，把广场设置在集市或者辩论地曾经所在的位置。

在另一侧，一条狭长道路的入口，几个年轻人围在他们的摩托车边。不时地有人按响摩托车，其他人在关注，在墙壁上多重反射的声波会产生什么噪音效果。我离开该地的时候，他们一边叫喊、打手势，一边开车，穿过不开车的青年身边。渐渐的，在远处的街道，喧哗声淡去。

阿奇雷阿里（Acireale）

在小渔港吃晚餐。几支帆船停在堤边。餐馆把桌椅摆放在围绕码头的街道上，只留出窄窄的过道，车辆的来往因此变得缓慢。不断有大堆人从黑暗中走到街道上，来到这个灯火辉煌的小广场。

工程师带来几个朋友，他们对我这个陌生人既好奇又重视，和以前的旅游者提到过的一样。外来人对西西里的印象和兴趣都让他们十分满足，但同时他们似乎也不那么轻松，生活在文化的边缘地带，处于被轻视、被看低的地位。

店家将几张桌子拼在一起，然而很快，拼出的大餐桌就成了杯盘狼藉的战场：到处是碗碟，粘着黄色的油脂，吃剩的肉，面包碎，骨头渣，酒杯，酒瓶。几乎所有人都不爱把旅行中的每件事都预先计划好。西西里岛上的每个地方都可以驾车在几小时内到达。开车游览西西里，可以更好的了解西西里的原貌。

后来，港口这一带逐渐清静下来，只剩下几张桌子还有客人，这才第一次听到了海浪起伏的声音。在临近港口的某栋房子的阳台上，有位老人一直站立了几小时。他披着羊皮大衣，静静地伫立在暮色中，看着来来往往的一切。

我不记得是谁先看见他的。反正东·卡里奇奥（Don Calicchio）开始谈起阳台上的那个人。他说，那人的身影几乎可以代表西西里岛居民的形象：安静，在阴影中观察事物，充满了厚重的不信任感。虽然对于曾经发生的事情一无所知，但他们的思维方式和生活明显打上了过去留下的烙印。三千年的历史交替，已经融进西西里人的血液中。不断征战掠夺。先是多利安人和腓尼基人，然后是希腊君主和古罗马的地方长官，接下来是伊斯兰和诺曼人统治者，霍恩施陶芬和安茹的进军，天主教掌门人，加里波第和皮耶蒙的小君王，最后是墨索里尼，德国人以及美国舰队。他总结说，所有的征服者，不管来的时间是长是短，都意味着压制。现在，各地的人们都到这里来，友好、热闹、带着汗水，是进

入,不再是剥削,更不是压制。来西西里的人只是在岛上过一段舒服日子。当我深深的思考他的话,似乎觉得他的视角对于在座的各位而言十分沉重。

来自笔记

在场的某个人说,西西里岛从来不夸耀自己。人们必须去亲自发现他的一切。但岛屿自古以来的自我防御本能始终存在。

作者案语

道别时,东·卡里奇奥建议我按照自己的鉴别来记录游客认为和西西里有关的各种概念和图片,在旅行结束时比较自己原先的设想和实际经历。

回到酒店后,我写下:人和自然的力量,古代遗迹,非传统风格的建筑。毫无关联却又毫无疑问融于彼此的历史篇章,其中的细节已经清晰呈现出来:骄傲、贫穷、落后;小村庄似沉睡在炎热的正午;并不强烈的英雄主义,源自年岁增长以及无谓的抗争,虚幻无常,而非与实际的历史有关;灰烬与虚无——这是数年前在西班牙一位贵族的石棺上看到的文字。

息拉柯斯

各家商店逐个拉起卷闸门的声响,把我从沉睡中唤醒。这是意大利独有的声响,绝对不会和其他地方的声响混淆。细小的街道还处于黑暗中。食品店的斜对面,店主正在往地面上洒灰泥,然后将锯木屑撒在上面。不过,广场已经灯火通明,满载着人群和嘈杂声。

楼下,我离开的时候,门口的招牌还没挂上。皮沙发上,报纸和搁好的餐具之间,一只小猫拨动着已经干枯的鱼头。在街尾的酒吧喝了咖啡。

息拉柯斯

朝广场走去,这才感受到地中海地区带来的震撼。如果你从北方来,可能在乘坐飞机到达那不勒斯时感觉最为强烈。体验南方摄人心弦的魅力。首先映入眼帘的是天空的清澈、湛蓝,以及几近令人窒息的炎热。到处是大片的颜色。然后,你会发现自己已经在无意间卷入了拥挤而骚乱的人群中,杂乱无章地随着人流移动。类似的场景常常出现，对生命的表达显得幼稚而贪婪。

一直在重新设想那些极少敞开胸怀的人们。

声音细细密密，是南方开放的喉音。每次被认出是外国人，都感到同样快乐。临近中午时分，所有的广场和街道眨眼之间变得空空荡荡，似乎一切都被看不见的物体吞噬掉，在适应之初还是意外的打断了重要的安息日，先前还活力四射，现在立刻变得昏昏欲睡。

息拉柯斯

早上穿行俄耳提吉亚岛（Ortygia），古代的息拉柯斯就在这片土地上形成。没有什么地方比这里更清楚的告诉人们，融汇是意大利的天才所在。目光所到之处，全是古代的遗迹。就像长长的海岬深入大海，在历史长河的某个瞬间，这里建起了宏伟的宫殿。然而一切都发生变化，变得独一无二。息拉柯斯大教堂的前身是建于公元前五世纪的雅典娜神庙，石柱支撑着有三条狭长通道的长方形会堂，18世纪又赋予了它如画般的巴洛克风格。阿波罗神庙在时间的推移中，成为拜占庭式的教堂，后来又被改建为清真寺，改建为诺曼大教堂，最后在西班牙人的统治下成为士兵的营房。

到处都是这样。老城区几乎没有一栋建筑不带有过去各个时代的痕迹，并且这些痕迹随意融合在一起。似乎原本就应如此。在这里，爱奥尼亚神庙秃秃的柱石成为拐角处房屋的基石，门廊上的文艺复兴风格吸收了伊斯兰建筑的漩涡形装饰特点，在城门下方可以看到破旧失修的砖石建筑，而不是繁复的装饰。时间流逝，建筑物风化，原本险峻的峭壁变得更加柔和。坐在广场上的咖啡馆向外看，有几条小路延伸到广场之外，只有那里才能见到间隔数米的新楼房，银行大楼：氧化铝，大块的玻璃，清水混凝土。这是任何时代都无法愈合的断层。

我们看到的，是同化作用在逐渐减弱，还是陌生的外部世界在入侵，陌生的远离地中海的地区？

息拉柯斯

中午在潘加利（Pancali）广场附近的一家餐厅和沃查（Voza）教授进餐，

他是岛上东区的主教。听人说他是个很严谨的学者，完全没有地中海式的热闹感觉。然而，我在餐厅看到的却是另一番景象：教授活泼风趣，知识丰富，偏爱矛盾和难题。

我们就座后，沃查教授说，盗墓者是考古学家最好的帮手。盗墓的人有资金，有全套设备，也拥有对于古代遗迹的本能警觉和激情。他讲述了一队所谓的盗墓者，不久之前在岛屿的东北部一个被遗弃的酒窖里，凿穿墙壁时发现了罗马时期的别墅。贪婪有时候比求知欲更有生产力。

息拉柯斯

和沃查吃过午饭后游览整个城市。再一次感受到西西里吸收各种文化的活力。沃查提到拿破仑作为例子。拿破仑制定的法典虽然为西西里所接受，但是在短短几年之内就按照本地法进行了调整，法国的法律工作者无法再辨认出其中拿破仑法典的影子。西西里的生活准则是：通过顺从来反抗，通过转移，通过表面上的退让实现真正的反抗。直到今天仍是如此，试图改变现状的人，没有一个确切知道，事情会发展成什么样。

沃查开始滔滔不绝地讲述，展现了其丰富的知识，又在讲述中获得了独特的想法。我们穿过街道的时候，我有一种感觉，我们两人只是在来来回回的闲逛，他有讲述的需求，而我有求知的渴望。几乎所有反对世界的人，不管你来自哪里，首先通过和自身距离的远或近来唤起兴趣。一旦踏上意大利的土地，最为不起眼的地方都立刻变身为值得了解的东西。当托马斯·曼通过东尼奥·克略格尔的嘴说出他更愿意前往丹麦而非意大利时，谁相信他？旅行者们看到的景象，在他们的书中不断丰富，废墟、残迹和年久失修的建筑物，触动了拜伦，让他心生无限乐趣。基本上我们和所有人都一样。也许原因在于，我们急于知道关于意大利的情况，而没有用心去看这片土地。不过，无意识的、不假思索的游览又会好到哪里去呢？

作者案语

再一次想到，只有思想能够帮助物体获得意义。石柱的残块，城堡，或者有争议的边界，都被岁月抚平，与意大利的风光溶于一体，只有通过人们的想象才能占据意识中的特殊地位。如果没有与之相关的传说和故事,息拉柯斯、塞莫皮莱(古希腊一山隘,公元前480年列奥尼达率领的斯巴达军队在此为波斯军队所歼灭——译者注)、卡诺撒(Canossa)(1077年,德意志国王亨利四世在卡诺撒堡忍辱寻求与教皇的和解——译者注)会是什么样子?肉眼能看到的总是比实际发生的情况少。想法和记忆会改变一切,改变废墟,关隘和城堡的遗迹。离开它们,只能看到一片空白。

息拉柯斯

到卡布齐尼采石场是众多采石场中的一个,这里的石材为古代的息拉柯斯提供了建筑材料,并且建成一座开放的温室,种植野外的亚热带植物。卡布齐尼采石场对于息拉柯斯人而言,是关押雅典俘虏的囚笼。有数千人死在这里。是什么样的心态让人们在18世纪只看到真、善、美,而忽视其致命的反面?

息拉柯斯

在阿波罗神庙前,沃查解释了柱体上凸出部分源自何种思想,有何美学意义。古典时期的圆柱都有半截是加粗的。也许希腊人早就看出,建筑物的外部轮廓以直线方式逐渐变细,显得越来越没有精神。希腊人善于从大自然中寻找灵感,这一次也不例外,他们为圆柱增加了稍有张力的支撑部分,在遇热膨胀时会凸现出来,在松弛的情况下不会出现。

阿波罗神庙在过去几百年间遭到毁坏,后被墙体围住,又被重新挖掘出来。虽然仅仅是一块"简洁的碎片",但仍算西西里岛上最古老的神庙,也是历史上最早载入史册的建筑物之一。在圆柱基石的背面可以看到:"克莱奥梅尼·冯·奈达斯修建了此庙以及石柱喀拉尔。美丽的建筑。"

铭文为什么让人感到惊讶?是因为在看似古希腊多立斯式的布局中突然出现了一个建筑者的名字,而此人不仅仅独自设计了一切,将神庙作为对天神的尊崇,而且还将神庙作为一件艺术品来欣赏?还是隐藏在其中的、令艺术家在久远的年代欢欣鼓舞的骄傲?

息拉柯斯

小渔港的渔夫，正在从渔网中捞鱼，他说大海几乎不能再给予什么东西了。油污比鱼多。奥古斯塔和其他一切，本该让这个地区重现生机，却带来了死亡。

诺托（Noto）

在大教堂前，在巴洛克城市的几个广场上，人人都会觉得所有的地方都已经看过了：阶梯、露台，年代久远；被地震摧残过的前厅，从建筑物的裂缝中长出的顽强的小草；带有凸出厚重装饰物的支柱和阳台。人们可以想象，曾经的气氛多么热烈。

然而，过去占主导的气氛是人们接下来重新感受到的氛围：安静、石料和消亡，三者彼此交错，和在南方许多城市一样。后来我慢慢意识到，安东尼奥尼（Antonionis）的电影《冒险》（L'Avventura）中有很大一部分都以这座城市的面貌为背景。读过的文字，看到的形象，都会影响我们直观的观察和判断。

返回息拉柯斯的途中，在海边短暂逗留。宽阔的海面上一片浅棕色的腾腾热气。被波浪和盐分冲刷的陈旧墙体后面，有几个已经碳化的树桩。站立在水中，随海浪轻摆身体，海水中有成群的小鱼游来游去。它们一会儿突然窜出海面，一会儿突然停止游动。鱼腹在空中划出弧线，似银白色闪光，煞是壮观。

快中午了，海边已经热到无法忍受，返回酒店。

息拉柯斯

约翰森博士对各种传说和故事了如指掌，以改编一句英语文学名句而闻名。他说，在旅游手册中有一句任何人都无法反驳的话："没有到过意大利的人，总会因为没有看过他应该看到的东西而感到自卑"。旅游的一个重大目标就是亲身体验地中海海岸。

作者案语

不言而喻，人们总是带着大行李箱旅行，几乎携带着整个图书馆：300年以来的旅游书籍，旅游日记，游记，深刻的或者平庸的。意大利始终是欧洲的经典风景区。以前的人从那里出发前去朝圣，一开始是纯粹为着精神修为考虑，以罗马为目的地。16世纪晚期，骑士团从英国掀起风潮，很快成为欧洲的文化时尚，用具体的行动体现了朝圣的思想。贵族的子孙在旅行中收获颇丰，看到了城市化的生活方式，增长了语言知识，经历了私人生活中的刺激冒险。但是，这里成为发源地的想法还隐藏在迁移行为之后。即使在与之相关的记录中也常伴随着难以捕捉的平庸和陈腐，还有从未动摇过的傲慢。不管往哪个方向看，都只会发现粗鲁、迷信和懒惰。

直到温克尔曼（Winckelnmann）的作品问世，意大利之旅才重新变得严肃，充满激情。他并非仅仅强调"大陆游学"的概念，为了发现而给旅行者提出高要求，而是让南方之旅恢复朝圣之行的特点，不管人们已经把旅行世俗化到什么程度。自歌德时代以来，被浪漫所感动的旅行者在意大利寻找的一直是阿卡狄亚（Arkadien，古希腊地名，被喻为乐土、世外桃源——译者注）：一种原生态的生活方式，能够让人们从繁重的社会规则和约束力中解脱出来。各种文献资料中都可以见到大量的观察和思考，同时也展现了这种追求的内在矛盾：因为没有人能够同时保持无知和有意识两种状态。

续上一段

以前我跟亚历山大·密歇里希说我想写旅行日记的计划，他感到不安。"多奇怪的想法"，他嘲笑道，"把自己从几百年的文献中救出来直接进天堂"。他无法理解，如何能够还以19世纪游学的方式前往罗马或者那不勒斯。他对整个游学传统充满怀疑。德国人一直把意大利当作一个幻想的圣地。在所有的"意大利旅行"中，意大利人都以乐观、贫穷的面目出现。不过，德国人对南方的向往仍旧十分盲目，或者说保持在和社会状态一致的水平。他提到歌德，歌德曾说过一句令人误解的话：而我在阿卡狄亚，总是照耀着休谟的阳光，洛林的柔和光线，以及对自己人格的盲目崇拜。都在试图逃避，他最后讲到。

不过，现代人偏好社会生活也许只是另一种盲目。两百年来，逃亡一直是旅行的动因之一。十七十八世纪的英国贵族，温克尔曼，或者利德赛尔（Riedesel）伯爵，还算是在游览某个地方。自从歌德的时代开始，人们就因旅游而离开某地。但是旅游的原因却远远不止于为了开阔眼界。

我们也不该忽视，自从在巴洛克风格中重新找到阿卡狄亚之后，它不再是逃离现状的原因，而仅仅是一个暂时的目标。想找到起源，但无法完全摆脱悲观主义的想法，认为一切都会完结。我们曾是特洛伊人，我们见过更好的日子。现实的社会情况与对小人物的热情交错纷扰，与之相比，游戏中也许蕴含更多的现实意义。

息拉柯斯

一群人身着黑衣，从教堂涌出，走向烈日下的广场。里面有很多女性，她们中大多数都穿着西西里寡妇穿的那种类似布袋的裙子，头上裹着头巾。一个身材魁梧、行动有力的男子从人群中走出来，戴上一顶不太好看的毡帽，然后站回到人群中。周围的人也立刻往后退，带着尊敬与木然跟他留出一段距离。大家一起缓慢移动着，当目光从阴影中转移到广场上时，他开始解开紧紧绷在身上的夹克。纽扣解开后，他将衣服向后褪下部分，可以看到衬衣上两道宽宽的长裤背带。

突然，人群中冲出一位老人，倒向高个子，半跪着亲他的手。他轻声说了几句话，随后，目光停滞，似乎在等待某种指示。但其他人根本就没有觉察到他的变化，老人又回到人群中。"Bacio le mani!"，东·卡里齐奥解释到，"西西里的老百姓见到尊贵客人时最常用的问候语"。

息拉柯斯

中午在酒店，小小客房里的空气因为酷热以及用了很久的樟脑丸而变得十分沉闷。东·卡里奇奥说，像教堂门口的高个子之类的人，是封建时代遗留到现在的残余。他们的意愿仍旧是最高权力。他们掌管生死。如果他听说死亡是来自西西里的首领，他一定会想到他自己。

息拉柯斯

下午接近傍晚的时候，暑热慢慢散去，前往兰多里纳（Landolina）别墅。曾经的花园楼房成为现在的博物馆。沃查就站在博物馆前，"现代主义建筑"，他介绍时有点局促。

底层的后半部分,紧挨着还未填封的坑洞的,是奥古斯特·冯·普拉顿(August von Platen)的墓地,德国的霍雷肖,是兰多里纳伯爵让人这么刻在碑石上的:致德国的贺拉斯。可以看出,他是多么疏远自己和自己的国家。菲利克斯·门德尔松在那不勒斯和普拉顿伯爵相见后曾写道,普拉顿伯爵是一个干瘦的带着金边眼镜的35岁白发男子,他的口中全是对德国的责骂。在返回的路上,有一段下坡路,管理员肯定的告诉我们每周都会有上百名游客来访。如他所说,主要是德国人和浪漫的英国人。

我和其中一个游客交谈起来。他在法兰克地区管理一个家族企业,已经是第四代传人,制造工艺纸张。为了家族生意能够继续下去,他很久以前就放弃了大学时的专业——古代历史。但他仍旧每年都来地中海地区旅游,自认为对西西里岛非常了解,会到比较荒凉偏僻的地方漫步。

我们又谈到目前令人担忧的状况,大希腊的历史,开在意大利南部的希腊子公司都还处在默默无闻的状态,人们有史以来对希腊和雅典的兴趣已消失殆尽。原因很简单:雅典将自己创造的一切都推向外界。但令人吃惊的是,诸如阿格里琴托、塞利侬特或者马泰拉从未脱离人们的意识,息拉柯斯也一直存留在席勒的叙事诗中。实际上,息拉柯斯拥有内容丰富的伟大历史,在某一时期,曾在古希腊的政治、军事和文化方面占统治地位,可以和历史上的雅典相媲美:两次成功地让强有力的迦太基人无法统治西西里,并且将自己的范围扩展到加勒比海深处,之后,在3世纪末期被罗马人打败。"但是维吉尔和奥维德,总算是庆贺了他们的伟大",我中间插了一句话,换来的是轻蔑和不屑:"那只是文学作品中写的罢了"。

可是,人们会问,除了文学作品中描述的之外是否还有其他的说法。欧里彼得斯(Euripides)的"特洛伊女人"中,这样的想法极为明显:

"众神只愿我们受苦,/仇恨我们的特洛伊甚于其他城市,/我们带来没有结果的祭品,一位神拥有了我们,/勿从高处跌入死亡,/我们默默无闻的生活,名字活在子孙的口中,/没有颂歌赞扬我们。"

作者案语

罗马获胜是因为它体现了更高级的文明思想吗?19世纪的人们就是这样认

为的。在他们眼中，人类文化的最高表现是有秩序且保证和平的国家教育。即便是历史学家蒙森，也对希腊不无鄙夷，因为希腊无法做到上述表现。

我们的考虑有更多质疑。时代遗留下来的经验教训中有一条：并非所有被认为高级的思想都能站得住脚。在罗马人和迦太基人、高卢人、日耳曼人以及帝国的其他民族发生战争时，情况也许如此。但在希腊则出现疑问。

历史不讲道德。它屈从于低贱的力量以及荒谬。我记起父亲曾讲过，在希特勒掌权后，尤其是在希特勒政府前几年取得惊人的成绩后，渐渐产生一种羞恼的感觉。并不是被义无反顾的对手击败，而是被历史本身所击败。随着遍及各地的权力堡垒逐个坍塌，围墙无声的倒掉，众多昨日的激烈对手以臣服的姿态接近新的权力化身，无论内外，不管白天黑夜，人们关起门来，暗地的猜疑不断加剧。这到底是不是正好和强大的历史原则背道而驰？

最好不要相信此类的灵感或暗示。一些人抱怨历史，目的是给自己不光彩的胜利贴金，让人觉得他们的胜利是事情发展的必然。另一些人则试图让自己遭受的失败、软弱和退让，变得更容易接受。还有很多愿意调整自己的人有各种理由称历史占据优势。谁能说自己的确曾身处历史之中？

息拉柯斯

我们所在的酒吧对面，一个卖冰淇淋的小贩停下了贩货车。车轮有轮辐，是老式的车辆，和一辆自行车的前半截组合在一起。他撑开大阳伞，伞面上布满了桔子和多种水果的深色叶子。小贩吆喝时将"冰淇淋"中间一个音节拖长，声音在小广场上不停的回荡，他那具有高度艺术性的贩卖声有时又变作假声，有时变作花腔。南方永远的天真。他有三个容器盛冰淇淋，都由球形的盖子盖着。

以前有很多他那样的小车经过我们的街道。只有像这样无意中重逢过去存在过的东西，才会意识到，一切都已经在城市生活中消失了。

息拉柯斯

我在街上遇到了巴巴洛·L（Barbaro L），在工程师的朋友中他是个乐天派，每年都要到蒙特卡罗（Monte Carlo）度过几周，总是带回大量奇奇怪怪的故事：关于爱情悲剧，银行破产，骗子，以及令人毛骨悚然的污言秽语，在一年接下来的时间，他就会在朋友聚会上讲他的故事。

可是他的朋友充满怀疑，他们说他讲的事情太接近通俗小说的情节了，实际上，他只是去他在塔兰托（Taranto）附近村庄里的亲戚家住了几天。和他聊过之后，有一句话留在了我的脑海里："在说到财产、虔诚和忠贞时，最多只有一半的话可信"。

在息拉柯斯偏僻的地方

天空是饱满的蓝色，往上走，粗糙的石块，灰色是另一种随处可见的颜色。更深一点，长绿灌木林生长在阴暗处，分出一条道来：两座平整的界石堆砌的墙，陡峭的向下延伸。前面被砍伐的树桩上方，橄榄树枝条交织成网，在傍晚天色渐黑时，最先变暗，似乎比覆盖万物的夜幕更快一步。旁边是仙人掌，悬着干枯的草，边上是几个已经倒塌的小棚屋。四周都是铁皮罐头，油纸和塑料袋。棚屋外面喷上去两行字："卡扎菲万岁！"，下面是："都不哭泣！"。我们永不哭泣！

息拉柯斯

大陆游学（Grand Tour）的游客，如果家乡是欧洲国家，会带着强烈的感情游览，比历史遗迹更能触动内心。"进入罗马之后"，其中一个游客写到，"从未有过像现在这样强烈的感情，我们骑马穿越了悲伤的颂歌和死寂的岩石，而平时我们只听得到世界上最大的城市传来的声音，看到港口的蓝色铸铁矗立在面前"。

欧提吉亚（Ortygia）岛将城市前方的海平面一分为二，和其他四个靠近内陆的城市一起组成了古息拉柯斯。暴君狄奥尼西沃斯（Dionysios）不仅将岛屿修建成强大的堡垒，从这里开始他对息拉柯斯的统治和监控，他还在城市边界地带修建塔楼和防波堤，由一堵长达30公里的城墙连接到防守要塞。在大堤上方是一条繁华大道，从岛上的阿波罗神庙穿过有五道拱形的大门，到达阿哥拉（Agora），进入息拉柯斯市。

有助于人们设想当时情景的遗迹，已经为数不多。荒凉的小港口，房屋、简易库房、生锈的渔船，形成了该地现在的混乱面目。古息拉柯斯的面貌渐渐清晰起来：关于息拉柯斯那些流传已久的传说，虽略显自夸，但仍闪耀在大理石铺就的船坞，围墙上的横脚线带有一圈雕塑作为装饰。桅杆和帆的世界，来自希腊和迦太基的商船，来自莱万特（Levante）和罗马的商船。息拉柯斯并不是普通商人的城市，它以特殊的想象将权力与艺术鉴赏力、贸易结合在一起。有时候，统治者宫殿的整个院子都被沙子覆盖，大臣们和商人一起在沙地上寻求某个几何问题的解答。悲剧作家埃斯库罗斯（Aischylos）和抒情诗人平德尔（Pindar）都曾被召进宫廷，阿基米德和诗人忒奥克里托斯（Theokrit）生活在息拉柯斯，狄奥尼西沃斯写诗，写悲剧，剧院容纳四万名观众。山丘一直延伸到普莱迷隆（Plemmyrion）的海岬，在花园和露台之间，是达官贵人的别墅。从这里可以俯视雅典和迦太基舰队沉没的港口。

庞大的规模仅仅维持了数十年，一切都非自然形成。很长一段时间，息拉柯斯控制着整个西西里，这是希腊人实现的最强大的统治。占领更广阔的土地，追求更宏伟的目标，这种形式和希腊人的城市思想并不吻合。因此，古希腊僭主政治皆以失败告终。朝臣达摩克利斯的故事并不是偶然产生于息拉柯斯，他颂扬君主的幸福，对此，狄奥尼西沃斯把物品赏赐出去，同时在自己上方用一根发丝悬挂住宝剑。

息拉柯斯在历史上经历无数次战乱与不安，于是，在开明君主的促进下，思想和权力和解的梦想越来越明显。在官邸附近的花园中，有一幢房子，是柏拉图的故居。当他第一次踏上息拉柯斯这片土地时，就遇到了胜利。幻觉持续的时间很短。普鲁塔克（Plutarch）说，情绪多变的君主狄奥尼西沃斯逐渐学会了忍受柏拉图的言论，"就像一头野兽学会接受人类的抚摸"。但最终他将柏拉图赶走，令其被卖为奴隶。"高贵的人总是很孤独"哲学家柏拉图如是说。这句话也适用于更大的范围，对骄傲的城市息拉柯斯而言也是同样的道理。

在150年后罗马试图接近时，这座城市没有盟友，已然成为其他国家的统治目标。处于失败的边缘。玛尔凯围攻息拉柯斯长达两年之久，直到该城因为有人泄密而被攻下。他没有能力说服士兵不去掠夺，"他看到城市的规模和美丽，哭了很久，为它的命运感到悲痛，因为他预见到，一切都会因为城市的富丽和雄伟而发生"。古代的作家断定，在息拉柯斯被夺走的财富，不比后来迦太基人掠夺的少。

据说，罗马是掠夺了息拉柯斯的财富之后，才真正认识了希腊艺术。在此之前，伯城（Tiberstadt）只有征战民族陈列出来的"野蛮的武器和沾满血迹的战利品"。现在，增添了许多雕像和石柱，精美而辉煌的手工艺术品。"罗马因为偷来的物品而生辉"，西塞罗这样写道。严厉的罗马人告诫回家的人们，他们应该淡化息拉柯斯的光芒。用力量才能获得美丽，艺术在哪里开始，权力就在哪里结束。

息拉柯斯从此再也没有回到历史中。"欧提吉亚孤单的漂游在海水中，被包围在深深的悲伤里，似乎仍旧在一直为失去一座伟大的城市而悲泣"，后来的旅游者如此写道。"古代世界里最伟大的一个民族，上演优秀剧目的舞台被击毁，角色也不复存在，人们也都迁走了"。遗留下来的仅仅是浅浅的痕迹，"就好像一个人在沙滩上留下的脚印，无法告知世人曾经存在过什么"。

作者案语

不断出现无法回答的问题：罗马曾经数十次被侵略、洗劫、毁坏，从没有人带走罗马的一袋物品，但为何罗马总是能够重新回到历史中？在罗马存在什么比废墟更强有力的东西吗？息拉柯斯虽然强大，一次征服就让它从历史舞台上彻底退出。迦太基也是如此。也许，拥有悠长的历史不仅仅是一种负担，也是一种支撑。

息拉柯斯

信箱里有一封 H 的来信，他提醒我，1854 年，年方 22 岁的普鲁士王储，后来的弗里德里希大帝，到过息拉柯斯。令人吃惊的是，这里令他想起了自己的家。"到处都让人想到波茨坦，即使是在南方地区"，他写着，由于城市周围是沼泽泥泞地带，他看到了马路上的泥泞。这是一个贴切的例子，说明旅行者大多数情况下只是发现了他们已经知道的东西。

人们对于上述王储的认识也许还包括，他在纵观整个城市时，想将荒地和文明结合，这种雄心壮志亦成为古代普鲁士追求的目标。不可忽视的是，目标终究未能成为现实，他们的努力失败。历史遗留下来的废墟就能说明。

然而，王储的印象源自一个错误的印象。息拉柯斯的内陆地区，几百年来，一直属于岛屿上最肥沃的地区，以其谷物、草场、葡萄酒和蜂蜜而闻名。对于权力向往但却缺乏手段，有征服的欲望，却不知天生的不足之处。或者，强烈的感觉到自己的脆弱，出于对皇家威严的需求。无论如何，都是过于强大的对手。最没有危险性的是大海另一边的希腊城邦。但紧接着就是迦太基，然后是罗马。不可避免的沉沦。

息拉柯斯

人们仍旧认为，在小山四周能看到一个荒芜的城市。两千多年的时光并未消除历史的痕迹，在尚可辨认出的古代建筑遗迹中出现的居住区域反而让历史更加清晰。古息拉柯斯的面积是如今这座城市的五倍之大。

房屋的下方皆为石灰白，一点也不会让人想到街道上的色彩斑斓。彻底的寂静，直到一辆三轮货车经过时轮子与地面摩擦出声响。斜坡上是几株柏树，深蓝色一直延伸到街的尽头。有海水的咸味。为数不多的帆船，从远处看好像被捉到一起的小昆虫，细长的肢体躺在镜面上。

作者案语

息拉柯斯的例子告诉人们什么是古代世界的沉沦：一个城市字面意思上的消失。一般来讲，所有居民毫无区别的被屠杀，房屋被抢占，被烧毁，最后只剩下一个巨大的石堆。

然而，近代历史上的沉沦，通常情况下仅仅意味着失败。并不是希特勒所威胁且全力实行的"德国历史"，在战争对手的考虑中也曾出现过，但古代历史上真切的发生了。只有核威慑能赋予战争如此极端的特点。不过，这样的特点并不象很多人所想的那样，是新特点，而是古已有之。

续上一段

杨森（Yanssen）引起了我的注意。他在一次逃离过程中，听了一个朋友的劝，乘车前往那不勒斯，又从那里乘船直接到这里来，到西西里——然后，被这里的正午阳光和鬼怪推入了新的恐慌，开始沿原路返回。几年前，他刚刚听说发明了中子弹，非常有成就感的给我打电话。他说，中子弹虽然会毁灭所有生命，但是物品不会遭到破坏。最柔和的线条和该死的恐怖都是暂时的。另外，也不用担心伴随而来的盲目性。对于艺术家而言，中子弹可以算得上是对真实永恒的承诺。他没有听到抗辩：因生命有限，才得以永恒。

息拉柯斯

在息拉柯斯被占领的期间，阿基米德正沉浸在一道数学题的思考中，被罗马士兵击毙，成为人们议论中的一个典型例子，也为欧洲科学精神的奠定贡献了力量。在后面的历史中，拜占庭的学者也体现了相同的做法，他们在被围攻的城市里讨论天使的性别问题，被嘲弄为是"经过启蒙的大脑"。然而，他们能够通过说明形势、通过参与到政治问题中来阻拦占领者的脚步吗？思考的激情只包括人们想要思考的愿望。

上述看法是本世纪的经验之一，然而，人们却从中吸取了错误的结论。似乎息拉柯斯的柏拉图成了榜样，而不是阿基米德。人们讲述沃尔夫冈·沙德瓦尔特（Wolfgang Schadewaldt）1934年在弗赖堡的电车里遇马丁·海德格尔，后者刚刚经历了对暴力拥有者的失望。沙德瓦尔特应该是用一句"嘿，海德格尔先生，从息拉柯斯回来啦？"来招呼他的。

在去往拉古萨（Ragusa）的途中

经过伊斯毕加洞穴（Cave d'Ispica）。悬崖峭壁上的洞穴原来是叙古人（Sikuler）的大墓地，后来成为基督教地下墓穴和隐居者的住所。其中一部分现在还住着人，比如说蝙蝠栖身的小暗房里。工程师曾经说过，很难将洞穴中的居住者迁移到别处，建议我不要停留继续前进，他自己则试图跟当地人谈话，结果被人扔石块。

接下来，道路弯弯曲曲，因为两旁有山谷，明亮的峭壁向上延伸。在凸出的山体部分，在峡谷级层分明的两壁中，矗立着古城莫迪卡（Modica）。再往前一点，在同样梦幻般的环境中，被狭长的陡坡连接起来的是拉古萨的城区。尽管历史渊源丰富，尽管人类在不断往前发展，这片土地仍旧保持了其史前时期的特点。

在一本旅游指南中提到了"浪漫景观"。但实际上，浪漫的天性，从更确切的含义上说，包含着对人类不利的方面。现在人的乐观本性对此一无所知。

克拉夫斯基（Kolakowski）的问题闯入我的脑海：思维的哪些独特冲撞能让对文明的批判意识觉得，一片冰岩比一部机器更"人性化"？还有，为什么大部分人看到原始森林后，比看到自动化的生产流水线后更少产生被侮辱被伤害的感觉？尽管各有梦想成为罗宾逊，他们在原始森林中却无法存活较长时间，而生产车间恰好用于将存在的东西更加人性化。因此，当时卢梭的社会契约论要么是骗人的激情，要么是退回到了起点。原始文化，并不总意味着"血与土地"。

拉古萨

晚上，在城市周边的一个小旅馆。大约 30 个人坐在邻桌。家庭庆祝活动一直持续到深夜，孩子们也都在场。年轻人，大大的眼睛，受到惊吓的面孔，身材就像巴洛克式的音乐钟表中的人物。女孩子们戴着发带，身着半长的裙子，似乎是从艳丽的服饰中出来的。她们带着布偶般的矫揉造作，坐的直直的。一个男孩把头靠在椅背上，试图睡觉，被母亲叫醒："男孩子要坐直！看看罗莎利亚！男孩子也应该听话！"罗莎利亚后来在他面前起身，以动人的姿态起舞，似乎要诱惑男孩子进入舞伴的角色。她不时的向前伸腿，每次都会将裙子向上撩起一点。还一知半解的小小莉莉特，但举止已经和大人一样。

我在考虑每次向上掀起裙子到底是什么意思。安静而屠弱的少年，有挑战性的少女。引诱，乱伦，家庭悲剧。人们总是会首先想到读过的内容。然而，我想到了赫哈特·郝普特曼（Herhart Hauptmann），他坚称舞蹈是所有戏剧的起源，话语和思想是后来添加的内容。

作者案语

西西里人家类似的庆祝活动吸引力不是一般的大。从问候的礼节到桌椅的摆放，再到依次在摄影师面前拍照，一切似乎都遵循着某种模式，以外人无法看清的方式体现庆祝人年龄、地位和成就的不同。而在我回忆中，家庭庆祝则意味着自由的纵酒狂欢。

在维茨尼（Vizzini）附近的乡村

工程师让我住他在乡下的房子。没有人能够持续不断地在酷热中行驶，他说，无所事事并不是什么不道德的事情，北方人才这样认为。不理解这一点的人，会始终觉得西西里很陌生。

帮他收拾房子的老年夫妇带我穿过遮蔽了阳光的房间，来到楼上的客卧。书房里已经备好矿泉水和冰淇淋。几乎一整天都在看书。主要是约翰·朱利乌斯·诺维奇（John Julius Norwich）的关于西西里诺曼人的历史，令人吃惊的奥特维尔五兄弟，他们一开始是血腥的强盗首领，一旦用暴力成功成为统治者之后，不约而同地转变为卓有远见的政治家和朝代的创立者。和所有受过教育的人家里的书房一样，有阿利奥斯特（Ariost）和佩特拉卡（Petrarca）的作品，塔索（Tasso）和莱奥帕尔迪（Leopardi）的作品，除此以外，还有皮革装订的好几年的"花花公子"，还有詹姆士·包斯威尔（James Boswell）的日记。

包斯威尔认为，日记总是和时代及历史事件紧密相关。因此，日记吸引了他的一部分兴趣。不过，作者也必须得有值得记录的经历。没有其他的原因，就是为了给自己创造更多更丰富的体验。他有一次去到伦敦公园找妓女，力求经历最男性化的设想，后来也不断地做出格的事，冒险。似乎叫人疲倦，他不断前行，只是为了讲述。人们起床，随便吃点东西，喝茶，读书。当世界和自己的直觉再也不能给他提供讲述材料时，他抱怨到："我的刊物怎么办"？

在维茨尼附近的乡村

百叶窗已经关闭，旧窗帘层叠在一起，以避开外面令人窒息的热度。一束明亮的光线照射进来，在房间内留下了细细的痕迹，直射到烟囱的大理石上。虽然房屋由石块铺设，能带来一丝凉意，人们还是能感觉到正午的灼热和酷暑，山脊上面的黄色部分已经被烤焦的大面积黑色所取代。看到这幅景象，突然感觉到皮肤上有汗，似乎要燃烧起来。

卡尔塔吉罗（Caltagirone）

早上去卡尔塔吉罗，此地因其接近150级陶瓷台阶而闻名。但当我到达的时候，已经酷热难当。在几乎无人的广场，在酒吧门口招牌的阴影下，坐着几个男人，沉默着喝酒。一个人起身，沉浸在思考中，往旁边走了几步，然后穿越广场。我想到工程师关于散步高贵的评论。

回到维茨尼附近的乡村

还是在包斯威尔附近。微不足道的事情对于日记而言也很重要，他写道，因为对于人类贫乏的创造力而言，小事也值得关注。于是，他有理由写：仅仅起床，吃点东西，喝冰水，看书。

但又计划好第二天一早就继续前进。老管家在道别时，毫无由来地摇摇头，停在门影中。他觉得现在去旅行太热了。"如果下雨的话"，他带着诗人般的严肃说，"对我们来讲就好像是巴比伦困境的终结"。

作者案语

西西里人的微笑。我发现，西西里人的微笑仅仅由嘴角的弧度构成，更多是一种微笑的姿态。克制、怀疑、甚至讽刺，都更加强烈的在这个姿态中表达为赞同。距离仿佛不可克服，外来人永远是外来人，不管是从意大利还是从北部来的。

阿尔美利纳（Armerina）广场

驶过桉树森林和橘树森林到达德尔卡萨利（Del Casale）的别墅，三世纪最后十年建的地主庄园，一些属于岛上的罗马总督或者富有的商人，另一些属于帝王马克西米尼阿努斯·赫克里乌斯（Maximinianus Herculius）。

石柱大厅，庭院，阶梯，宽敞的居住建筑，以及与之相连的经济空间，充满想象力，对轴线和角度的空间运用体现了当时的高度文明程度。现在，人们还能将用烧过的砖瓦固定的管道系统关闭，该系统的作用是给整个房屋供应暖气。紧挨着的房间，曾经用于冷却食物和饮料。附近的一个蓄水池产生游泳池和温泉所需的水压。人们从古代大城市的宫殿以及周边的夏季行宫中认识这些充满艺术气息的舒适设备，但这里是西西里内陆，在曼戈尼（Mangone）看不见的山谷，远离城市。

按照考古学家的判断，别墅至少有一千年的历史了，可以追溯到诺曼人居住的时代。以说不清楚的方式被人遗忘，虽然对于它们的回忆从来没有完全从人们的记忆中消失。十八十九世纪进行了最初的挖掘之后，1929 年开始在森林地区的深处有系统的挖掘，让整个建筑群重见天日。几乎完整保留下来的地板马赛克覆盖了 3500 平方米的面积，引起了极大轰动。它们也许是几百名北非的工匠铺设的，除了集合图案之外，还有很多富有创造性的植物和动物的图案，以及神话故事中的形象，尤其是一个罗马富人的日常生活场景。有关狩猎、收获和体育活动、捕鱼和家庭生活的图画，充满对当时实际情况的简单反映，以及绘画方面的想象力，正如 19 世纪的市民艺术以另一种方式发展起来。一个展现少女们做体操的房间变得十分有名，画上的少女穿着类似现在的比基尼，令人惊叹。

令人惊讶的还有另一个细节：马赛克图案展现了一只带翅膀的猛兽，前爪抓着一个笼子，笼子开口窄小，里面有一个人正睁大了眼睛惊恐地看向笼外。图案的含义是，这些动物，解决了自己的大敌，人类。人类在大自然面前让步，但仍旧成为大自然的俘虏。那位不知名的艺术家勇于颠倒事情的顺序，让被追捕的动物俘虏了人类，意味着人类对于保护动物世界产生了早期意识，在从西伯利亚到非洲内陆，甚至在埃达（Edda）的各种神话故事中都能发现这一点。

一些狩猎的仪式也将这个设想保存下来。通过燃烧骨头或者动物内脏和天神"分享祭品"的想法，是因为人们狩猎与屠杀违背了生命的原则，在为自己寻求谅解，人们的行为需要象征性的补偿。也正是出于这个原因，人类长长以生殖器官为祭品，艾菲索斯（Ephesos）的阿尔忒弥斯（Artemis）的多个胸部，实际上是祭祀动物的睾丸，人类通过它们来请求自然的宽恕。

阿尔美利纳广场

在城市附近有一个很小的旅馆，位于通往城外的公路干线上。到达入住的时候，已经干旱了好几周，正在下大雨。雨水汇集成溪流，在大门旁的花园里形成几条水道，随着雨势越来越大，水全部流到后面的橄榄树下。两个小时以后，在黄昏的雾气中，天空再次晴朗无云，泥土吸收了雨水，看起来又和从前一样干枯。

续上一段

人们总是在说，城市、寺庙或者别墅等已经被遗忘，几百年后才重新被发现。那么这些东西是如何淡出记忆的？

要维持别墅需要几百名奴隶。在罗马帝国灭亡的某个时候，奴隶人数减少，最后，他们的人数不足以保证对别墅的供应，无法操作和维持下水管道的复杂装置。装置的一部分倒塌，自从别墅的主人死后，再也没有人来操心别墅的重建。也许别墅主人的后代以及别墅的居住者，也会偶尔来看看，但是他们对勉强保存下来的部分要求越来越少。几个副室可能成为了人员的住所，而通往内陆和森林相邻的部分已经用于畜牧。最后，后人们觉得这个遥远的房产是个负担，然后，他们成为最先忘记别墅的人。农民接手了这片土地。但是狭窄的山谷，树木生长密集，不适合农业发展，还有别的更自由的土地，有一天，农民也放弃了。

别墅位于朝向格拉（Gela）和朝向阿格里真托的马路交汇处，后来也许成为拦路抢劫者的基地。越来越多的神秘感和迷信，还有鬼神传说。人们开始回避这个地区，宁愿绕路也不靠近。在日渐穷困的岛上，强盗也无以为继，逐渐回归本性。严寒酷暑摧毁了建筑物，大雨冲刷了地基，别墅的墙壁上生满腐木和根系，最终覆盖了整个别墅。一眨眼的功夫，别墅就被遗忘了。

前往格拉的途中

经过一个高尔夫球场，开往海边，旁边是已经倒塌的小棚屋，灰色岩石建成。中间有一群孩子，他们把一个燃烧的玩偶绑到狗的后腿上。孩子们一面快乐地尖叫，一面激动地追在受惊的小狗后面，玩偶在地面上拖来拖去。最后，小狗精疲力竭地停住，用爪子扑腾了几下仍在燃烧的玩偶，在孩子们的叫喊声中僵直地倒在一边。

格拉

靠近这座城市的时候，天刚刚破晓，城市给人怪兽般的丑陋印象也变得更加柔和。道路基本上空无一人，少数几户人家有灯光照射到柏油路、垃圾和岩石上。后面是空空的前厅,尚未完成的建筑物总有新的框架。中间只有承重的支柱,另一个地方下面的楼层已经竣工且入住,上面是水泥支柱,悬空架起完全的金属杆。

几年前,有人在格拉的海边发现了原油储备,人们谣传发现了金矿,建起一座城市。但是淘金的愿望没有实现,因为矿源不足。只剩下破碎的期待,以及最初被幸福拒绝的感觉,还有人口65000人的鬼魅之城。

这座城市的名字来源于古格拉。古格拉只有少数废墟和断壁残垣得以保存下来,无法给人全貌。但是,思想可以与之接轨。现代的建筑材料并没有老化,只有点生锈。锈迹斑斑的条纹从上至下。也许可以解释,锈迹不能超越自身,只能记录本身的丑陋。

阿格里琴托

早上在露台上,海的那一边太阳正升起。酒店位于城外。狭窄的山丘上有一座寺庙,一道地缝将山丘分为两半,季节温和的时候,会长出杂乱的、富有异国情调的植物。从寺庙往下走是一片橄榄树林,再然后是密集的混合树林,棕榈树、桉树、柠檬树和无花果,一切都由蔓藤植物形成。

试图设想寺庙这一片在古代是什么面貌。观察者很快意识到,久远的年代人们才只认识众多植物中的某几种。很奇特的想法,岛上没有一座希腊寺庙曾经见到过柠檬树,它和杏树、紫丁香、甘蔗以及棕榈树一样,都由阿拉伯人带到欧洲。历史的更替在植物界也留下了自己的痕迹。要寻找真实的过去,就必须不断重新设想从前的世界。

阿格里真托(Agrigent)

中午十分,在人满为患的旧城区,穿过阿特尼亚(Atenea)后面,小巷、阶梯弯弯曲曲。从各个房子里飘出橄榄油油烟、大蒜和咖啡混合起来的重重烟雾,和墙体发霉的气味以及汽车尾气混在一起。似乎南方更紧凑的生活在气味的刺激性中得到体现。

阿格里真托

启程时我遇到酒店的行李工,他手忙脚乱地站在一堆箱子和行李中。两辆大巴载来大约 100 个举行家庭庆祝活动的客人。但行李工说,他已经忙完了,问我是否知道,在阿格里真托附近有一个地方叫做卡奥斯(Kaos),小说家皮兰德罗(Luigi Pirandello)就出生在那儿。

作者案语

皮兰德罗曾经说,他是一个混乱的人,以此来影射自己的出生地卡奥斯(因"混乱"一词和地名卡奥斯发音相同——译者注),并不是譬喻,而是从字面上讲。当我穿越贫穷的卡奥斯,是什么把精于世故的蒙面人和他出生地的狭促联系在一起。整个文学社会学都可能在类似的不一致之处受到损害。

G 和我晚上谈到了此事,他说,皮兰德罗身上的西西里人特性在于,他明白,人们试图发现角色背后的真实人性、发现表象背后的真相,都是徒劳。世界的沉默表情和欺骗性的姿态给诗人留下深深印记,北方的大城市仅仅为他的这一认识提供了表现形式。

皮兰德罗是一个卓越的怀疑主义者。他的准则是:万物皆虚伪。一切都是错觉、欺骗、嵌合,可信的人仅仅是更优秀的演员。最后:我不知道我是谁。但有时候,G 又说,他书中那些认真倾听的人有大声呐喊的渴求。这也是西西里的特点。

阿格里真托

在康科迪亚(Concordia)的寺庙,从天刚破晓到夜幕来临,整天都是卡车和摩托车来来去去的轰隆声,以及令人烦躁的鸣笛声。到处是仓库,三三两两的野营群体,带着篮子,每组人都有一个收音机,音量一定要超过其他人的。

古代的人一般在偏僻的地方修建寺庙。所谓的圣地应该意味着远离尘世的喧嚣,营造宁静的氛围,直到今天仍旧能让人联想到虔诚祈祷和崇敬。

坐在建筑物的台阶上,必须注意到,在偏僻的地方,只有知了在鸣唱,牧群围在一起,从田间传来做农活的声响。要设想这里曾经的景象,不仅需要眼睛，还需要我们的耳朵。

"一天早上醒来时，我听到杏树林中竹节的撞击声。在山谷下面，山丘上面，几百个农民以家庭为单位在敲击杏树，把杏敲到地上，然后捡起来。他们一边劳动一边歌唱，一个人唱，其他人合，歌声充满激情，曲子不知道什么时候开始，也不知道什么时候结束，但却蕴含着劳动、热情和收获的本质涵义。他们整整一周都在收杏，歌声每天的力度都稍有不同。我再也无法思考……当夜幕降临，大地安静，我仍旧能听到他们的歌声，即使是在睡梦中"。

上述经典的一幕，如同作家在古典时期经历的一样，或者19世纪怀着对乡村的田园梦想进行的求学之旅。不过，真正写下那些句子的是陶尔米纳（Taormina）的杜鲁门·卡波特（Truman Capote），在30年前。西西里的占领者大多乐于在海岸享受，但在西西里的内陆，斗转星移，依然保持了从前的模样。仿佛历史在这里驻足不前，直到现在，听到车辆来往不绝于耳的声响，才复苏。卡波特的文字已经展现了无法重来的过去特有的怀旧魅力。

阿格里真托

著名的西西里卡瑞迪（Carretti），即经过雕刻和描绘的推车，日渐走进了博物馆和古玩店。但是传统以另一种形式保留下来。在酒店的院子里，今天早上开进一辆三轮车，车身上画满了类似卡瑞迪的图案：罗兰传说中的骑士，艾特纳火山上方的火柱，几个神圣人物。中间是现代的图案：佐罗，埃尔维斯·普雷斯利，以及几种镰刀和锤子。另一面是玛丽莲·梦露和复活节羔羊，小羊的胸中有血流出。

阿格里真托

在卖纪念品的小木屋前面碰到了纸制造商。他说，人们应该列个单子，看看在一生中有哪些东西在逐渐消失，这样会发现单子永远没有尽头：风景和色彩，动物种类，植物种类，游戏形式，整个发展趋势完全和生活多样性相反。然而，最大的损失在于人类失去了对逝去事物的记忆。他问我，是否作家的作品都会和纪念有关，甚至很急切的说到了"消失的神话"。我觉得他的看法值得关注，说到，思想的禁锢没有未来，也会阻碍多样性的发展。

阿格里真托

东·卡里奇奥来电话。我们约好第二天见面,他到阿格里真托有点事要办。他告诉我,几百年来,征服者一直遵循的规则是在海岸安营扎寨,压制放逐到内陆的人们,让他们不再闹事,这个规则现在仍旧起着作用。不过,在岛的内陆地区,只生活着一个渐渐消亡的、比较落后的少数民族,他们所占西西里人口比例还不到百分之十。

阿格里真托

奥林匹亚天神宙斯的神庙现在成了废墟,在碎石之间,散布着崩裂成24块的石像铸件,原本是代表战胜的腓尼基人,并借此将阿格里真托战胜迦太基的胜利永远流传下去。大约8米高,在墙壁的半高处起柱顶盘承重作用,让神庙向外部延伸。这个建筑物几乎耗费了三代人的辛勤劳动,基础面积为113米乘以57米,是多利安风格建筑中最宏大的纪念碑。柱子间的空隙非常之大,一个成年男子可以毫不费力的钻进去。试图用希腊文明来抹杀野蛮,体现于对东方柱梁的使用,以及大量的雕像,但这本身就是野蛮思想的表现。

经过七十年的不断修建,神庙还未完全落成,公元前406年,战胜返回的迦太基将神庙夷为平地。只有巨大的碎石块能让人想起当初的修建蓝图多么宏大。富有挑战性的建筑物,似乎总预示着历史上的大灾难。

1938年,阿尔伯特·施佩尔(Albert Speer)来到阿格里真托,以设计修建世界首都"日耳曼尼亚(Germania)"。他在宙斯神庙的废墟中,试图检验自己规划的雄伟宫殿是否可行。

作者案语

人们称颂希腊人避免一切庞大的建筑,即便是有规模的建筑,也从来不是为了让规模留给人们深刻印象。也许他们知道,巨大的物体违背自然规律,同样也违背艺术审美。在他们的建筑物前,人们可以感受到希腊工匠的努力,他们尽量不达到或者不超越最远的界限。

续上一段

是谁提到这些建筑物时说过,它们是为了教会时间有敬畏感而修建的?时间并不担忧。我试图回忆起雪莱的奥西曼提斯(Ozymandias)具体的诗句,但却记不清。只能想起开头几行,然后就是结尾:"我的名字是奥西曼提斯,王者之王:/看我的作品,陛下,失望吧!/没有留下余物。在废墟周围/巨轮的残骸,无边无际/孤独的沙子越来越远"。

阿格里真托

晚上和东·卡里奇奥一起。我们开车到附近山丘上的一家餐馆。停车场上停满了车,还仍旧不断有客人来。

开门,招呼。楼梯上为主教准备了一个小小的欢迎会。主教比我们先下车。所有人看起来都有理由不断的庆祝,或者不断的寻找理由庆祝。

一条马蹄形的长桌,坐满了参加婚宴的客人。坐在我们旁边的人,彼此交谈、敬酒。东·卡里奇奥告诉我,在6世纪上半叶统治阿格里真托的君王法拉利思(Phalaris),创造了彩色男士衬衣,作为政治符号使用。他在修建宙斯神庙和修缮宫殿的农民工中招募了一批人,组成了一个内战部队,按照其工作服的颜色称为"蓝衬衣"。在蓝衬衣的帮助下,法拉利思才取得了政权。有句话的确是真理:西西里是所有统治者的家园。我的谈话伙伴还知道,法西斯主义一词出自西西里岛。1894年,一群进行社会革命的农民运动者称自己为"西西里捆绑者"。

继续

C说到他的个人情况,他的妻子和一个兄弟。他的兄弟已经移民到意大利。他的曾祖父是一份财产的管理者。他住的房子就是曾祖父修建的,他家的祖先就埋葬在附近的公墓。他自己也在几年前就让人竖了一块墓碑,写上了他的名字,刻上肖像和出生日期。只剩补充死亡日期了,将会在他辞世时完成。他时不时就去自己的墓碑那里看看,喜欢在那里思考问题。

C说,活着的时候就立墓碑是西西里的一个传统习俗,但现在逐渐消失。

他决定这么做，是因为觉得面对死亡生活，比逃避更好。

阿格里真托

G 早上来了。从酒店到城市去的路上，经过了古代郊区的地基部分，想到了一句话：每个人不是在寻找逝去的时间，就是在寻找未来的时间。同伴觉得，这个思想实际上包含了世上行为的两种模式。但只适用于在当下的生活中备受折磨的人。

本世纪两大政治宗教是上述观点的极端表现：一方面是无统治或者无阶级的社会模式的绚烂构想，另一方面是祖先曾经经历的、已经在宁静中停滞下来的世界。两种模式合在一起就是世界本身的样子：克服困难的激情，不管是在预言中的天堂，还是在失去的天堂。就像正好是最难承载的年代。

对立面是如此接近，才使得历史可以轻易的从一边跳到另一边。同样的道理，人们有时候，从尘世中抽身并不意味着大家眼中的脱离。20 年代的时候，马奇诺·蒙狄纳里（Mazzino Montinari）投身世界革命，最后在罗马的共产主义书店工作。但有一天，他在大街上遇到了曾经的老师乔治·科利（Giorgio Colli）。他们谈论了自己当下生活的意义和空虚，最后决定，将尼采的作品翻译成意大利文。由此产生了尼采作品最为确定的意大利版本。

也许，蒙狄纳里因为自己的决定不再觉得虚掷生命。但是在实际生活中，他的行为并没有什么改变。很显著的是他的口头说明："同志情谊令人不快，对我而言完全无所谓。"区别是：以前，在他的政治生涯中，他仅仅生活在对现实的虚构里。后来，他承认自己对此没有兴趣。

阿格里真托

东·卡里奇奥带给我几本旅游日记，全都是已被人遗忘的作者二三十年代在英国出版的。清晰易懂，有时候也对南方的特点发出可笑的感叹。不过，很快我就对其中过于详细的出发和到达以及酒店谈话感到无聊。

这类旅游书籍很容易错把日常生活当作值得记录的加以著述，让读者产生的信任感，既非来自作者，也非书中内容："晚上较晚才到达酒店。行李工闷闷不乐，跟他说了很久，又给了些钱，才开始将行李搬到我们的房间。他一边走，一边说厨房已经关了……"是什么让这样的记录对读者产生吸引力？

实际上，这类记录的价值仅仅在于，通过各种场景试图给读者一种身临其境的感受。由于生活进程的加快，眼下的东西立刻会成为过去。行动的原因是为了纪念。

阿格里真托

"德国人在这里的时候，我们才感受到真正的自由"，G 说，那时候他在山里失去了父亲。"谁犯了法，总能依靠邻居的帮助，有时候甚至依赖陌生人的沉默。但是这种情况只持续了很短的时间。"

我想起艾娃·莱西曼（Eva Reichmann），她 30 年代在柏林和她丈夫一起成立了犹太人救助组织。当被问到，回想过去是什么感觉时，她并没有思考很久，迅速回答到："那是最快乐的几年。"人们总是要在冒险或者意义之间选择。要么过刺激但同时没有意义的生活。要么做一些有意义的事，但生活十分单调无趣。"当时，生活既有趣，又有意义。我们要做的一切都很危险，甚至近乎疯狂。但是一切都意义非凡。"

作者案语

G 还用西西里的俗语补充到：首先滥用权力，迈出超越界限的一步，表明一个人实际上多么强大。权力实际上就是增添痛苦的权利。

阿格里真托

一上午都在打电话。还是朋友的朋友的朋友。也许是朋友的朋友？谈话的特点包括，永远不知道在什么层面上说话。回答越不清楚，就感觉自己和小圈子越接近。

阿格里真托

平达称阿格里真托是世界上最辉煌也是最濒临死亡的城市。出于考古学的考虑，在古代阿克洛波里斯（Akropolis）的陆地上，人们猜测埋藏着什么宝藏，几年前却建起了现代的居住区：犹太建筑，就像在柏林的边缘区、格拉斯哥或者埃因霍温（Eindhoven）看到的那样。在间距密集的住宅之间，这么晚了，一个人也看不到，只有大街上的垃圾、房屋入口处黑得发亮的垃圾袋，告诉着我们此处有人居住。

坐在自己阳台门边的年轻人，弹着电吉他，用喊响远方的声调重复着相同的十六分音符。很明显，居民都逃离了新居，涌向了旧城区的街道和广场。

此次毫无抵抗力，难怪人们可以不断添加新的东西。现在的居住区意味着放弃旧有的生活形式。自古以来，这个地区的生活就存在于广场上，所有建筑物都是传说或者戏剧中的地方。新建的高楼带来了文明，不可忽视。但居民们意识到自己承受了何种损失么？和柏林边缘区或者埃因霍温不同的是，此地被毁灭的是一百多年的生活方式。也可能，在几十年的进步之后，西西里也达到了北欧的生活标准。然后人们才知道，古阿格里真托濒临死亡意味着什么。

作者案语

报纸上有一则消息，苏黎世一个班级的学生在被问到有什么圣诞愿望时，回答中排第一位的是："别再盖那么多房子了！"

继续沿着海岸前行

早上前往塞利侬特。向左，晨雾中的大海，远一点的地方，几支船，排放出大量黑烟。朝陆地方向看，是山势起伏，影影绰绰的村庄，让人感到一丝怀旧和感伤。

夏卡（Sciacca）

西西里有所谓的统治者之城，由思想启蒙的贵族按照理想城市的梦想修建而成。诺托（Noto）在1693年的地震中变为废墟后，被修建为一座统治者之城：有三条平行的主干道，有广场、教堂和贵族的府邸，还有平民的房屋和作坊，逐渐形成了城市的活动空间以及城市的生活方式。

人们常常穿过灰色区域来海边。几乎有城市的幅员那么大，但没有任何城市特征。一个广场周围伫立着巴洛克风格的教堂，有石柱和各种装饰，一座宫殿和几个简单的楼房。更远一点，在山突起的地方或者一级一级的斜坡，大量的人群几乎无法分辨。狭窄的街道上，氛围凝固，贫穷和单调。虽然这些地方有一万到五万居民，但看起来没有人住。路上，在昏暗的街道，遇到一位老妇人，一名骑在骡上的男子。

所说的农民城市，是西西里城市的另一个类型。居住者多是农民工，以前每天早上都在周围的田地里忙碌，现在成为小农、雇农或者时令工，形成了新的生活方式：带着流传已久的封建结构，虽然在现实中已经消失，但仍给他们的思想和习惯打下深深烙印。

塞利侬特

在神庙区的前方是一小段旧城墙。相互挤压在一起的石块给人一种感觉，仿佛它在感谢重量的艺术提供的支撑。克莱斯特在穿越一个门拱时说："它伫立着，因为所有的石块都要在同一时间倒塌。"

塞利侬特

在阿波罗神庙有该城的铭文，写于战胜塞杰斯塔（Segesta）之后："在众神帮助下，塞利侬特居民获胜。在宙斯、赫拉克里斯、阿波罗、波塞冬、廷达瑞顿、雅典娜、梅拉佛罗斯帕西克拉特娅以及其他神的帮助下，但主要在宙斯的帮助下。"

骄傲的塞利侬特只有两百年的历史，伫立着八座神庙的地方，如今是古代世界最大的遗迹。在近海的偏僻地方，是一大片杂乱的柱石，直径最大为三米，巨大的石块和柱顶盘。这种规模也超出了希腊风格。碎石瓦砾之中长出了蓟草、乳香木和野芹菜。

在不远处，埃克狄库萨（Eocche di Cusa），可以看到修建神庙的采石场。在没有任何树荫的树下，是清理过的柱顶和柱身。从后面的墙体伸出巨大的石柱，半掩在岩石里。当迦太基人出现在塞利侬特面前，末日来临，此地永远闭上了眼睛。

野芹菜的名字来源于塞利侬特这个城市名，其枝叶是塞利侬特的象征。G告诉我，人们用野芹菜叶做成花环给胜利者带上，同时，也把它放在死者的墓地，表示悲伤。

塞利侬特

塞利侬特巨型神庙群令人惊叹的地方还在于，它的建成耗费了近百年的时间。到今天，人们对于神庙群被毁坏的原因毫不知情，神庙的遗迹也仅剩下碎石而已。一些人认为是地震造成的，但是他们低估了争夺岛屿统治权的激烈程度。迦太基两次占领并摧毁塞利侬特。在两千多年后，从细沙中挖掘出来的神庙，让希托夫（Hittorf）得出一个决定性的观察结果，即希腊的宗教建筑具有多样性。

在一段靠海的高原上，人们借着残迹和石块重建了希腊时代的两座神庙。18世纪的旅行者肯定会很难理解和接受重建已经倒塌的建筑物。克雷格罗维乌斯（Gregorovius）1886年在30年后重返塞利侬特时，也不无顾虑的评论到考古学对诗的排挤。遗迹不仅让他，还让其他以前的旅行者都产生了敬畏和悲伤的感情。但是确切知道了曾经的重建之后，这种情绪变得不再真实。他们更主要的是寻求这种情绪，而不是历史建筑。寻找的是对过去的敬畏，而不是知识。所有的历史在短暂兴起之后进入漫长的低迷状态，这种认识一直笼罩着本世纪，不管多么相信未来。

继续

克雷格罗维乌斯是这样写的："1853年我来到塞利侬特，东山上的神庙已经因为法尔科山（Serradifalco）的发掘可供参观"；但是挖掘工作并没有继续进行，所以神庙的废墟仍旧体现着狂野自然的美。爱神木、乳香树和扇叶棕榈矗立在碎石中，攀爬者的脚步惊走了纹路斑斓的蛇。现在，挖掘者在和自然的斗争中再次成为胜利者，和所有被科学占领的古代废墟一样，废墟的诗意也完全被毁掉。被各种植物围住的神庙石块，其悲剧性的沉沦似乎在接受自然的补偿，鲜花覆盖了被毁掉的辉煌，除此以外，感受过于艺术化、过于诗意的漫步者，只能无意间看到冷酷的、甚至清理干净的楣梁、墙面、三槽板、柱石，集体移位到赤裸裸的土地上，只缺少一个编号或者标识，表明自己是井井有条的考古博物馆中的一个物件。

科学上取得的新进展，到目前为止，都是想象力的损失。因为诗歌创作和艺术最内在的生命力源自秘密，真相大白不异于事实的残暴。如果考古学家或者人类学家向荷马展示了阿伽门农和阿基里斯的木乃伊，证明这些英雄虽然各个身长六尺，但是他们头盖骨中的大脑物质却非常少，因此会爆发特洛伊战争，那么荷马将永远不会创作出"伊利亚斯"这样的鸿篇巨著。如果大脑更发达，那些国王将不会因为一个美丽的逃亡公主进行长达十年的战争。我们对于世上之物的关系就是如此矛盾。如果菲奥勒利（Fiorelli）和施利曼（Schliemann）有理由欢呼，也许拜伦和克劳德·洛兰……

作者案语

　　上述句子谈到的感受，以对过去的同情为前提，了解诸如碑石之类的遗迹代表什么。这种感觉的损失也许可以解释，为什么我们的时代很少被沦陷的想法所触动，不管是外界的沦陷还是自身内部的沦陷。原则上讲，过去给时代精神留下的只是进行评判的理由。时代并非以历史学家的理解接近过去，而是伴随着曝光技术前行。

　　在几百年间，欧洲从来没有进行过一次透彻的罗马谈话。从波利比奥斯、奥古斯丁到但丁、佩特拉卡和马基雅维里再到孟德斯鸠和吉布，人们一直在思考在争论罗马帝国灭亡的原因，尼采也在尖锐而不可争辩的表达中参与进来。灭亡史的教训，对于思考有着魔力般的吸引力。

　　不知什么时候，人们的争论声渐渐变小，因为我们成了许多严重毁灭的见证者。现代社会令人吃惊的方面包括，自己时代的灾难无法再广泛激起普遍的设想力。哈布斯堡和不列颠帝国被摧毁，德意志作为帝国已经是昨日黄花。但是这个过程并没有令任何人震惊，人们丝毫没有受到周围遗迹废墟的影响。不是因为平静，而是因为感情缺乏。沃尔夫·约布斯特·斯德尔（Wolf Jobst Siedle）在一篇散文中描述道，对奥斯维辛集中营中的悲剧无动于衷，原因既是冷漠，又是无能，无法感受到东普鲁士或者西里西亚的痛楚。

　　晚上回到卡塔尼亚。早上和格鲁·卡罗约好见面，他是和朋友的朋友联系上的中间人。

前往卡塔尼亚

南部的天空并不是虚幻的、似乎空气都要消失在其中的苍白,不像北方的灿烂的大晴天;它的颜色浓重,似乎不透明,向上蔓延,同时又显得很近,像地面上深蓝色又薄又热的金属片。

在途中

也许和众多开放的神庙建筑有关,也许和岛上沿路意义深远的巴洛克宫殿有关,乡村的房屋形成的封闭、拒绝外部的特征越来越明显。看起来,好像没有由美观和功能简单组合成的乡村建筑形式,不似海那边的墨西拿。在看似不像宫廷的建筑群中,大部分房屋给人的感觉是:毫无艺术性可言。粗糙的砖瓦堆砌,仅仅是居住者试图在自然和人的挤迫下寻求安全感。

作者案语

我碰到文森佐·杜萨(Vincenzo Tusa),他说,塞利侬特的神庙群当然不是由地震震垮的,虽然大家都这么说。古代神庙群的美不会让时代产生摧毁它的欲望。西西里在几百年间经历过无数次地震,要是地震的原因,那么阿格里真托的康科迪亚神庙或者塞杰斯塔的神庙也应该早就倒塌了。他还在城防设施中找到了楣梁和柱顶盘,那也是城墙的一部分,在迦太基第一次和第二次占领塞利侬特期间修建的。对他来说,上述情况能够证明神庙群遭到的损坏。到目前为止,塞利侬特只有不到十分之一的部分被挖掘出来。

卡塔尼亚

楼房是当时富丽堂皇的奢侈建筑中的一栋,在世纪之交曾被看作是奢华和浪费的象征。檐柱蒙上厚厚的灰尘,褶皱上的装饰早已失掉了原本的颜色。格鲁·卡罗在大厅等人,他陪着一位消瘦而高大的男子,自我介绍说叫东·皮杜。他的眼睛深陷,圆圆的头顶头发剪得很短,仿佛戴了一顶软帽。整个人让我联想到带着面具的死者,眼睛睁着。

我们走到对面的酒吧。当问及我对此地的印象,我们很快就谈到息拉科斯和阿格里真托遭受的破坏上。东·皮杜认为，一直就是这样的，没有任何变化。每个时代都会颠覆过去。人们不可能把一座城市置于玻璃罩的保护之下。城市是鲜活的，并不是供游客参观一眼然后立刻离开的博物馆。

　　我的理由是，新建筑和以前的建筑不同，拒绝了岛屿上原有的生活习惯，而他不同意。他说道，所有的游客都很情绪化，没有同情心。他们看到照片上如花的风景，并不会想到房屋外表背后的年久失修。没有人关心别人的生活，大多数人对意大利的印象来自歌剧。他带着尖锐求助于格鲁·卡罗："他们坐在一起，期待着穷困的表演者来一场栩栩如生的表演。就算他们的期望值发生变化，也一直是这样。温克尔曼和歌德寻找古希腊和古罗马，而英国人寻找漂亮且渴望引诱的女人或者年轻男子，现在的游客目标是神庙、树林和雕像。只要是古代的某种形式就行。但是用这种方式来接触历史，令人不快。"

　　他激烈的言论令我感到惊讶，但毫无疑问，他说的有一部分的确有道理。我回答说，岛屿总要依靠来看表演的人继续生存，也不觉得把游客都赶走有什么意义。这不是情绪化，而是出于经济上的考虑。他也承认，然后说，西西里在经历了比较失败的工业发展之后，只有旅游业和农业得到了促进。我想从格鲁·卡罗那里知道，他是否已经联系好，皮杜插进来。"您说'值得敬重的社会'"？随后，他强烈断定，完全没有必要等待一个值得敬重的社会。人们十分害羞，保持神秘是他们产生影响的一个条件。我们很衷心地道别。

卡塔尼亚

　　晚上回到酒店。想起有意思的对话，开始思考，是什么让古代世界到今天仍旧充满吸引力。在19世纪早期的一本旅游书中，作者写到，一个西西里人跟邻居说："这是北方来的人，他游遍了全世界。他们总是在追寻古典文化。"这个北方来的人是指作者。

　　对古典文化的追求仍旧存在，甚至比很多人设想的更为强烈。古典文化成为评价时代艺术是否有张力的标准。没有人能够躲开，即使他了解古典文化对后人的矛盾影响。从整体上看，正是古典文化在德国让思想富有生产力。"拉奥孔"和"伊菲格涅亚"，海伦神话，希腊之神和荷尔德林的史诗直到"悲剧的诞生"都是思维绽放灵感闪现的标记。

但是另一方面，古典文化也有负面影响，令活人变成石膏像和雄辩家。人们不知争论了多少次，歌德或者席勒在追求遥远理想时谁的收获比损失大。德国古典文学的神话，思想的形成，自古以来就属于德国行为的特点，很多其他地方表明了收获有问题的方面。有人想为歌德早期的诗创作"浮士德 II"，冲动的热情在对古典文化的印象中逐渐冷却，留下来的仅仅是回忆和失去。也许古典世界自从温克尔曼以来就具有一种魔力，而魔力带来的厄运、徒劳的争夺和曲折，比人们知道的多。荷尔德林也因为古典文化而心碎，而不是因为失败的革命。伊莉莎·巴特勒（Eliza Butler）有本书《统治过德国的希腊君主》描述了这一过程。

卡塔尼亚

想到一点感到很吃惊，德国古典时期的诗人从未认真考虑过前往希腊，从希腊的历史中了解其神话故事、社会规范和真实世界里人们的思维面貌。歌德本人在1786年游历到意大利和西西里，还打算横穿海洋，但是瓦尔德克（Waldeck）提议一起去希腊，遭到歌德的拒绝，似乎提议十分可笑。虽然这个国家在那个年代并不先进，在奥斯曼帝国的统治下很难进入，但这是唯一如此的国家吗？1815年，歌德对苏尔皮茨·布瓦塞雷（Sulpiz Boisseree）说，"他肯定在哈德良（Hadrian）手下生活过。所有罗马的东西都很吸引他。他的理解，事物的秩序，都告诉他希腊的本质特点不是这样。"

然而歌德的资料几乎全部源自希腊神话而不是罗马文化，普罗米修斯、海伦娜（Helena）和娜乌西卡（Nausikaa）丰富了他的幻想，而不是马里厄（Marius）、西皮奥（Scipio）或者安东尼（antonius）。他似乎又强烈的保留、了解所有理想世界中的艺术人物，宁愿仅用心灵来寻找希腊之国。

歌德对雷默（Riemer）也说到过类似的担心。"伊菲格涅亚"是对希腊文化了解不足的产物，如果他对希腊了解更多一些，不会写下这部作品。"只有残缺的认识才有创造性"，他补充道。

续上一段

温克尔曼的行为也出于上述考虑，他不断表示要前往希腊。但是苏格兰人亚当，后来的牛津伯爵夫人，爱德华·沃特利·蒙塔格（Edward Wortley Montague），里德尔男爵（Baron von Riedel）试图劝说他时，他每次都很生气的拒绝，自己给自己去希腊制造障碍，或者解释说，他年纪太大。他说，对希腊的渴望让他害怕，如临大敌。

作者案语

歌德和温克尔曼都有预感，希腊之旅一定失去比得到的多。1843 年格拉德内瓦尔（Gerard de Nerval）从君士坦丁堡写来的信中有所体现："我已经失去了世界上最美的一半，失去王国，失去省份。很快，我将不知道自己的梦想会飘向何方。"

卡塔尼亚

一切比期望中进行的快。昨天晚上，在做笔记时，接到了一个陌生人的来电。他以老式的套话介绍自己，说是中间人，询问我希望什么时候见面。约定时间后，我想知道将会和谁面见，他用果断的语调回答："一个重要人物！"

今天早上，启程前往岛屿内陆之前，陌生人又打来电话。他说，由于我是外来人，想给我省去所有不必要的麻烦，中午 12 点在卡塔尼亚公路的南出口等我。

我提前十分钟到达了约定地点。马路上几乎空无一人，偶尔有车缓慢开上坡，然后掉头，再缓慢返回。货车还未在转弯处消失，就出现一辆旧的菲亚特 Seicento，在几米外停下。司机像是穿着制服，费劲的下车，围着车走来走去，弯着腰打开了车上的围栏。

跟我迎面而来的男子大约 65 岁，个子不高，穿着深蓝色带浅色细纹的西装，头发整整齐齐的梳到后面，外表一丝不苟，可能是一名律师或者银行家。在我们互相问候时他没有介绍自己的名字，避开了所有不愉快，略带嘲弄地表明自己准时，说到了我们共同认识的人，最后为他自己德语不够好而道歉。

他把我带到一间很简单的餐馆参观，里面是很普通的民俗装饰，墙壁上挂着渔网，栽种了植物的细耳土罐，彩色的西西里木雕。湿壁画上，独眼巨人的颜色已淡去，他在向奥德修斯等人扔石块，奥德修斯则在岸边不远的露台上。

大门口是态度热情的老板，一直在跟客人点头打招呼。老人带着我学不来的休闲神态，介绍了一些情况，向老板介绍我，让老板带我们就座，点菜。

在我们来此的途中他曾提到过，他有几个最好的朋友是德国人，在30年代末期时，他多次到过柏林和莱茵地区，战争中他还结识了一些德国人。但是现在联系都断了。隔开人们的不仅仅是年纪。

吃饭期间，他又一次谈到刚才的话题。他说，说到文化的距离，从那不勒斯开始就存在巨大的文化差异。但在西西里这里，文化差异是不可逾越的。他似乎预感到我有话要说，带着辩解的姿势补充到："德国人对这个国家的热爱总是得不到回应"。服务生把头盘送来，他评论了一番，在说到准备蚕豆和稀少鱼类的料理方法上，提到了德国人"神"的特点，无法接受的"化学反应"，甚至说到了悲剧。他说，"法国人或者西班牙人从来没有爱过我们，西西里仅仅是作为权力争夺或者掠夺的目标。也许我们因此而理解他们，他们也这样理解我们。但德国人从来不这样，对德国人没法这样做。"

某一刻，我差点以为他选用了很有策略的开场白，马上就要建立起某种距离感，不再让我追问什么。然而，我的猜测明显低估了他。谈论了几句墨鱼酱意大利面后，他用完全不同的内容令我惊讶："比如说，维斯康提（Cisconti）来自北方，在电影《该诅咒的人》中错误的理解了德国的过去，他在托马斯·曼的《魂断威尼斯》中都干了什么！"任何反驳都被他挡回。我不能太保持礼貌了。小说意在暗讽，维斯康提把它变成一个肮脏的妓女故事。"都是粗俗的修饰"，留在我记录谈话内容的小条上。"就像影片末尾那张脸上画的妆一样"。还有："维斯康提虚伪的眼泪"。他对那些名字和内容如此熟悉，我还未表达出自己的惊讶，他已解释到，也许选择了错误的例子。维斯康提根本不了解西西里人。蓝佩杜萨的悲剧叙述诗，在他的评论中是十分颓废，似一场永不结束的舞。和书中不同的是，他们并没有意识到即将舞到深渊。并且："结尾又是眼泪。一个肮脏老人的脆弱。"

然后，我们谈到了岛上的生活水平，战后的发展，我问他黑手党的角色和意义。他似乎很惊讶，看上去充满不信任。过了一段时间，他说，黑手党是一个神话，产生了影响，也设定了界限。他们只在19世纪真正强大过。但都过去了，就算一些浪漫头脑并不愿意相信。他们的力量在于连贯的、对所有社会阶层都使用的世界观和原则，在于现在已经破灭的地方。我听说到的谋杀，只是过去的传闻，多是由"科萨·诺斯特拉"（Cosa Nostra）（美国黑手党犯罪集团的秘密代号，意为"咱们的行当"，多为家庭组织，据信与西西里黑手党有重大联系——译者注）造成的，而不是黑手党。他多次一句一句的表达自己的看法，并以此总结自己的观点："现代世界不会妥协，不接受特例。"

他坐得很直，近乎僵硬，虽然小小的房间里特别闷热，他一点也不困倦，额头上一滴汗都没有。稍稍停顿了一下之后，他意有所指的说，他不需要在任何人面前为黑手党辩护，黑手党从来就不是一个纯粹的犯罪组织，他们才仅仅是世界范围内追求进步的狂热分子的密谋团体。"只需要稍加考虑，就能说明，人们绝对不会在恐惧和落后的基础上建立起一个稳定的组织。否则也无法扛过如此长久的追踪和打击。组织的持续存在总是需要信徒们强烈的内在动机。黑手党的特点和社会结构深深地植根于西西里岛——更确切地说：它就是原因。它的消亡意味着整个世界秩序的崩溃西西里特质我们的一部分灵魂也随之而去。"他不带感情的话，转入了嘲弄的口吻，加上了雄辩的味道，正是我所期待的。"我们现在都变成现代人了：受过启蒙教育，目光短浅，心存偏见，彼此相似，不可区分。"

然后他谈到西西里的工业化以及工业化带来的后果。他解释说，工业化已被证明失败，人们并未因为工业化变得更快乐，反而变得更贪婪。问题是，人们对现有的富足还不满足，就算供给品产生于他们熟悉的制度，他们仍旧心有贪念。"我们乐于回到古代等级森严的社会，在那里，每个人都有自己固定的位置。并非没有伴随着可怕的事情——美化是毫无意义的。但是毕竟提供了安全感和信任感，大家都很熟悉。有时候，我观察现在的新世界，就会问自己，我们的祖先在无法摆脱的贫困下是否像现代人一样备受物质折磨：为更大的房子、更快的私家车、更理想的对象而妒忌他人。妒忌会吞噬一切。"话语中透出一股激情，他补充到，"这就是现代生活缺乏价值的地方。人们争先恐后的追求物质。所有人都希冀分得一杯羹。在索取的过程中丢掉了自己的骄傲、坚强和自尊。"

老者谈论的时候，并没有提高声调，只是保持果断的决心。在稍远的地方围绕桌子站着的服务生走过来，收走碗碟。他一直等到他们收拾完离开，然后才继续开口。没有人还关心一个男子的所作所为或者不作为。可以追溯到以前，他在第二次世界大战结束之前观察过，先是德国人来了，然后是盟军，但是西西里人带着不知羞耻的狡黠，总是站在胜利者一边。

我提到东·卡里奇奥的看法，即西西里不断自我调试的意义主要和岛屿的历史有关，总是反映在新的占领者身上。听到我的反对意见，他几乎不耐烦的弯起身说"人们保住了脸面。您别忘了，荣誉是一项社会美德。不幸的是，现在没人知道这一点。"此时，我在记笔记的小条上写到：和美国人的故事片段。他讲述到："在盟军登陆后不久，一位美国军官邀请我吃饭，他无法理解我为什么要拒绝他的邀请。'我尊重您的态度'，我对他说，'我知道您邀请的是重要人物。但我是被打败的意大利人，战败者进入战胜者的屋子不妥！'但是军官完全无法理解我指的是什么。这就是我今天要提出的：现在我们都是美国人。"

他快速做出退让的姿势。我想认识西西里，但不会发现很多关于西西里的东西。他心目中的西西里早已不复存在。是考古学家的事情。阅读相关的书籍，可以了解得更多。比如说，乔万尼·维尔加（Giovanni Verga）的书。我们前面的渔港是其长篇小说《马拉沃利亚一家》中的情节发生的场景。然后回到谈话的出发点："兰佩杜萨已经写下我想说的话。他表达而情绪触动着一个正日益缩小的少数民族。我们不希望迈出进入未来的步伐，未来只对北方的资本主义者有好处。已成定局的是：西西里永远不想被唤醒，只愿意梦想，并最终被历史遗忘。现在那些将西西里从沉睡中叫醒的人，将不得不看到自己的失败。"

在我们谈话的过程中，餐馆里就餐的人渐渐都走了，服务生半围着我们，比刚才多了几个。邀我吃饭的老者问我是否可以带我看乌尔西诺城堡（Castello Ursino），是13世纪中期弗里德里希二世令人修建的。我将他送回城里，送到港口地区一栋富丽堂皇的黑色楼宇，带有四个巨大的圆塔，十分坚固，足以经受1669年火山爆发时岩浆涌过的考验。大门口大约有40人，了解到他们被拒绝参观后十分失望。博物馆意外的闭馆，管理员解释道，他只是按照上级的指示行事。

老者做出让我跟着他的手势，走向看守者，对他耳语了不过两三句话。很快，看守人就摘下了自己的工作帽，请我们进去。我同行者似乎觉得没什么了不起的，带我穿过用遗留下来的雕塑装饰的内院，并十分愉悦地向我说明这里的收藏品：古代的武器、马赛克、古典时期和中世纪的雕像。他偏爱由象牙和骨头精雕细刻成的一个神龛，以专业的口吻高度评价其精湛的工艺。

半个小时之后,我们经过那些还在等待的人群,重获自由。他推荐我参观大教堂。在开往教堂的路上,他说到了建筑设计师萨卡里尼(Caccarini);提到了圣阿加莎,遗物应该是供奉在教堂里;提到了文森佐·贝里尼(Vincenzo Bellini),遗体从巴黎转运到这里。在热闹的十字路口,他突然中断谈话,请我停下来。与我握了下手,然后就消失在人群中。

我一直试图发现,他对管理员说的两三句话是什么内容。但没有人知道答案。一个重要人物。

卡塔尼亚

工程师来电话。工作上的事情将留在图林。他对于和"尊重的人"的见面不无担忧:遇到这样的企业,要么会陷入危险,要么会上演喜剧,但两者都同样没有必要。

卡塔尼亚

在内城,巷道在小广场处交汇,有人在教堂的柱石前面放了一束剑兰,装在铁皮桶中,一个硬纸片上写着红字:两名教友在此处被黑手党射中丧命。

卡塔尼亚

摩托车坏了,所以不得不在城里闲逛一天。从外部区域的一个作坊开始,我徒步走到了城中心,经过已经倒塌的现代建筑,经过紧挨着它们的贫民窟,经过街道上到处堆积的垃圾。一个国家是如何失去审美观的?只有审美观,而不是其他东西,才能将公共空间提升为不同形式的艺术品。在文艺复兴时期,即便是建造私人房屋,也是出于美化整个城市面貌的考虑,或者出于修整城市布局的目标。在当时的很多档案中都有相关记录。我在某个地方看到过,锡耶纳13世纪就设立了一种纪念碑维护工作。其他城市也相继效仿。

我穿过旧城区边缘一个令人伤心的区域。在倒塌的木结构房屋旁边,敞开的大门上悬挂着一个木板,写着蓝色的字"翡翠酒吧"。很明显,这个国家的居民始终拥有一种特殊的天赋,能够将真实的悲伤通过语言和对建筑外观的整理加以遮掩。艺术在此终结,只能感受到荒唐的矛盾。

中午马路上空无一人，老城区愈发令人觉得压抑。黑色的火成岩，形成于17世纪末期的一次火山爆发，接踵而来的是一次地震，用来重建房屋，和巴洛克风格格格不入。设计和材料全不相符。在教堂广场上，有岩浆石做成的两个黑色大象，十分有名，大象背上还有埃及的方尖石塔。罗马和任何其他地方看起来都一样，一切事物之间都存在着神秘的陌生感。没有明证，也未经研究，人们理所当然地将这个雕像类比为异教徒的图腾。

在一家酒吧买了份城市地图。地图下方边缘有丰富的漩涡花饰，显示着城市的宏伟和辉煌。卡塔尼亚也因其美丽、历史广场和景点而闻名，包括许多不太重要的城市。原因在于人们渴望看到，不管是什么样的归属感，都很重要，并且以此来解释，自己属于自己所在的地方。

息拉柯斯

晚上又回到息拉柯斯。和工程师的朋友聚在一起。我告诉他们和"尊重的人"见面的经过，他们都一致认为，老者在争辩中的退让并非伪装：拥护者和德高望重者的民间黑手党正逐渐失去自己的影响力。与此相对的，有一种挺向上的联合会，完全肆无忌惮的采取暴力、对祖传的"社会道德"强烈鄙视。他们在西西里岛之外和多个国际组织有联系，嘲笑西西里的乡土习俗，组织大规模的卖淫、走私和贩毒。同时，他们还渗入市政管理和掌管公共资金的机构，大量投资建筑公司和保险公司。旧式的黑手党并不那么注重财富，而是近乎残酷的要求对它的尊重。他们的压榨行为也更多是作为下级政府的税收。他们把自己看作是下级政府。现在的黑手党则转变为一个犯罪性的投资公司。

只有卡梅尔·G.，胖子教授，反对所说的一切。在他看来，区分新老黑手党，把黑手党和科萨·诺斯特拉看作两个组织，彻底错误。谁要相信这种划分，就被欺骗性的策略引入陷阱，黑手党绝对不是"值得尊重的社团"，首先他必须得让人能够尊重。到处都能听到"黑手党文化"的总结，他对此也表示了相同的意见。每个人都知道，没有一句是真话。但是所有感情丰富、无力控制的西西里人总是不加思考的跟着说。

他们无法达成一致。后来我们说到萨尔瓦托·格里诺（Salvatore Giuliano），他在战后将帕勒莫（Palermo）南部的山区变得危险，但大家都认为他不是黑手党成员,而仅仅是一个小喽啰,一个莽撞的强盗,因为自己的狂妄自大而走向毁灭。

沃查认为,塔格里亚库洛(Tagliaculo)也是如此,一个拿刀的人,穿着红色裤子在息拉柯斯来回走动,突然有一天在小孩子的挑战下,把自己的裤子扔向阿波罗神庙柱石的围栏。有人拿开了裤子,但第二天又出现了同样的裤子。最后,塔格里亚库洛达到了和当局谈判的目的,他成了引导谈话的人。"我劝说他,试图让他别再做不法之事,容忍他可笑的骄傲。但一切都是徒劳。直到有一天,有人劝我'更灵活点'。我们商订,红色裤子只能挂在石柱遗迹之间的某个绳索上,以便其可以随时被拿开"。沃查既觉得好笑,又将信将疑,补充道:"事情相同的时候想如何改变它们呢?"

作者案语

在回酒店的时候,G 说,神庙对 18 世纪的旅行者而言也是政治批判的一种隐喻。实际上,简单、严格的几何是对封建生活弊端最尖锐批判的一种体现。神庙的鸟瞰图和世界的鸟瞰图相同,暗示着启蒙的推动因素来临。

卡塔尼亚

往陆地内部走到 F 家,他的职业是城市规划人员。他住在一排平房中的一间,平房每年都因为火山爆发而被蚕食掉一部分,但还长着歌德喜爱的杏树和桔子树。房间里的家具是特意找来的老家具,博物馆藏品式的光辉被现代设计所冲淡。巴塞罗那式的椅子,萨里南的桌子,中间是 Brionvega 公司的电子设备。

主人对英语、法语以及德语文学了如指掌,能够将我提到的《奥西曼提斯》完整背诵出来。他饶有学识的描述着美国新建房屋中旧房屋的改变世界的哲学如何变成了设计工业;流亡国外的生活环境让德国人的严肃认真更加城市化。

然后,F 谈起了西西里、西西里的历史以及居民的民族特质。对于阿格里真托和其他地方的规划有人问到,为什么对出处不屑一顾,整治旧有的街道,高楼伫立在神庙旁,水泥建筑挨着巴洛克建筑,广场降格成为纯粹的交通枢纽,他听到后十分吃惊，迟疑了一会儿给出答案，很明显又把问题抛回来，似乎是第一次遇到："的确，这是个有趣的问题，您说的很对。实际上这个问题很特别……必须好好想想。"

作者案语

莱昂纳多·西亚斯西亚（Leonardo Sciascia）加入谈话："以前无所事事的愚昧和不正常的安静是一种生活智慧。如今的愚昧是，用永不竭尽的精力，不停的工作，想抓住一切，毁灭一切。"

卡塔尼亚

毛洛·列维（Mauro Levi）的名字反映出西西里岛的民族混乱情况。我们一起在大教堂附近的酒吧。他说，罗马令希腊臣服之时，正处于其权力的顶峰。但是胜利很快化为乌有。农民和士兵带着理智有序的民族精神，带着后期文化的美好礼物，传递力量，这是罗马起到的主要作用。将被战胜的希腊当作被战胜的罗马加以庆祝，可以改动贺拉斯的一个词来说明："希腊明白，罗马不解"。

还说到了导致罗马灭亡的其他原因。但是最后他又回到原来的话题。他解释道，也许他低估了冬季的作用。但是对西西里人而言，他的想法具有煽动性，胜利者变成了失败者，失败者因为公开了它们的真实面目成为胜利者。

在艾特纳（Atena）

尼可洛斯（Nicolosi）后面不远处的路上，是宪兵，徒劳无功的为通行许可进行谈判，有一群人在围观。福尔克·科维里齐（Folco Quilici）搞到了地方长官的长期通行证，所以路上畅通无阻。日光下看不见排水沟，到了晚上，血红色的排水沟看上去像是在山上划出的伤口。只有白色的烟云在山顶附近徘徊，证明山的存在。

风景在逐渐发生变化。一开始，我们经过园地和农田，穿过灰白土地上茂密的树丛。左边是一座死火山，上面长满了绿色的栗子。然后绿色植物越来越少，在一块火山石上长了一些蔓藤植物。这片地区的历史可以从植物的种类和数量上看出个究竟。沼泽和泥泞覆盖了岩浆层，然后是染料木，然后是梨果仙人掌，最后是开心果和杏树。经过一段坡路后我们到达了类似月球表面的地方。道路的两边都是不稳固的黑色碎石，边缘锋利，沾满灰尘。一旦最近有火山爆发，又会重新出现大片绿色。

官方的担心似乎多余。路边的房屋都住着人，和往常一样，人们都站在马路上，商店也都开着。其中一个人进车里来说，火山岩浆离我们不远了，就像这个景点归他所有似的。他自荐做我们的导游。

从一座小山上可以看到岩浆经过留下的伤口般的痕迹。岩浆流入了橡树林中，摧垮了幼小的树苗，然后平静下来，静静躺在厚重的根系之间。过了好久才意识到这是假象。因为树叶在不断变色、收缩，突然没有明显的原因，树木应声而倒，爆发出火花，但很快又熄灭。在一瞬间，岩浆围绕着树木缓缓流动，将整个枝丫埋葬。

"智慧台"是磁悬浮列车的地面电台，我们在此结束了行程。马路上堆积了巨大的岩浆，堵住了去路。我们调转车头，从破碎的火山石上向上开。开出几百米后，两旁的岩浆堆积起来像伸出的双臂将我们围住，可以看到下面的山间电台。硫、灰尘和燃烧物混合的强烈气味弥满在空气中。不断有人抱怨，但岩浆似乎继续进入山内部，痛过地下结构出动了巨石。

踏上岩浆流堆积起来的山脊，眼前出现壮丽的景观。近处是五米宽的河床，岩浆从容向下流去。灼热的岩浆映得人脸通红。岩浆缓慢前行，周围一片寂静，给人的印象是冷静的暴力。在岩浆堆积物的表面，总是不断出现细细的、半冷却的灰尘。

这里所看到的一切远比后来更高处看到的令人惊叹，岩浆还是流体，像煮着的粥，咕嘟咕嘟冒着泡，流向山谷。紧挨着我们上方，在火山爆发点一侧，有一架直升飞机，螺旋桨的转动增强了山体的回声，听来震耳。大家都在看直升机时，火山突然一阵响动，一股岩浆加快速度朝下涌来，带来大片碎石。在灼热中，空气似乎真的燃烧起来。因为岩浆的渗入和地面的裂缝，出现了黄色烟雾，和冷风交织在一起。烟雾中远在下方的卡塔尼亚，什么都看不见。如果不是站在斜坡上的人，我几乎以为经历了上帝造人的第一天，观察到了地球起源的过程。

续上一段

在返回的途中，不到贝帕索（Belpasso）的地方，房屋的一面墙壁上写着："极限艾特纳！西西里和您一起！"他们说这绝对不是西西里人写的。这句话在几天前也出现在威尼托（Veneto）。

在艾特纳上面

有一个传说，恩培多克勒为了隐瞒自己并非长生不死，自己跳进正在爆发的火山中，但是凉鞋被抛出来，因此秘密被泄露。哲学家之塔与此有关。

在人们的设想中，恩培多克勒总是与赫西奥德和荷马为邻，是他之前某个时代的歌颂者。实际上，这位了不起的人物和苏格拉底同一时代，和荷马相隔遥远，如同歌德和雅各布·伯姆相隔的年代。他在牧师般低声吟诵的诗歌中肯定起过十分特别的作用，因为希腊文化正试图甩开神话的负担。

是在对自己所处时代的陌生感中，荷尔德林重新认识了自己，并因而从未间断地重写恩培多克勒戏剧么？无论如何，各个版本中的相同主题都在向前发展。

作者案语

对于后来的世界，恩培多克勒实际上是跳进了时代的火山。除了几位哲学家之外，接下来的几百年间没有得出任何关于他的研究结论。可能是图宾根教学学校的孩子，在两千五百年后才重新发现他。但直到一百年后，当尼采和施特凡·乔治从历史中重新提到他和荷尔德林的时候，他才进入人们的意识领域。

虽然他们中的某个已经随着时间的推移变得更为陌生，不过，陌生才使得他们在现代社会吸引人们的兴趣。人们对即将来临的工业十分恐惧，唤起了人们以前的、不符合时代的需求和特殊的偏好，思考出离了现实。在世界明显变得更为复杂的同时，人们在最简单的事物里面寻求逃避，出现了歌手和预言家。从这个意义上讲，尼采不仅仅作为荷尔德林的代言人，也成为《查拉图斯特拉如是说》的作者，让拜火教的光明使者来对抗身处的时代。

续上一段

在荷尔德林眼中,当下并不那么像陌生人,而是像一个乌托邦式的急躁已经到头的领跑者。但是当下主要将他当作伟大的被摧毁者,借助他来营造自己的痛苦。克赖斯特,毕希纳,海涅也和他是同一类人;而歌德和其他人一样面临危险,但是却能够自我约束,毫无怜惜。文学作品中经常出现家庭教师,这种偏好属于失败者,属于尚未完成的毕生之作,反映了作者自身失败从而增强了作品的悲剧色彩。

在途中

经过艾特纳,来到西部。这片风景严肃的面相学。荒漠的色调表明,一种颜色可以有多少个调子。只是有时候,看到海,景象就变了。海水的蓝色边缘是细细的白色浪边,不断拍打着海岸。村庄常常看起来象不知从那里堆过来的石头,杂乱无章,没有生气。仅有一次,三只老鼠互相追逐,沿着房屋的墙体匆忙的跑来跑去。在街道的边缘,篱笆上长着芦荟,一些已经长出了茎干,但不知道是为了聆听哪些诗篇。

靠近伦蒂尼(Lentini)

在加油站碰到卡梅洛·G.,他们称他为"脑子不正常的教授",虽然他有急事,但还是请我喝了杯咖啡,告诉我非常重要的消息。他人很胖,很精神,穿着人造丝的衬衫,比我第一次看到他的那个晚上看起来显得更为宽大。在去酒吧的路上,他一路小跑,似乎要对自己和世界隐瞒自己超重的事实。他单身一人,据说他的晚上都弹钢琴度过,弹奏的多为舒曼的忧伤曲目和肖邦的夜曲。

他钟爱黑色浪漫文学,萨德侯爵,玛丽·雪莱和德阿努齐奥斯了解所有深僻的文学作品,撒旦的理论和罪恶主角的图像,从《强盗》到《无情的妖女》。几年前,他写了一篇关于焦孔达(Gioconda)微笑的文章,在我的理解中,文中从圣像学的角度解释了吸血鬼的形象。

他点了咖啡后,将我拉到一旁,抑制着心中的激动说到,他有惊人发现。一旦他公开这个发现,全世界都将聚焦于此。和每次重大发现一样,他的发现也能提供确凿的证据，一页一页，甚至逐字逐句。

在我的一番敦促下，他终于说出究竟。他说，有证据证明博尔赫斯在成群飞翔的鸟类身上，以数学证明上帝的存在。他还做出了更戏剧化的事情。得自己设想，人类的生殖器官实际上位于指尖、耳端甚至在肩膀。很可笑。尽管可笑，但也有可能。"但他们就在他们的位置上"，他用近乎庆贺的口吻强调每一个单词。只有中心部位才能让整个人体、让所有的力量的线条发挥到极致。标志交媾行为的内破裂、爆炸的每个顺序，没有长辐射半径是不可能的，因此，和他提到指尖的角度不同的差异比字面上的"三呼喝彩"更值得关注。差异很明显，带有超自然的性质，即意味着可以设想起操纵作用的创作欲。可以称之为神或者魔鬼，他本人宁愿选择魔鬼的概念。但是稍后，他又回到其对立的形象上，说到了"天才般的证明上帝的存在"。也许亵渎圣物的方式给他留下了更深刻的印象。

我的嘲讽令他失望，他几乎无法控制自己。后来我考虑了一下类似的愚蠢做法，就算值得人们去思考，它们无非是供人消遣，或者令人不快。某一瞬间，这个平时如此挑剔的男人变得如此狂热，这才让人不安。世界上有哪些荒唐事不是甫一出现遭人嘲笑或鄙视，最后却令人惊吓不已的？

作者案语

在意大利经常能碰到类似"脑子有问题的教授"之类的人。但是只有在西西里他们才显得最真实。伴随悲伤面孔的总是可笑的表情。

帕拉格尼亚（Palagonia）

在离艾特纳火山不远处的城市边缘，有一个小湖已经干涸。一旦秋季或者冬季装满了水，就会从湖底冒出珍珠般的碳酸气泡。然后湖水表面会出现水泡和喷泉。这里的人们说，湖底是众神的铁匠海法斯特的食物，他用火熔炼地下矿物。水泡是珀耳塞福涅的眼泪，她被海法斯特掠夺到地狱，希望以此来告诉众神自己多么不幸。

对人们来说，神话故事歪曲了历史真相，并没有什么大不了的。后来，珀耳塞福涅爱上了铁匠海法斯特，自愿留在地狱。但是岛上居民的经历和神话故事一样历史久远，将故事内容和自身的生活体验结合在一起，不再了解任何一种无关囚禁和抱怨的生存方式。

卡塔尼亚

一旦到达岸边的马路，在靠近海岸线的内陆，就能看到城堡和哨岗的遗迹。很清楚的表明，朝各个方向开放，面前永远是一望无际的地平线，几乎没有可以提供保护的陆地。

续上一段

在西西里岛比在大希腊其他地方更容易碰到美杜莎的形象，是因为考古而造成的巧合吗？她的眼神极其富有侵略性。西西里的徽章上面是特别无助的人头，似乎出自儿童之手，头部下方是三条腿，也是戈耳工主题的一种表现形式，属于古老的象征。它出现在雅典娜的铭牌和雅典、爱琴纳岛和潘费里铸造的硬币上。自4世纪阿加索克利斯（Agathokles）统治西西里岛开始，上述象征逐渐传播开来，后来成为该岛的标志物。

再后来，哥特时期，欧洲出现了三面体，用于德国和瑞士的纹章学，以及造型艺术，希罗尼姆斯·博什在慕尼黑绘画陈列馆的"最新审判"。然而，一方面给人三条腿的妖怪追打自己的印象，另一方面，西西里人在一千年的生活体验中不断的制造象征的变体，形成了永不逃避的形象。

东·卡里奇奥，沉迷于类似的事情中，他提示我，另一个岛屿曼岛从13世纪开始也用三面体作为自己的徽章图形。

恩纳（Enna）

晚上在破旧的公路上从卡塔尼亚前往的恩纳，那是西西里岛上最原始的聚居地，几百年来，都是农神得墨忒耳的祭坛所在。到达以后发现似乎没有人居住。在夜空下，只能通过明暗不同的黑色辨认出山上的轮廓。锥形的山体表明有火山。明晃晃的车灯照耀下，在道路拐弯后出现一颗散落的星星。习惯了依赖电力的生活，眼睛突然觉得无人居住的环境有危险性。夜间行驶时感受到的恐怖，在几百年前的旅行有几种早已有述，完全控制人本身，如斯温伯恩或者利德塞尔写的那样。在帕特里克·布赖顿（Patrick Brydone）1770 年写的一篇旅行报告中说到：

"一旦光线变暗，我们立刻回到小船上，奋力向海边划桨。我们的舵手事先告诉我们必须这样做，目的是保障夜间行驶的安全。"他说，"这个地区的居住者不异于猛虎野兽，如果我们停留在陆地上，他们很可能趁着夜色从山上下来抢劫或者杀掉我们。对于海盗也必须保持一定的警惕，因此在晚上出来行动时选择离岸边不远的地方停靠，既让陆地上的强盗无法靠近，又让海盗觉得水位太浅不便接近，将二者都拒之门外。我们接受了他的建议。"

这类游记中提供的经验不仅让前行的每一步更加舒适，并且也在过去几十年中增强了西西里岛旅行的安全性。同时，人们付出的代价是丧失了想象力和亲身体验。突兀的岩石块，让 18 世纪的游客猜测后面是否有匪盗出没，在西西里岛上的希腊人眼中，却是奥德赛中独眼巨人和勒施多列庚的家乡，他们强壮有力，嗜食人类。西西里岛充满了关于神、半人半神、妖怪的传说，并不仅仅是古代想象力的功劳，人们对于自然的畏惧也成为塑造各种形象的原因。黑手党的神话中还能看到这种想象模式的痕迹：长久以来人们划归到黑手党身上的特征包括了危险和帮助两个方面。

恩纳

城市位于差不多一千米高的岩石高原上，陡立在地平线上，悬崖峭壁被人们扔下的垃圾所遮盖。直到现在人们才发觉，岛屿上的陆地，包括艾特纳火山区域，布满了坑洞。有时候云层移过，阴影快速的划过田间的棋盘，将田地笼罩在棕色、褐色、黄色的冷光中。

恩纳

赫拉奇奥·齐基基（Orazio Zichichi），是工程师的一位朋友，带我和一位曾经是民工的人见面。此人以前在内陆的大地产界工作，最近几年，在农民的骚动中，成为当地的发言人，承诺划分闲散的庄园，在社会主义下结束腐败，要请牧师帮忙念一封信，再也不需要给牧师几个鸡蛋或者几捆蔬菜作为报酬。据说，他在象征性的接收土地时直接和宪兵对抗，并要求他开枪：他代表人民的公正性。在土地改革过程中,他分到了一块贫瘠、很难种植作物的地皮。我的同伴认为,很快他就会意识到,伴随他生活和抗争了一辈子的希望,是他最宝贵的财富。他个子不高,腿不直,脸上有很多老年斑。我们开车来到一户穷人家,房子孤伶伶地独立在一旁。

他在这里生活了很多年,语气中听得出,对我们关注他的生活状态有点惊讶。60年代人们大量逃离农村,他也随之出来,后来住在城里的一个两居室里。

他有意识的低了低腰,走进了狭窄的房间。地板上是几年来风沙吹过的结果,可以零星看到脏兮兮的砖瓦。他说,感觉有点奇怪,但是一开始要放弃这一切并不容易。

我们问到土地改革失败的原因时,他没有给出回答,只是耸了耸肩膀。在返回的路上,他说:"我们西西里人喜欢把责任推给罗马人以及北方人。他们是外来人,外来人带来了贫困。但这一次也许不是。这里的土地是无法划分的。我们每个人分得的土地太小,不足以维持生活。在其他地方,如果有更大的权力,其他人可以成功地进行改革。但是一切都无法改变了。"虽然他说出了我们意料中的句子:"西西里就是不幸。"

我的问题他听错了。他说他并不是因为年纪大了才会纠缠过去的事情。但是当时一切都很简单。"那时候有管理者,他让我们的日子很难过。但是大家都知道该做什么;在很远的地方,城里或者北方,是所有土地所有权所在的地方。管理者很少来,我们都恨他。后来有了邻居,民工和拿每日工资的人。人们的相互支撑是因为亲属关系。世袭的敌意仍旧存在,虽然产生矛盾的原因早已被遗忘到爪哇国,没有人知道到底为什么结怨。那是我们生活所遵循的规则。"

他们曾经希望一切变得更好;也希望一切保持原来的简单状态。"不行",他说,现在他甚至不知道自己住的房子属于谁。人们告诉他,没有房屋所有者,房子属于帕勒莫的一家公司。公司的人有时候来看看,但是并不认识他。他也不认识他们。大家都是这样。

我们道别的时候,他说,他肯定让我很失望。但我应该听到什么呢?他觉得我应该问问他的孩子。他们分别生活在墨西拿、特拉帕尼、奥古斯塔三座城市。他们说他们还算满意,父亲搞不懂生活了。

他真正不理解的是，现代社会进入了原始的、传承了过去规则和条件的生活方式。只要这样的生活方式持续不断，人们就能在困境中支撑下去，不管是什么样的困境。现代社会中断开了所有的联系，甚至不允许出现对手的形象。对手带来的不仅是挑战，也是希望。在不同口号中进行的抗议行动，在街道上并没有表明上述看法，他们强调。

恩纳

我们和男子告别后，走过罗马街，是种界线，将长长的山城从中间一分为二。金发的人种十分显眼，比任何证据都更能表明曾经有诺曼民族统治过西西里岛。我们再次谈到之前的民工时，齐基基保证，让那人如此无助的并不仅仅是现代世界。新经历和传统的感知背景混合交错，后者又受到狂热主义和自怜的主宰。因此才出现了受伤害的概念。人们也听说毫无感情的西西里人，似乎来自上一代的遗传，常常抱怨岛屿的"牺牲品角色"：我们大家都倒霉！

我们很快就主题达成一致意见：和岛屿的开放形式有关。从公元前8世纪开始，不同的占领者在此进行镇压，然后又被新的占领者镇压，从统治者变成被统治者。齐基基还指出，"当地人"一词本身就意味着要受压迫的因素。虽然事实不再如此，但是受压迫的感觉已经深深地刻在所有西西里人的身上。

续上一段

乍看起来，西西里的本质特点并不那么遥远。德国人的精神特质也偏向于自怜，也充分尝到了牺牲品的角色滋味。伴随着历史心理学的背景，德国的表现也没有不同的地方。虽然德国的地理位置远没有西西里的夸张，但是也成为历史上的一个对象，每一次爆发都只带来不幸和毁灭。德国人的抱怨是直接针对自身的，西西里最终还是与此不同，持续的抱怨已经成为表示巨大不幸的必备因素。

来自笔记

我们说到西西里的命运问题时，齐基基说，狂热主义只是年龄和历史疲劳的代名词。

卡拉塔菲米（Calatafimi）

昨天下午在东·卡里奇奥家里。门都敞着，可以看到外面的露台和后面的花园，在炎热的天气下，花园里传来柠檬树的香气。东·卡里奇奥几年来一直在写一本关于西西里的书，按照他自己的说法，永远没法写完了。要写的东西太多，至少对于了解西西里的人来说，材料太多。他果断的一笑，说原本是想为自己没有兴趣创作找借口，陷入了历史，因为拒绝了现代，生活在对当下的否定中。"我才智上的自负只存在于曾经发生的事情中。"他有一个藏书丰富的图书馆，给了我一些关于西西里的书。

他的夫人是个了不起的人物，几乎比丈夫高一个头。可以看出她曾经是个大美女，但是年岁在她身上留下了明显的印记，将她变成一个由宽容、丰腴和精力组成的女人。她按照传统准备了一顿饭：头盘是西西里风味面食，由通心粉、切成小块的肉、茄子和罗勒组成，然后是蔬菜炖兔肉加辣椒酱，最后是桔子沙拉，配有油、盐、蒜等调料。东·卡里奇奥建议我从恩纳出发先往西走，然后逐渐向北行驶，那里有一些地方还保留着非洲民族的特性。

一大早我就出发，经过珀古萨湖，往南，在马扎里诺（Mazzarino）后面转向西边。在蜿蜒的柏油路上，穿过大面积的扬尘，很快到达一个贫穷、饥渴、干涸的村庄，看上去是贫民窟，让人想到西西里所指的概念。灰色和沙砾的颜色占主导，颅骨状的圆形山峰上覆盖着深色的沼泽或者扁平的常绿灌木丛。穿过缓和的坡面来到热气蒸腾的山谷洼地，不断看见新的山峰，山脊层层叠叠，颜色逐渐浅淡，直到山的轮廓在地平线处变成闪烁的模糊景象。

斜坡上到处是春雨灌溉造成的地缝，雨水全部渗进缝里：水只起到了破坏作用，没有带来任何帮助。地面上坑坑洼洼，似乎因为自然的神力，被阳光、严寒和大风摧毁。只有少数植物经受了一切考验。荒芜的草地，一点矮树林，还有没有叶子的橄榄树，沾满多年的尘埃。在起伏的山势后面有几只羊，它们正低着头吃草，最后消失在烟尘中。桥梁狭窄，令人不解的是，这里并不见水，只能从河岸比较苍白的颜色看出曾经有水流过的痕迹。在河岸边还有几丛芦苇，阳光毫不留情的照射在所有物体的苍白表面上。岩石阴影中的停车处吹来一丝不易觉察的风，灼热、尘土和干燥的混合了迷迭香和墨角兰的气味，不知从何处吹来。为数不多的村庄在路边显得低矮，道路上空无一人。

有一次，在临近中午的时候，在这个没有名字的地方可以看到一个简陋的农庄，门上挂着常春藤，远离公路入口的地方，烧焦的草丛中有一些石松和栓皮榆。周围有桂冠做成的篱笆，绿色看起来很怪异，呈现灰黄色，显得不自然。车停下来的时候，听到大门入口处传来泉水缓缓流淌的声音。随后，水声停止，似乎源泉已经耗尽。不久，水声再度传来，大部分水流都分进了细细的溪流中。

继续前进中

稍晚一些，这里的面貌发生变化。马路经过新种植的柠檬树或者橄榄树，有一些或大或小的绿色柠檬。新栽种的高大树木排列有序，似乎经过测量，仿佛想向世人表达进入文明进程的愿望。在周边是大的池塘，水由导水管导入，最后在管道系统分流，然后由风力驱动的水泵灌溉到植被上。还种植了攀爬植物，在刚刚开垦的地方，培土的痕迹不容忽视，成为该地风景的一大特点，让西西里重新恢复到几百年来作为富饶岛屿的模样。

即使人们的看法不同，但是大生产的需求促使各片土地联合起来，在长达数千米的庄园形成另一种形式的荒凉。歌德的小麦地具有"可悲的繁育能力"。与此同时，一个历史聚居地消亡。农庄以及深红色或者赭石色的雇工住所空荡荡的，让人联想到废墟或者断壁残垣中心占领意味着非人性化，没有与大自然共生而来的亲密，没有建立起持续几代人的人类和土地之间的互动关系。但是，田园风光逐渐恢复，只有变成不毛之地的山还保留了伤感怀旧的特征。

我必须在栅栏边停下。火车看守室年久失修，在半开的店门前有一个被遗弃的鸟巢。几株攀藤植物往墙壁上方生长，旁边是枝叶斜出的无花果树。室内的植物显得生机盎然，但房间似乎是远古时代的幸存物证。

当太阳靠近地平线，依旧没有更凉爽的感觉。灼热的阳光照耀在山上，往前几米，街道变成了黑色。似乎地面在散发白天吸收的热气。山体的线条作为背景，前面是一片紫色烟雾。我在日落时分进入的酒店，有一个很夸张的名字"米勒皮尼"。

作者案语

每种风景都反映了观察者带入风景中的偏见、理解和想法。即是观察者的瞬间感受。风景一开始只是地势，毫无规律的树木、足印、篱笆、突出的地方，但在不知不觉中，混乱的印象重新组合，获得了轮廓、特点，最后形成了理想的景色，具备了英雄气概、田园风情或者浪漫色彩。人们会问，在对眼前景物一无所知的情况下，那种感受形成景色给人的印象。

卡拉塔菲米

一百多年来，西西里西部呈现出贫困贫瘠的面貌，导致人们对整个西西里的印象就是如此。但是一个世纪以前，西西里是人们向往的地方，也是世界上的富裕之乡，大陆游学的游客称赞它为欧洲最魅力的花园，猎狗在里面会因为花朵的芬芳而迷失猎物的踪影。汉堡人约翰·海因里希·巴尔特尔斯描述过不断结出果实的园地，永远的川田，歌德、格雷格罗维乌斯或者斯温伯恩（Swinburne）也作过类似描述。

不过，本书中的大部分笔墨都用在西西里岛东部，主要是卡塔尼亚和阿格里真托之间的地区。岛屿西部的土地并没有荒芜太久，18世纪末期变得肥沃，在文人的描述中，马沙拉（Marsala）从背景看似乎在麦浪中游泳。19世纪发生了什么事情，让岛屿失去了生机，成为欧洲最悲惨的景色？

续上一段

和G谈论上述话题，他提到了土地贫瘠的一个原因，即税赋过重，那不勒斯统治者、大地主和教会的压榨。其他人提到了意大利人的功利主义，仅仅看到自然可以利用，并不顾及其他因素，更不考虑可应用性。到了19世纪，短视的做法导致大面积森林毁灭，发生泥石流，恶劣后果一致持续到现在。所以，可以说，封建统治时期对西西里岛的过度剥削原则，造成了下层人们与大自然的关系紧张。土地无法承受如此沉重的压榨。

贝利切的圣玛格丽塔（Santa Margherita in Belice）

记忆中，小说中的多娜佳塔园还清晰浮现眼前：宫殿前的狭窄广场，正门敞开，可以看到里面依次修建的三个庭院。对面是沾满灰尘的种植园，矮小房屋的前厅，后屋靠近广场中心：其中几栋房屋有阳台，有山墙，颇有宫殿建筑的风范。后面城墙和屋檐上方,可以看到深处停车场内的树冠,背面在路口有教堂。

尘土让车的颜色变成白色,车队到达时,乐队开始演奏,敲钟,名人出场。首先是唐·卡洛杰罗(Don Calogero),市长先生,胸前是三色绶带,旁边是牧师特洛托里诺先生(Monsignor Trottolino),然后是公证员,医生和组织者。他们后面是当地居民,又好奇又安静。按照以前的风俗,进入宫殿之前必须先进教堂唱颂感恩赞美诗。在大门前面,大家等待管理者唐·欧里弗(Don Onofrio),年纪很大,弓着腰,须发皆白,身边是其丰满的夫人,仆人和八个宫殿保安,手上拿着打火石,帽子上画着猎豹。"一切照旧,甚至比原来更好",唐·法布里齐奥(Don Fabrizio)又重复了一次,试图在介绍中寻求安慰,因为世界上还有这片地方保持不变。

实际上,并没有什么夏日田园般的广场,没有酷热、欢庆和告别即将来临营造出来的难忘氛围。离圣玛格丽塔几公里远的蒙特瓦戈(Montevago)会遇到最初的记号:废墟,紧急住所,一些未完成的新建筑。其余的只有被碾平的地面。1968年的一次地震毁掉了贝利切(Belice)山谷的风景。

圣玛格丽塔也不复存在。孤伶伶的街道,突兀的残垣断壁,一堵残存未倒的墙壁。几乎所有房屋都已清空,临近倒塌。波纹瓦楞建成的兵营,似乎是偶然伫立起来的建筑,成为后来居住区的前身。圣玛格丽塔不再是一座鬼神的城市,而是从来不曾出现过的城市。

道路的曲折处直接连着一片丛林,被一圈布满裂缝的房子围住。只有马路上的栅栏可以告诉人们,这里曾经是圣玛格丽特的中心地带,包围居住区的广场是最重要的地方。

和以前的来访者一样,我们靠近别墅较长的一侧。别墅里有上百间房,是30个客人的住所、棋牌室、马厩和独立的戏剧室。前翼部分曾经是一座教堂,在外部入口倒塌之后,内墙裸露出来:祭祀、庆祝的门拱和壁柱,圣人和教皇的湿壁画,全由西西里的石膏师完成。半空中还悬挂着围上栅栏的铁器,围栏上装饰有镀金的珐琅,中间是双头鹰,侧面伴有花朵和几何图案。后面是沙发椅和赌本,供居民参加周日的集市。

面朝广场的房屋正面60米宽,层次丰富,"乳齿象般庞大的房屋"轻易地融入了简陋的环境。圆形拱门上有西班牙阿拉贡的徽章图案,底部用墙堵住,从开口处可以看到树木成群的内庭。柱上楣梁穿过窗户框架,还能看到曾经的绘画留下的痕迹:"天花板上,紫色云彩包裹下的丘比特祝福阿鲁杰罗(Aruggiero)从诺曼底到西西里之旅一帆风顺;特里同和少女在船边跳舞,心中很明白就要启程——进入波光粼粼的大海。"

在房屋正面的两侧是石制的黑板。费丁南二世在上面表达了对房主的感谢。他在1848年革命期间,差一点在那不勒斯失去王位,到圣玛格丽特躲避了一段时间。楼梯和露台都还在,栏杆的支柱散落在地面上,大理石的扶手也残缺不全。到处是深深的裂缝。钢琴前面是阳台,后面是舞会厅,都已倒塌,铁匠特制的栏杆扭曲的悬着。在围墙的另一边,别墅的内部,已经长满了野花野草。到处是残迹。

在废墟的公园里传来密集的水流声。在人造废墟形成的小岛上,洪水女神正将溪水倒入下方的沼泽盆地,身旁是那亚登(Najaden)和海怪。人们徒劳的寻找出路,但是找到的道路却随着时代的潮流进入了蜿蜒曲折之地和误区,将房屋变成了迷宫样的神话世界。雕像不复存在,神话中的英雄和没有鼻子的女神,带着圆形桂冠。进一步深入,看到缟花和假荆芥,倒地的石凳,长满矮树林,因为长年累月积累起来的霉菌而发黑。

光线透过树叶间的空隙落下,酷热的天气让人汗流浃背。没法再往前走。此地因常春藤而闻名,在南洋杉和棕榈树之间,矗立着几棵桔子树和橘子树,枝丫上结满果实。

这片废墟是朱塞佩·托马西·卡罗(Giuseppe Tomasi Caro)曾经看到的地方吗,他是兰佩杜萨诸侯,帕尔马大公,还有很多徽章头衔。他以浪漫的笔触写就了一部家庭史并因此而成名?兰佩杜萨的小说《雷欧帕德》中的多娜佳塔园没有经历过圣玛格丽特遭遇的摧毁。很快他就发现自己属于一个存在基础正在消亡的阶层,书中描写的就是消亡过程的开端。很幸运地完成这次旅行,唐·法布里齐奥一边掸下身上的灰尘,一边从村民中的教堂走回来。他到处问好,带来相关的信息:"饭后,九点钟,我们会高兴的看到朋友们都聚集在一起。"村民不断地提到他的话,"虽然选帝候觉得多娜佳塔园没有变化,但是我们觉得有很大变化,因为以前他从未有过衷心发言的机会,从这一刻开始,他的威望悄然消失。"

几乎不为人所觉察地成为三代人的起点。随着时间的推移和发生的历史事件，财物的损失，遗产和影响、威望在逐渐降低。兰佩杜萨在战后得到近帕勒莫的一栋倒塌的房子，在港口附近的巴特拉路。大约八十多年前，小说中雷欧帕德（Leopard）的曾祖父朱利奥（Giulio）买下它："我在海边有一栋房子，可以看到海"，选帝候说，"从屋顶花园可以俯瞰围绕城市的所有山脉。"促使后人重新购回这栋房子的并不是它所在的地理位置，而是家庭观念和对世界的依赖，希望将正在消失的东西保留下来。

他完全活在过去的世界，一个不显眼的人，一个在他脑海中已经失踪的人，几乎不说一句话。在他死后，很多人试图回忆起他。在弗拉科维奥（Flaccovio）书店的一次聚会上，各国的访客汇集在一起，他们几乎天天参观兰佩杜萨，或者马扎拉（Mazzara）咖啡厅，他曾在靠后的桌子上写下小说的绝大部分，他们肯定遇到过他。但是没有人留下深刻印象，也没有人描述过他的外表，没有任何可以帮助回忆的痕迹，他很安静，有一种保持距离的客气。忧郁和韧性使他沉浸在过去，在很多人心中，这也许是踽踽独行者产生孤僻念头的原因。

被问到他的职业时，兰佩杜萨一直习惯于说，他是选帝候。拒绝忍受，是有些事物过于强大。但他又无力反抗。他具有西西里的狂热，混合着骄傲和屈服，似乎从无际的远方来观察：万物的起伏，在两极和中间地带不断来来回回，反对的对象，同情的对象，人，一面算计着，一面无法自控，陷入盲目状态。雷欧帕德们已然退让，没有人能够避免，走狗帮凶占领了他们的地盘。唐·卡洛杰罗·赛达拉（Don Calogero Sedara）就是帮凶的原型，如同小说中所描述的，狡猾、贪婪、无知。在小说结尾，最后的选帝候萨林纳（Salina）去世后，过去的时代及其辉煌遗留下来的，只有曾经最爱的猎犬被蛾子咬烂的皮囊，和一些支离破碎的遗迹，已经毫无实际内容的旧式生活方式的象征。

兰佩杜萨保证只为自己，他写到，唯一的意图是结束悲伤。非常私人化的主题，几乎勇敢的放弃了对文学的雄心，差一点失去了《雷欧帕德》的手稿。几度犹豫之后，兰佩杜萨决定，署用假名向艾琳娜·格拉芙里（Elena Graveri）寄出已完成的文稿。艾琳娜·格拉芙里是贝纳德托·克罗齐（Benedetto Croces）的女儿。没有收到回复，他又寄出一份文稿，这次毫不犹豫的寄给埃利奥·维多里尼（Elio Vittorini），埃诺迪（Einaudi）和蒙达多里（Mondadori）的教师。维多里尼拒绝了小说，原因是，过于散文化，没有诗意。兰佩杜萨在病床上得知被拒的消息，只说了声"可惜！"，就将手稿放在一旁。很快，他的病情不断恶化，不久死去。又过了八个月，艾琳娜·格拉芙里才想起匿名邮件。她将文稿转递给乔治亚齐奥·巴桑尼（Giorgio Bassani），后者立刻认识到作品的文学意义，推荐给了费尔特里（Feltrinelli）。《雷欧帕德》从出版之日就获得了巨大成功。

其他

西西里在19世纪后期到达进入现代门槛的状态，在兰佩杜萨的笔下栩栩如生：岛上不加修饰的诗歌，居民，怠惰，投入，僵化，在类似圣经中下火的城市一样炎热的天空下；自古以来的悲观主义，社会变化，革命，权力交替，一个接一个的痛苦，一切都会变得比原来更糟。"你们会看到"，《雷欧帕德》中的一个角色在加里波第（Garibaldis）获胜后说到，他成为皮埃蒙的国王，"不许我们的眼睛流泪。"

但事实发生变化。以很特殊的方式看到这本书，和谁一起讨论也很重要，完全是无限的感叹，即便是最新的律师。"这就是西西里"，总是听到此类说法，"我们绝对就是这样！"可以想到，正是小说中不遗余力描述的冷漠，成为阻碍西西里进入现代社会的步伐。"西西里的本质特点"，选帝候的话曾被无数次提到，"都源自病态的梦想，包括最强烈的：我们的欲望是寻求遗忘，射击或舞刀是对死亡的向往，寻找舒适有趣的永恒不变——即死亡——是我们的怠惰，也是我们的冰饮，我们对虚无的事情苦思冥想，似乎想解决涅槃的难题……只有已经褪色的东西才能吸引我们的注意力。"

也许死亡的气氛，比大多数人意识到的更为强烈，包括现在的西西里，进入现代社会的过程被切断，以便最后重新回到怠惰的状态。唐·法布里齐奥曾称之为一个"没有希望的选帝候"。在和卡塔尼亚的"尊重的人"的谈话记录中发现了一句话："每个西西里人都具有选帝候身上的某些特点，无法安慰。至少，有了这本书以后，西西里人都意识到自己的特点。"

在兰佩杜萨为数不多的散文中，有一篇对幼年时期的回忆，其中把圣玛格丽塔的别墅称作"1800年的庞贝城"。指的是一个经历了各种历史考验后保持完整的地方。历史上，庞贝城遭受火山爆发和尘埃雨之后留下的遗迹，让西西里内陆最深处遗世独立。无论如何，维持到地震来临。

但是对当地的毁坏早已开始，兰佩杜萨在世时拒绝再看一次圣玛格丽塔的房子。房子归了一个叔叔，他在第一次世界大战结束后卖掉房子，新的房主将房屋的大部分进行现代化改装，修缮完毕后已经认不出原来的模样。兰佩杜萨不希望自己童年时期留下的印象被现实破坏："对他而言，童年记忆中的房子，是只有在梦中才会出现的房子。"他并不把自己当作家，而是当作一个有很多回忆的人，因此一直努力保留房子留下的印象。于是，他进入文学领域，他曾说，文学原本的兴趣就在于"失去的天堂"。

维纳利亚（Venaria）

返回途中，开过蒙特瓦戈之后，前往维纳利亚，圣玛格丽塔的居民周日郊游的去处。过了桥后，一段下坡路，然后是陡峭的上坡路，一直开到一座大门前，但是整个大门只剩下石头搭建的侧柱。兰佩杜萨曾经描述了这里原来的样子："宏伟大道：三百米长的道路一直延伸向山顶，道路两侧是两排松柏，不是圣圭多的小松柏，而是有上百年树龄的参天大树，一年四季都飘着松木的香味。松柏间不时出现河岸，还有一眼泉。人们在芬芳的树荫中来到烈日下的维纳利亚。是18世纪末期修建的狩猎亭，非常之'小'——可实际上至少有20间房。狩猎亭开口朝外，位于山谷之上，从高处望去，山谷显得更深更为绝望。"

今天，没有大道直通维纳利亚，松柏数量减少，隐约看得出曾经的园林梦想。道路受到雨水的冲刷，腐殖土因为小河流过而松碎，露出了光秃秃的石块。从河岸到道路两侧，破碎的地方已经长满野草，只能徒劳无功的寻找那一眼泉水。

狩猎亭也不在了。高处有一个水泥建筑，长方形状，很明显带有蓄水池，在石柱上，仿佛在踩高跷。狩猎亭只剩下地基，不会从坡面下滑。那里有两个农民工，对狩猎亭一无所知，也不知道以前的主人是谁。整整13代人的时间，这里都归萨林纳家族所有，还能看出他们曾经存在的痕迹。在西西里南部的日光下，他们强烈希望让一切变得更美。现在只留下历史，或者比历史更微少的信息。

赛格斯塔（Saigesta）

从维纳利亚上公路往北开。拐到特拉帕尼（Trapani）后不久，我就按照路牌提示朝赛格斯塔行驶。有人建议我首先经过神庙去更高处的剧院。那里可以看到紧挨着峡谷边缘的建筑，其后是坚硬的岩壁。另一面是大海。以前的旅行者还说，眼睛看到的地方没有民居。古代的赛格斯塔，位于平原，现在尚未发掘，对于那里的居民埃吕默人（Elymer），只有第三手资料。几乎没有游客去到那里。在下午的宁静中，可以听到下方的穴鸟不断传来鸦噪声，环绕在神庙周围。

很明显，柱子没有空隙和希腊神庙一样，和罗马神庙不同。也没有祭神室，柱体凸出部分，一切让人感觉建筑物僵化笨拙。人们由此推断出，尚未完全竣工。不过，意图很明显，神庙是野蛮的、被纳入希腊文化圈的埃吕默人的祭祀场所，祭祀对象是某个未知的神。

没有其他神庙能将自己和环境结合构成具有可比性的场景。与世隔绝，没有人烟，是给人的印象。同时思考着，因为有了建筑物，自然才得以成为风景。

作者案语

以前的人们总是在周日到郊外绿地或者到波茨坦郊游。水边只有树木、松树和有沙的草地。在树木之间，出现巴伯尔斯贝格（Babelsberg）宫殿的圆形塔楼，萨克劳的教堂或者孔雀岛的牛奶场，这些移动布景会改变一切。一段墙，几根石柱，或者门拱，构成小门廊，增添了庆祝的氛围，以及动人的尊严。在城市东部，我们常去的穆格尔湖（Mueggelsee）或者尼德菲诺升船机（Niederfinow），没有可以与之媲美的。我的父亲说，那是传统，圆形台蛋糕，带格子图案的桌布。

笔记摘录

"每个人心中都有一个世界，由他所看到的和所爱的事物组成。他不断回到心中的世界，即使他认为自己生活在一个陌生的地方。"出自夏特布莱恩（Chateaubrian）的游记。

马沙拉

入口处破旧的酒吧,然后是昏暗的储藏室,然后是餐厅,地面光滑,桌上菜品丰富,似乎有聚会。一位老妇人引起了我的注意,她一身黑衣,坐在街对面的屋外。身体前倾,一只手拄着拐杖,另一只手用绳子牵着山羊。羊扯动绳子,她就扭过头去,怀疑地观察。她不时的深呼吸,没有牙齿,脸颊内陷,瘦弱的身体努力挺直。嘴里似乎在嚼红色泡泡糖,泡泡很快覆盖了整张脸。一旦泡泡无声的瘪掉,老妇人就露出高兴的神情,再用大拇指根部把泡泡糖送回嘴里。

马沙拉

服务员告诉我们,她年少的时候在西西里岛南部经历了美军登陆。先到达的是飞机,发出灯光信号,直到海岸如白昼般明亮。飞机停飞后,一片寂静,可以感觉到即将发生什么事情。很快,海面上升起浓雾,近看发现是船只的影子,缓慢而巨大,比她在帕勒莫曾经见到的任何东西都大。但此时仍旧十分安静,船只停止不前,似乎不知所措。最后,一声令下,登陆门开启,船只内部出来登陆部队的哮喘,黑色的船,有轰隆的马达。她就在海岸边,能听到海浪拍击的声音,看到船只登陆海滩。但没有开枪。

海岸上停满船只,士兵涌出,准备就绪,快速而突然。他说,德国人和其他人,突然开枪,子弹从四面八方射来,从海里,从船上。在夜空中可以看到白色的子弹划过的痕迹,一直到利卡塔(Licata)都可以看到枪击的火光。

她没有发现德国人,也没有发现意大利人。但天亮时,她所在的沙洞中跳进一个美国人,用意大利语和他说话。服务生说,她来自卡尔他维特罗(Caltavuturo),希望一周后见到家人。她继续在海滩前行时,他给了她一个泡泡糖,一瞬间,他对西西里人感到骄傲。然后又很崩溃,因为意大利人惨败,他不知道自己属于哪一方,是胜利者还是失败者。

马沙拉

马扎拉港口,早上人群拥挤,在看过西西里黑色之后,视觉冲击最强的是东方色彩。人多，嘈杂，虽然人们只是闲散的站在那里等候。通常是突尼斯人或者摩洛哥人，他们是按日雇用的工人。要是一直有工作，早就不穿自己的衣服了。很多留下的人沿着城墙蹲在皮大衣或者铺盖上面，这是唯一属于他们自己的东西，似乎他们已经蹲在那里好几天了。他们困倦的样子似乎是种威胁。

作者案语

北非的雇工对西西里人而言，的确可以改变世界。自从人类有思想以来，他们只恨一个对手，因为他们在对手面前显得无力，自觉受到蔑视。如果从上自下的仇恨，那么会是另一种样子。

莫齐亚（Mozia）

划桨到达小小的附属岛屿。浅浅的水中有痕迹可以看出是古代的道路。在简陋的岛屿博物馆中，最近在竖起真人大小的少年雕像，是在附近发现的。还架在运来时的脚手架中，头部还有一个铁钩牢牢钩住，保持稳固。

力量和精湛技艺的组合，纪念和优雅的组合，不仅仅引起人们对艺术史的关注。雕像的头部，尤其是头部的头发令人想到某个时期的风格，为后世的雕塑提示了塑像主干、姿势和表面处理方面的要点。精雕细刻的外壁不仅没有遮掩雕塑，反而提升了雕塑的逼真效果，充分反应当时高度的技艺和审美意识。褶皱的组合表现在肌肉部分断开，然后又在身体的某个部位重新连接，一般是腰部，雕塑的左手手指会按住腰部，按进腰肉，雕塑的自然主义略显色情，比较符合那个时代的晚期特点。

专业人员还在争论这个雕塑的来源、什么流派、什么风格。一些人想到代达罗斯（Daedalos），另一些人想到酒神迪奥尼索斯（Dionysos），认为这个柔美的形象是在试图表现神的两性一体如埃斯库罗斯（Aischylos）和欧里彼得斯（Euripides）身上就具备男性和女性的特征。他们只在一点上达成一致，即这个雕塑神像的地位很高，没有增加多少新知识，反而表明，人们对于谜样的古希腊还有更多未知的内容要探寻。

莫齐亚

在泊船的地方等待返回。摆渡人在途中告诉我，天气晴朗的时候，可以在地平线上看到非洲的海岸线。

莫齐亚很长时间都是迦太基人的根据地，因此可以想到，少年雕塑肯定受到腓尼基人的影响。这里是一个枢纽，一切都来自这里。歌德曾在《意大利之旅》中说："西西里对我而言意味着亚洲和非洲，历史多次以这里为中心，辐射到其他地区，能站在这里就是一件了不起的事。"

作者案语

"歌德从来没有亲眼看过一本真正的希腊图画书，不可思议"，雨果·冯·霍夫曼斯塔尔如是说。

还有更多东西歌德没有见过。他途经息拉柯斯，却没有下来，在帕勒莫也失去了认识东方世界的机会，几年后在"东西方的睡椅"上庆贺这一机会。他按照自己的地理偏好行进，对原始植物的念头也和来源以及加缪斯特罗（Cagliostros）背景有关，和娜乌西卡计划有关，似乎他是席勒。最后他写到，他在梦中游览了西西里。

后记

和文森佐·杜萨讨论莫齐亚雕像的意义。他说没人能说服他。可以肯定的是，大理石源自希腊，肯定是一个有名的希腊雕像家创作的。时间大概在公元前460到450年。不管是外衣还是胸前的带子，都让观察者浮想联翩，不是希腊风格。但是在腓尼基时代有大量作品身着同样的服饰。

希腊的艺术史学家认为这个作品属于毕达哥拉斯，但是毕达哥拉斯并没有任何作品传世。不能忽视的是，雕塑是在迦太基时期的莫齐亚被发现的。他想到是一个富有的腓尼基人请人雕刻的。但是无法理解的是，所有的希腊神话都可以用到这个雕像上，也可以在这个雕像上终结。又是关于代达罗斯、迪奥尼索斯、驭车者等的政治。大部分艺术史学家眼里只存在希腊，他们永远是温克尔曼的人。

帕蒂尼科（Partinico）

经过特拉帕尼后向陆地内部开进，前往埃里塞（Elice）。该城位于山的最高点，山势平缓，山的另一面陡峭，像一个倒塌的祭坛底座。

在古代，埃律克斯（Eryx）是阿芙洛迪特神山。除开 19 世纪早期以及现在的一些建筑，其他地方都由砂石和碎岩石块建成，都是灰色，显得十分古典，似乎遗世独立。

所有居民似乎都在忙着摩托车比赛，赛程经过悬崖峭壁的斯珀帕汀那（Sperpetinen）。年轻人闪亮的本田和雅马哈似乎被错放到历史中。

在途中

穿过山脉，前往古堡，继续沿着海岸走。沿海大道上有很多小棚屋，是意大利各地的特点，酒吧叫夏威夷、里奥布拉沃或者施瓦毕隆。在岔路口经过一个旧农庄，院前种了一串串深红色的胡椒。入口前面是一排篱笆，灌木丛中花朵绽放。一个老妇人开着窗子，尽管热浪逼人，仍旧戴着黑色的羊毛头巾。

帕蒂尼科很久以来都是落后、文盲和迷信的典型代表，任何事情都和强盗有关。在旧市政厅之后，是臭名昭著的马多纳（Madonna）区，隔几条街是圣斯拜因（Sante Spine）区。是星期天，人们做完礼拜从教堂归来。人群最密集的地方是天主教堂前的小广场，教堂和广场之间只有几级台阶的间隔。几年前，这里曾经发生过鬼神般的游行。虔诚的人们躺在地上，在当地的神圣日爬上台阶，穿过歌德大厦的内部进入祭坛，一厘米一厘米的舔着地面。一种悔恨、奉献和自我修行。后来，这个在南部某些地方广为流传的习俗，被教堂所摒弃。

作者案语

即使在马路上的人堆里，在相互推推嚷嚷中，仍旧有一种无法克服的距离感。近距离的疏离。在周日的热闹之上，包围着特殊的安宁。南部的沉默。

帕蒂尼科

战后，萨尔瓦多·格里安诺（Salvatore Giuliano）在此组织过抢劫活动，他对该地的不同看法仍旧保持原样，是敬畏、骄傲和挫折的混合物。1947年他在社会主义和共产主义者庆祝五一时用子弹将他们全部射杀，也对他的名声损害不大。"西西里人对反叛者的赞美越来越强烈，胜过了对下属的厌恶"，英德罗·蒙塔内利（Indro Montanelli）说。格里安诺被追捕的时候，他正在岛上。他讲述了那个时期一段典型的故事。

"一次，我陪同宪兵进入蒙特勒普雷（Montelepre）的采石场。在石坡上看到一个年轻的牧羊人，子弹穿过他的头部。他自然没有任何证件在身边，蒙特勒普雷的人都号称从来没有见过他。

"然后尸体被人拖到村里的教堂，人们被要求分两排站立。我和宪兵一起观察每个人的表情。村民们毫无表情的从担架旁走过。像是阿拉伯人的脸孔。宪兵的指挥官也来自这个岛，想起来，他如何才能摆脱西西里投机者与生俱来的那种狡猾。他下令宵禁：在傍晚来临时蒙特勒普雷的每个居民都必须呆在自己的家中。然后他派出自己的人。他们光脚靠近每一户人家，在门窗外偷听，看是否有可疑的地方。

"事实上，两个打探者在一个小茅屋外听到了一个女人在低声抽泣。他们敲门，哭声突然停止。最后，女人打开门，宪兵用西西里方言问：做母亲的为什么哭泣？女人毫不犹豫的回答：'我哭，是因为驴子死了。'两人又说了几句，因为他们知道，驴子死去对于西西里农民而言意味着什么。当他们问到驴子被埋在哪里时，女人又不假思索的回答：'我还没有埋它！你们认为我可以轻易地将一头驴子埋起来吗？我把它卖给剥兽皮的工人了。'

"他们很快查清楚，剥兽皮工人并没有买驴子。因此女人就是被射死的牧羊少年的母亲。她当然知道谁是杀死儿子的凶手。也许是格里安诺，也许是他的对手。但是要从她口中听到一点线索，完全不可能。"

"萨尔瓦多·格里安诺不是黑手党"，蒙特内利继续说，"而是一个强盗惯犯。但是他点燃了西西里人的浪漫想象，用神话情节来修饰自己的强盗行径。当他开始把自己的神话当真时，他的不幸开始降临。威胁到很多人的这场厄运，夺走了他们的力量。到处都一样。草莽英雄和国家政要都因此下台。神话并没有说明伟人有多伟大，而只关乎平凡人的要求。"

补记

英德罗·蒙特内利还补充道:"不能把西西里人的特征和那不勒斯人的特征弄混,因为那不勒斯人软弱、爱欺诈、胆小、多嘴、只考虑个人利益,西西里人与此相反,强硬、骄傲、狡猾、有侵略性,简而言之,非常具有男子气概。但是西西里的所有美德都以奇怪的方式变成了不道德的犯罪行为。如果能够回转到某些西西里人的特点上,赋予其另一种寓意,意大利可以一下子克服许多困难。不过,我当然知道,这只是帮助自己度过困难压抑时刻的一种想法而已。"

笔记摘录

莱昂纳多·西亚斯西亚从黑手党的角度说起报纸上的一篇采访:"黑手党是生存在悲惨状态的代表,意味着严格和刻板的行为。黑手党冒风险,将风险和全民化的愿望结合起来,各个黑手党党徒身上都有这种特点。他们体现的是孟德斯鸠所说的'统治阶级的美德'。"从简单的意义上说,他们极具美德。在他们身上很难找到哪怕是最小的丑闻。没有离婚,没有毒品,没有对极端左翼的同情。他们痛恨秩序混乱,痛恨违反规则。黑手党党徒在私人生活和社会生活领域都保持着清教徒般的清规戒律。黑手党在自己的生活环境中非常无助的看着自己的价值观逐渐消失,他们所属的连贯系统一定是卡尔文会喜欢的。

从帕蒂尼科到圣朱塞佩

在辅路上碰到两个骑驴的农民。他们和常人一样,坐在后面,分别围着披肩。在逆光中,只能看到大概的轮廓。类似的场景,已经有三千年的历史,正在从现代社会中退出。想让他们变成最后留下的。

莱卡拉·弗利迪(Lercara Friddi)

马路上沟壑纵横,在此地附近,是一些硫磺挖掘地,是几代人眼中屈辱劳动和剥削的象征。在达尼洛·道奇(Danilo Dolci)或者卡罗·列维(Carlo Levi)的作品中都能看到相关描述。后来,硫矿被停止,激起人们愤怒的这个地方，逐渐被人遗忘。今天，当不幸仅仅是因为贫困时，曾经的硫矿显得比以前更令人绝望。

人们失去的还有从前的希望。几年前，东·皮杜告诉我，这里有一个庇护人，其名字中隐藏着某种偶像般的预兆：幸运的卢西亚诺（Lucky Luciano）在莱卡拉弗利迪出生。我在酒吧询问了同桌的几个男的，但他们都不知情。最后有一个人说，卢西亚诺不是在这里，而是在稍远处的科莱昂（Corleone）出生的。

续上一段

幸运的卢西亚诺，原本的名字是萨尔瓦多·卢卡尼亚，1898年在莱卡拉弗利迪出生，童年时就进入硫矿。不到十岁时，随父母迁移到美国。在曼哈顿东区的贫民窟里，萨尔瓦多在一家帽子厂工作，有一天，他将自己的所有积蓄都花在游戏机上，一下子赢了244美元。这个难忘的日子和不断重复的幸运数字，在无数移民和意欲移民者心中成为实现美国梦的保证。自此，萨尔瓦多称自己为"幸运儿"。

他从美国政府1920年宣布禁酒令开始走上坡路。卢西亚诺成为乔·马赛利亚（Joe Masseria）的司机兼保镖，后者是马勃利大街土匪区一个抢劫盗窃团伙的头目，成员都叫他"老板"。他被自己人杀掉后，幸运的卢西亚诺成为团伙的新头目。

卢西亚诺的成功不仅仅在于，他提出了犯罪的新的社会策略。他声称，所有的犯罪活动不能以暴发致富或者挑起所有人之间的战争为目标，而是应该争取社会地位的提升。如果金钱不能带来声望，那么金钱就没有任何作用，穷人区的鱼子酱吃起来不像鱼子酱，而是像穷人区的味道。住在贫民窟的人渴望沙龙中的童话世界。他召集所有敌对团伙的头目，形成一个组织，按照卡特尔的模式划分了各自的市场：酒品走私，卖淫，贩毒，赌马等项按照地区和组别分别分配。卢西亚诺自己在瓦尔多夫阿斯托利亚购买了一套豪华套房，成功打入富有影响力的社交圈。他严格禁止公开的暴力行为，在圈内越来越如鱼得水。只有一个原因能够使用暴力：作为"极刑"惩罚违反组织规则的人。如果谁泄密或者越过了自己的界限，就会成为杀手组织的牺牲品。

他制定的规矩一直保持不变,直到后来的纽约市长托马斯·戴维(Thomas Dewey)在30年代着手打击黑势力集团。戴维手上有一份90起谋杀案和其他严重犯罪活动的名单,但是几年来一直没有确凿的证据指控卢西亚诺。最后基于某个妓女的证词,才将"老板的老板"绳之以法。美国联邦调查局缉获了2300万美元,但很可能他的财富远不止于此。在监狱服刑十年后,卢西亚诺1946年被提前释放,移居到意大利。原因至今不明。传言说,幸运儿卢西亚诺在来自维拉尔巴(Villalba)的唐·卡洛杰罗·维齐尼(Don Calogero Vizzini)的帮助下,将黑手党变成了一个反抗组织。值得尊重的组织在墨索里尼的领导下真正陷入困境。然后,他们帮助美国人登陆西西里,在美军占领西西里岛后,黑手党党徒都获得了官职、荣誉和专门的赦免书。

幸运儿卢西亚诺在意大利也始终坚持自己的社会地位至上原则。他以商人身份在那不勒斯定居,买下一家意大利面工厂,一个家具企业,为穷人捐助大笔善款。但很快,他就成为分支众多、有快艇和飞机的走私组织,主要是往美国贩毒。他在那不勒斯机场等待同伙时被捕,1962年死于心肌梗塞。

当时东·皮杜在莱卡拉弗利迪,但是故事已经传遍了整个地区。到处都在说幸运儿卢西亚诺的神奇故事,实现了西西里的梦想,一生都在戏弄当权者。还有"人间奇迹"。他利用了自己的死亡来逃脱法律的制裁,但有时候,人们似乎把对他的赞赏和对他的尊重混为一谈。

从莱卡拉弗利迪到海边

启程晚了,太阳已经消失在山脉后方。道路工作者在城外设置道路指示牌,告诉我如何少走弯路尽快到达海边。他用铁锹在沙地中划出线路复杂、岔口众多的路线图,但一点都没错。

开了一段时间,停在他向我推荐的小路边,两边种满树木。我又在碎石路上开了一段,刚踏上尚未修起的下坡路,天突然黑了。有几次我都走岔了,只能谨慎选择前进方向。已是深夜,道路延伸至田间,手推车和早春雨水在田地留下深深的痕迹。每次底盘在光秃秃的地上摩擦或者碰到前面的石块时,整个车身都在轰隆隆响。左边和右边是山地、草场,但在黑暗中都看不见。有一次在夜幕的漆黑中还看见过一个牧羊人。我向他大喊想问问路,他只低头看我,

沉默，我再次问他时，他转身离开。没有光线或者任何迹象表明有人在，只有沾满灰尘的硬纸指示牌，上面手写着"在拉瓦罗"（In Lavoro）。

稍后，我回到了原定的路上，马路上间隔不断铺着很多铺板，车辆很难行驶。开出几百米之后，经过一座墙体破损的桥，又出现了田地，于是车中又传来隆隆声。

在一个路口，我停下车，从侧面爬上山丘，跟着光线往前走。外面开始有凉意，虽然没有刮风，越往上走，温度越低。到达山顶也没有发现住户。只有点点星光让我勉强在山上行动，似乎进入了空无人烟之地。

我回到车上，有一瞬间，我为自己的想法感到不安，在过去的一个小时内我可能仅仅是在绕圈。在一个路口，我没有仔细考虑，直接选择了比较窄的陡峭向下的路，尽头是一堵墙，于是再次陷入狭窄的山谷底。在晃动的车灯光线中，旁边有一个波纹板质的住所。正欲停车看过去时，黑暗中走出一个男子，肩膀上围着宽大的毛毯。

他一言不发地听我讲述开错路的经过，让我等着，他去叫其他人，他说他们正好要出发。他去了很久，令我不安，我设想他们在如何探案，也许陷入争论是一次难得的机会，用短管的霰弹枪除掉孤单的外来人，把车卖给帕勒莫的朋友。最后，大约半个小时之后，他们一边激烈的说话一边走到住所后面。又过了一段时间，黑暗中开出一辆小车。开出几米后，才打开车灯，车中的人示意我跟着他们。接着是一段错综复杂的行程，穿越山谷和斜坡，车停下来。

这一次，来了另一个人。他保持一定距离，仔细打量我，对刚才开过的路程表示吃惊。我等他回到自己的车上。他们两人上了一条小路，向右，往山上开，我很迟疑的跟在后面。奇怪的占有欲，也许因为整个地区的坏名声而更想了解萨尔瓦多·格里安诺和幸运儿卢西亚诺。我开始怀疑这两个人在绕山行驶，没过多久，还能看到他们摇摇晃晃向高处驶去，远处传来尾灯的光线，此时我来到一条坚固的马路上。经过一栋房子的时候，窗户里有灯光，我终于感到轻松了。

续上一段

这种体验让语言感受更为清晰。我想到了一个说法，在夜晚，如果只有窗户透过零星的光线，眼睛里会出现自己坚持的东西。

帕勒莫

没有更让人清醒的印象了。从西部过来需要经过几千米的距离，穿过城市之外的温泉：没有中心的聚居地，总是相同的框架，扁平的建筑，变化很少。如果背景不是山，上述场景就可能是在佛罗里达了。逐渐汹涌的波浪告诉我，帕勒莫就在前面了。两个多小时以后，我到达了伊歌亚（Igiea）酒店。

30年代的贝德克尔（Baedeker）将城郊的传统建筑及大型公园的美介绍给世界。后来周围建起了仓库、住宅和小工厂，从海边到这里沿途都是起重机的吊杆、船坞和缩小了的海岸花园。白天不断传来机械和轮渡的噪声。

帕勒莫

今天早上坐汽艇在海上行驶了一段，目的是看一看乘船旅行来此的旅行者自古以来赞叹的风景：弧度柔和的海湾，一侧是蒙皮尔格里诺（Monte Pellgrino），世界上最美的山，曾经深深打动了歌德。

但是看到的景象却让我失望。可能和城市无可救药的扩大有关，整个康卡德欧（Conca d'Oro）都是钢筋水泥的建筑。更严重的是，在看过众多文学作品后对文字介绍产生的想象，都在真实景象中被扼杀了。不由得想到那些50多岁的人，他们解释了拒绝参观佛罗伦萨的原因，即在这类地方，他们总是会发现无数令人惊讶的事情。

帕勒莫

战后不久，人们在城市中心地带，在港口附近，建起一个核电站，不仅破坏了著名的城市全景，还给周围的居民带来了环境污染，长期生活在燃烧的气味之中。有人说，造成上述后果的原因，既不是缺乏考虑，也不是腐败，而是南方人不断担心自己落后。

作者案语

"参观是一种失望"，罗伯特·路易斯·斯蒂文森（Robert Louis Stevenson）

写到。当你把他的戏谑之言当真，就会被误导，认为旅途中只有幼稚的人才会被风景打动。快乐的感觉完全没有内容，因此不值一谈。

帕勒莫

工程师推荐我只穿行老城边缘地带的小巷。他出生在那里，觉得内陆深处会让不熟悉当地的人迷路。并且，边缘地带更为安全。

经过有围墙的道路和被遗弃的房屋遗迹。垃圾和杂物一直堆到窗口那么高。一样是悲惨的画面：吵闹的孩子蹲在家门口；一个老人坐在两个篮子之间，篮子里装着彩绘的铁皮，他用来制作佩带武器的诺曼骑士；另一个人在旁边把皮革切割成细长条。一旦有人走近，他们就停下手中的活，用不信任的目光打量外来人。窗户外挂着几排衣服。他们分开，黑暗中看到一张女人的脸。我理解了工程师的话，这座城市令人心痛，如同要呼吸肮脏的空气一样。但是自从他不再生活在此，他变得不快乐。

帕勒莫

再次来到老城区。这些贫困地区对我有特殊的吸引力，能够战胜自己的窥私欲，也能战胜居民的明显反抗。当我后来整理自己的印象时，出现了问题。每一次描述都赋予景象以栩栩如生的魅力，即使是最令人反感的景象，描述越详细，越有吸引力。所有形式都会让一切更美。

续上一段

我和美国历史学家的争论就属于上述情况，他们几年前批评我的书中没有以惊人的详细笔触描述犹太人大屠杀。他们认为这种省略是一种协同犯罪。而我徒劳的提出反对意见，这种描述不可避免的容易导致人们将可怕的事件误作为值得夸耀的东西，相当于参与了坏人的行为。

帕勒莫

这座城市的码头在18世纪是一个木板铺成的海岸散步之路，有很多口井，雕塑，还有神庙一般的开放式的剧院，普通老百姓下午来这里看戏剧，贵族们则晚上来。特殊的地方在于，整个剧场没有照明，所有的观众都必须在码头入口处菲利斯门熄灭火把。对原因的解释是，观众不应当因为火把燃烧产生的烟雾影响看戏；实际上，就像布赖顿（Brydone）描述的，"是为了让爱情阴谋显得更为逼真"。他赞赏这样的安排，另一个同时代的旅行家也说，帕勒莫的码头是一个可以满足广泛需求的地方："世界各地在此融合，失去自我，寻找自我，发现自我。"

值得注意的是，乐于玩乐的普通民众拒绝规矩和管理，混乱被视作是一种社会特权。其中可以看到长期封闭的制度中的主要指标，也许性开放超越了社会障碍，比所有社会经济学角度以物质交换为目的的卖淫更进一步促进了阶级社会的瓦解。自从平均主义产生，没有比在西西里岛造成更大影响的了，这里的人们实实在在的都是平等的。

帕勒莫

没有写完的彩色名字条，人们告诉我的，它们中出现欧洲上层贵族的著名人物。但是在租住房屋空白的呼叫器上只写着一个词，甚至没有名字或者头衔。上面，六层楼，有人在等我。老先生穿着一套宽大的夏天西装，老式裁剪，斜戴草帽，给人感觉有点鲁莽，领子上别着一朵干花。他弯腰，身体有些僵硬，向我伸出手，请我进屋。说话不太连贯，似乎必须对每个词深思熟虑，语调支离破碎。面部苍白，眼圈红红，含着泪水。

小阳台这会儿还没有亮，我们坐到藤椅上。藤椅后面有一盆棕榈，枝叶上满是尘土。桌子上已经备好一瓶水和两个杯子。他问我这次旅行留下什么印象，我回答的时候，他礼貌的看着我。直到我提到一个可以勾起他回忆的名字，他才显得颇有兴趣，但又宁愿保持对话的形式。他以前是大地主，几年前财产被没收，只剩下一些旧家具和回忆，是城市中心不远处的新建筑群中，住在公寓里的雷欧帕德。

最后，我问他能否用简单的话说出西西里和欧洲之间不可忽视的差别。一开始，他只是微笑。然后，开始思考，寻找适当的语言后，他说："我们都知道命运是什么。"他略有窘迫，将帽子拉得更低，遮住了脸庞，似乎需要掩藏激动的心情，似乎这个直白的问题涉及到他的隐私，是外人不该问的。为了更换话题，他指了指前面，几米之外，墙壁落到地面的影子，"太阳马上就要照到我们了"。

也许因为我没有继续追问，他自己又回到了刚才的问题上。在毫无头绪的讲述中，出现很长的停顿，大意是欧洲虽然在近代有许多罪过，但是仍旧生活在19世纪后期的遗产中，一如既往的坚持认为，世界掌握在人类的手中。这种生活态度无法接受命运的概念。经过启蒙的欧洲人强调法律建立公平公正、带来幸福的作用，强调社会保障体系，强调医疗，强调警察，强调平等，任何不平等都是违背人类尊严的："尝试一切来消除宿命"，他说。

然而，他说，西西里是原始的、异教的西西里，从未接受现代思想。岛上的居民坚持认为人和人之间仍存在差别：没有收入的幸福和无计可施的厄运，以不明方式与血腥、魔力、占有欲、罪孽联系在一起。西西里人凭着古老的骄傲坚守自己的信仰，构成了西西里人在顺境逆境中的强势。稍加思考之后，他补充到，屈服命运的人，才能战胜命运。

阳光逐渐照到阳台。我们走进去的时候，我对他说，他最后说的让我想起了兰佩杜萨的一句话，即人们必须改变一切，才能让一切如昨。他认为，我在西西里会不断遇到这样的矛盾，全都源于一种惯于处理矛盾的生活态度。这时，他看起来不再心不在焉，谈起巴格利亚（Bagheria）的别墅，他在那里度过了少年时代。夏天在乡下参观拉法沃利达（La Favorita）：一个已经逝去的时代，他带着礼貌的微笑评论到。"一切都过去了。"从他的口气中竟没有听到一丝遗憾。

我问他是否可以一起进餐，他拒绝了。他不愿意离开自己的住所。很多年了，外面的人对他来说是一种负担，他甚至不确定自己是否还属于人群。道别时，他请我不要提到他的名字。

晚上在酒店

也许，这个老人看似荒谬的人生智慧比我之前领会的更为深刻。他的表述还可以加以补充：只要怀疑命运会导致后退，那么个人身上发生的一切都会令人手足无措。他相信，任何事情的发生都有一定的原因，只要有原因，就一定有肇事人。现在的人，就在寻找肇事者的过程中烦恼地度过了自己的一生。

从中可以看到出现道德愤怒的一个原因：普遍的游行、大声指责，都是不了解实际情况的表现。因此，根据人类学家提供的信息，寻找肇事者属于原始人的典型反应。同时，也是抽象的、按照高度复杂机制运转的世界文化的反面。

帕勒莫

晚上和工程师见面。我告诉他自己的观察，很多意大利人喜欢用比较级来描述自己的环境、出生地或者住处，并且仍旧进行自中世纪以来影响深远的城市竞争。他完全不同意我的看法。我们立刻谈到了帕勒莫，他说："您必须承认，不管这个城市多大程度上只存在人们的记忆中，它总是比罗马或者马德里更令人激动，更有贵族气质。"

巴格利亚

下午我雇了一个出租车司机，一到帕勒莫就上了他的车。他有小肚子，精力充沛，为人热情，了解城市的所有细节。我们经过的每一座宫殿，途中的每一栋古代建筑，都在他的讲述中鲜活起来，关于选帝候和侯爵的故事，纨绔子弟、德行高尚的妇女、喜欢报复的男子，都有故事。他多次说到德拉古娜公主和她生命中最重要的两次爱情：第一次是和一个诺曼王子，在选帝候外出时，她生下一个孩子，二十年后，她和一个西班牙贵族相爱，在缠绵的夜晚发现他是失散多年的儿子，又高兴又崩溃，选帝候被惊醒，将失而复得的孩子刺死。他是故事中的情人，出租车司机说，"情人的故事"。他小时候就详细阅读过圣经中萨姆逊和朱迪特以及伯利恒儿童谋杀那一段的故事。"您得知道"，他说，"我们的生活中没有这样的事。那是绅士才干的事情。但是我们至少有故事。"

我们往巴格利亚开，帕勒莫的贵族曾把那里当作夏季行宫。城市的外围已经向东部扩展，逐步将农村的地主庄园囊括在内。宽阔的私人园林变成了花园或者公路的入口，周围是无序修建的房屋、棚屋和作坊。

巴拉哥尼亚（Pallagonia）别墅的入口几乎看不出来，在一个小广场前面。别墅的前院和围墙在 18 世纪中期之前都按主人的意思，装饰着怪兽、次品和畸形的小矮人。以前大约有六百个形象：类似猴子的动物尾巴上长了兔子的头，鲜丑角在和一条巨蟒斗争，驴子戴着学者的卷发，或者长着猛兽头的 Europa，正在训斥一头公牛。

矛盾的是,为了将别墅向公众开放,搬走了剩下的所有家具。人们寻找腿长各不相同的椅子,或者寻找只能背靠背坐着的沙发椅上的蔷薇图案,或者歪斜的桌子,以及由中国陶瓷和夜壶粘合起来的花瓶,都徒劳无功。同样的,房间也不再挂满画框,博物馆里看到的是清除了真相的情况。歌德十分憎恶巴拉哥尼亚王子对愚蠢想法的急躁。倾斜的横脚线和扭曲的比例让他觉得,水平和垂直的感觉让我们成为人类。

作为艺术走入歧途的见证人,我们的态度更为镇定。让王子成为特殊造型的,不仅是疯狂的情绪和古代的嘲讽,而是悲观主义的生活态度,对骄傲和人类浮华的讽刺。在别墅的大厅中显现得尤为明显,大厅以讽刺的方式记录下镜宫的各个想法,公开表明自怜和内省。房间的天花板装饰着大小不同的哈哈镜,因为时间久远而变得黯淡。进入大厅之前,在门口可以看到:Sapecchiati in quei cristalli, e nell'istessa magnificenza singular contempla di fralezza mortal l'immago espresso。意思是:在镜中看你自己,在独特的表现方式中观察出现的影像多么脆弱。

续上一段

人们责怪歌德虽然详细描述了巴拉哥尼亚别墅的怪异之处,但是却忽略了帕勒莫和蒙雷阿莱(Monreale)的诺曼式建筑。他也只看到印证或者否定自己印象的东西。巴拉哥尼亚别墅是巴洛克夸张艺术及伤感怀旧风格的一个次品,它的影响对当时的古典主义提出了质疑。同时,在歌德看来,别墅像是病态浪漫主义的预兆,唤醒了他的防御本能。

浪漫幻想不断涌向别墅:在阿尼穆斯(Arnims)的《多洛雷斯伯爵夫人(Graefin Dolores)》中,影射维兰德(Wieland)和海涅(Heine);矮人花园也被阿德尔伯特·斯蒂夫特斯(Adalbert Stifters)在《学士(Hagestolz)》中引用。这让歌德迷惑不已。

帕勒莫

我下车的港口站着几个马夫。马匹都套着银色的马鞍,头上插着羽毛。出租车司机指给我看马头上的蓝色小球,那是抵挡邪恶目光的符咒。

帕勒莫

在马克达卡梅洛街遇到 G,他总是匆匆忙忙,说上帝存在的证明已经快写好了,他正在去找出版商的路上。在前往帕勒莫的途中,他看书打发时间,却在书中发现一个问题:年轻的、无辜的少女目光温柔,喜欢在春风中吟唱浪漫诗句,看着曲谱哼唱练习曲,夜幕降临时喜欢站在窗边,陶醉地在夜空下叹息——她们在陶醉什么?在我理清思路之前,他又说:"她们梦想肥胖、富有的老男人!"然后,他做了个简单的再见手势,走了。

帕勒莫

阳台上有一个小餐厅,名字叫上海,但是只提供几样简单的西西里菜。从阳台看出去,乌切里亚(Vucceria)市场的热闹场面就在眼前。脏的发灰的房屋围绕着狭窄的广场,上方是错综复杂的电线,一部分安装在墙体的绝缘部位,一部分作为橙色顶棚的滑道,在阳光升到市场上时抵挡烈日。一旦广场被顶棚遮住,所有的商家都会打开大号的电灯,密集的悬在游人头顶上。

卖鱼的摊位将灯光投射到反射器上,店家将珍珠母按照大小和形状分门别类的排放整齐,后面是同样样式不同颜色的搁板,有蓝色、紫色或者翠绿色。中间是泥土色的墨鱼,浅红色的小对虾和龙虾,满筐的贝壳,还有各种海洋生物。一块大理石台面上躺着一条切成两段的金枪鱼,圆形的、血红的鱼肉是为路人准备的。店家不时的拖来塑料桶,把敲碎的冰块倒入鱼中,重新理一理墨绿色的海藻,让卖相更好。

鱼摊旁边是水果店,绿色的葡萄堆成了小山,两边是西红柿、无花果、茄子、西葫芦。各种瓜果蔬菜都过量堆放,以形成视觉效果,似乎颜色和数量能吸引人们的购买欲。在几颗浅绿色的花菜堆周围是几排明黄色的桃,再往前走几步,还有绿色的柠檬,表面还有斑痕。中间还有置放黑色、绿色橄榄的摊位,鹌鹑、鸣禽、雉鸡和发白的牛肚。鸡群相互咬来咬去,被悬在上空的小兔鼻子上有血。似乎要说明,所有的荣誉都需要付出牺牲。还有摊位卖花,卖奶酪,卖鱼。有时候,店家拿报纸或者围裙,大幅度的挥动,赶走苍蝇,但它们很快又聚集在一起，占据了桌子的某块地方。

狭窄的过道以前是店家争夺的地方，拥挤度是外面的一千倍。人们你推我搡，只能缓慢通过。有一些少年在广场尽头的楼梯上以走私价出售香烟，其中一个骑上摩托车，拐出好看的弧度，开到人群中间，用轰轰的马达声和大声叫卖占地盘。各个商家都放着音乐，整个闹市一片喧嚣，各种声音杂糅在一起，传入附近的楼房。到处都有蓝黑色的烟尘，弥散着肉烤焦的味道。广场和几条曲折的窄巷连接，巷子两侧也有人做生意卖东西，是市场的延伸，同样人山人海。

快到下午时，上海饭馆的老板走进阳台，双手抱在胸前，倚在门上，人潮逐渐退去。酒店入口外，有一个手风琴手，眼盲，只演奏拉帕洛玛（La Paloma）。广场越来越空荡，堆成山的水果和鱼消失在小小的供货车中，小贩们拆卸各自的摊位，用水管冲洗留下的污渍。

当遮阳篷被撤去，此地恢复了阳光的直射，乱跑的小狗在小水坑里喝带血腥的水。隔壁出来一个男子，赤裸上身系着宰杀时穿的围裙，开始和手风琴手聊天。屋顶花园斜对面，一个年轻女子正在晾衣服。山脊上零星的水泥建筑上，长出了明黄色的染料木，正在开花。

作者案语

上述的情景让人产生疑问，写作人描述细节的魅力从何而来？过量的形容词主要是用来描述繁多的颜色，丰富语言表述。南部给人的印象，会让人迫切地想要将它们表达出来。

可是，图画如果不超越它自身，也是一种有缺陷的感知形式。如果看到的不能激发人们的思考，还有什么意义呢？实际情况本身也是如此。感知的目的是为了创造启发。人们看到想法——或者停止观察。

很奇怪，席勒承认自己"缺乏对外界的世界观和经验"，因此写到，"对我来说，意大利，尤其是罗马，根本不是国家。物理状态会给我压力，审美兴趣无法取代"。更奇怪的是托马斯·曼，擅于描写，他确信："基本上我不愿意看见任何东西。"所以，除了极个别例外，他很少描述自然景观，只有沙丘、海洋和雪，还有约瑟夫小说中的荒漠。人们的感觉是，他先有想法，然后才形成图像，或者寻找符合想法的图像。

续上一段
也许这种考虑太远了。很可能，对市场的记录仅仅是观察者感受能力的反映。观察者所在的环境也许从来没有自由处理过剩余产品，而是有序进行，标志着保鲜袋文化的胜利。

帕勒莫
离开餐厅后经过屠宰场。大门口挂着五颜六色的围裙，一个屠夫在一旁剔下牛的头骨。在牛角处还站着带血的额毛。下面到牛嘴都已经切块，皮和肉向下挂着，到处是白色骨头。成群的苍蝇停在上面，尤其在空洞的眼窝贪婪觅食，发着荧光。路边石之外，还有一个浅浅的红色痕迹。

转身离开的时候，恶心的感觉消失。和往常一样，关于这个地方的神话故事出现在脑海中。半人半牛的怪物就是这样终结的。

帕勒莫
内城的经历很特别。在毕托里奥埃曼努埃勒街（Via Bittorio Emanuele）和马克达街（Via Maqueda）交叉的路口聚集着一群人，年轻男子身着夹克挥舞着。我开车穿过人群。突然车身遭到打击。同时，一支机械手枪从敞开的车窗中伸进来。子弹上膛的声音。戴着墨镜、留着小胡子的男人朝其他人喊着我听不懂的话。其他人跳过来，将车门扯开。

后来知道是一场缉毒行动。很明显，他们以为我要硬闯控制区域。在黑手党猖獗的城市，警察在追捕疑犯过程中免不了要开枪，一些夸张的形式是其他地方不常见的。这些人彻底检查汽车，把行李箱中的东西倒出来一样一样的查看，我觉得自己在南部街头扮演了一个沉默的角色。同时，又因自己角色的转换感到激动和有趣。几个星期以来，我一直是作为观察者存在，但是现在还未弄清楚怎么回事，就成为一场骚动中的人物。后来才觉得可怕。

帕勒莫

参观历史古城,诺曼宫殿和以前的清真寺中圣约翰的隐士,庭院中竖起五个球形屋顶,仿佛是一千零一夜中的教堂。结构特殊,完全没有诺曼教堂的雄伟风格。对一些商业化的部分感到失望。我的出租车司机第一次来到教堂时就敦促我说,所有德国人都必须首先去那里参观,因为那里埋葬着一个国王。他很尊敬国王,其他人听到名字,都划十字。我问他二者有什么关系,他不无兴奋的说,一些人称他为反基督者。也许我的讽刺让他不快,反正他不再继续了。在他不多的讲述中,即使是年代久远、早已沉沦的历史,在所处时代的所有弊端之外,都保留着一定的真理。

从马路过来会直接看到双子教堂,有四个巨大的石棺,由深红色的斑岩制成,里面躺着西西里从未忘记过的几位统治者。在诺曼国王罗杰二世的统治下,可能是西西里人最幸福的时期。施陶芬王朝的海因里希六世,罗杰的女儿康斯坦泽的丈夫,统治黑暗。而他们的儿子弗里德里希二世却不一样,带来赞赏和光明,直到今天人们还传颂着他七百年前创造的一切。他的墓前有人献花。

下午,游览城市,试图从过去看过的书中勾勒出弗里德里希的样子。旅游书籍的帮助不大。给东·卡里奇奥打电话。他明天到帕勒莫,会把找到的内容一并带来。

续上一段

弗里德里希二世,拥有那个时代终结者的感觉。他出生在 1194 年圣诞日的第二天,生日成为传说和预言。康斯坦泽,四十岁,一直没有孩子,为了粉碎各种怀疑,在杰斯(Jesi)广场的帐篷里生下儿子,在十六个红衣主教的见证下,并且为了证明,还向所有民众展示自己饱满的胸部。伴随着他的出生存在各种预言。约阿希姆·冯·费奥雷(joachim von Fiore)说看见康斯坦泽和魔鬼交合而怀孕,称刚出生的弗里德里希二世是未来的反基督者,将会惩罚和扰乱世界。佩特鲁斯·冯·埃波利(Petrus von Eboli)则欢迎他的出生,欢迎新农神时代的到来。

这类奇怪的比喻和描述一直伴随着弗里德里希的成长,父母早逝后,他也失去了学习做国王的教育，就在帕勒莫的道路上，度过了童年时代。可以看出，以前的人们试图用地球外的力量来解释所有不可抗拒的事情。弗里德里希十八岁时，带着仆人启程去德国，在经历了最初的反抗后，所向披靡，受到欢迎，被称为主的天使。普洱·阿普利亚（Puer Apuliae）的说法，即来自阿普利亚的孩子，后来人们一直那么称呼他，也是人们试图解释无法解释的事情，秘密的超人力量，而不是超越自然的，是年轻的魔力。

弗里德里希后来在一生中都与教皇进行激烈论战，并非没有考虑，比如说庆祝杰斯是伯利恒，是主的母亲分娩的地方。人们越来越明显的影射他就是上帝，他让人称自己为真正的和平选帝候，上帝的直喻，弥赛亚国王，夸耀施塔芬王朝是鲍莫·大卫的后代，是要统治到世界末日的国王。

史无前例的末世论伴随了他一生，自从他1229年在耶路撒冷的格拉博斯教堂（Grabeskirche）戴上王冠的一刻起，古老的预言变成现实。他到达这座城市被人比作耶稣降临的圣枝主日，自此，无论是从教皇的角度还是从国王的角度，人们时代的使命就在眼前——是否把弗里德里希当作反基督德者先锋或者是大卫王，以色烈杰出的王按照约阿希姆·冯·费奥雷的预言，开启了第三个时代，也是最后一个时代，神圣精神的时代。然而他的形象被开启光明的光线覆盖，他的国家再次出现在神圣的光芒之中，虽然在不安中闪耀，但这光芒却曾是因授职争论而失去的。编年史作者惶惶不安地记录说明，弗里德里希在远征中命人公开使用渎神的字眼："在黑暗中转变的人民，看到了一束伟大的光线。"他从十字架后面走来，他给予从身边涌过的人群以恩赐。

用类似的方法凸显自己与众不同，弗里德里希让人称自己是众神之神或者主曼迪，沉默的带上重重的王冠时，让大臣称他的登基大典为受神所托。同时，他还和他的父辈一样自由，行亲吻礼亲近民众。他对统治者的定义将施陶芬诺曼元素和罗马皇帝的要求结合起来，罗马皇帝即位自古以来都作为迪维斯（Divus）来庆贺："我们，笼罩在凯撒大帝的光芒中"，出现在一次公告中。同时，还包括了很多拜占庭独裁君主的特点，以及古代西西里的遗风。他对于自己独特的挑战姿态饶有兴致，用下面的句子作为颁布严苛法律的开场白："西西里是诞生君主的地方……"

实际上他是一个前无古人、后无来者的统治者，体现了开明君主的形象。他从诺曼人那里继承了管理国家的天赋。当他结束在德国长达八年的生活回到西西里国家之后，花了三年的时间，才将这片混乱、衰落、充满仇恨和冲突的土地变成井然有序的国家，体现出他本身所具备的独特力量。

然而，这种力量并非仅仅存在于他自身和他身处的时代。弗里德里希创造的官僚制度，控制严密，完全满足国家的用途，已然成为欧洲各国的榜样。同样的还有他率先采用的关税制度，按照迈尔菲的法典下令编纂了自拜占庭皇帝尤斯提连以来第一部综合性的国家和行政法。法文中废除了神明裁判，限制了法律对抗和审判程序的可靠性。同时，他还采用了所谓的职权主义诉讼制度，制度规定，在某些犯罪行为发生后，即使没有原告，法院也必须有所作为，因为犯罪行为违背了法律制度。他统一了硬币，建立工厂和港口设施，形成了早期形式的经济结构政策。由他下令执行的土地改革不仅改善了土地质量，产生了更多适合出口的粮食，他还通过广泛签订贸易合同网络来保证销售。除此之外，他还颁布规定，反对奢侈，促进大众健康，并通过颁布特殊的职业规定来整顿谋求公共福利的活动。在所有这一切的背后，是他有别于当时时代的、欲建立理性国家的强烈意志，或者说，就像雅各布·布克哈特（Jacob Burckhardt）说的，将国家作为一件"艺术品"的理念。

尽管弗里德里希费尽心力，但很多做法不可避免的只是停留在设想的层面上，另一些做法因为惰性和条件不利而遭遇失败。正如他之前的亚历山大，他之后的独裁者，他是身处高位的一位特例独行者，将自己的统治地盘当作实验场所，将人作为实现雄心壮志的实验材料。整个王国因为他而绽放光彩，他本人亦在很短时间内成为欧洲范围内自卡尔大帝以来最富有的国王。按照弗里德里希的雄心勃勃的指示，西西里以前应该是这样的："反映了所有令人惊叹的前瞻性，是王侯们的一份艳羡，是富人的一个楷模。"在他的另一段渎神表达中，他声称，如果犹太人的神见到了"我的西西里"，将不会如此称赞自己给予犹太人的那片土地。

在弗里德里希的各种传记中，都不可避免的会发现他身上十分现代的特点。不仅仅是因为他有超人的天赋可以实现自己的目标，将所有的力量全都最大化使用。同样值得一提的个人原因还有弗里德里希营造的冷静、自由的朝廷氛围，犹太人、阿拉伯人、德意志人、英国人和意大利人可以聚集一堂，令人想到文艺复兴时期学院的雏形。1224 年，弗里德里希大帝希望组建一个独立的官员团体，他在那不勒斯大学的资助信中写到，自由的思想会建构友谊，而友谊又会让思想插上翅膀。意大利的诗歌伴随着施陶芬王朝的歌声掀开历史的篇章，大量的翻译活动不仅让人们了解到古代作家的作品，也将阿拉伯人的才智和学识带入了西欧，免于枯竭。

在弗里德里希的所有伟大创举中，仍旧潜藏着一颗童心，仍旧拥有孩童般的好奇和不安。弗里德里希不断派遣使者到世界各地征求著名学者的答案：关于灵魂不死，关于几何、医学及天文学问题，关于鸟类的飞翔，关于风形成的原因和导致火山爆发的力量。他有一本书十分出名，内容和猎鹰有关，他在书的前言中写到，写书的目的是为了"展示万物原本的面目"——简单的一句话对当时整个时代傲慢自负的世界观提出质疑。他试图通过科学试验来检验古代作家的论断，比如命人缝住猛禽的眼睛，去试探它们的嗅觉，或者根据自己的设想去寻找原始语言，不准保姆和新生儿说话，以便最终确认孩子因为没有交流而死去。

所有这一切都说明，弗里德里希开辟了欧洲实验科学的时代，恩斯特·坎特诺维茨（Ernst Kantorowicz）说的很对，整个"惊讶"的方式让同时代的人不得不发出惊叹的声音，是对"世界奇迹"的一种描述。弗里德里希对知识的渴求典型体现在，他交给著名的苏格兰哲学家及天文学家米歇尔·司格托一份列表，列出自己想要了解的各种问题。其中包括：

"请你向我们解释地球的基础知识，譬如你们的固定地点超过空间深度多少？深度是以自身为基础，还是以天空为基础？按照实际的测量标准，一片天空离另一片天空多远？如果有几重天，那么最后一重天之外是什么？一重天比另一重天大多少？上帝在哪一重天？上帝是如何坐上天堂宝座的？如果被围绕在天使和神中间，天使和神在上帝面前不断的做什么事情？另外，还请告诉我们，地狱在哪里，炼狱在哪里？天上的殿堂呢？在地球下面、里面或者在地球上？有多少地狱的惩罚？

再告诉我们，地球有多宽，有多长？从天到地距离多远，从地球到地球深处距离多远？另外，告诉我们，所有的水域都来自流动的海洋，但为何海水如此苦涩，为何一些地方有盐水，另一些地方有淡水？……

当一个人的灵魂进入另一个人的身体，伟大的爱情不是灵魂回归的理由，憎恨也不是，到底是怎么回事？你是否认为，灵魂完全不再关心遗留在身后的东西，不管它们高尚还是卑微？"

十年之后，在与英诺森四世（Innocenz）的斗争达到高潮时，维泰伯城市背叛了弗里德里希，他再次想到最后一个问题，但此时已全无多年前弥漫在宫廷中的嘲弄和好奇，他在极端愤怒中给出了自己的答案：如果他想在死后还被人景仰，就必须摧毁维泰伯。他将喝光维泰伯人的血。尽管已经一只脚踏入天堂，为了报复维泰伯，他努力收回那只脚；为了报仇，他愿意放弃解脱。这也是人们在信仰破碎时而不是在中世纪可能出现的思考方式。在海因里希·冯·克莱斯特的《弃儿》中出现了相同的一幕。

作者案语

一整天都在露台上看书，做笔记。某一瞬间，有虚掷时间的感觉。爱德华·吉本所写的一件轶事引起了我的注意。格罗斯特大公是乔治三世的兄弟，爱德华·吉本先给了他《罗马帝国衰亡史》的第一卷，不久又给他第二卷，他说此书"不错，和蔼可亲"，意思是："又一本砖头书！总是乱写，乱写，乱写，吉本先生？"冒着再花去一天时间的风险，我还是多记录一些相关的故事。

续上一段

在诺曼宫殿中，宫廷事务的管理是关键。弗里德里希经常逗留在西西里王国北部省份，主要是卡皮他纳塔（Capitanata），在曼弗雷多尼亚海湾附近。他通常下榻在弗贾（Foggia），令人在那里修建了一座宫殿，石柱、神龛、雕像和艺术喷泉皆在其中，城墙外的编年史作者只能猜测里面进行的庆祝活动、奇迹和隐藏的秘密。弗里德里希也是从这里开始了自己的巡视之旅，召开大公会议，启动军事征程，甚至进入感到惊讶的德国。在宫廷传说中他被比作东方国家神话中的国王。

处于最高级别的是萨拉森人卫兵，三百人的装备闪闪发光，鞍垫上镶嵌着宝石。后面是一队配备丰富，装饰有银器和钟的骆驼，由威风十足的宦官率领，骆驼背上的豪华座椅中坐着阿拉伯女奴，国王"罪恶的妻妾"，教皇对此颇有微辞。带着宝藏的马车装满金器和银器，贝足丝和紫袍，后面跟着行吟诗人和杂耍演员、音乐家，再后面隔着一段距离的是整个宫廷：弗里德里希在马上，装饰着权力的象征物，周围都是达官贵人，然后是身着短袖束腰上衣的侍从。

跟在他们后面的是学者乘坐的红色马车，跟着是养鹰者带着各种狩猎禽类，白色和彩色的孔雀，非洲花束，鹦鹉和罕见的鸽子，然后是养狗人牵拉着犬类，驯兽师用闪光的链条牵着狮子、猎豹、猴子、狗熊和美洲豹。队伍的末尾是苏丹送给国王的大象，大象驮着一座明亮的塔，里面有摩尔人身着华服吹着银色的喇叭。最后是负重马匹，带着各种资料和图书。

　　拥有异国情调的队伍激发了与他同时代人的想象，并不因为他像童话中的国王。那个时代的特点是，人们将所有的事情划归为两类，不是信仰的，就是属于异教。人们自然而然地认为，弗里德里希以宇宙主宰的形象出现，对于人民、种族和动物同样关注。他曾说："我们的缰绳挥动到世界上最遥远的一端。"

　　他是反对教皇最强有力的力量，也许是因为他对矛盾的不可调和存在错误认识，对罗马孜孜以求，而罗马由弗里德里希所处时代的四个教皇揭开新的篇章。有权力意识的教皇与他针锋相对，人们通常将其看作这位国王的悲剧。但是教皇也更敏锐的认识到，他们的对手并非简单的寻求自己誓言中两个国家的分立，而是要建立一个神权帝国，与教会的世界性权力相抗衡。

　　他们是对的。弗里德里希始终坚持自己的帝国理想，不管遇到多少阻挠和挫折，南部和北部的教会国家面临着政治权力的威胁。在弗里德里希眼中，这种威胁可以说是建立比教会更强大、更优越的对立面的一种尝试。他本人作为教会对立面的国王、教皇、基督徒，处于对立面的最高处。他野心勃勃，毫不掩饰。比如说，他和儿子海因里希在争吵中，加强了德国领主的权力，完全是出于前述原因。人们因此指责他造成了德国四分五裂的局面，是"德国分裂"的始作俑者。但是他的梦想也经历了四分五裂。

　　前面说的都是背景。弗里德里希在和戈雷高九世和英诺森四世争斗时所用的宣传册和宣言充斥着时代的喧嚣，直到今天，仍是一场富有激情以及文字力量的世纪论战的见证物。论战随着蒙古来的飓风更加激化，并进入终结时代，因为蒙古飓风在那个时代横扫欧洲，已经到达石勒苏易格和维也纳盆地。"睁开你们的眼睛，子民们，竖起耳朵！"这是弗里德里希一句反击的开头，应对教皇的第二次诅咒，"哀悼地球的愤怒和民族的纷争！人民中的长者背信弃义，将权利变成痛苦，将公平变成没药。放低姿态，上上下下，听审我们的！"弗里德里希以预言者的口吻陈述自己对教皇国家世俗化的控告，控告他们的贪婪

和与异教徒的勾结，其中一篇的末尾提出警告，他将以正确的方式击退教会，拔出并毁灭骄傲的号角。

戈雷高的回应口吻类似，笃信世界末日："海中跳出猛兽，名字叫做诽谤。它长着熊爪、狮嘴、美洲豹纹的皮毛，张开大嘴亵渎上帝之名。看一看这只怪兽弗里德里希的头部、腹部和腿部，它称自己是国王，是反基督徒的先锋。"接下来，他一段一段地列出弗里德里希的罪行，对教皇权力的否认，对思想的要求以及错误的怀疑主义，比如说人们不能相信自然的力量和理智无法证明的东西。针锋相对的双方各有优势和弱势，并且都在于一点，他们的很多论断都是新颖发现，但并不是错误的。

在争论中，弗里德里希日渐冷酷，人们指责他"是制造混乱的人，是世界的锤子"，他却将此作为一种荣誉。最后的结果无人知晓，直到他1250年12月13日意外死去才下了定论。"噢，节日般的喜庆"大量出现在教皇的庆贺文章中，"O mors placida, mors optata!"。英诺森四世也要求自己的军队——"巴比伦人的名字和身体，种子和幼苗都腐烂吧！"——在短短几年之内真的变为现实。弗里德里希对自己的多个儿子赞赏有加，然而在经过23年的牢狱之后，1272年，他的最后一个儿子恩齐奥国王（Enzio）死去。

不过，从总体来看，弗里德里希获胜了。他死后不久出现谣言，说他还活着，以移民或者赎罪者身份迁回。一个僧人说，他在艾特纳火山里侧看见充满传说的君主逐渐消失。在这类故事中，尤其是在德国，弗里德里希成为沉睡的国王，将会回来解放子民。直到16世纪仍旧不断有人假冒从地球内部出来，要完成弗里德里希的遗志，聚集追随者，妄图建立独裁专制的政权——最后被揭穿、被捕获、被行刑。但是他们身上还继续留存着弗里德里希曾经散布的希望和不安。

他对后世的影响并没有因为过世而减少。他对埋葬欧洲中世纪的基础所做出的贡献，无人能及。不管是做法还是意图上，都可以说他开启了未来的大门，让人看到门后理智秘密，反对神学的兴趣以及全新的提问方式。后来，时代才跟上了他的脚步。文艺复兴中内心世界的思考方向从他身上获得很多启发，还有对权力的实践，人们有理由说，从恩佐里诺（Enzolino）、迪特利亚·塞萨（Guido di Sessa）或者阿姆贝托·巴拉维辛尼（Umberto Pallavicini）身上看到了雇佣兵（Conndottier）的原型。在宗教改革中所有的神学争论背后，作为推动力的是对教会世俗化及其精神惩罚和回归的指责。

但是在这些效果中，和在所有胜利中一样，也隐藏着自我摧毁的萌芽。弗里德里希关于国家超越个性特点的设想不可避免地弱化各个君主的权力和级别。分开精神统领和世俗统领的想法也让宗教授职变得多余。随着旧世界的没落，弗里德里希建立自己统治的基础也走向毁灭。

续上一段

东·卡里奇奥，晚上来我这儿。他告诉我，教堂的石棺上不时出现古希腊一位女预言师的话，不知道是谁写的，这句话在弗里德里希死后迅速流传开来：Non vivit et vivit（他死了，还活着）。但每次一写上去，就被人清除掉。他补充说，也许这是描述弗里德里希对后世影响最准确的说法。

续上一段

我陪东·卡里奇奥进城。还是关于弗里德里希。他说，这个国王主要是因为自己的不同步而失败：他是中世纪的人，也是新时代的人，带着强烈的拜占庭风格和西欧风格。像这样的人容易引起人的注意，而不容易成功。弗里德里希在西西里的生命曲线中也处于末端。他的统治是对实现自己意志的最后一块欧洲原始地区，从地理位置和文化传统中衍生出霸气：政治上是世界的中心，思想上是东西方的交汇空间。

但是他来迟了。权力的重要性已经转移到边缘地带。弗里德里希是西西里陷落中的一个人物，同时也是德国崛起过程中的一个人物，这也说明他的不同步性。东·卡里奇奥还说，历史时代也是空间的一个功能。

续上一段

德国人对南部的向往要从施陶芬人开始。卡尔大帝时期，前往罗马的目的是通过罗马帝国的遗产将自己的权力合法化，得到教皇的授职。在施陶芬时期，人们去罗马的目的更丰富。意大利富裕美丽，不仅仅是在文化上占优势的国家，也是文化的发源地——其他欧洲地区或多或少都有滞后。无论如何，这种想法进入了人们的意识。同时，古罗马和古希腊神话也进军北部的传说世界。宙斯代替沃旦成为众神之王,奥林巴斯代替冰冻大陆,而命运女神、莱茵之女或者西格弗里德则被地狱女王普洛舍宾娜、阿瑞塞沙和赫拉克斯所代替。

西西里就位于这种向往中,遥远而富有神话色彩,曾经被称为"地球上的天堂","世界上所有国家的肚脐所在":带有东方古老魔幻的蒙特萨尔瓦特。希尔得斯海姆的主教康拉德,陪弗里德里希·巴巴罗沙前往意大利,讲述他曾见到席库拉和卡律布迪斯,也曾见到阿拉伯玫瑰花园,甚至在陶尔米纳看到了代达罗斯修建的房子。沃尔夫拉姆·冯·埃申巴赫将克林佐的魔术花园迁移到西西里,圣热尔维·冯·蒂尔伯格将艾特会议置于艾特纳火山顶。从卡罗琳时代开始,罗马诗歌重新得到翻译。雕刻艺术和法律思想中的德国内涵得到了地中海要素的补充,从狭隘变得更精确。后来,德国人不断在南部寻求类似的自我解放,自我超越。但从未再有过同样的发现。

帕勒莫

普鲁士的弗里德里希二世在世的时候,在充满神话的西西里,便拥有很多敬慕者。在意大利旅行的歌德,1787 年 4 月,在卡尔塔尼赛塔(Caltanisetta)的广场上和一些城市居民聊天:"我们不得不谈到弗里德里希二世,他对国事充满活力,我们隐瞒他的死讯,目的是不因传递这个不幸的消息而遭致客栈老板的厌烦。"

几年前,一些揭秘的书说弗里德里希是普通人,或者身材中等,引起了人们的纷纷议论。但是没有什么证据可以解释,他如何能够将自己的影响扩大到西西里的内陆深处。卡莱尔曾经说过,英国人对这位国王的极大热情可能是因为出于政治原因,但意大利人肯定不是。

想到滑稽的杰拉(Jella)阿姨,几乎每天都要在做出一个小决定之前询问孩子写字桌上挂的弗里德里希肖像,比如她询问是否应该拜访一家公司或者是否应该惩罚顽劣的孩子,孩子们觉得十分有趣。她会问:"伟大的国王,你对此怎么看?"叔叔经过几番暧昧之后,和阿姨最好的朋友发生关系,阿姨搬回到顶楼住了几周,直到她向他争取到向往已久的沙龙家具后,才重新回到原来的房间。所有人都在好奇,伟大的国王是否真的提出建议,从那以后大家把顶楼房间叫做弗里德里希房间。

帕勒莫

下午在塔斯卡别墅，城市边缘的一个热带公园中间。天气潮湿温暖，迷雾中传来牛奶般的光芒。种类奇异的树木上枝繁叶茂，悬挂着果实，或者绽放花朵。现在别墅主人的祖先之一是塔斯卡伯爵，他是理查德·瓦格纳的朋友，音乐家瓦格纳在帕勒莫度过生命最后几个月的时候，他几乎天天来看望。

塔斯卡的家谱中说，瓦格纳是从这个公园中获得灵感创作《克林佐魔术花园》的，实际上，他乐于赞扬自己的接待能力，在印象中点燃自己的艺术想象力：在拉斯佩奇亚（La Spezia）创作出《莱茵的黄金（Rheingold）》的前奏，在比布利希看到"金色莱茵"，想到"大歌唱家"。大家都知道，瓦格纳两年前到过拉维罗（Ravello）的路弗洛（Rufolo）广场，布满常春藤的建筑和通往玫瑰花园的宽大阶梯令他深受触动，以致他在客人留言中写到："克林佐的魔术花园找到了！"瓦格纳来到帕勒莫时，创作帕西法尔乐谱接近尾声，在这里他完成了创作。克斯玛在1882年1月13号做了记录，影射在痛苦和疾病中完成的作品中热情洋溢的特点："已经完成！"

人们不愿意马上就对塔斯卡的家谱做出不公正的判定；也许它不正确，但是却是真实的。进入魔幻般的艺术花园，走过沼泽丛林，满眼的绿意，绿色之上是大面积散布的各种颜色，不难感受到理查德·瓦格纳的创作能力如何在画中的植物上得到激发。摇曳的棕榈树，安静的湖水，表面升起小气泡，也许为拉维罗魔幻的童话梦境增添了异域风情，和克林佐世界的深层想法找到交汇点。克斯玛的日记还记录了，瓦格纳当时每天都漫步到塔斯卡别墅，"魔术花园"将他对罪孽和纯洁、贪婪和无辜的双重幻想简单而直观的展现出来。

帕勒莫

接着爬上斜坡到达康特·纳瑟利（Conte Naselli）的房子。他带我穿过客房，地下有暗道和密室，是以前的居民抵御沙暴侵袭时的藏身之所。沙暴时，沙砾从门窗涌入，待到天气好转，必须用铁锹才能铲除干净。

作者案语

纳瑟利说，几乎没有留下阿拉伯人统治过这里的证据。时代在语言中得到继承，岛屿方言以及地名中隐约可见阿拉伯人的痕迹。吉贝利纳（Gibellina）来自哲别尔（Dschebel），马沙拉原来叫马斯阿拉，阿拉港口，阿拉伯地区是某个固定点的称谓，现在出现在某些地名中。卡尔他吉罗纳，卡拉塔菲来，卡尔他尼塞塔。还有萨勒米，穆索莫里，吉比尔曼那，米西尔伯西。虽然不算多，但却足够令人联想到19世纪的东方幻想。

他坚持说，西西里决不亚于君士坦丁堡、开罗或者阿尔及尔。希腊世界对欧洲已经厌倦，希望寻找新的梦想世界。在东方的发现和设想都只是童话般的画面，和所有类似画面一样，需要更多的想象力，而不是认识。包括一妻多夫制的罪恶。

帕勒莫

在棕榈别墅大酒店中，服务生会带客人参观理查德·瓦格纳曾经住过的房间：大沙龙里透着大理石的光芒，丝绒门帘，洛可可沙发，镜子和维多利亚风格的装饰。他的音乐姿态高昂，常常掩盖了不连贯的效果，从他的房间中可以看出他的特点。

酒店服务生给我看莫泊桑的笔记，他在瓦格纳死后来过酒店。为了找到一点标记，一点记忆，他穿过了房间，最后打开一个镜匣，深深吸了口气，闻到换洗衣物和玫瑰精油的发霉味道："看起来，在瓦格纳曾经喜欢的气味中的确有他的一部分重生——他的思念，他的灵魂，在沉默的、偏好的、无关紧要的小习惯中，在构成一个人私人生活的小事物中。"

帕勒莫

下午再次到罗马街，再到卡维街。在侧面的一条巷子里伫立着兰佩杜萨的宫殿。建筑物被大火烧焦，窗户围着传统的横脚线，入口处陈旧的板门紧紧闭着。1943年7月10日，准备盟军登陆西西里的胡斯克作战中，挂满壁画装饰的大厅，宽敞的复式房屋，花园和珍贵的书房都在一瞬间被毁灭。兰佩杜萨没有愤世嫉俗，也没有爆发，只是认命地写到：几秒之内，一枚来自匹兹堡的炸弹将家族在几百年间修建和热爱的住所化为灰烬。

炸弹连番袭来，大约六十多座教堂和宫殿被毁，还有无数的居民区。盟军军官的脑子里在北非总部制定作战计划的时候，是怎么考虑的？帕勒莫对盟军登陆毫无意义。也许希特勒希望摧毁一切的狂热让对手也受到感染。

作者案语

我想起科尔维尔的一篇日记，里面写到，空军元帅哈里斯被问到，为什么要摧毁德累斯顿，回答是："德累斯顿？您在说什么？没有德累斯顿了！"

续上一段

迦太基人摧毁了塞利侬特，科隆纳和弗兰吉帕尼将古代大理石雕像变成石膏块，法国人破坏了海德堡，英国人破坏了哥本哈根——没有人考虑过因此而失去的美好。由此可见，要感受到失去美好事物的悲伤，必须有历史意识，对于曾经存在的物体必须拥有虔诚的尊重。出于这个原因，二战初期华沙被毁，二战全面开始，时代后退了一大步。空军元帅哈里斯的贝德克尔空袭发生在战争末期，一切都早已成定局，但仍旧摧毁了柏林宫殿，后来又破坏了波茨坦的驻军教堂。

不光是历史感反对破坏艺术品。以前各个时期都能修复的美的东西，现在却没有了。毁灭不光唤起人们对损失的悲伤。更令人压抑的是了解到事物的丑恶面。

柯凯莫（Caccamo）

在荒无人烟的地方，黑手党一个颇具传奇色彩的栖身之地，我问一个老妇人是否知道去帕勒莫怎么走。她看着我耸耸肩："帕勒莫？从来没有听说过！"没听说过。

帕勒莫

也许没有什么建筑和西西里建筑一样在遥远、严格的艺术理想下，仍旧保持了自身的风格特点，恒久不变。穿越街道，从马托拉纳穿过广场区，到达港口，就会看到随处可见的主导印象：岛屿居民的骄傲，音乐剧，火焰式建筑。

宫殿和教堂的平面图通常很简单，有些甚至看上去十分幼稚，反复使用为数不多的建筑想法。但之后单个建筑形式变得无比丰富，加入了装饰性元素。中轴线因为正门变得更为突出，正门延伸出凸形的铁栅栏，在整个门廊反复出现，庞大的石块前方是阿拉伯花纹，在相同的方向装饰着奢华的饰品；另外，窗户上的横脚线已经褪去，山墙断裂，浮雕表面残留着部分人物形象，神龛，圆形拱顶，勋章，似乎不能浪费任何一块地方，并且通过光影效果营造更生动的感觉。

内部占主导地位的还是同样的原则。从建筑上说，简单的形式、长长的走廊、比邻的房屋，发现主要局限在大量的装饰上：大量嵌入的大理石，金子、石膏制成的艺术镜子，绣帷，锦缎，带有花朵图案和花体文字。天花板则简单些，画着神话故事中的场景，颜色和地板上的几何图案交相辉映。

西西里岛上的建筑在17世纪末期才与欧洲其他地方接轨，本土的建筑形式逐渐融合成一种形式语言，成为巴洛克后期的主要作品。这种滞后并不仅仅和岛屿的滞后有关。在那之前几乎没有什么风格是符合西西里特点的。因此多数是毫无志趣的模仿。直到巴洛克时期，西西里才重新认识了自己，变得比其他地方更富有激情，更活泼，更有表现力。西班牙除外。

帕勒莫

雷纳托·古图索（Renato Guttuso）推荐我到帕勒莫拜访圣男爵。几年前黑手党强迫他被软禁，被强制逗留在棕榈别墅大酒店。一段时间之前，有人告诉男爵，软禁期限已到，他又可以自由活动了。然而，痛苦、顽固，也许还有害怕让他决定继续呆在酒店里。通过黑手党肯定无法了解他的消息，但是他代表了西西里人，是傲慢和怀旧的结合体，跟所有人都不同。

一个周五，我给酒店打电话，和男爵取得联系。他似乎对古图索的问候很高兴。当我建议聚会时，他请求延后一些时间。周末他要去旅游，还不确定什么时候回来。也许是周一中午。到时候可以再联系。

周一我又往酒店打电话找男爵，却听到接线员吃惊的问："找谁？"我重复了一次他的名字。她确认了一遍，说"他不住在这里。您没记错吧?"我向她解释几天前用这个号码跟他通过电话，但是她没有任何印象了。

帕勒莫

唐·马斯诺·布赛塔（Don Masino Buscetta）多年来一直被称为"两个世界的老板"，大审判因为他的证词已启动。474 名被告，只有一半已被捕：其中包括米歇尔和萨尔瓦多·格雷克（Salvatore Greco），柯兰斯帕勒莫的老板，卢西亚诺·里基欧（Luciano Liggio），科莱昂的经理，安东尼奥·坎珀雷（Antonio Camporeale），"王子"，托马斯·斯巴达罗（Tommaso Spadaro），自诩为"南部的阿涅利"。还有皮诺·格雷克，"Scarpazzedda"，小鞋子，是人人都怕的杀手。

还听说了一些残酷的谋害细节，其卑劣和性虐待令人毛骨悚然。唐·米歇尔说自己是"清除痕迹的天才"，在西西里引入了白猎枪白色死亡的思想，但是一些人也说是布赛塔引入的：实际做法是将对手的尸体沉入混凝土中，或者放入硫酸池中，直到尸体只剩下几颗金牙或者一串项链为止。坎珀雷的市长一直拒绝接受黑手党的帮助，一天晚上他在回家路上，路灯突然熄灭。短暂的枪声之后，能听到急促的奔跑声和汽车开动的声响。紧接着，路灯恢复照明，市长已经倒地身亡。他无视规则，按照新的政治规则来管理，没有人能够拒绝黑手党的提议而不付出代价。

续上一段

进入"男人的荣誉"圈子的人，都认识格鲁·扎科（Gnu Zacco），东·卡里奇奥的朋友，必须进行一种血与火的仪式。此外，要进入圈子的人都必须发誓，如果自己违背誓言，肉体就会燃烧。唐·马斯诺也因此叫做烧伤的男人。

笔记摘录

格鲁·扎科也认为，黑手党的活动，从压榨到或多或少有组织的犯罪性裙带关系，在世界上各个社会体系中都广泛存在。西西里的情况显得尤为严重，带有更多暴力和秘密兜售的成分。

作者案语

晚上读了几页 D. H. 劳伦斯的书。他写到,西西里人可能有智慧,但是没有灵魂。

蒙列阿来(Monreale)

在古列尔莫(Guglielmo)二世的广场上,有一座古老建筑的围墙,颜色略有褪去,上面是墨索里尼三十年代发出的宣判,内容空洞无物。将意大利作为进入地中海的岛屿,对于民族来说只是一条通道,但是对意大利人来说则是整个生命。

在波森、米兰和那不勒斯,到处都能碰到遗留自法西斯时期的痕迹。在罗马的古罗马地区还矗立着方尖石塔,上面刻有铭文:领袖墨索里尼。德国人在几代人之后仍旧在为希特勒的阴影驱魔,与此不同,意大利人则将独裁者墨索里尼理所当然的纳入历史。

这并非仅仅是两个恶人之间的程度差别使然,也和几代人的经历有关,经历构成了一个民族的生活态度。我们和东·卡里奇奥一起穿过广场的时候,毛罗·列维说,"意大利不需要有墨索里尼才能知道世界由流氓和骗子统治。但是德国人不同。他们被希特勒震惊,到现在仍旧震惊。"因此,他们特别不安,试图借此将自己平庸的发现强加给全世界。德国人即使是好意,也显得十分固执。

蒙列阿来广场上严肃的铭文已经风化。很快就会变得无法辨认。我们说到,在德国这种情况是无法想象的。所有纳粹相关的遗迹都被清理了。"你们是寻求最终解决方案的民族",毛罗·列维说,"不管有没有希特勒!"然后他又立刻为自己的说法道歉。

我在某个地方看到过,在古代的佛罗伦萨,叛军、泄密者和犯法者的名字都要用大写该在巴杰罗的墙壁上,任凭风吹雨打。他们不应当立刻从人们的记忆中划出,而应该随着时间慢慢消失。

作者案语

也许 M. L. 说得对。有时候人们会想，德国人对希特勒执政的几年持续不安，可能和道德上的不安以及获得的历史教训没有太多关系，并不像他们所说的那样。他们更多的是因为自己在很多思想领域变成了没有生产力的国家，至少可以通过希特勒和那段时期的恐怖行为来吸引世人的关注。德国似乎想不断提醒世界自己曾经的所作所为，世界肯定不需要同一个教训。甚至经常听起来像是一种反常的骄傲，为自己曾经能够做到的事情感到骄傲。

值得一提的是，内疚自责的场合几乎成为闹剧上演的舞台：在小册子里，在电视秀里，在剧院，在传统文化企业的各种论坛上，自省都是受到偏爱的主题。在冷静和激情中写就的关于那个年代的重要作品，却未曾出现，尽管它们应该是这场震惊更有说服力的证明。一些历史学家不辞辛劳担任民族良知的助手，但是几十年的时间过去了，也只拿出一两本薄薄的、关于希特勒年代的小册子。

因此人们不可避免的猜疑，德国人觉得自己因为纳粹统治时期的罪恶留下历史阴影，比别的事情更令世界感兴趣。实际上是一个畸形事件。但德国人不断表现出来的悔过态度，以及从教训中获得的理智，都没有纠缠不休的调子。我想到蒂施拜因的一幅水彩画，画中有一个男人在壁炉前，房间空荡荡的，除了他留下的巨大阴影，什么都没有。

帕勒莫

下午，回蒙列阿来的路上，东·卡里奇奥坚持要去参观哈布斯堡的皇家墓穴。僧人一直在地窖的圆顶中守卫死者，直到上个世纪末，死者先前都在凝灰岩中干燥，然后用醋清洗，然后暴露在空气中数日：主要是修道院的成员，也有骑士团的好心人、医生、律师和士兵。

很多死者躺在石棺中，石棺有的敞开一面，有的装有铁丝栅栏，还有的位于壁龛或者在墙边排成一列，头部前倾，手臂在上身交叉，似乎在虔诚祈祷。僧人通常穿着发黄的圆领长袖运动衫，或者粗制的麻布，一些人脖子上还围着忏悔结，作为罪孽和瞬间的标识。除了灰烬，一无所有。一个身着华服的主教的主教冠从头上掉下来，落在肩膀上，看上去像是希尔罗尼马斯·博斯画笔下的鸟嘴。

后方是所谓的熟练工人，死者穿着普通人的衣服，有些也穿着节日盛装，女性穿着天鹅绒和丝绸的衣服，带有褶皱和丝带装饰，光秃秃的头盖骨上还戴着有檐的帽子。一些给人的印象是十分羞愧，一些看上去因为长久负重而精疲力竭。一对夫妇立在那里，女的害羞的站在丈夫身边，头部半侧着，显得十分顺从。隔一段距离是个律师，前额又高又长，似乎在收集辩护词，他旁边的一个人好像对他十分吃惊，而另一个则咧嘴笑着，带着嘲讽的意味，仿佛知道经过的人都在期待什么。

我们谈论起有多少游客看到所有这些形体和偶然的表情，东·卡里奇奥说，他经常问自己，死者是否展现出他生前从未拥有过的特点。变成木乃伊之后是否才显出人的本来面目，随着生命的逝去，面具也被摘下。我们返回时路过上 di giuliano Enea，出现一个僧人的身影，穿着布满灰尘的绿色制服，头上戴着尖角帽，下巴缩回，似乎要去阅兵式，身体前倾好像要摔倒，但又有力的扶着保持平衡姿态。只是脸部侧到一边，看上去在突然出现询问的神情。

作者案语

外面光线大亮，东·卡里奇奥问我是否感受到当地游客的目光。他说他们的目光贪婪，说起西西里人和死亡之间的本能关系。我保持怀疑的态度，毛罗·列维反问我难道不知道，西西里的孩子圣诞节不会收到礼物，但是万灵节和有人去世时会收到礼物。

帕勒莫

回到酒店。几天以来不断出现一个想法，西西里实际上没有牺牲什么东西。想一想发生过的事情，就会得出这个结论，并且不会忽略掉。众多言语中沉默下来。没有启发。各种声音交织在一起。

帕勒莫

我和两个教授约好晚上见面，他们来得早，我刚好在洗澡。但是 B. 在大厅给我打电话，说我不用着急。古代阿拉伯人的至理名言说，洗澡是人生四大幸事之一，比一夜销魂的享受更令人愉悦。能与之媲美的只有和少女新婚，以及和朋友聊天作为灵魂的完满。

波狄赛罗（Porticello）

我们开车前往渔港的饭店，里面已经人满，店主一直把桌椅摆放到靠近码头堤岸靠近船的地方。整个晚上都能听到船声轰隆。不过，餐厅的菜式名声非常好，因此，环境嘈杂我们也忍了。

在交谈中，意大利教授不苟言笑的风格再次引起我的注意，和德国教授的风格不同，不需要用牛仔裤和修饰过的外表来证明自己的学识。在谈话中处理学术问题，几乎是英国式的能力。科学文化既不需要展示，也不需要粉饰登场、夸耀卖弄。

续签一段

返回前沿着沙滩走了一段路。B. 说，古人将恒久不变作为最高的人类文化价值来庆祝，而现代人则将机动灵活、随时可以变化看得很重要，比如说，有白发老人吹嘘说自己可以在一天之内改变自己的标准和信仰。

我们先不谈论，这种开放性多大程度只是一个病态时代烦躁不安或者矫揉造作的姿态。现代人乐于改变的愿望肯定和知识分子地位的提升以及统治地位、以及他们和世界的实验关系有关。我们确切了解的所有文化中，知识分子或者知识分子的前身都是作为传统的保护者，社会和道德标准、当前权威的地位及特权的捍卫者。而在欧洲，除了古希腊的诡辩学者之外，知识分子从新时代初期开始就以蔑视传统的姿态出现，对传统和沿袭而来的合法性提出质疑，总是在寻求旧事物的清除和新事物的建立，尽管新事物还未经证实。这种极端的乌托邦特点赋予欧洲大陆前所未有的活力，也建立了理性的制度规范，但同时也使得欧洲各个文化的生存土壤加速腐化。

这个过程逐渐接近尾声。不光从标准与法律约束性的减弱可以看出，有希望实现的想法，还没有来得及变为行动就已夭折。批评和矛盾也失去了明确方向。留下来的是空洞重复的抗议姿态，就像我们回到广场上听到喇叭里喊的那些声音一样。

作者案语

这次谈话中有一句话深深留在我脑海里：有越来越多的病症，像医生一样出现。

帕勒莫

又是一个热不可挡的日子。早上散步到大街上，就感觉到热气似乎打在脸上。身临其境才能领会到什么叫"令人窒息"或者"狂热"，人们常常用到的两个形容词，说的轻巧，好像只是文学用语。

中午，太阳驱使我回到酒店。逐渐感觉到阳光对人的影响。长期神经过敏，导致麻木冷淡。某一刻我问自己，到底为什么而来。到回去的时间了。"我已经看到这么多的太阳"，司汤达在意大利逗留数年后离开时，疲惫的写道。

帕勒莫

H. 的一封信催我快动身。"什么让你在那里闲逛那么久？"，他写道，"您过得还比较舒服。但是很早我就问自己，是什么让那么多旅行者来受苦受累，从雷德谢尔到上百名其他游客，再到索伊摩、斯塔尔、格里戈利，冒着生命危险来看大量的废墟？难道废墟的灵魂是吸引力巨大的主题吗？他们寻找或发现的并不是帕拉底欧风格的对称，而是最高级的遗宝，比如塞利侬特的神庙。知道魔鬼在哪里？歌德到达帕埃斯顿时受到惊吓。现在还有人会害怕？您会怕吗？对我们来讲，一切都像神话中的独眼巨人，是个非常陌生的世界，可以和金字塔相提并论——想一想约瑟夫小说中美妙的描述，主人公在夜晚的月光下准备着，没有人知道斯芬克斯到底多大年纪了，她皱着鼻子，头上戴着头巾。

简单的说：快点结束。别埋怨我们的朋友卖弄历史。不是我说的。如果我说是歌德说的，最近我读了他的书，也许会让您印象更深刻。"

帕勒莫

我从酒店出发离开此地，出租车司机站在酒店大门前，这些天他一直是我的向导。他从塑料袋里拿出三瓶红酒,说是前天晚上从自家地窖拿出来的。另外,他还给我一本关于 Draguna 公主的幸福、困苦与结局的书,他告诉我很多关于她的事,有一些讲的很混乱。但是可以在书中看到事情的真相。

塞法鲁(Cefalu)

堡垒般的诺曼大教堂后面的岩壁上写着粉笔字:"旅游恐怖主义(Turismo-Terrorismo)",教堂前停着几辆旅游大巴。

开往陶尔米纳的路上

经过埃克·多尔斯(Acque Dolci)之后,在一个街边的小酒吧,暂时中断行程。三辆旅行大巴快速驶过。黄昏中,三辆车看上去像来自遥远世界的妖怪。乘客的脸从窗外看显得十分苍白,有水族馆的效果。桌上的杯子发出轻轻的碰撞声。

我又想起塞法鲁的铭文。不仅仅是两个词。每年成千上万来到西西里的游客,是一种危险,因为他们并不留下,而是总会离开。这使得他们和历史上的入侵者不同:尽管他们改变着西西里岛,但他们也会将改变的力量带走。以前的入侵者则始终将自己的东西带到岛上,他们的财产、梦想和激情。今天的游客来到岛上,主要为了打发时间。旅游是虚无主义的一种新形式。

作者案语

在日记本上写歌德,碰到一个法国人,他正在舒适而迅速的游览意大利,"为了曾经去过一次意大利","他也开始旅游了!"

陶尔米纳

大约中午达到陶尔米纳。穿过人流找到蒂梅奥酒店(Timeo)很费了些功夫,酒店大门隐藏在前院葱郁的植被后面。外面永远是旅游大巴开过的声音,而狭长、空间开阔的房间里则是青春艺术风格的装饰,安静得能听到时光流逝的声音。在世纪之交,整个欧洲黄金一代的年轻人、离经叛道的闲人、花花公子汇聚到一起,追求漂亮、各种情绪的必需品,创立自己的名声。

酷热渐渐退去后，我下楼走到酒店传说般的花园里。是酒店后来才买到的，以前是一个优雅的、带坡度的阶梯花园。到处都能看到朋友聚在一起，饮酒作乐直到天亮。

不久，自然重新控制了花园。不断的砍伐和播种，花园建筑师的原意已经无处可寻，艺术设计变成衰败景象。植物毁掉了院墙，破坏了陶罐，在台阶上顶出洞隙：下垂或者攀藤的常春藤，人高的天竺葵，大型百合，纸莎草，野草，仙人掌和所有厚叶植物。凉亭的过道处，沉重的葡萄已经压弯了树枝，最后掉落下来。地面上全是摔碎的、腐烂的果实。

尽管各种鲜艳的颜色错综复杂，目光还是会时不时转移到酒店花园入口处发白的玫瑰上。窗边小店已经关门，穿过走廊的台阶下午就已经看不见人了。只有一个年老的吧台使者站在半开的玻璃门阴影下，像是布置的最后一道场景。表演不会开始，只有介绍资料还在，好时光的梦想还可以再梦上一段。

续上一段

是什么特殊的、令人看不够的魅力，在自然的反攻下，消失在观察者的眼中？我们不是卢梭的子孙，以原始状态寻找值得看的东西，我们缺乏天真和情感上的信任。在美国的恐怖电影中，大自然会对随意规划、建造的人们实施报复，甚至派出外星球的怪兽，像摧毁游戏小屋一样摧毁大城市，最终赢回对地球的控制权。这类电影和情节都是人类文明对过度开采和内心恐惧的一种体现，人们感觉到脚下的土地在震动，知道前方是会终止一切的灾难。

陶尔米纳

晚上在柯索（Corso）的一家餐厅，和几个意大利人、法国人、德国人组成的小团体一起。后来，我们还到拉尔戈南卡特里纳（Largo S. Caterina）的一间酒吧待了会儿。我不记得，谈话时怎么说到意大利北方人和南方人之间影响深远、充满猜忌和仇恨的偏见上。但是让人吃惊的是，几乎每个大一点的民族都有这种矛盾。和气候或者纬度没有关系。米兰和马赛几乎在同一纬度上，但是米兰人就是意大利北方人，而马赛人就是南方人。

这让我们想到1943年到1945年间在西西里广泛进行的独立活动。共产主义者希望建立一个联邦人民共和国,他们以城镇为基础,在科米索(Comiso)或者阿德里亚诺建立共和国,君主政体主义者则谈判,重新推举国王。美国吸收第49个州时,这个意图得到最强烈的支持。聊天的人不光看到西西里人特点中的堂吉诃德式的微笑充满着对北方人的反抗,由黑手党一手建成,因为值得尊重的社会可以得到某些优势,从政治上建立"朋友的朋友"体系基础,并且扩展"同胞的同胞"体系;他们还说,西西里岛的需求也因此得到满足,成为战胜国的一员。但看起来似乎被打败了。"可悲的历史。"

对于受尽折磨的民族而言是一种讽刺的评论。他们既不倾向于对真实情况保持盲目,也不去适应实际情况,采取前一种做法的是波兰人,采取后一种做法的是意大利人,德国人采取了两者,但是却令人害怕的崩溃了。直到今天,所有人都这样认为。

续签一段

考虑西西里1943年的意图,可以发现一个不怎么高明的解释。不管当时很多人脑子里想的什么,都存在着占主导地位的历史直觉,试图用最大胆的袭击来消除自己觉得无法避免的事情。虽然美国人没有来,但是高楼、汽车文明、电冰箱和电视,都传入西西里。我们坐在一个酒吧前,酒吧的名字叫"好友",两侧都有彩色白炽灯装饰的招牌,上面列着店主推荐的特色供应品:火腿煎蛋,炸土豆,卢蒙巴鸡尾酒。17世纪一个贵族府邸的前厅改成了酒馆,里面有几个年轻人在疯狂的玩电子游戏机。

陶尔米纳

回来之后,我在空荡荡的阅览室里碰到土耳其拉齐奥(Pancrazio Lo Turco)。棕色肌肤,闪特人的身形,蜷曲的头发。地中海东部诸国和岛屿的忧郁。蒂梅奥在他夫人家族中传承了四代人。

土耳其说,他多年来一直在试图让酒店经受时间的考验,遵循传统。"蒂梅奥里总是住着独行者,大部分是不循常规的人,富有幻想,但也拥有格调。"他提到了莫泊桑和阿纳托尔·法郎士,尤苏珀弗大公,D. H. 劳伦斯和安德烈·纪德。"以前,客人们总是抽着烟来吃晚饭",他说,"他们出现时都很普通,但是特别之处在于他们的思想,在于想象力。现在,外形的规律和不可混淆的特点之间的联系不复存在。事情倒过来了。每个人都和其他人一样。但是吃饭时,每个人都显得十分'放松',不同寻常。这就是所有的个性了。"

后来我们说到了谚语中的疯狂的陶尔米纳说到当地居民的疯狂脾气,土耳其觉得,这也许是全世界其他地方的人觉得陶尔米纳非常吸引人的原因。不过,情况也发生了一些变化,时代在进步,他也不再有兴趣接着往前走。未来属于契约。酒店已经被一家西西里的联合财团收购。"我们虽然谈好了条款,保留祖宅的特点。但是毫无用处",他补充道。

他说起威廉二世曾经是蒂梅奥的客人。他的尊贵级别要求他在酒店逗留期间,只能通过侍从和酒店工作人员接触。但是晚上,他习惯遣散侍从,绕道来拜访主人的住所。他照例给孩子们带来礼物,没有公文的困扰,他和孩子们一起度过休闲时间,也和后来经过的人交流,包括手工业者和渔夫。

土耳其还谈到土地改革的失败。和所有左派的想法一样,他认为,19 世纪的土地改革是一个迟到的行为,"这些人无法摆脱从前",他说,"他们始终藏在孩子们的鞋中。"在农业只能作为大工业才能存活的时代,召回小农是一个冒险的想法。公平、冒险,他补充说。他也知道,歌德在逗留西西里期间曾经计划写一部戏《娜乌西卡》。

陶尔米纳

在蒂梅奥入口处有一条路,直接通往高高立于城市之上的古代剧院。通道有一个标记,即枝繁叶茂的松柏。只有走近了才会看清是九重葛的蔓藤,密密交织在一起,一直延伸到树的顶端。马上就会看到树枝快要死去的征兆,慢慢被其他枝叶吸去了养分。T 说,美好的事物有所积累,死亡——不光是在艺术中,和前面说的树木一样,也是一种自然现象。

后记

我的笔记下面还有土耳其的补充,蒂梅奥的客人留言本上有人说:每个旅行者都在寻找不似自己本身的东西,但是那确是构成真实自我的全部。

陶尔米纳

渐渐地，我对陶尔米纳的印象开始归类。到最后覆盖所有印象的，也许是眼下的破坏：钢筋水泥，酒店和赌场，都在海岸边，让更多的人经历孤独，感受大海的辽阔。无法提供安慰的城郊地区有贫民窟，有垃圾场，不停的侵占其他的地方——这些现象，以及更多其它现象早已不是现代化进程的负面，而是现代化不断进行的标志。西方文明拥有令他们享誉世界的东西：自由、舒适和无法估计的富裕，但是必须付出代价。问题越来越严重，要付出的代价是否太高？世界每天都变得更美好——什么时候人们才会写下这样的诗句？但是付出的代价也不仅仅是世界变得丑陋，而是一种毒害，未知的腐败，却没有人知道在哪里发生，如何发生。

在这种情况下，所有的旅行都失去了过去的动因。旅游不再是未知事物带来的刺激。也不再是逃离现实。逃避是现代人逃亡陌生地方最强烈最隐蔽的动机。因为没有人能摆脱现实。人们一次又一次的惊叹，世界文明如何蔓延到地球上最偏僻的地方。人们在任何地方都能发现在其他地方存在的事物。对于只想找到家的熟悉感觉的旅行者而言，这是旅游的快乐所在，不管他身处陶尔米纳还是帕勒莫的阳光下。高楼大厦，炸土豆，火腿煎蛋。

旅行逐渐从空间里前行变成了时间里前行。这是新的旅行原因。人们不再寻找世界现在的模样，而是寻找世界从前的样子，而奇迹是，在某个被遗忘的角落，还有古代世界的遗迹可见。不自觉的产生更强烈的愿望，想穿越大陆游学曾经走过的地区，当时的世界文明还充满承诺，尚无人贪得无厌的索取。克洛德列维斯特劳斯（Claude Levi-Strauss）对此提到一个想法：努力感受历史影子的旅行者，难道不是将看见遗迹的瞬间，眼前浮过的场面当作真实来欺骗自己吗？也许，也许几代人以后，会有另一个旅行者站在相同的地方，嫉妒自己眼中看到的一切、错过的一切。

作者案语

"时间一定有尽头"，M. L. 认为这一定是空想，勇敢的想法，但是和所有空想一样落入粗俗的手中，也变得粗俗。他说，这句话出自法西斯的教条。原本是表达对时间的悲观感受，但是赫胥黎（Aldous Huxley）让它传遍人群，后来又被莎士比亚引用。

墨西拿

到达墨西拿的时候，感觉这座城市比意大利任何其他城市都更宽敞，更开放。酒吧的人向我解释说，是因为地震才这样的，墨西拿经历的地震比其他地方都多。发生地震的地方，会遭到破坏，但不是因为房屋相向倒塌造成。1908年地震大约造成60000人死亡，第二次世界大战期间的炸弹袭击摧毁了所有房屋的三分之一。

1787年地震后，歌德在墨西拿短暂逗留，"一到达就立刻感受到一座被摧毁的城市是多么恐怖：在到达住所之前，我们骑了一刻钟，经过的全是废墟，住所是唯一重建的建筑，从窗户外看去，满眼都是崎岖的残垣断壁。整个震区之外，既看不到人，也看不到动物，夜晚的安静令人害怕。"

墨西拿

到我的父辈为止，前面几代人的时间里，墨西拿都因潜水员而出名。他们和现在阿卡普尔科（Acapulco）的蹦极者类似，为了娱乐大众从高高的岩石上往城市附近跳。他们的名声很大，几成传奇，因为他们在希科拉和卡律布迪斯之间狭窄的海面展现自己的跳跃艺术，在艾奥尼亚还和第勒尼安海上遇到了危险的漩涡和起伏的急流。1789年布伦瑞克出版了欧洲其他地方已经广为传阅的旅行说明，作者P. 布赖顿，一个受过良好教育的英国人，曾陪着年轻时的富拉顿勋爵进行大陆游学穿过意大利和西西里，直到马耳他。布赖顿在墨西拿写到：

"墨西拿的潜水员真的掌握了令人难以置信的艺术技巧。但是我们听说的关于科拉斯的事，让所有我们看到的，让我们觉得很神奇的东西，返回了原样……科拉斯非常有名，弗里德里希国王甚至都因为要亲眼见证他的技艺来到了墨西拿。国王的来访让这个可怜的家伙遭遇了滑铁卢。因为国王惊异于他的强壮和灵活，残酷的建议他在卡律布迪斯的漩涡附近潜水，为了刺激他，国王还扔了一个金杯入海，如果他找到了，金杯就作为奖赏给他。科拉斯试了两次，在水下待了很长时间，让观众十分吃惊；但是第三次潜水时，人们猜测他被漩涡卷走：因为他再也没有出现过。"

几年以后，席勒的叙事诗毫无疑问的提到了这件事。人们认为自己看到了他对整个过程的想象力被点燃，他感受到事件中充满戏剧性的地方，并将布赖顿简单的叙述，用自己的丰富的文采加以润色，将大海诗化，变成蝾螈、鱼类、鲨鱼、章鱼、甚至是龙的生活家园，同时也指责大海的主要行为和国家行为，最后提升了社会性和诚信，大量的投入，大量的收获。从他和理智的布赖顿先生描述方式的不同，就能直观的感受到席勒的情感，席勒对物质的宏伟追求，托马斯·曼称之为童年时期的崇高理想。

墨西拿

告别时，工程师和东·卡里奇奥都来了。我们到达火车站附近的餐厅之前，先顺着夜晚的马路走到加里波第街，加入车流和人流中。即使有些人是在闲散的散步，但是所有人都似乎在努力实现某个秘密的、重要的目标。我经常问自己，这些开放的、深不可测的表情背后是什么，隐藏着多少雄心、骄傲、复仇心理或者胡说八道。

在整个行程中可以不断看到类似的面孔，眼皮耷拉着，我发现一个很奇怪的矛盾现象：麻木冷淡后面隐藏着对目标的追求，在主观想象的宁静中藏匿着不安和果敢。人们无法停止猜测，这些看上去毫无生趣的人，为历史负担、风景、气候所累，简单的说，为可怕的岛屿特性所累，即使在空虚中陷入沉思，内心也充满不安，在思绪中流逝的不仅仅是时光。

岛上生活的人，基本上都和蔼可亲，没有幼稚或者夸夸其谈的特点，不像大陆上的居民。很多时候，他们在我眼中都有双重含义，似乎他们在试图掩藏最好不暴露出来的东西。即使我遇到的最虔诚的人，也不懂得宽恕，因为他们本身也有阴暗的一面，有没有解决的问题，在宗教殉难和酷刑的肉感的画中精疲力尽。在圣母像的血中！是人们常说的一句诅咒，还有些人常说圣劳伦斯的慈善（Gedaerm des Heiligen Laurentius），神圣的阿加莎敞开胸怀、或者其他虔诚的屠杀。不邪恶的东西，经过基督或者文明的必要粉饰，在这样那样的小事中很容易做到。我想起过去几天内的一场谈话，说到了岛上居民的狼性，在黑手党的杀戮欲望或者团伙打斗表现得比日常生活中明显，但在日常生活中，狼性也有公开体现。

当我说到，在帕勒莫时就想说服他同意我的观点，工程师笑起来。他觉得，这是北方来的人的一种幻想，对西西里的了解只限于小说和警察报告的内容。他解释道，这种看法在以前是半对的，那时候所有家庭，好几代人，会为几颗橄榄树，为从泉里汲取的水量而争吵。但是这样一个西西里已经不存在了。"骄傲、复仇心理、虚空"，他重复说到，"也许还有一点，就是恶魔般的欲望还主宰着岛屿。"他指了指刚好经过的三个女孩，她们正在激动的交换自己的头巾。她们后面不远处跟着一队青少年，每人耳后戴一朵红色天竺葵，一定要从人群中穿过。也许我真的沉浸在自己的想象中，但是一切看起来像一场毫不妥协的追猎。姑娘们看上去什么也不知道，但是实际上并不是这样。她们的追随者仿佛追逐鲜嫩羔羊的狼群。

墨西拿

天快亮时出发去港口。酒店行李工提出行李。空荡荡的街道上还留有夜间的冷清。对面，大陆的山顶上，一轮白日灼灼升起，已经能够感受到白天会有多么炎热。"很美好的一天！"我对行李工说，他双手放在条纹围兜上，"和其他日子都一样，先生"，他回答说。"跟昨天和明天一样。"然后耸耸肩："总是这样的。"

我在过去几周内的观察似乎和他无心的双关语相互矛盾。在"意大利之旅"中的西西里是这样的："这里才是打开一切的钥匙。"歌德的这句话，可以用和他本意完全不同的概念来解释。如果欧洲文化的损失也曾经波及到位于进步边缘的大陆地区，并且克服了保存在落后习俗中的内容，西西里就会成为封闭一切的钥匙。

渡船去雷吉欧

在港口拥挤的人潮前。很快，装运处挤满汽车，充斥着吵闹声。汽车在通道停下后，我直接走到船尾。

歌德曾说，意大利要是没有西西里，不会在人的灵魂里留下任何印象，其实不然。西西里岛和大陆之间的距离远远超过墨西拿到大陆的距离，受到希腊、拜占庭和近东、西班牙的影响很深,但是持续不断的深远影响则来自于北非,无论是风景还是生活方式。意大利对该岛的统治实际上是从现在才开始的。当机器启动,装货栈站台收起,船体起航,我问自己,斯科拉和卡律布迪斯的神话难道不是西西里反抗北方的一种特殊表现形式吗,北方开始走下坡路。而我逐渐明白,人们口中所说的西西里的陌生到底指什么。

另外,人们看到的画面,无法分门别类。只留下一些碎片,就像岛屿的历史一样杂乱,构成的大致映像就是画面本身。和罗马、佛罗伦萨或者威尼斯不一样,西西里尽管有丰厚的历史积淀,但有一种特别的非历史性。人们只会碰到一些混乱的陈词滥调,费力地去激发想象力。基本上,岛屿没有历史,而只是历史的看台,镜子,反映出周围世界的权力关系,帝国的兴衰。一幅画面过去,镜子表面再度清空,出现另一副画面。我想到了唐·卡里奇奥昨天晚上说的话:谁的历史太长,最后就没有历史了。

此时,船只已经行驶了一半的距离,墨西拿的房子看起来影影绰绰,深浅明暗中,迷雾渐渐擦去了所有轮廓。大陆游学的一个游客写过,"如果没有古代的作者,我们将对岛上的辉煌与伟大一无所知。""荒芜的石堆"不会让想象力鲜活,而只是让想象变得混乱。现代博物馆的魅力虽然有助于激发人们的想象,但是丝毫没有可能克服现在和过去之间的鸿沟。西西里自己都无法形成对自己的印象。

续上一段

保持不变的是麻痹和冷漠的印象,高悬的烈日下怪异的昏暗。荒凉的区域,干枯的丘陵,山体的斜坡上可能是动物的窝巢凸显出来;平坦的山谷,覆盖着劲草,草中露出岩石块,仿佛露出地球的边框;牧群安静的在橡树的荫凉处歇脚;前厅的宁静中透出威严,土地的气味盖过了一切:不仅仅是文学。旁边,不可忽视的是,努力追求文明的迹象,但似乎出自陌生人之手,似乎是被迫接受。也许某一天,西西里会从兰佩杜萨的无望中获得。

作者案语

又从头读了一次旅行中的关键词。它们很准确,但又不正确。尤其是个人感受将对西西里的了解系统化，从空间上有所扩展，又补充了大量的矛盾之处。没有矛盾，感受只能保持公式化的水平。具体的东西才是真实的。最后，平面印象和立体印象之间的差别，与错误和真实之间的差别，划上了等号。

续上一段

南方带给人富有冲击力的感受，比其他任何事物都值得记录、补充，不断更新的行为方式蕴含着自身的力量。有一段时间，可能所有来自欧洲北部的人，都确信自己能够应付这种冲击。但不久之后，他们就开始觉得力量减弱。力量包含着强烈的意志，力量减弱逐渐变成不可抵挡的妥协。

就算大家都很熟悉西西里了，对于不期而来的黑暗，也许还是缺乏描述。当山后的太阳笼罩在慢慢清晰成型的轮廓上，又添上光亮作为边框时，光线变得微弱，照射到更广阔的地方，用浅红色的薄纱遮住大半个天空，直到和海边的云彩融为一体。这一刻，不用回头看，就能感觉到地球的另一端正夜幕降临。每一场游戏，在它进行的期间，已经和游戏结束时一样。

第二站

在爱奥尼亚海岸 处处皆是特洛伊

雷吉欧·迪·加拉布里亚（Reggio di Calabria）

要等几个小时，因为博物馆这一天只在下午开放。试着补充一点西西里的内容。在适当的瞬间我想起一个说法，想变得无聊的秘密就在于什么都说。

雷吉欧·迪·加拉布里亚

我游览城市来打发几个小时的时光。除了一个西班牙城堡，再没有什么遗迹能让人想起古代雷吉欧丰富的历史。占领者、地震和盟军的炸弹攻势，让过去的痕迹消失得无影无踪；残存的一点古迹则因为过去几十年间的工业化进程不复存在。

城市博物馆还保留着对爱奥尼亚希腊的记忆，对很多只剩下名字的城市的记忆，不仅如此，它还因为保留着两个比真人还大的青铜雕像变得更加重要。那是1972年从利亚斯（Riace）附近的海岸边挖掘出来的。陈列雕像的大厅，在那天下午变得十分拥挤，和几年前佛罗伦萨和罗马的展览厅一样。在很短时间内，有两百多万游客蜂拥而至，同时，只为一睹雕像。

直到今天，人们还在猜测，人流史无前例的涌入，产生了什么影响，到现在还保持着。艺术史学的观察只局限在古典主义时期的几个类似的大青铜雕像上，肯定不是事情的重点。但也许存在一种美学思想，不仅可以学习领会，而且也是人类天赋获得，在现代艺术对畸形的热情中并未消失，在看到类似艺术品的时候就会直接令人意识到。

续上一段

人们总是听说关于雕塑的说法，即人的双腿是自然的失败；腿让身体像踩高跷一样。因此才会出现从麦约（Maillol）到玛克斯（Marcks）的腿部膨胀。利亚斯的士兵并未发现类似的物体，并且也没有透露出他们意识到难题存在。但是他们并不是踩在高跷上，有一瞬间，人们认为他们公开表现出来的高傲,不仅是针对当时的假想敌,也针对已解决的艺术问题。古代的雕塑尚能从自然中获得所需。

也可以说:每一个重要艺术品都解决了所有问题。这也是当代艺术理论上的负荷过重表明其弱点所在的原因。基本思想很清楚的表明自己的要遮掩的地方:作品并非自自己存在。

作者案语

所有畸形都是从前形状大小的一种阻挠。理智姿态和模仿的怀疑之间有关联。

沿着海岸行驶

出发时,西西里那边太阳已经下山。墨西拿和卡塔尼亚之间长长的山影是明亮的红色,将海洋变成闪闪发光的、温暖的铜器。山与海的上空,笼罩着灰色、正在转变为蜀葵色的迷雾。稍后,海岸边缘仿佛打上了成千上万盏灯,在暗中修剪自己的轮廓。此时,艾特纳火山顶上冒出太阳映红的薄烟,在更高处被卷入下行风,被带到下方。

海岸马路一直通向东边,西西里落到视线之外。只有时不时出现的笔直山坡才向西一点。马路不断穿越干涸的河床,即使在昏暗中,仍旧能看出大圆石,意味着冬天会出现有力的急流。值得一提的是,"萨拉森海岸"的名字不仅让人想起海岸的光辉岁月,也让人想到之后的危险。

续上一段

古代,爱奥尼亚海湾,荷尔德林的"古老的灵魂海岸",密集分布着许多希腊殖民城市,传说中的名字有洛克里斯(Lokris),克罗顿(Kroton),锡巴里斯(Sybaris)和Metapont。但是还有很多地方除了名字,什么也没留下:到处都是特洛伊。但是大多数城市的沦陷并没有荷马来描述。考古学家的发现、铭文的片段或者硬币,很多时候只能让人更加肯定,曾经有发生过什么。

西奥多蒙森(Theodor Mommsen)对早期罗马国王的评论:通常,历史学家无法驱散历史构成的浓雾,浓雾下掩盖着历史的轨迹。

作者案语

1812年11月，歌德给莱因哈特写信："莫斯科已经燃烧，对我没有任何影响。世界历史将会有谈资。"这个说话要以沦陷的编年史作者为前提条件，但是他们在爱奥尼亚海边并没有发现城市。

萨拉森海岸

在途中一家旅馆住宿，是沿岸街道上一个没有名字的地方。店主带我走上没有灯的楼梯，扶栏已经破损，来到一个布置着旧家具的狭窄小屋。在床头悬挂着一张圣母玛利亚的彩色图画，有七个姐妹，五斗橱上有一个脏了的刺绣，上面是圣露西亚，虔诚的指责自己逃离的眼神。

但我必须对住所满意，因为担心无法按时到达卡坦扎罗（Catanzaro）。"不要比较了"，是卡尔·菲力普·莫里茨1782年到英国旅行时在一个酒店发现的建议。

作者案语

黑格尔有一个考虑，能将变与不变导入理想的平衡点，同时说出所有传统的特点："死亡最可怕，死去的事物蕴含需要最大力量的东西……思想的生命，不是在死亡面前退缩的生命，也不是在灾难中幸存下来的生命，而是能够承受死亡，能够在死亡中永生的生命。"

波瓦玛丽娜（Bova Marina）

在海岸边的一个小地方，上一代人在破旧的渔村里建起了一家工厂。从酒吧看过去，建筑很明显已经停工，竖着高耸的砖瓦烟囱，顶端有加厚的围子。旁边是布满深红色锈迹的电线杆，比烟囱还高。我问路边的一个人，这是怎么回事。他耸起肩膀："您想问什么？那时候有计划、希望、钱，银行开到中午12点。我们终于开始进步了。每个人都看到的。"又说："我们也希望有自己的烟囱。"

波瓦

我离开海岸马路，向内陆行驶一段距离。刚离开房屋集中的地方，一段起伏的道路之后，出现了幻境般的景色。地平线上，山体起伏，各种山形变幻万千，有突兀的岩石峭壁，地面的断层，山谷。大石块就像断裂的牙根一样裸露在外，稍远处，低处丛生的植物中，是多砂的泥土堆。随着太阳下山，影子越来越清晰，不真实的感觉渐浓。超现实主义的童话书中，英雄总是经受住各种考验，总是在遥远的、燃尽的星星上进行冒险。

道路弯弯曲曲，每一处曲折就意味着看到令人吃惊的新景象。最初是橄榄树，随后变成罗望子和浅绿色的夹竹桃，然后是散立的晒成金色的草斑，最后是野生的仙人掌。在越来越高的圆形山顶上，到处是灌木丛落下的阴影、峡谷、地缝，在正午的日光下，一直到边缘。

上面出现了波瓦，在山峰的顶端闪耀，下方是一片灰色的悬崖峭壁。走近了，才发现，山顶上有一块大岩石，让整个地方看起来像一座塔。往下一点，又是密布的树林：橄榄树和橡树。经过了周围的山势起伏，眼前的地方显得越来越偏僻。到达时，之前感受到的荒凉就让人预想到这里的昏暗和崎岖。但是波瓦似愿景，似乎正在靠近城市的理念。

续上一段

15 世纪中期，阿尔巴尼亚希腊人为了逃脱奥斯曼帝国的统治，散布到十几个分散的地点，波瓦就是其中一个地方。希腊人怀着深深的恐惧，没有在海边建立聚居地，这是因为强盗的缘故，他们努力避免如书中记载，成为海盗不断剥削的对象；他们在途中发现的安全地方定居下来，大多是高山和无人可达的山峰。

今天，这些地方中的几个还说着古希腊语，马路上的路标除了意大利文之外还有希腊文。在广场的酒吧里坐着几个居民，挨着破旧的桌子，每个人都表露出农民的沉重神情，看上去十分疲惫。吊灯给房间带来光亮，在安静和压抑的氛围中，更加让人产生与世隔绝的不真实感受。

尼布尔和其他受传统教育的旅行者，认为意大利南部的希腊人才是纯粹的希腊人后代，未经异族通婚。但是，人们很难将眼前了无生气、麻木冷漠的人和古老的希腊联系到一起。然而，在出发之前，看到一个身形苗条的年轻女子，斜斜地看过来，仿佛是希腊花瓶上描绘的人物。

作者案语
在我们所说的记忆中，总是隐藏着想象和发明。

波瓦

并非只有罗马建在山丘上。意大利的各地，或者地理条件合适的地方，城市都爱建在高处，且城中的塔楼、店面或者山墙往往要修得更高，成为城市的标志性建筑。最早的城市是贸易集散地，多在河流经过的地方，或者交通要道，另一种城市则修建的山上。

没有什么难以设想的。波瓦在离海岸大约15公里处的内陆地区，几乎无路可达，费尽力气才到达那里，路上要两天或者更长时间，因为要从岸边购买用品和食物。即使偏僻的角落，距离岩石高原也有百米以上的距离，城市就建在高高的岩层上。

很明显，在高山上建城市是为了自我保护：对海盗的恐惧已经变成噩梦，到19世纪仍有海盗袭击，另外还有团伙、陆军以及邻地；每个城市在被纳入更高的统治关系之前，彼此之间都是对手和敌人的关系；占有欲、权力欲和征服欲在不断散发诱惑力。建城地点的升高，提供了平地上建城时通过城墙、围栏和陷阱才能带来的安全感。

除此之外，自从古典时期衰落之后，疾病也让居民不得不躲进山里。爱奥尼亚海边曾经辉煌无限的希腊城市，转眼消失，历史学家猜测可能是因为疟疾的大肆传播。按照流传下来的古代风景描述，海岸原本有多岩石，树木葱郁，现在分季节干涸或者断流的河流，在以前曾是五倍的宽，深度均匀，可以航行。

岸边的树木被伐尽，开始出现水土流失，大量的泥土从山上掉落流走。山体的振动使得更多山石下滑，爱奥尼亚区域逐渐下降了一米多，直到海岸附近形成了水域和沼泽地。古代留下的一些痕迹让人看出，希腊人知道是什么原因引起疫病的突发爆发。但是疫病爆发的强度太大，人们对其传染性认识不够，所以无法有效的抵挡它的侵袭。除了设想山里的"气候"更健康一些，没有别的办法可循。

在中世纪早期，各种考虑，抵御敌人、抵抗疾病的安全思想又添加了形而上的内容。在山上的高处建立城市是对"高高建成的耶路撒冷"的回忆，是从天上移到地下的信徒集合地。因此，每个城市既是雏形又是模型，这个看法带有魔鬼的色彩，和世代相传的城市是共同事业的看法背道而驰。不再是索多玛（Sodom），蛾摩拉（Gomorrha）和尼尼微（Ninive），以及诅咒和神明审判的虔诚情感统治人们的想象，也不是他们会发现亚比米勒人的大巴比伦的原始形象，亚比米勒人占领巴比伦，屠杀人民，毁灭城市，在伤口上撒盐；而是令人入迷、即将到来的耶路撒冷。

还有一些的别的因素。关于城市的该死预言出自下层的乡村文化，偏执顽固。想不出还有什么更尖锐的文明对立，能够胜过开放的、从古至今自给自足的农村与集中分散的人口、将压力隔绝在狭窄城墙之后的城市之间的差别，城市进一步扩展了人类的力量和各种机会。城市就是所有更高级文化的开端和中介者。

但是控诉背后，是人们道义上对城市的不信任。谋害自己兄弟的凯恩，是游历世界的第一批疯狂的城市建造者，人们对城市的不信任在他的设想中神奇般地消失。城市是烦恼、骄傲、犯罪、奢华以及不道德行为的发生地，其违背自然的趋势混合到种族和语言中：从一开始，一切都属于不停变化的诅咒幻想中。古代的苏美尔，名字有双重含义，意思是"有多个舌头的"，在手足谋杀中建立的城市，其凯恩动机传到了罗马。古典时期的晚期重新激活了前述的控诉，将迅速弥漫的对乡村的思念置于次要地位。它们从未彻底消失。也许中世纪的城市建造者从圣经中关于大妓女巴比伦的咒语"她坐在很多水域中，睡在不同的床上"发现，城市形成的理念是作为信徒的城市必须位于山上，而不是在平原、在大海边、交通要道上，那些地方的作用是交流物品和思想，让人与人之间的基本关系混乱复杂。

预先建立起的耶路撒冷克服了这样的设想。摒弃了更重要的动因，耶路撒冷才得以建成。奇特的双重面孔总是意味着自由和组织化，集体化和独立化的能源，规模和道德败坏，应该是理想的一面有效。不是罪孽和亵渎圣物的地方。位于山峰上，城墙接近天空，同时也是解救山的标志，解救山在中世纪的生活理想中被看作是朝圣的目标。在每个类似的城市中都有一条无法看见的轴线，那是一条激情之路，到达教堂或者天主大教堂才终结。一些学者把后古典时期的城市建立归因为修道院的建立，这些城市作为虔诚者的集体，就像骑士团的规则，随着事情的发展变成了民众的英雄气概。

城市在道德和政治上的融合也是在中世纪才开始重新恢复，敬畏上帝的意识仍旧是人们共同生活占主导地位的形式。人们想法的变化十分有穿透力，现在更多人认为，人们在末日不会进入伊甸园，不会回到已经与人类和解的自然界，而是在城市发展到更高阶段的时候找到永恒和解脱。自此，直到进入现代社会，再也没有寻找失去的天堂，而是以其他名义寻找未来城市的乌托邦。

洛克利

希腊的洛克里斯延伸到三座固定的山丘，不仅仅是橄榄树林中留存下来的废墟地。断壁残垣上已经长满杂草，覆盖着霉点斑斑。一个青年主动要求做向导，开始和我交谈，问我从哪里来。"啊，德国人！"他说，握紧了卷头。但是他知道，德国人本身也很害怕加拉布莱瑟人。虽然他们是世界上最勇敢的民族，是唯一能够挑战自我的民族，但是加拉布莱瑟人比德意志民族更优秀。

青年名叫阿基里（与布腊人的第一勇士阿基里斯只差一个字——译者注），可以想得到，这个古代神话中的名字不是随便安到他身上的，他本身也体现了一种古老的思考方式。然后我们参观了以前城墙的一些遗迹，原来的城墙围起大约30公里长的防御工事。在古代，珀耳塞福涅的圣殿非常有名，洛克里斯比其他各个希腊城市率先拥有了书面的法律条纹。它还占领了强有力的克罗顿。如今，这座城市生产点缀花园的陶俑。

洛克利

晚上，回车上的途中，经过一对情侣，在家门口拥抱。女孩哭泣，男孩说着安慰的话。两个人个子不高，结实，满头大汗，似乎刚下班。男的穿一件连衣裤工作服，女的穿着黄色衬衣和黑色牛仔裤，让浑圆的身形更加明显。

一面继续走一面想，为什么费力将这个场面和一段激情联系起来。也许眼泪和拥抱不过是意大利方式的爱情表达，也许是怀疑他们是家族世仇或者遇到其他无法解决的问题。但是不自觉想到人们看重的东西上，不管是美丽、温柔还是社会地位。人们无法想象朱丽叶不美，看到克娄巴特拉的鼻子总是会想到她的优雅和王国。所有对典范激情的设想都会产生典范的原型。

斯蒂洛（Stilo）

阳光减弱，往上走前往斯蒂洛。要往陆地深处走几公里，在一块岩壁的半山腰处。街道上弥漫着细微的粉尘，在汽车行驶过程中变成巨大的浅黄色烟雾。由于烟尘太过厚重，天气又持续数周十分干燥，左右两边的灌木丛都笼罩在尘土中，像年代久远的雕塑。

上方高处是一座小小的拜占庭教堂，平面图十分简单而有启发性，比一件宽敞的房间大不了多少。方形的砖墙在教堂内形成三个拱点，突出了五个平坦的圆形砖瓦拱顶，构成花环形状。很多人认为这座教堂是加拉布里恩最美丽的建筑物。

续上一段

1568 年，托马斯·坎佩内拉（Tommaso Campanella）出生在斯蒂洛，他提出一个早期的乌托邦设计，太阳城，将基督城市的概念普遍扩大：精神力量控制下的世界共同体，没有任何的个人需求，是极端的理想蓝图。没有私人财产，没有私人房屋、兴趣、感情，取而代之的是女性共同体，集体儿童教育以及征服管理下的性行为，目的是繁衍人类。阿达米特人的原始梦想。加拉布莱瑟的僧人说，小心养殖马匹或者犬类，但却对人类自身的各种欲望放任自流，是愚蠢的做法。按照知识的丰富程度分配职务，以强制劳动和综合监控系统为主导。

太阳城坎佩内拉近乎燃烧的亮度原本用来反映神的辉煌，人类不值一提，很明显成为现在极权主义制度令人惊讶的雏形，是祖先纳夫塔人想出来的。在穿过明亮的风景返回的途中，想起了卡梅洛·古比奥（Carmelo Gubbio）的评论：南部地区的太阳，和其他地区的太阳一样，意味着生命和繁育能力，但是也意味着麻木和冷淡，尤其是当太阳高高挂在天空，出现"正午的恶魔"时。

续上一段

德国人的思维在 19 世纪才接近理想状态，比较晚。也许是因为德国人思想方面偏好神学，早就排除了内心世界里对解脱的渴求。不过，后来则是对新制度和新人类无意识的乌托邦式幻想，不可避免的带来恐怖后果。

恩斯特·布洛赫关于影响和成功的难题，让德国人在一个乌托邦理想失败之后迅速转向另一个理想。很多人认为，这一次对正确事物的态度太极端。极端本身就是一个坏处，有多少暴力集会中包含着哲学家的思想，人们不得而知，仅仅能看到诸如死亡、中介和最佳舒适度的术语，以及将世界划分为天堂和地狱。

一些证据表明，恩斯特·布洛赫深深的植根于宿命论的传统，程度甚于他天真、好心的追随者所想。如果不想被他说话时怒吼的表情所迷惑，很快就能发现其中的关联：偏好将思想无畏的以最尖锐形式表达出来，放弃被忽略的现实，关于千年帝国的预言，还有对某些说法的偏爱，如"要么一切，要么什么都没有"。人们难道不是一直在问，恩斯特·布洛赫是否比托马斯·曼更早就有理由描述对"兄弟希特勒"的观察？但是做出错误预言的人，就不再是预言家了。

作者案语

恩斯特·布洛赫在思想深处反对启蒙。在西欧已经成熟的政治文化中，他就像是一个从中世纪活到现在的话语领导者一样。

前往克罗托内（Crotone）的路上

经过卡坦扎罗（Catanzaro）之后，所到之处更为平坦，山峰退到了背景处，很快又消失在棕灰色的迷雾中。远处多砂的地方，散布着羊群，几乎和背景融为一体，只能从牧羊人方尖塔一样的身形来判断是羊群。

这只是个别的感受。映入眼帘的总是房屋和聚居地。整个雷吉欧的海岸是唯一的新建区，一个卫星城常常在你不注意的时候变成了另一个卫星城，相互毫无区别。很多楼房都空着，另一些还未完工。让人想起"其中的牵连"：黑手党的 kalbresisch 形式,用此种方法攫取国家收取的公共建设费用。仍旧是古老的布莱希特问题:谁抢了谁?

孤单石柱

离克罗托内不远处的海岬,有一座孤零零的石柱。是天后赫拉·拉西尼亚神庙历经几百年风雨残留的痕迹。城市之外的地方种了很多树,大希腊文明的居民每年都聚集到这里来拜祭女神。对神庙的敬畏在古代世界极为普遍,汉尼拔从这里前往非洲时,不仅没有伤害整个建筑,还让人在地基处立了一块纪念碑。后来,抢掠成性的罗马强盗格涅乌斯·福尔维乌斯·弗拉库斯抢劫了整个神庙,庞贝的摧毁加剧了神庙的毁坏,17 世纪,克罗顿的一名主教将神庙所在地变成了采石场。

神庙中埋藏着无与伦比的宝藏,其中有金子制成的还愿柱,宙斯的油画,以及大量雕像,尤其是奥林匹克的胜利者雕像:在古代世界,没有其他城市比克罗顿在奥运会上取得更大的成功。神庙的大部分覆盖着教区大理石,只有帕提农神庙采用的大理石,也用在天后神庙中覆盖天花板。

如今要进入神庙区域,路线十分复杂,要穿越克罗托内的外围,经过令人不悦的垃圾堆,一些随意建起的高楼。右边是一座灯塔,遗迹所在的地方本身就被深色的焚烧痕迹所遮盖。旁边到处是散落的易拉罐,塑料袋,柠檬汽水瓶:文明世界的垃圾。

孤单的石柱就立在延伸入海的陆地上,多年来没有受到任何影响。佩斯敦和塞利侬特之间没有哪个古典时期的遗迹能与这块石柱产生沧桑的效果相比。有个奇怪的想法,造就今日场面是机缘,而不是任何人,因为,四十八根石柱中只留下这一根完好无损。两根、三根或者更多石柱会让人的印象大打折扣。

由此可见,要想产生特殊效果,必须有某种思想能够借助最简单的工具,持续激发人的想象力。

作者案语

在类似的时刻,站在石柱前面人会深刻理解理查德·瓦格纳的尖锐表达,效果是无由来的影响。

克罗托内

古代的克罗顿是毕达哥拉斯的城市，他用数学和音乐的基本原理来解释宇宙规则，并且开始将太阳作为宇宙的中心。

下午在咖啡厅和工程师推荐的医生见面。他告诉我说，克罗顿那个为神庙奠基、切用大理石来修饰天主教堂的主教名叫路西法（Lucifer）。不过，这个名字并非来自圣经中的反对者，而是来自毕达哥拉斯的光明使者。指的是传承火焰的人，作为姓氏保留至今。主教还令人保留两根石柱，但是其中一根因为地震而倒塌。

克罗托内

当地报纸报道了农民工的罢工。他们在修建一所学校，位于作为垃圾堆的空旷场地，被一群厉害的虱子袭击，四处逃散。痛苦的民工、市长和几个杀虫专家接受了询问。其中一个说，不幸的来源并非虱子，而是娜梅诺兹欧娜（Mezzogiorno）。

克罗托内

晚上在医生家里，他在城市附近的一家医院工作。夜幕降临时，我们走到外面的露台上，空气闷热，桌上的防风灯附近小虫子飞来飞去。

谈论南方一直落后的状态，医生认为是由政府不理解、党派之争、加拉布里恩的边缘位置和其他更多因素造成的，之中的牵连也是一个因素。智慧和意愿经过数百年的压抑已经变得麻木，导致的后果便是似被施以魔法陷入古风的生活态度，既没有兴趣也没有能力迈出进入现代社会的步子。他讲到一家企业，经过长期艰难的选址，在几年前就应当在公共资金的资助下，在附近的城市建立。但是当一切看起来已经就绪的时候，市长提出了最后一个反对意见：他说，没有椅子。每个工作岗位都必须配有一把椅子，他笑着解释了北方人的地方色彩，他说的是缺少第二把椅子。他又解释说，南方的工人需要在自己的工作岗位旁边再放一把椅子，以便熟人和朋友来看他时可以坐一坐。

还有很多类似的事情。防风灯里小虫子堆得有蜡烛的火焰一般高了，我起身道别。回酒店的路上回想，好像一切都听说过很多次了。有很多不断出现的共同之处，只有传闻的调子比较新。类似的谈话中，总是讲述人的调子让人印象最深刻，显得十分清晰，但是只有同情，没有分析。是另一种修辞形式的补充，但仍是补充。

也许这种感觉和持续的体验有关，意大利人从总体上看最爱观察自己。无法停止的家庭谈话。没有哪个民族有如此强烈的自恋激情。没有人缺少纳西塞斯的力量和创造性。

作者案语

有三种人本身就是无法述尽的话题，他们对世界的狂躁和惰性也在不断增加：意大利人、贵族和犹太人。可比性和差别。

克罗托内

晚上回到酒店之后，陷入电视节目中，也许是在南方离我现在不远的地方拍摄的。一队人步伐整齐的穿过一个小城市的街道，他们在朝圣，身着历史服装。在穿着星期天服装的市民后面，出现了一队罗马士兵，十字骑士和行业协会的成员，穿着如画的衣服。他们之间间距相同，形成热情之路的站点：基督在柏拉图之前，嘲笑和斥责，然后是十字下的基督，崩溃。

突然，在五颜六色的队伍中出现白色的身影，脱掉上衣和帽子，以单一的节奏迈着步子。一些人在绳子末端拴上一个圆形物体，表面粗糙或者光滑，人被打到后，皮肤开始会发红，然后就会出血。接着出现的是学生，女孩子穿着白裙，由修女带领。修女有力地晃动胳膊示意唱歌的节奏，和女孩子们清脆的声音构成奇怪的对比。男人们则扛着装饰有鲜花、丝带和蜡烛的圣母雕像，或者拉着供奉祭品的马车：上面有燃烧的心、花冠或者虔诚的施刑工具。此时，中间出现一个木雕的神，在绘制成红黄色的火焰中，目光中带着期待，望向天空。很多奇异的形象，但都热爱上帝。

基督受难的情景重现。四个穿着古代服装的人各拿着一根绳子，围在即将受刑的基督四周。其中一个穿着黑色的纳粹党卫军制服，带着纳粹符号的手链。一瞬间可以感受到街边观看的人群十分投入。不再是仪式造成的骚乱，而是直观的表明，为何要向邪恶寻求解脱。

在队伍的末尾再次出现这一情景：身着纳粹制服的人，带着强硬的表情站在身着条纹帆布衣的集中营俘虏前。黑色的制服和从前一样是邪恶的时代标志，还将继续保持下去。

克罗托内

希特勒是现在最大的反神话者，试图理性解释自己成功的所有努力最后都付之一炬。就像一座阴森的纪念碑，周围都是时代的瓦砾和废弃物，独独碑身闯入了当下，图腾柱，现在的高贵的野蛮人在柱前举行舞蹈仪式，贡献祭品：神话传说多于历史事实。矛盾的是，抱怨对他本人缺乏了解、对他的统治缺乏了解的正是将他神化的律师。他们不明白，神化形象的力量会随着人们对他本人的了解而逐渐削弱。

因为这个原因，我们可以明白，希特勒时代不像过去，从远距离看显得越来越复杂，开始十分生硬的颜色对比逐渐过度成不同深浅的灰色调。在人们的印象中，随着时间的流逝，希特勒时期的对比色彩越来越清晰。

组织游行者的目的大家都清楚，在这样的场合下，一个类似的场景也有自己的重要性。学术争议和官方的历史研究最好和咒语保持距离。对希特勒的神化、以及他所造成的恐惧最后只是产生了想要避免的效果：咒语变成了胜利。他留下的一切都很残忍，包括对犹太人大屠杀。那是神话幻想最明显的后果，所有反对希特勒的力量都十分可疑，因为不是源自思想，而是源自神话。

希特勒的统治还持续偷偷存在，并且正好存在于那些坚决武装反对希特勒的人中间。

续上一段

反神话的概念用到希特勒身上，是 70 年代初和珍·埃默里（Jean Amery）聊天时头一次听到的。他以激烈的形式努力分析希特勒及其政权，那不是一个"历史学家"要干的事，他不无嘲弄的说。他仍旧是理性主义者，自从他在维也纳生活时期，就一直希望人可以不要信仰生活。但是实际情况提供的证据不是这样，令人失望的是，活生生的例子更有说服力。不过，理智还是评价标准。

但是对于希特勒而言，仇恨是最高理智。人必须明白，没有神话是启蒙的左派的悲惨弱点，有了神话他们将会成功的战胜共产主义者和法西斯主义者。出于这个原因，左派在历史中处于弱势。希特勒最终给他们提供了机会，建立反共的形象。随后出现了反神话一词。

我徒劳的反驳，理智的怀疑会将事情推向反面。"您不会把我放在希特勒边上的！"他回答到。谈话中断。他显得伤心而气愤。

作者案语

全世界都在抱怨没有伤心的能力。但是失去思考的能力也值得抱怨。

克罗托内

在制表匠的店门口，不久前有一个行人被射杀。我问幕后到底是否是有关系的，老人只是从桌子上看上来，缓慢的抬起下巴，在南方人的身体语言中意思是："谁知道呢?"但是该组织的存在他并未否认。

制表匠还解释了一个理论。"我们小的时候，牧师告诉我们，人们无法感知实际力量会比人厉害多少：人看不见上帝，看不见魔鬼，当然也看不见其中的联系。那人在这里被杀的时候，我在店门里面。但正好看着另外一个方向。如果我看见了凶手，那他一定不是组织的成员。您明白吗？"查看了一眼后，他面无表情的闭上眼睛，再次表示：必须接受一切，采取行动没有意义。

我离开钟表店的时候，制表匠还说，一切都是因为南方位于天蝎星座下方。当地的每个人都这么说。我是否也那么想过？

克罗托内

Omerta – 沉默法则。莱奥纳多·西亚斯西亚认为，谋杀留下的只有死者。

克罗托内

漫步在城市里，主要碰到的是老年人和小孩。中间年龄层的人，听说都在北方或者国外工作。仅仅意大利国内的移民潮在过去二十年中涉及到近两千万人。

出城时在一间酒吧稍作停留。入口处挂有彩色的白炽灯。透过开着的窗户可以看到描绘的十字架，旁边挂着约翰·F·肯尼迪镶了框的彩照。南方的两大预兆：神和美国。

克罗托内

晚上和齐乔·M一起，医生的朋友，职业是大地测量师。主要谈论那些组织，但是没有谈到值得关注的内容。也许还是有一点，如阿斯普罗蒙特（aspromonte）地区人迹罕至，是绑架者最爱的藏身之所。同时，他们中还有在逃的违法犯罪分子，目前数量大约在一千人以上。保罗·盖蒂（Paul Getty）曾经被抓进过某个山洞中。人们知道大约19个家族，所谓的团伙，相互争夺统治权。后来，他又谈到，这些家族不时在山顶召开集会，各家派出代表参加。认为山是神圣之处，某些区域不允许使用武器。他还说到了一个大委员会和秘密的女性会议。倒不是没有给我留下深刻印象。

然后，我发现他脖子上戴的金项链上有一个珊瑚角。突然之间，我想起了关于月亮石的一切记忆，手链和五角星，过去几周我在卡梅洛·古比奥、毛罗·列维或者格鲁·扎科身上看到的。东·卡里奇奥一直带着一个勋章，里面保留着一个神奇的木块。难道可以说，这些迷信的偏好和"值得尊重的社会"的力量之间没有关联吗？也许黑手党的存在只是对某些深层次需求的回答，猜测各种阴谋、秘密谎言、幕后黑手和暗箱操作者。

不过，团体的力量不容忽视。但是他们很难接触的神话，更多与意大利迷信魔鬼有关，他们认为到处都存在神奇的力量：法师，带着邪恶的眼神在暗处观察。在大地测量师继续讲述秘密聚会的仪式时，我思考着，他的每一句话都出自对神话的狂热，难道这种狂热不是减轻社会负担的原始体系的一种表现形式吗：从公共责任中退回，否认所有更高级的利益，让意大利成为一个自我为中心的寄生虫，成为只能通过优雅来弱化自相残杀的国家。

我们道别时，我有一瞬间犹豫要不要告诉他自己的想法。他是个很友好的人，聪明，也天真，和很多人一样。如果我对他说了我的看法，他一定会手足无措。所以，我放弃了。

作者案语

回想象这样的对话，我发现，几乎所有人，对所有发生的事情，都做出知道的表情，似乎看透了事情，早就知道隐藏在其中的赤裸裸的原因：我知道怎么回事。但是最后，他们的洞察都出自智慧：吞噬或者被吞噬。就像古代的占卜人，很多人认为他们十分神奇，他们从肠系膜中读出一切信息。

西巴利斯（Sybaris）

学术界已经清点了关于希腊西巴利斯的所有文字记录。这座城市在古代是财富、奢华和放纵的代名词，但寻找它的努力总是徒劳无功。

斯特拉博（Strabo）和阿特纳奥斯绘声绘色的描述过，还有希罗多德（Herodot）也写过，他生活在邻近的图里（Thurioi）。西巴利斯约有 30 万居民，不直接临海，在两条河流经的广阔区域。河水经由人工开凿的运河引入城中，同时运河也是交通要道，和柯索一样，同时还用于降温和保洁。

按照古代证据，西巴利斯人珍视自己的文明程度，和其他希腊人不同，他们丝毫没有战争的野心，也没有创立千秋大业的雄心壮志；他们宁愿发明有用的东西，比如街道照明或者榨取果汁；他们不考虑理想的集体生活，但创造了成熟且明智的城市管理系统。他们不吹毛求疵，不好争输赢，甚至拒绝用意识形态来修饰自己的唯物主义。他们是纯粹尘世里的实用主义者，以自身健全的人类常识对任何投机行为都不赋予信任，拒绝一切导致仇恨和毁灭意愿产生的事情。

作为运输经营者，他们逐渐揽下东方和第勒尼安海之间的贸易，他们的灵活性和对精益求精的内在驱动紧密相关。他们将一切都变成装饰物，变成享受用品，他们不是伟大艺术的缔造者，而是优雅艺术品的创作者。人们不制造雕像和神像，但是却制造大量陶俑、花瓶或者油灯。他们还创作了唯一的文学作品，可以帮助人们发现爱的艺术。他们举办各种节日庆典，在结束时给慷慨的主人和充满创意的厨师带上花环以示敬意。通往乡村别墅的道路两旁，种满树木，顶着华盖。

即使在日常生活中，西巴利斯人也穿金戴银，他们热爱首饰和香水，女人们用金线装饰头发，打扮得花枝招展。所有产生噪音、垃圾或者异味的生意都被排除在城区之外，人们甚至用这种敏感性来解释对奴隶的温和态度：西巴利斯的居民无法忍受牺牲者的哭喊。

西巴利斯的生活看上去多姿多彩，人们没有理由的幸福着，富裕程度的提高也给邻居提供了嫉妒的道德土壤。6世纪末期，克罗顿像清教徒般恪守清规戒律、胸怀毕达哥拉斯崇高理想的虔诚教徒发动了对西巴利斯的战争。西巴利斯人对精细的追求变成他们的灾难。城市拥有一个神奇的骑士团，五千匹马，可以跟随音乐信号按照马术规则跳舞。在陆军部队短兵相接的时候，克罗顿人在等待对手靠近可以听见乐声的地方。然后他们放出音乐，马匹开始围成圆圈旋转，西巴利斯队伍乱了阵脚。克罗顿轻而易举的获得胜利。

传说中就是这样。不过，我们也不应该忽视很多古代作家对西巴利斯的偏见和妒忌。西巴利斯的辉煌文明让其他所有城市都叹为观止，构成了他们大希腊人的骄傲，但在今天却没有受到重视。只有米利都（Milet）居民在听到西巴利斯沦陷时剪掉头发表示悲痛。

西巴利斯

很明显，在西巴利斯和克罗顿之间的战争中，处于对立面的是两种不同的生活方式：一方享受生活，用自娱的方式展现自己的才干，建设一个没有精神紧张的世界，外表美丽，人人满意；另一方则躁动不安，致力追求高级目标，努力用思想来构造生活。西巴利斯人在政治、哲学和精神方面缺乏野心，在大多数希腊人看来是闻所未闻的渎神挑战。但奇怪的是，西巴利斯人似乎根本对此一无所知。

只有城市最后的结局能说明，事情不仅仅是与外敌对抗这样简单。西巴利斯并没有被毁掉，而仅仅是被解散了，不复为一个城市。克罗顿人改建了城墙，将科拉提斯海水引入城内，将西巴利斯冲走，将整个城市的基础深深埋在水下的砂石中。一些幸存者尝试过很多次，借助从前盟友的力量重建西巴利斯，但是在克罗顿的阻挠下均未成功。

西巴利斯

在覆盖着菊蓟和杂草的沙地上，很难想象这片土地原来是什么样子：运河穿过城市，路上随处可见彩色的遮阳蓬，女人们头发上缠着金线……无法再想象下去。人们对克罗顿和西巴利斯之间爆发战争的原因进行研究，目前仍旧停留在猜测阶段。

我想起希腊人卡尔·莱因哈德在一次讲座中说过："最难的事情是读懂历史的沉默。"

西巴利斯

我经过一家农庄，石墙上长着长长的热带攀藤植物，花朵绽放，有紫色，有蓝色，大约五十米长。在石墙被马路截断的一段，留着一块地方做壁龛，在玫瑰色的贝壳边框中立着圣母雕像，外面罩着毛玻璃。

说到地中海一些特有植物的名称，会感到有一种魔力：光叶子花，柽柳，芦荟，丁香。如果意大利人听到欧洲桦，金银花或者川续断科植物之类的名称时，会有什么感觉？

后记

他身处盛名的阴影下：卢坎的《内战记》中的说法，19世纪的很多旅行者都引用过，也将它作为自己的座佑铭。

我想出三种不同的翻译："伟大名字留下的只有阴影。"第二种是："伟大名字几乎没有留下阴影。"最后一种翻法，更为自由，说出了文字中潜藏的含义："伟大名字的阴影一直持续到现在。"

续上一段

想到西巴利斯沦陷的过程时，人们会记起雅各布·布克哈特的一句话。他和其他丑化希腊天真纯朴的一面的人不同，他找出了希腊人的不幸和四分五裂的原因：希腊人是对痛苦最为敏感的民族，他们明白，在艺术中寻找与自身本质的矛盾，并且寻求解脱，是一种艰难的生活。"希腊人，首先是谋杀希腊人的凶手，其次，具有艺术鉴赏力。"

作者案语

理想的时代会将享乐的生活方式和严肃的思想结合起来。历史上出现过几次，但时间从来不长，因为二者之间的矛盾迟早会导致冲突。

西巴利斯

在考古挖掘区，有个路边小贩给我看一枚硬币，他说是几天前在几米深的地下找到的。正面是西巴利斯的标志，一头斗志高昂的公牛正瞪着自己的挑战者。我坚持说硬币是仿的，小贩开始生气，为了说服我，还叫来了另外两个小贩。都是看起来十分阴暗的人。他们的劝说听起来跟威胁一样。他们非常愤怒，我开车离开的时候，他们用脚踹汽车。

前往梅泰彭（metapont）的途中

大门前，几个穿着黑衣的女人坐在房子的阴凉处，背对着马路，打开她们装在袋中的杏仁。一个男人坐在她们旁边，但是脸朝着马路。

听说，这是传统，还有些人在坚持着。表达的意思是，女人对马路上的事没有兴趣，把整个目光都集中在家里。

作者案语

传统传承了2500年。法国考古学家不久前在索斯发现了一本公元前450年写就的地区礼仪手册。里面规定不准女性看出窗外。

梅泰彭

大约五十年前，这个地区是一片疟疾肆虐的沼泽地，多利安神庙中保存下来的15根石柱伫立在遗失的土地上，只有几个放牧人去过。今天，沼泽地已经干涸，神庙被挖掘出来，建起了一座博物馆，边上就是友好的新建聚居地。

人们将意大利南部和西西里称为"希腊人的美国"，希腊人的"金色西部"，称谓中带着轻微的嘲弄意味，一直延续到后世。这里的一切原本都更宏伟、更急切、更庞大：城市更灿烂，土地更非我，神庙更伟大。海岸的设计和建设都蕴含着从前创建者的自豪姿态，他们赋予一种文化光芒，但又不用付出努力去建设。自豪也以幼稚的方式表现出来，粗鲁，给人暴发户的感觉。克罗顿人在奥林匹克上获奖后不要桂冠而要金钱奖励时，雅典人目瞪口呆。

比轻蔑来的更重：告别象征，带着普罗米修斯的精神前行，不安的沉浸在物质中，傲慢。恩斯特·威廉·埃施曼曾经就希腊西部写过一篇富有思想的研究报告，并突出了其针对古希腊人的文明优势：城市中，人们发明了滑轮和螺丝、杠杆原理，也发明了地下管道系统、蒸汽浴，用酒器来代替不好用的双耳瓶。人们制造出豪华游艇，有舞厅和高级食品，是 19 世纪初期的新生事物。人们还请来最好的艺术家和学者，他们受聘的确是祖国的荣誉，在海的另一边更会被美化。

埃施曼写到关于希腊人的美国时说，"感觉不仅仅是狭窄和贫穷，还有历史的束缚，脱离了家乡的客观条件，进入自由天地，进入拥有无限自由的空间，有更多希望和可能得到幸福。"

然而，存在一个很明显的差别。美国用了几百年的时间才逐渐消除了欧洲文化的主宰地位，但在大希腊空间里，常见祖国优先的情况。前往美国生活的主要是欧洲社会和文化中的下层人民，与此不同，在希腊，冒险家、降职者和坚持落后者敦促更自由的、物质和精神上决定自由的人从希腊走出来。这种要求更强烈的地方是雅典，伟大的起点，构成了欧洲的脉动。

继续前进

仍旧接近西西里。天空近乎灼热的蓝色，地面上清楚的光线，树木和零散的房子，看起来都不真实。似乎是其他什么东西的比喻，让人联想到失去、精疲力竭和无功而返。

续上一段

想起在西西里碰到的人。酒吧里的年轻人，一直深陷在思考中，啃着咸南瓜核。还有昨天，回酒店的路上，路灯下被照得脸色煞白的三个人。迟到的客人没有证件，正在和行李工理论，觉得我碍事。他有各种理由认为别人都可疑：

不外乎他的急切和渴望。同时也给人感觉，他们的目的都是严肃而果断的，和其他人的小打小闹不同。

作者案语

海明威的那句话，一直只是一句话，但是通过观察充满了他的人生观："人的本质是他隐藏的东西。"

笔记摘录

爱奥尼亚城市对自己的沉沦又知道多少？赫尔波特·冯·布特拉曾作为年轻艺术史学家在意大利生活了多年，在桌边想出一个观点，自己戏称为灾难意识理论。任何时代都有的地震特点，是从今天的噪声中听出的、某个时刻在历史上的回响。我记起来，他出于自己的考虑把歌德关于瓦尔米（Valmy）的抨击性评论带入田间，奥斯王尔德·斯宾格勒关于凯撒大帝崛起的预言，有很多人相信。

八十岁的翁加雷蒂（Ungaretti）不经意的用勺子舀着自己的萨巴里尼（Zabaione），老态龙钟的抱怨着："对的，对的，亲爱的男爵！您知道维多里奥·埃曼努尔（Vittorio Emanuele）在千年古屋太子宫被卷入历史漩涡的时候说什么吗？臣子问：'殿下看起来为何如此忧郁，'国王回答说：'我正在想热乎乎的普利欧面包。我有太长时间没有用它当早餐！'在他的王位摇摇欲坠时，维多里奥·埃曼努尔想的是热乎乎的普利欧面包。您是德国人，肯定觉得这很可怕。没有灾难意识！您一定会想，平庸之人会战胜悲伤之人。我是意大利人，但从这段故事中读出了很多含义，创造才最终起决定作用。"

在途中

炎热的一天。快到中午，我在一间酒吧小憩。酒吧位于庭院的地窖，入口处边上是画有彩条的油桶，长出天竺葵。酒吧里的一个客人说那天是一年中最热的一天，报纸上报道，近加拉布里恩就有七十人因为酷暑死去。

里瓦泰特萨里（Riva dei tessali）

离古梅泰彭不远的地方，海边的石松林里，高高的树下秘密修建起一个酒店，几年前建起的，连排别墅，散落的房屋，高尔夫球场和网球场。用餐时间，客人们都开车或者租自行车从远处过来，围在数米长的自助餐台周围就餐。前面的一张桌子上放着甲壳类动物，旁边是少见的鱼类，炸的、煎的、煮的，还有乳猪，蒸饺，沙拉，酱和甜点，都以南方风格装饰起来，产生真实的、华丽的效果。

由于地方太偏僻，非常安静，可以看书，所以我决定待几天。

续上一段

又说到西巴利斯。也许它名声不好是因为在时代呈现上升趋势的时候，它对于享乐的追求提前凸显出来。所有时代的初期都遵循严格的形式。舒适、美丽和品位都被认为是不符合时代需求的。实际上，享乐主义是文化走下坡路的阶段性标志，因为人们的精力都已经释放掉，或者转换到财富中，等待大笔遗产。

西巴利斯处于发展上升期，很成功，同时又以高级方式来追求享受，因而引起众怒，并且也违背了规则。大约两百年以后，古希腊主义才将事情扳回正轨。直到今天，古希腊主义仍旧是伟大的教义之一，让以后的各个时期意识到力量逐步减弱后投入到品位技艺的完美中去，弱点和问题的解决成为生活提高的表现。西巴利斯不同，它将奢华和衰败、懒惰和生活水平的提高结合起来，众人皆知。

后记

继续思考衰败过程中，不断遇到概念对，试图说明衰落的时代的双重特点。保罗·瓦列里（Paul Valery）在孟德斯鸠《波斯人信札》的前言中，用令人难忘的句子描写各个发展转折点：当人们开始摆脱长期以来奉为神圣或者接受的法律基本原则，并且将统一制定的体系源头抛在脑后时，任何稳定的制度都以统一的意见为基础。此时，衰落和享乐构成诱人的组合。

"如果从一个社会体系的末端开始，那么在制度和无序之间存在着珍贵的瞬间。公共权力和责任机构能够做的所有好事，都十分恰当，这才可能享受轻松生活。机制仍旧存在。伟大而庄严。然而，它们没有发生明显的变化，只留下美好的表现形式。所有的冲动都已付出，生命力量已经耗尽，它们的特点不再神圣或者不那么神圣；批判和不信任折磨着它们，令它们逐渐失去价值。社会主体不自觉间失去了未来。未来是享乐的阶段，也是普遍消沉的阶段。

国家机构令人陶醉的结局以节日烟火开始，人们一直羞于浪费的东西都被消费掉。国家机密、私人的羞耻感、未承认的想法、久已让人羞愧的梦、受刺激过度以及遭到善意怀疑的必要基础被抛到公共意识中。可以燎原的星星之火，逐渐点亮基本原理和财富。风俗习惯和遗产融合在其中。神秘和宝藏在生与死的灼热中融化，升温成为疯狂的陶醉。"

瓦列里用上面的一番话道出了孟德斯鸠时期的思想和氛围，并认为是不可挽回的。实际上，珍贵的瞬间在世纪末又出现了一次。但现在已经过去了。我们第一次见证了没有伴随享乐的衰败过程，但这一瞬间我们既不知道长短，也不知道风格，体制和品位一起衰败。没有庆祝的烟火，没有美化，只有未发生变化的死亡。

从建筑和艺术的野兽主义就可见一斑，在语言和表达方式的原始性，在普通人对物质的欲望上都可以看出来。文化后期阶段，从希腊主义直到本世纪初，都包括个人崇拜和推崇个人崇拜的东西：怀疑和嘲讽，化妆舞会的意义，思想游戏，引文以及将所有现实变换到文学中。现在不然，只有思想占主导地位。以原始人般的叫喊表达出的信念，马路上听得到回声，精神上面对矛盾、疑难的幸福的机会，悄无声息的走失。否定一切文化概念的另一种文化，即努力实现最广义的形式，吸引了大批信徒。

人们也许会抱怨这种现象。它的显眼之处在于，这类倒退过程的历史都和思想渗透或者外部侵入的力量相关，而毁灭者则来自日益陈腐的文化本身：叛逆先锋蔑视一切传承而来之物，充满破坏的冲动；然而，虽有野蛮暴力倾向，但却没有实际力量。现在的皮夹克事件完全是掩盖固有弱点的一次尝试。与之相关的可能还有另一个矛盾。在我的记忆中，一个文化走向没落总是伴随着新的更有活力的时期到来，但从来都不在旧文化衰败过程的观察者——我们——意料中。

塔伦特（Tarent）

从西边前往塔伦特的沿海马路穿越了城市长长的工业区。在工厂大楼和提炼厂之间的空地上，贮存着大量管道、油桶、铁皮和废料、碎片，周围是黄色的杂草和绽放的夹竹桃。从烟囱的高度可以看到海港附近的全景，烟囱上飘出浓浓的白烟，在高处变成雾状，让马路上的光线变得朦胧，即使是强烈的日光也变得趋向奶白色。整个城市中弥漫着煤烟和烧焦的味道。

塔伦特和在古代一样，一直是一个重要海港，但随着三、四代人以前进行的工业化，城市中建起了几座较大的水泥厂。那时候，塔伦特人抱怨空气中的粉尘未经过处理直接落到地面上，飘进各家各户。如今，水泥工业的产量大幅度增加，但仅仅排在第三位，位于石油和钢铁工业之后。

直到不久前，塔伦特都因自己的地理位置而保持独一无二的特点，很多旅行者认为它甚至超过了那不勒斯。塔伦特围绕着一个狭窄的湖泊盆地，在泻湖的另一边形成海湾，延伸的开放的海域，似乎给城市添上翅膀，变得如诗如画。诺曼·道格拉斯在世纪初来到塔伦特，曾说它是"戒指上的珍贵珍珠"。就算发挥想象，也无法重现他所指的情景。

作者案语

迟到在南方被视为不幸。在西西里，发生于不恰当时间的是土地改革。在塔伦特，人们为建设现代的钢铁工业投资了几十亿。然而，当所有设备已经建好，资金已经耗尽时，发生了钢铁危机。

里瓦泰特萨里

晚上，回到住处后，偶然的机会遇到马尔凯萨（Marchese）F.，他几年前在南方发家，不仅修建了酒店，还在平原地带经营葡萄种植园。关于工业化，他的看法是，似毒品一般牢牢抓住了人们。工业化开始的时候，他刚刚从北方来到南方，要理解南方的狂热费了不少力气。然后，他明白了，这个地区的人自古以来就认为自己已经被世界遗忘："转折点到来了。现在似乎终于有某个人想起来，世界上的这个地方曾经是文化的发源地。人们觉得自己被发现了，像美利坚一样。"

他继续说着。期间又兴建了许多工业。工业化带来工作岗位、住宅和一定的舒适感。但是美丽的塔伦特不复存在。和欧洲所有的地方一样，意大利南方也开始认识到，进步需要付出代价。他是意大利北方人，明白工业化意味着什么。但如果那时候他对人说，现代社会不是童话故事，任何事情都要付出代价，一定会被人打。

马尔凯萨还说："如果那时候大家就知道塔伦特的美是一笔财富，也许就能将它保护好。但是这里的人们已经守着美丽过了两千年，从未有人专程来欣赏它的美。"

作者案语

谈话中他还提到："问题是，不管国家的帮助还是国家提供帮助的方式，是否真的对南方有益。否则，国家的帮助只能强化人们自古就有的感觉，无法靠自己的力量生存，这是所有弊端的根源所在。"

基督教经过埃波利来到这里。甚至到达更远的地方。不过，基督教以社会救助者的形象出现，人们还不知道，作罪人更令人羞耻还是作为公共救济的接收者更令人羞耻。

里瓦泰特萨里

清晨出发。从一个客人那里得到启发，去看看附近的葡萄酒庄园，绕路的麻烦不值一提。我正在迟疑，他补充到，庄园主是一个奥地利女男爵。她父亲在大约半个世纪以前出于贵族的考虑决定重新经营继承下来的庄园，不仅要成为榜样，还要帮助整个贫困区域致富。我仍旧犹豫。走到沿海马路的时候，在一家酒吧前停下，打电话预约。

圣约翰花

马尔法蒂一家到达南方时对当时时代的描述，可以相信么：农民在收获庄稼时分诵读但丁的诗，女人们分声部合唱？听起来像是旅行的教授写的场景。年老的女男爵听出我的怀疑，手掌拍到桌上警告说：她没有说故事。

她女儿也记得。那是年近半百的一位女士，带着一丝不耐烦，声调无法模仿，简单的话语都说的像是命令。她雇用了一千多个农民工，不难设想，她是如何在男权社会赢得自己的尊重的。

到达时她带我穿过屋子，进入后面的花园。在一个大无花果树下，我们坐到一个木桌旁。大树枝繁叶茂，停着大量黄蜂。我们要了水和葡萄酒，开门见山："我的父母刚来的时候，这里还是一个没落的小村子。无法想象有多苦，至少对来自北方的人而言有多苦。男人日复一日的到邻近的地方劳动，赚回几个芬尼。路上要光脚走12甚至18公里，把鞋拿在手上，直到面试的时候才穿上。"整个地区只有几株矮矮的橄榄树，其余的全是马基群落。所有人都说，地面上什么都不长。

她带着自豪接着说："您看看周围，我们不仅栽种了几百顷土地，整个地方都富裕起来，当然，是相对当地的情况而言。我们很多工人都有自己的房子，在海边有一套公寓。您一定要看到夏天的搬家盛况。那时候，人们把家具、厨房用具、枝状大柱台和电视机装到自己的汽车上，在骂骂咧咧中列队驶开。"一切都不是为了做给邻人看。

不过，她还是认为，有些东西破灭了。不能说是满足，因为人们从未满足过。有一种新的不安，和从前的敌意无关，但是人际关系完全腐败。有时候她想，财富是一股邪恶力量，破坏的比提供的多。也许人们应该先学会如何对待财富。我不同意，说财富邪恶的总是受惠的那些人。她立刻打断我的看法，这一点上没人能够反对她。她的看法并不是出于孝顺，但是她的父亲的确是一个无私的男人。他看重的不是自己的生活，而是这片庄园，这片土地，旧时移民者的雄心壮志。当然，还看重这里的人。他已经意识到两难的困境。经济发展给当地人带来很多好处，拿走的却是更多。

正说着，她的母亲拄着拐杖，引着一只小狗走进来，讲起了农民和但丁诗的故事。一开始，她和我保持一定距离，以便看清来访者是谁。虽然她们的祖辈来自古老的多瑙河王朝，但是她却向我保证完全把自己当作一个意大利人。她讲述了自己丈夫"疯狂的决定"，来到南方，在所有人的不理解和不同意见中开始一切。

她还保留着一个习惯，用第三人称来称呼周围的任何人。她对女儿说："她对先生介绍萨拉森塔了吗？别忘了指给先生看看！"她对自己的狗也说：

"佩尼,安静下来,或者快去,快跑到前面!",拐杖靠在不断叫嚣的小狗身上。我们回到南方的变化这个话题上,她说,断裂从她晚年时期开始发生,也许和对社会的固定想法有关。她根本不理解是什么意思。听说含义是人性。但是以前更加人性化。她又说起和一位女士的谈话,其父是当地的共产党领导。在被问到是否也选了意大利共产党时,女士震惊的反驳,父亲说的,共产党要消除统治。那么谁来保护她?

女儿必须出发了。她问我是否想看一看工人的住处,她要去一个拖拉机司机的家里办点事。我跟着她的车。

拖拉机司机住作者案语的新房子里。并没有特别的请求,他的妻子就带我们进了客厅。她三下两下撕掉所有家具上覆盖的塑料膜,从柜子里取出一些东西,把另一些放好,然后用夸张的手势说:这里!房间里摆满抛光的时髦家具,到处是花瓶、贝壳、玻璃制品,还有镶框的圣母像和全家福。窗户边上的沙发上放着一个巨大的布娃娃,穿着白色的裙子。统治整个房间的是一个电视机,电视机前放着一个翼状靠背扶手椅,和一个沉重的写字桌。我们的赞叹声让女人受到恭维略显不安,再次道歉丈夫不在家。

回到街上,马尔凯萨说,拖拉机司机不会写字,写自己的名字都困难,但是写字桌对他们来说是一种象征:表示他们虽然不是上层社会的人,但也不再是生活在底层的人了。

继续前进中

快中午时,我沿海开车返回。再次经过梅泰彭,埃拉克莱阿和罗卡培里亚勒(Rocca Imperiale),那里有弗里德里希二世的城堡;又经过西巴利斯,克罗托内。

然后向南开进山里。穿过贫穷的村庄,马路上只有狗和猪。贫困和冷灰的气味。每家的门上都有缝,会逐渐变成大的裂口。再然后是山腰,中间一段似乎跌到岩壁下,陷入无底洞般。

作者案语

比很多地方以逐渐消亡的方式死去更为可怕的是,很多繁荣城市因为水泥、高楼、柏油路悄无声息的死去。

在费奥雷的圣约翰，希拉格兰德的一个山窝里，我找到一家酒店。

费奥雷的圣约翰

民间传说、用于旅游目的的文化传说，迅速在各地成为主角。世纪初的旅行游记中述及土匪、强盗让希拉格兰德地区不安全。后来，旅馆老板，一个友好的胖男人，按照祖辈的方式让酒店变得更恐怖。他说起以前发生的吓人事件，就像是亲自进行的。

然后他开始讲抢亲，刚刚发生的抢新娘的故事。他解释说，很多年轻人都选择这种方式，因为抢新娘既不需要准备婚礼，也不需要经济基础。既满足了人们对浪漫力量的需求，也给贫困家庭省去了大量开支。通常，抢亲的意图、步骤都由双方家人详细商定。很快，这个习俗就会随着陌生工业的遍及而变成人们口中的传说。

因为一切都最终结束于旅游业。发生过大事件的地方，会有游客来参观。从未发生什么事的地方，会因为与世隔绝引来希望休闲的游客。旅游业主宰命运。

续上一段

再说到旅游。从歌德时代开始，旅游不再以求学为主要目的，而是将逃离社会放到第一位，旅游也成为不安宁的隐喻，无休止的寻找未知而熟悉的幸福的某种形式。"自由大陆的极大自由"，写在某个旅游公司的宣传标语上。团体旅游的概念，就能说明旅游无法实现逃离社会标准的目标。他公开的说道，生命的组织形式、习惯了的生存条件和必需品不可避免地伴随着旅行者。

矛盾的是，他也不希望是另外一种样子。约会只是一种逃避的游戏。很久以来，旅行者想要逃离的已经变成他不可或缺的生活组成部分，在家中让他感觉挤迫的成为了生命中无法排除的阴影。

费奥雷的圣约翰（san Giovanni in Fiore）

清晨，太阳初升，邻居家的狗开始叫起来，另一只狗发出回应。渐渐的加入了更多狗的叫声。在空无一人的马路上，到处都听得到狗叫。

我向下走的时候，行李工问我，狗叫是否吵得我无法睡觉。必须忍受狗叫。在新的一天开始时，狗叫是对联络和对话的向往。

从费奥雷的圣约翰到柯森扎（Cosenza）

开车穿越加拉布里恩半岛，在新的大马路另一侧。人们总说这个地区荒凉，充满野蛮之美。但是更值得注意的是，它看起来还没有被人触碰过。在路途中，远处的山上，还可以看到几个聚居地，另一侧有一个农民骑在骡子上往山上走去。经过长满各种树的无人区后，破败不堪，到处是碎屑。从茂密的树叶中透过零星的阳光。山体延伸向外的部分突然暴露在阳光下，大约有两千米高。然后又是森林。

历史学家说，希腊人和罗马人将古老的布鲁蒂恩（Bruttien）森林地区砍伐一空，连内陆深处的树林都被砍光，直到几百年后，诺曼人才开始植树造林，重新恢复森林面貌。他们之后的所有占领者，从安茹（Anjous）到波旁王朝（Bourbone），都颁布严格的规定来保护南方的森林，连拿破仑也在繁忙政务中挤出时间来关心希拉格兰德的森林。

我在卡迈格拉特罗希拉诺（Camigliatello）重新回到新路上，驶过深谷上的桥梁，驶过起伏的坡路。马路两侧是形状相同的山体，某些地方超出了森林的边界。原始森林的模样。

作者案语

保护森林和树木是最古老的文化特点，植树的意义比植树行为本身体现出的意义更为重大。其中包含着宗教思想，在毁林渎神的概念中还能看到，人们坚持的意志，即使世界末日到来也要坚持下去，如路德所言。而一棵树被砍倒，自古以来就被看作是导致崩溃的事件，和暴力、胜利有关。中世纪种植在修道院和家庭住所前面的松柏，和沃坦橡树（Wotanseiche）的传说是一样的感知模式。

人们在相同情况下会想到威廉二世，在荷兰多伦城堡的院子里经常不知疲倦的将树木砍成小块，一砍就是几小时，或者让朝臣和客人将树木砍成柴火，有记录说他一次砍了 11 棵树。奇怪的兴趣。这位地位被评为时代的破坏者也绝非偶然。

续上一段

卡普里维（Caprivi）总理因为树木遮住了总理府的阳光而下令砍掉原始树木的时候，必死马克就看到帝国即将走向末日的征兆。

还有

听说，直到最近，人们还会砍倒某个人的橄榄树来表示对对手或者邻居的仇恨。

柯森扎

老城建在一个峡谷的坡面上，那个角度正好汇集布森托（Busento）和克拉提（Crati）两条河流。从高高在上的河岸马路上可以看到多少的河床，长满灌木丛，现在主要是居民的垃圾场。沾满肥皂的溪流在塑料袋、床垫或者生锈的废旧汽车前积蓄起来，形成黄色的泡沫山。我试图在地图上找到自己所处的位置，这时出来一个老年人，弯下腰，然后直起身说："先生，我是这座城市的居民。我觉得提供路径信息是自己的义务。能帮您吗？"

我很难保持严肃。但同时又感到很神奇，在南方会遇到刚才的现象，要是在图林或者佛罗伦萨会显得十分奇怪：脸色灰白，始终穿着灰色的先生，始终带着会计的严谨打理生意，能够代表整个国家，总是主导人们想象的热闹的人。

我们一起走到市中心。他说自己正在去自己俱乐部的路上。他指给我看几个名胜古迹，描述了到天主教堂的路线，那是弗里德里希二世奠基的教堂。在附近的铁路桥上有车过来时，他闭上眼睛，然后讲起城市上方的城堡。他问我是否和他一样是诗歌爱好者，是否知道卡尔杜（Carducci）关于布森托的墓穴的诗歌。看到我惊讶的表情，他说起别的事情。后来，在一家书店，我才知道，卡尔杜传神的翻译了普拉滕的著名诗句，在意大利被认为是那些诗句的作者。

续上一段

人物形象速写。很多人以积蓄、微薄的遗产或者橄榄树收成维持生活。他们住在市中心附近的狭窄公寓里,晚上女邻居会给他们准备一盘蚕豆。一旦他们到了街上,立刻变得人模人样,通常有微不足道的头衔,用公开的蔑视对待更普通的人群。他们的大多数时间都在阴暗的俱乐部里度过,喝咖啡,读报纸,和同病相怜的人交流最新消息,交流人生和担忧。那是下层百姓嫉妒和追求的生活。一些人以古诗体创作诗歌,偶尔也会发表在当地报纸上。他们也时不时和某间大学的秘书保持联络,讨论伦巴第某行诗的含义或者关于诗歌技巧的某些看法。

他们的共同点是对"主人的"生活方式的追求,最重要的特征是蔑视工作。他们认为,任何工作都会降低人的尊严。真正的主人生来是为了休闲,除了在整个生命期间、在所有人的关注和尊敬中百无聊赖,没有更高贵的权力。一个人能够获得的声望,获得尊敬的幸运,和不需要做什么的优待紧密相关。

续上一段

晚上和古斯塔沃瓦伦特(Gustavo Valente)讨论。我讲出自己的诧异,这类观念绝非出自什么怪异的想法,而是反映了普遍的社会等级意识来到文艺复兴的起源地。文艺复兴把工作的神圣概念变成了市民的工作精神。前者和罪孽、诅咒有关。但是瓦伦特认为,那个时代的精神根本没有传到南方来。思潮中进入南方的内容,直到宗教改革时期才被消除,随后是西班牙的封建统治,引发了人们厌恶所有工作的想法。

柯森扎

下午在切利科(Celico)的瓦伦特家里。他正在写一本书,不知道是否还能完成它。家里堆满了世纪之交时期的家具。到处是书、杂志、便签。他从地窖拿了一瓶葡萄酒,据称是家里的"珍藏",和醋一样。

关于阿拉利(Alarich)。为什么他触动了德国人的感受和思想,而盖泽里希(Geiserich)虽然建立了一个帝国,却仅仅留下一个名字?盖泽里希的帝国甚至得到西罗马的承认。哥特人统领的缺失造就了民族的奉献。

对胜利前夕被夺去生命的失败者鲜有浪漫青睐：阿拉利，巴巴罗莎，F弗里德里希，孔拉丁。似乎德国人在拿破仑和俾斯麦之间被失败者所迷醉，虽然他们自己非常渴求成功。他们的偶像中始终包括死在他乡、死在神圣土地或者死在意大利南部的人。遥远的墓穴。

也许阿拉利死后的声誉，与他统治下日尔曼人部落占领了罗马有关？对当时的人来说，这一次占领罗马和世界末日的到来一样："心中充满叹息"，奥古斯汀，上帝之城也能感受到淡淡的忧伤。永恒之城陷落，影响着后面的几个世纪里欧洲人关于帝国衰败的大讨论。兰科（Ranke）说："古罗马没有衰亡，只是停止运行。"如果有一个最终结果的话，那结果是西哥特人占领了罗马。但可能性更大的是，普拉滕关于夜间布森托海浪的诗打动了人们的思想。未受到歌颂的指挥官在历史中没有留下任何痕迹。托蒂拉（Totila）或者仑巴（Langobarden）国王没有找到诗人，所以词典几乎没有提到他们的名字。

我们聊天的时候，瓦伦特觉得此种方式的思考也是德国式的梦想。他说，在加拉布里恩，人们的考虑会更为现实。人们忙于掩盖秘密。南方的贪婪幻想因传说中的葬礼而点燃，成吨的金子和耶路撒冷的神庙宝藏，包括七臂灯，应该夺去了阿拉利。正因如此，人们一直尝试在河流中找到它们的位置。"您知道"，他说，"人们不关心考古学或者诗歌创作。一切都只是掘墓的借口。"

瓦伦特还说，意大利南方最晚从弗里德里希二世开始一直是权力争夺的对象，一直为异族统治，是欧洲最早的殖民地。导致那里占主导地位的文化具有特殊性，即软弱无力。特点就是不忠、机会主义、暴力、冷淡和狡猾。一切让南方显得腐败糟糕。南方生活在上帝为欧洲其他地方创立的道德准则之外。坏事在那里不叫坏事，因为不存在好的对立面。在其他地方被称为坏的地方，对南方而言仅仅是几百年来存活下去的形式。

作者案语

意大利在索伊默笔下，是饶恕罪孽的地方。

柯森扎

没有其他地方和意大利南部一样，经历着过去和现在如此直接而强烈的撞击。三个身穿黑衣的妇女走过烈士桥，是山里年轻的农民，她们从容的先后走过来，自如地顶着头顶上的货篮。当她们在熙攘杂乱停下脚步或者改变方向时，会用指尖轻轻推一推篮子，以保持头顶的平衡。

在对面，在泰莱西奥（tdlesio）那边，她们停在公共汽车站。我观察到，她们的目光扫过报亭里女孩子们赤裸的封面照片。

作者案语

我在笔记中发现 M. 的评论，说越往南方走，性放纵和乱交就越严重。现代社会的入侵带来不可阻挡的力量，冲击着混乱无序的状态。

我说自己观察到，里瓦泰特萨里的沙滩上，年轻的女孩子们习惯于在到达后脱掉自己的裙子，展现身体。他回到说："没有别的选择！任何自由都是一种负累。人必须学会承受。"

他也赞同我的印象，只有非常年轻的女孩子和年长一点的女性会完全赤裸。一部分人似乎是为了表明自己很自由，另一些人则是无所谓的态度。

M. 用一件不寻常的事情说明变化的程度有多深。他讲到，在米兰，很早以来，女校的 16 岁的中学生就收到一个消息，谁是群体里最后一个结束处女生涯的，就为她举行热闹的庆祝会。

柯森扎

天主教大教堂是普罗旺斯哥特式风格的建筑物，里面有一个空的罗马石棺，根据传说，石棺里葬着海因里希七世，弗里德里希二世最大的儿子。海因里希七世被父亲送上王位，虽然和施陶芬人一样拥有权欲和宏大梦想，但是却缺乏前人的冷静和精力。他爱好文艺，爱弹琴，从德国起义反对父亲，将整个帝国规划视为游戏。当弗里德里希过问的时候，权力的谎言不攻自破。在沃尔姆斯（Worms）的帝国议会上，一直被关押的海因里希被带到父亲面前，竟不明白自身处境多么严重，以为自己只会挨一顿教训。

在做梦人醒来之前，梦已经终结。据说，他早上被带进监狱时还在唱歌；晚上守卫换班时，他哭了。海因里希被强硬的父亲关押在意大利南部长达七年之久，就在离柯森扎不远处的尼卡斯（Nicastro）。最后，在一次骑马时跌下悬崖。

弗里德里希的吊唁信是流传下来的。可见，对这位帝王情感世界的关注并不多，同时也消除了后来同名者的矛盾，即便后者以儿子的身份更好的承受了这份矛盾："最终，严格法官的审判超越了慈父的哀伤。我们对长子海因里希的不幸深感悲痛。因为冒犯和法治必要性带来的心痛，积蓄的眼泪决堤。"

在途中

海岸附近，从辅路向南行驶一小段距离。再次看到昨日的废旧景象。陡峭的悬崖，杂草丛生。当地的小店窗户都关着，泉水干涸。野草从房子地基处长出。小广场上矗立着战士纪念碑，在大理石支柱或者花岗石支柱之间吊着铁链。有时候，从树叶的空隙看过去，可以看到后面深深的海。偶尔见到人。再次感受到南方的沉默。

续上一段

路上，或者公共建筑物里，总能看到加里波第的雕像。无法说出经过了多少幅。很明显，这位大将军在征服南方的过程中，几乎每个地方都停留过。

还看到大量的纪念碑。位于他下榻过的房屋，号召民众的地方或者过夜留宿的地方。曾有人说，他所到之处，暴政体制都颤抖。

作者案语

形象的宣传画需要放置在室外，供人景仰。一路上加里波第的雕像正好是明证。塑料画尽管也是费力搭建的，但却让人略觉可笑，没有雕像那般的规模。几年前我在英国政府周围看到英国首相和将军的雕像时，也有类似的感觉。

也许不是因为艺术家的无能，而是因为人们本质上对大规模宣传的阻拦。人们的形体特征和衣着拒绝激情澎湃的要求，资产阶级总是在最后获胜，公民并非偶然打扮成罗马人的模样。

还有另一个阻力。男士小礼服和法兰绒是平均主义时代的服装。穿着它们，人就变成了群体的一员，而不是在社会的底层。

罗丹为巴尔扎克这位市民作家设计纪念碑时，在上述问题上挣扎了很久。

一开始他打算全裸展现创作者，后来给创作者添上了一件披风，即一件外袍，创意来源于罗马的宽外袍。

皮佐峰（Pizzo）

从岩石城堡看过海面，可以望到约阿希姆·穆拉特（Joachim Murat）1815年10月7日登陆的海滩。他是拿破仑的妹夫，在拿破仑垮台后被驱逐出那不勒斯王国，带着少数几个追随者，始终穿着制服，佩戴着羽毛和星形勋章。虽然他在王位和战场上都只扮演了高级军士的角色，但是却认为自己和拿破仑一样。以往的经历过于顺利，他并不知道他的幸运其实完全属于另一个人。因此他沉浸在幻想中，认为会和从厄尔巴（Elba）返回时一样，人潮涌动来欢迎他。当他从海滩爬上皮佐峰时，被波旁王朝的部队捉住，六天之后，在城堡围墙上被处决。

在执行处决之地，人们于世纪初竖起一块碑：幸福的记忆国王的阿希姆穆拉特/公国的辉煌在于生活/不怕面对死亡/这里哪里是射击地/这块石头/赎金的一天/带来悲伤/因为邪恶/政府变得疯狂/花边拼成的字/珀索 MCM

后来，城堡变成了青年旅馆。和我攀谈起来的一个老人说，穆拉特是由诺比利（Nobili）处以极刑的。人民一直向着他。可能是这样，也可能不是。不过，照铭文中的内容所说，成为这位国王命运中的一部分，是特别之处，令人动容。穆拉特原本和波旁王朝没有什么区别，也是在南方被仇恨的众多异族统领之一，只是他出身低下，是法国南部一个赌场老板的儿子，带着暴发户的特点。

低微的出身让他更接近普通老百姓。但是出身并不能解释一切。浪漫主义的欧洲创造自己英雄的变换手法，也改变了他。拿破仑、穆拉特、内（Ney）、贝纳多特（Bernadotte）或者博阿尔在人们的印象中，都保留着青春年少的模样，不管他们真实年龄有多大。也许正是这样，穆拉特在最后一次行动时引发外人产生错觉，使人们对他产生感情。他和其他人一起，给世界上了一堂课：只要冷静、富有想象力、毫无顾虑，就能掌握自己的命运。

穆拉特的结局和皇帝的结局一样，都不仅仅是他本身的结局。随着皮佐城墙上的枪声响起，英雄的年代一去不返。

作者案语

人们对临终前的目光和遗言十分关注，是因为猜测，人在这一时刻会敞开自己的心扉。据说，约阿希姆·穆拉特在被枪决前曾巡视一番，要自己决定死在何地。他不断打量脚边的石头，问：我的命运在哪里？突然停下来，面朝小分队喊到："就是这里！"然后枪声齐鸣。最后一幕让他这个普通人变得伟大，也许因为是他。

续上一段

拿破仑像悲惨的普罗米修斯一样生活了一段时间。但是司汤达的朱利安索莱尔（Stendhal's Julien Sorel）和法希里德东戈（Fabrice del dongo）都知道，神话只是带有浪漫色彩，不管对皇帝是这样还是那样的赞叹，都不会让人产生艳羡之情。他们决定追求牧师等级的提升。他们放弃对等级的要求，适应现存的环境。他们当作市民的拿破仑和英雄联系起来的是一种信念，即所有成功都和狂妄、毫无顾忌有关。更显著的一点是，他们在否定榜样的雄心壮志过程中寻找并继续自己的幸运。正如拿破仑争夺土地和省份，他们为了自己的事业追求肉体的占有。因此他们和诗人本身并不相同，诗人对于女人，一个接一个，按照仔细制定的清单进行劫掠。

作者案语

皮佐城堡的结局让我想到 W.。他在战争期间属于某个小分队，被授命对一个逃兵执行死刑。他描述了他们如何将身着帆布衣服的逃兵带到行刑地点，判决是如何在瞬间让大家明白所有细节：悬在墙头的苹果树枝，几个搁好的油桶，从砾石中长出的杂草，以及将肩章和银链挂在制服上的链子。之前他被地上的绳子绑在柱子上，紧闭着眼睛。似乎想在生命的最后一秒抓住一切。

继续往北方前行

在公路另一侧走尘土漫天的小路穿过多山的地区。从更高的地方看去，周围陡峭的山体象一片原始人的头盖骨。往下走，到半山腰处，人们在冷酷的灰色中看到的是均匀的褶皱，零星散落着年轻树苗的绿色线条。这片风景直到最近，一直被描述为山间戈壁。现在开始变成历史。很快，人们将很难看到原来的样子。

文明在世界各地破坏着风景的原貌。这里，它重现了曾经存在的景象。在几年后，就像曾经罗马的军团，将在森林的荫凉中穿过这个地区。同时，景色还失去了其英雄般的特色。荒野的激情给成型的绿色让路，绿色舒缓了一切，变出田园风光。

继续行驶

只有在途径的居民区才觉得时光仿佛凝固。居民住地没有触及到文明的努力，和僵尸一样生活在灼热的艳阳下，过着希波克拉底脸（facies hippocratica）燃尽的生活。不远处，有几个山间村庄像蜂窝一样悬在悬崖上，泥土颜色的拱肋结构，里面修建了几个深邃的藏身洞穴。当有人从里面走出来，进入光明世界时，感到小小的惊吓。

帕斯图（Paestum）

从奇伦托（Cilento）山往下进入帕斯图平原。所有人都说，应该在下午晚些时候来这里看看，在太阳落到神庙后面之前来。但我到达的时候，看护人正在搬家，旅游大巴也在不停的鸣响。

从马路上经过老城区，经过三座神庙，可以发现多孔的中三迭纪已经严重风化，柱石和屋梁构架都是中三叠纪制成的。它们伫立在平坦的土地上，周围只有零星的遗迹保留下来，还可以看到古代剧院深埋的部分。杂草中生长着夹竹桃、叶板、菊蓟。当然还有奥维德和马提尔（Marpial）常说的玫瑰。

当太阳靠近几乎无法辨认出的地平线时，红色的光线照射到一排排黄色的柱石上。一瞬间的功夫，十分安静，可以尽情感受脚下的土地。当暮色到来，彩色的白炽灯点亮，在马路上方呈现弧形，后来，青少年成群结队地来这里碰头。很多收音机传来音乐声，每一家都想盖过其他人的声音。意大利的夜晚。

帕斯图也因所有海边聚居地的两大敌手而消亡，即萨拉森人和疟疾。11世纪，罗伯特·吉夏尔（Robert Guiscard）把被遗弃的城市作为大教堂和萨勒诺

(Salerno）主教宫殿的采石场。但是并没有动神庙。传染疾病的按蚊让城市里的生命消失，也保全了遗迹不受其他破坏。沼泽和热带植被将它们封锁起来。

经过几百年的沉睡，直到18世纪中叶才苏醒，那是在修建一条从那不勒斯到南方的铁路时。1758年，温克尔曼在帕斯图。据说，他看到令人难忘的希腊神庙和帕台侬神庙后萌生"古代发明"的想法，是对古希腊错误但却影响深远的看法。

帕斯图

在古城区，包括离得不远的老卡帕乔（Capaccio Vecchio），为帕斯图的居民提供避难之所的山城，已经发现了上千个陶俑，大多展现"拿石榴的赫拉"这一主题。从中世纪开始就不断出现在"拿石榴的圣母玛利亚"画面中。

不同信仰的调合与融合是逐步进行的。在南方更偏远的地区，我穿过一个隧道，名叫健康金星画廊。让人惊讶的名字立刻把古代爱神变成了神的总称。在其他地方，古代石棺上刻的形象是善良的放牧人，天才以天使的面貌出现，直到文艺复兴才变回了贪婪的小爱神模样；杀掉九头怪蛇的赫拉克勒斯出现在圣米歇尔身上，珀耳修斯出现在神圣乔治身上，后者是传说中一名勇敢的罗马士兵，既不骑马，也不驾驭龙，甚至没有解救出一个少女，翻译到基督教中，那是代表仙女座的形象。从山岩上的普罗米修斯，以及被钉在十字架上的基督身上，都能发现类似的转换。

在圣母崇拜中表现得最为明显。无数教堂，农村的普通人家，到处可以看到身穿黑衣的圣母玛利亚，那是爱神维纳斯继续存在的地方。胸部丰满的腓尼基丰饶神阿斯塔蒂进入了圣母玛利亚的创作画中，"戴七层面纱的少女"体现了古代东方的传说，还有更多：玛利亚收集了地中海地区所有公元前的女性神话，她是得墨忒耳、至大圣母和月之女神，但也分身为水仙仙女和空气精灵，她的升天之旅也蕴含在美狄亚（Medea）的耶稣升天瞻礼中。引人注意的只是她没有作为雅典娜出现过。之后她皆以女神的面貌出现，重新回到维纳斯的形象中。智慧女神雅典娜对于早期的基督教来讲，源自非常遥远的想象世界。

古代神话传进基督教中，也和当时人们的看法有关，将新宗教从犹太教的束缚中解放出来，将所有之前的时间转义到圣灵降临节中。恩斯特·布洛赫

（Ernst Bloch）曾说，古代众神世界的衰败、一个神取代众神是欧洲的悲剧之一。

听起来似乎有几分道理，但仔细观察就能发现，在布洛赫的话中，常常是语言的暗示掩盖了思想的不足。至少欧洲南部并没有迈出走向一神论的步子，甚至没有接受三位一体论。在圣父、圣子、圣灵之中，只有圣子在此站住脚跟，但也仅出现于容易直观理解的形象中，不管是作为孩童，还是在血腥的耶稣受难像中。与此相反，教诲世人的基督，若以山间布道或者传授美德的形象出现，南方人一直觉得十分陌生，甚至不可理解。

使人们从未改变的非基督教的特性，和众多的本土神灵、保护神没有什么不同。那些神原本是村子的神，古代世界披上了基督教的外衣在它们的形象中继续存在。

萨勒诺

晚上很晚才到达。老远就听到警车鸣笛，周围有数百人。无法往前开了，就停车从人群中挤出一条路走到酒店。

慢慢地，你一言我一语中，了解到大致的情况。一位客人，很明显是个法国人，邀请萨勒诺的一名女子吃饭，他们长期以来关系暧昧。客人盛情款待女子，最终说服她陪自己去房间。如果我把听到的内容组合正确的话，他们进入房间以后，意外的看见女子的父亲。父亲还带来未成年的小儿子作证人和护卫。经过激烈的争吵后不可避免地发生了流血事件，牺牲品不光是客人和女子，还有一个听到吵闹声来查看的酒店侍者。围观的人中有一个说侍者才16岁，不禁让其他人开始感叹生命无常。

酒店大厅里也是人满为患。酒店工作人员徒劳地劝说人群离开。我在前台问行李工发生了什么事，他说人们都疯了，好像没有真正的灾难似的！当我回答，枪杀有各种各样的，他十分惊慌："枪杀？谁开枪了？贵妇人布坎南年纪大了，在店里住了好几年，心脏病突发。正在去医院的路上！"

不言而喻，又是一个谣言产生的故事。但是却以不可思议的快速度变成了街头巷尾的谈资，并且角色分明，从用酒精诱惑无辜女子的放荡法国人开始，到为捍卫荣誉和家庭观念的父亲，再到和目瞪口呆的小儿子站在一起的无辜侍者，一切都表明想象力多么容易被点燃，在世界其他地方简直不可设想。

作者案语

"当故事错误的发生，至少应该正确的讲述它"，沃尔瑟·赫希（Walther Hirsch）常这样说。他从以色列回到六十年代的柏林后经营着一家没有房客的房子。格吕内瓦尔德（Grunewald）的晚上还会让人想到二十年代的辉煌、幽默和文雅。每次都在一个小房间里进行比试，他和其他人争夺最佳故事讲演者的名誉。都是短小精悍的故事，带有卓别林式的忧郁，他用自己的经历改编而来，经过不断变换，先在小圈子里试讲，然后才带来比赛。只有汉斯·肖尔茨（Hans Scholz）和海尼·豪伊泽（Heini Heuser）才能与之相媲美。

续上一段

我还从沃尔瑟·赫希那里听到了关于戈尔德施密特（Goldschmidt）的故事。戈尔德施密特来自柏林，1934年移民到美国。他带走了自己的藏书，很高兴能在远离德国的地方读莱辛的书，还有歌德、海涅和冯塔纳的作品。几经周折之后，他在底特律的一家大型汽车公司担任厂医。人们都很友好，富有同情心，他们邀请他去自己家做客，在周末一起打垒球或者钓鱼。但是他拒绝了陌生的消遣方式，独自呆在家里与书为伴。到了周一上班的时候，同事们都在交流垒球成绩，经常聊起投手、捕手、外野手和本垒打。

他和德国带来的书过了很多年，并因美国和底特律河边不可理解的世界而受到困扰。他也责备自己忽视周围的人群，蔑视他们平庸的爱好，但心里很明白，只有蔑视才能保持自己的正常。他越来越封闭，越来越沉默。

在他逐渐疏离自己的生活环境时，突然决定中断和过去的联系。他叫来一个古书商，让其带走所有的德语书。带不走的他都搬到花园用火烧掉。他眼含着泪水站在一边，看着读破了的书在火中化为灰烬。第二个周末，他对同事说一起去钓鱼。

后续

后来听说戈尔德施密特博士过得很幸福。人们会问，要先解决自己才能获得的快乐是什么样的快乐。让我产生一个念头，收集那些典型反映历史面貌的故事。戈尔德施密特博士及其遥远的生活，肯定要算入其中，因为揭露了那个时代的本质特征。

还有一个故事也值得收集，同样和书、和一个移民者的命运有关，发生在斯大林时期的莫斯科。一天晚上，一个朋友来找乔治·卢卡奇（Georg Lukacs），告诉他几个作家在党的决议中被判定为泄密者。卢卡奇整理思绪之前，就意识到自己的书房里那几个作家的大量作品。他匆忙和来访者一起把书从书架上取下塞进箱子和背包中。然后两个人等到深夜，把东西全部拖到莫斯科河岸边。在一个隐蔽的地方，他们忐忑不安的在黑暗中把书一本本的扔进河中，最后却心惊胆战的发现，书并未沉下去。找了很久终于找到一根木棍来补救。但是几本书仍旧不断浮现，两个人站在那里，悲伤得麻木的在漆黑的水中让书沉没。

作者案语

无数类似的事情。听到这些故事的时候，会不由自主地屏住呼吸。它们是时代的关键场面。在克雷格罗维乌斯的作品中，我几天前读到，他1890年在生命结束之前，回顾了19世纪："人类没有经历更伟大的时代了。"如果今天要回顾20世纪，该说一句什么样的话？

萨勒诺

上午毫无目的的在城里逛。经过几个拱顶的入口，道路两边堆满美丽新世界的垃圾。后面是宽敞明亮的院子，高高的窗户前种着几棵树，结出浅黄色的桔子。

一股凉意从阴暗的门廊传到烈日下的街道上。

埃波利（Eboli）

在广场上的一间酒吧里。教堂对面的大会堂。现煮咖啡的咖啡机不停的运转，不停的发出响声。重新回到汽车上，才意识到可爱的意大利作为歌唱之国不再合适，每个厨房都有舞台和哥曲，每个工场都是歌剧舞台。此外，任何地方都能听到摇滚乐和流行乐天王阿德里亚诺·塞伦塔诺（Adriano Celentano）的歌声。

　　文明也清除了一些经典传承。比如电视拒绝方言，要消灭南方的希腊语区域，也影响到歌唱。也许根本无法确切知道终结的到底有哪些。在小城市里，只有与世界接轨带来的贫困可以在沉默中听到。

　　L. 认为，电视是人们生活不幸的主要原因。在农村的偏远地区，电视甚至是一种瘾。外部世界的电视剧每天晚上都在展现一种人人都相信的实际情况，认为别人家都和电视上的生活一样。阿道夫·斯塔尔（Adolf Stahr）还记录到，整个意大利到处是穷困和快乐。但是现在二者都不复存在。

萨勒诺

　　如某本旅游书中写的，19世纪的萨勒诺有大约一万一千名乞丐。后来城市渐渐变得富足，也建立了一定的社会保障体系，虽然没有消除乞讨的现象，但是却不再认为乞讨有理。

　　乞讨也充满艺术手段。比如说，蹲在维托里奥大街伊曼努尔家墙边的女人。她穿着泥土色的破旧衣服，拖到地上，以便人们立刻看出她很穷。怀里抱着一个大约两岁大的孩子，头后仰，头发金黄，自然卷，脸上呈现病态的苍白，嘴角轻微张开。很明显，是模仿《圣母怜子》的画面主题。

　　女人旁边还有一个纸板，上面用大写字母写着：我是个年轻的母亲。我有三个孩子。同时还要供养四个兄弟姐妹，他们因为不幸变成了孤儿。我怀里是最小的孩子，我全部的幸福，我的一切，我的儿子。他快要病死了。我不是为自己乞讨。如果您不帮忙的话，也许他明天早上就死了。

　　女人带着伤痛的表情目不转睛的看着毫无生气的孩子，一只胳膊挽着，另一只胳膊撑在膝盖上。很多路过的人都停下来，往篮子里扔了些钱。只有一个路人在边上讽刺成功的安排。当他认出我是外国人之后，对女人做出夸张的手势：意大利人是天才！

后记

　　后来，我又遇到好几次相同的场面，先是在索伦特，然后是那不勒斯，后来是在罗马。不是同一个女人，但都穿着相同的衣服，有相同的纸板，总是有个像天使一样的金发孩子。在索伦特我才意识到，孩子并不是在睡觉，而是处于深度麻痹中，似乎被下了毒。也许这是某个皮淳（Peachum）先生的主意，从那不勒斯开始用艺术手段经营乞讨事业。

续上一段

在回酒店的路上想到，英德罗·蒙坦内利（Indro Montanelli）也许会大大赞同路人关于"意大利天才"的说法。我想起一起谈话中，他声称，意大利的犯罪已经失去了所有的想象力和行动上的机智狡猾，曾经所拥有的名声，只剩下了赤裸的、猛烈的暴力行动。他举出的例子包括了残酷的街头抢劫，包括博洛尼亚的恐怖袭击，包括对教会将军的暗杀，令人震惊的是，他的夫人也一并被杀。除了显而易见的差别外，所有上述的罪行有一个共同之处，即表明歹徒的流氓行为已经堕落成敲诈勒索，惩罚成为艺术品，犹豫不决是否要采取原始方法将罪犯打死。我提出看法，他说的一切都像是在抱怨可以被称为犯罪文化的东西在走下坡路，他又讲出了下面一个故事：

"在50年代早期，一个周六，一个举止优雅、上了年纪的男子和一个光彩夺目的金发女郎，一起走进了康多提街的一家珠宝店。他让人叫来店主，询问是否可以看几条珍珠项链。在很专业的观察并鉴定过样品的美丽后，拿起其中一个围在同伴脖子上，试试效果，要她自己选择最美的一个。她一再试看上去最贵的一条项链时，他仍持鼓励态度，最后问价格多少。

珠宝商漫天要价。但男子似乎早已料到，并未露出惊讶的表情，拿出自己的钱包，写了一张支票递给店主，眼光一刻都没有离开身边的女子。

那一刻，店主犹豫不决，但仔细打量了这对伴侣之后，怀疑的感觉占了上风。他不断耸肩表示遗憾，他必须请求谅解，因为他并不认识男子，而银行也已经都关门了。对方的回答很得体。店主完全可以周一去银行兑现支票，当一切无误时再将珍珠项链送到他们家中。男子没有忘记征得女伴的同意。她还没开口，男子就把自己的名片给了店主，挽着美女离开了珠宝店。

两天之后，他又来到店里，这次是一个人。店主很难为情，请他到里面的小屋说话：店主刚从银行回来，非常震惊，但是银行工作人员肯定地告诉他，支票上给出的账户几周以来已经透支，并没有任何资金入账。男子一点也不惊讶，只是点头，要拿回支票。然后当着目瞪口呆的店主，把支票撕成碎片，笑着说：'先生，我实在太感谢您了。您从我这拿走的这张可笑的纸，让我享受到生命中最美好的一个周末。'"

萨勒诺

意大利相对于欧洲的文化优势保持了几百年，在政治权力分崩离析的时代一直到文艺复兴时期都得以留存下来。要想出类拔萃，要想在世界上其他地区夺得头筹，不管是艺术家、神学家、天文学家、数学家或者法学家，都绕不开意大利。在意大利，任何更高的要求都是合法的。意大利不仅拥有精神上的释罪权，也拥有文化上的释罪权。

这也是中世纪时期的帝王涌向南方的一个典型原因。19世纪的国家历史对此颇有微辞，完全忽视了原因的背后几乎不存在"浪漫的"利弊权衡。当时的欧洲北部，除了几个城市和修道院之外，主要是农民和居住在城堡外的市民，而意大利的托马斯·冯·阿奎那已经在讲学，乔托（Giotto）已经开始了文艺复兴运动。

直到今天，意大利仍旧在缅怀过去的荣誉。它还赋予自己的边缘城市如萨勒诺以晚辈的尊严。在这些地方，人们会问，是否因为早已不在人们记忆中的东西，才会前往意大利。

作者案语

也有其他的原因促使人们来意大利。威尔士王子，后来的温莎公爵，被问到为何旅游时回答到："有些事一定要做！"

拉维罗

沿着阿马尔菲海岸马路行驶，大部分地区在海岸拐角处，途中的风景不断变换，穿过悬崖边上的小村庄，蜿蜒到村里的路常常会遇到死胡同。经过米诺里后是德拉贡（dragone）山谷，上行至拉维罗，在一块突出的平原上，大约超出海平面四百米。

在广场旁边有座别野，沿入口进去，穿过一个摩尔－诺曼时期的四角塔。不长的林荫道两侧是参天大树，路的尽头矗立着古老城堡的主体建筑。和房间一样大的庭院两侧是双层柱石，柱石还支撑着上面的凉廊。紧挨着的公园虽然和塔斯卡别墅公园一样，植被葱郁，但却更隐秘、更直观，没有理查德·瓦格纳在丛林的茂密和湖泊中看到的纯洁与罪孽的交错。1879年他从索伦特出发来到拉维罗，发现这个地方的魔力来源于泉水，来源于深藏在植被树荫下的石凳，来源于覆满常春藤的围墙。因此，拉维罗也成为歌剧帕西法尔中贴近时代和当时思想的内容。作曲家把克林索尔世界的想法和欲望与救赎的关联结合起来，当时一定也把对花园的印象和自己在中产阶级后期产生的想象结合在一起。他在塔斯卡别墅营造的沉闷庄园，只是证实了想法而已。

也许人们私下的传播强化了一种看法，拉维罗是相爱之人的庇护所，其偏僻的位置有利于恋人的缠绵。在薄伽丘的作品《十日谈》中已经出现自由的阶梯，风格陌生的房屋外貌，安静的院子，浪漫欲望的陈旧故事。但最后一切又都烟消云散。公园更深处有一个露台，走上台阶后，满眼都是玫瑰，如瀑布般累积，然后落下。

人们会问，这群离奇的人如何来到此地，成为帕西法尔中的角色：丑陋怪异、持怀疑态度的双性人，寻求救赎的教皇，富有同情心的小孩或者昆德丽的玛格达莱纳滑稽作品？虽然互不相关，但天才的瓦格纳却从中创作出各个角色和原型。

作者案语

瓦格纳无人可及的地方：他的音乐总是超越意识的界限，不断辨认、回忆声音密码，尤其是变换。《莱茵的黄金》的前奏，鸣青，特里斯坦。第一次听就能熟悉。不乏太吵闹、世界的开始、音乐中的音乐之类的概念，甚至是人性的前奏。后来，囊括众说纷纭，变成了神话。瓦格纳的明智、他最外在的主观性，变成了普遍性。人们无法理解其所以然。

在途中。

海边一个小地方的酒吧里。对面的教堂前有一只山羊，骚动不安，走上台阶甩下头，然后又跳下台阶。石块上发出撞击的声响。另一只山羊卧在自己骨折的腿上，靠着城墙，好像在睡觉。

波希塔诺（Positano）

中断行程，在赛伦努斯（Sirenuse）休息两天。几年前曾来过这里。身着优雅白色尼龙夹克的侍者乔万尼（Giovanni）和路易吉（Luigi）还在，但不再忙碌的围着桌子转了，而是成了负责人站在一定距离的地方，看客人的眼色指示工作人员提供服务。

我让人把邮件寄到酒店地址。H. 的两封信。H. 后来提醒我，托马斯·曼在1931年夏天计划到西西里旅游，想住在帕勒莫的伊吉亚别墅，根据日记，当时伊吉亚别墅还在城外，肯定也远离各种汽锤。关于西西里的旅游计划是这样说的："总是息拉柯斯、墨西拿、帕勒莫，陌生的新世界，意大利和希腊、萨拉森、摩尔-非洲的文化混合一体，还有西班牙文化。是一生中的重大事件，强有力的人性经历。"

托马斯·曼并未成行，没有经历一生中的重大事件，他对南方深度不信任，古老的诱惑并没有带来他对补充和自我解放的渴求。更强烈的感受是受到威胁和对立。不仅仅是对布里尼形象的讽刺来自偏见。在《马里奥和魔术师》（*Mario und Zauberer*）中："可能是南方，传统的天气，旺盛的人类文化的气候，荷马的太阳等等。但是不久之后，就会不由自主的觉得很单调。"

在 H. 的另一封信中，对我的印象加以批判："您根本没有说到钱。您来回旅游一定花费不菲。但是信中却一字未提。德国人的老传统是不提花费，当然也不提欲望。两者都是禁忌。书写方式的变化也体现出来，字面上是相同的意思，几乎可以互换，比如说富裕，富足，还有有实力，但对我们来说，永远都不知道指的是什么，很容易混淆。还有识别方面也是，银行承认我是借方，但自从圣经里的亚当认识夏娃后，也指比公务更深的关系。"

"实际上存在着歧义"，H. 接着写到，"请不要认为都只是玩笑！中产阶级把财富和欲望都隐藏在相同的隐喻背后。人们应该揭露出来，歌德曾经尝试过，但一切又快速的隐匿起来。您知道，'瓦普祭司之夜'，受压制的版本：'你们有两个东西，/如此盛大宏伟：/灿烂的金子/女人的大腿。/其一努力谋得/其一缠绕交织/二者都获得/为此而幸福！'在歌德之前，人们也许在俗语中已经发现了一些端倪。还请解释一下。"

波希塔诺

旁边桌子上坐着令人厌烦的英国人，来自拉维罗。好争吵的孩子们。女人用颤抖的声音让他们平静下来，男人在一旁一言不发，沉默地喝着威士忌。

波希塔诺

晚上在房间门口的露台上。司汤达的旅行笔记。除了敏锐的观察之外，很多人不加选择的播放第一夫人和美声唱法。小资产阶级时代刚刚到来时对歌剧的热爱。意大利的幸运在米兰人斯卡拉（Scala）手中升起。没有颜色，没有风景。对博洛尼亚以南的地区充满轻蔑，连那不勒斯也不例外。

夜幕降临，可以听到隔壁公寓关门的声音。住着来自柏林的一对夫妇。两个人在邻桌吃的晚饭，妻子浓妆艳抹，穿着黑色丝绸，头上还系着黑色的头巾，更加深了给人的印象。唯一抢眼的是红色的时髦首饰，项链和耳环，但合在一起让她看起来更可怕。丈夫明显比她老很多，也许快六十了，看上去很尴尬，她不断称呼他为"我的美洲豹"，显得讽刺十足。她对这种消遣不以为然，说话时字斟句酌，强调清晰的词尾，说着在普通的柏林人生活环境中作为标准德语的语言。

深夜。酒店、沙滩饭馆和教堂周围才点上了灯。随着黑夜来袭，灯火出现在山岩斜坡上，几乎到达夏季别墅的高度。外面，海湾前，月光洒在海面上，一些渔船上点着彩色的标识灯，还有探出船头的发射器。宁静中，可以听到远处传来迪斯科舞厅的节奏，近处则是呱噪的蝉鸣。有时候，风吹来，遮帘就会打到围栏上。

突然，旁边有人用力打开百叶窗。在一阵短时间暂停后，听到女人在喊，似乎是南方是"错误的浪漫"，而停顿的那一瞬间令人想起来后怕。

续上一段

托马斯·曼对意大利的偏见明显成型于和海因里希的论战。在"兄弟般的世界经历"时代，在帕莱斯特里（palestrina）和罗马，维亚托阿根廷，都感受不到。但是自从《女神》开始，海因里希觉得南方也被占领，托马斯·曼则倾向于将兄弟之争风格化，变成原则性的争论，把意大利变成一种仇敌国家。海因里希和他的判断失败了：一个文明文学家、弦乐演奏者和街头戏剧演员的世界，一个更糟糕人群的世界。《威尼斯的死亡》正是各种恐惧心理产生威胁的体现。尼采的形象高大之处，对托马斯·曼而言，在于实现了古老的德国梦想，扬弃了北方和南方的矛盾、浪漫主义和古典主义在欧洲的矛盾，但又没有顽固不化。

作者案语

人们总是对文学家怀抱的仇恨感到惊讶。罗伯特·穆西尔在30年代末考虑，逃到哪里能躲开希特勒的统治，阿诺德·茨威格（Arnold Zweig）建议他移民到南美洲；那里不怎么危险。穆西尔很伤心，"那里已经有斯特凡·茨威格（Stefan Zweig）了"，他说。

索伦特

在鲁比纳奇别墅中，尼采度过了1876年的秋天和冬天，开始生病，且最终没能逃脱。"秋季比以前长"，他写到。虽然胃疼有所好转，但是头疼一直持续，每周都会发作，伴随而来的是视力下降，最后看书的时候，字影重叠，看不清楚。有一次他写道，"这种神经痛在不断试探，我对疼痛可以容忍到什么程度，每次试探都要花30个小时。"

信是写给理查德·瓦格纳的。他在尼采逗留初期，住在只有几分钟路程之隔的维多利亚酒店。他们在索伦特最后一次见面。伊丽莎白·福斯特说，他们总是因为关于帕西法儿的预想而在争执中分开。

但是他们的明星友谊早已中断，大约40年之后记录的文本只是尝试描述由妒忌和日常生活中的不愉快导致的疏离，并上升到关于基督教和艺术真理的时代争论的高度上。尼采在启程四天后又写了一封信，对意见不合一字未提："在安静的逗留期间，我重新获得一种向往，一种迷信，就像我在那里能比在别处更深的呼吸，就算只是几个瞬间。"

索伦特

索伦特在罗马时代已经是泡温泉的场所，周围是别墅、洞穴和凝灰岩雕刻的仙女雕塑。其中一个民居属于波佐利（Pozzuoli）的一个男人，他名叫波利乌斯·菲利克斯（Pollius Felix），因为和诗人 P. 科涅利乌斯·西庇阿（Papinius Statius）的友谊变得出名。常绿林是对民居的详细注解，有助于理解建筑理念和生活方式的文字。地中海地区的自然概念一直沿用到现在，其来源大白天下。因为建筑者被视为自然的抗衡者，要听从流传下来的意愿。斜坡被做成了露台，绊脚的小路变成舒适的大路，贫瘠的岩石上长出树木、灌木和花卉。别墅的窗户能让人看到比室内更美的景色，呈现出自然能够展现出来的美好。

续上一段

对大自然的感情在南方很陌生。自然的富足被打上了危险的烙印。地震、火山爆发、洪灾或者窒息的烈日。我经过一个野营团，他们背朝大海坐着，看着来来往往的交通，而不是波澜壮阔的大海。再明显不过的姿态，但是不可比拟。

另外，到处都有敌对的自然表示屈服的象征标志。最显眼的是穆蒂洛尼亚（Mutilonia），用违背自然的方式来栽种树木、灌木，尤其是紫杉和黄杨木，都呈严格的对称排列。人们遇到金字塔形和锥形，兽头形和野兽形。一些植被被裁剪成喷泉的形状，绿色的覆盖物后面隐藏着管道系统，可以控制水流。一切表明，自然生长的形状很野蛮，自然状态始终需要变化。这个想法在法国花园中表现得十分艺术，但起源于意大利，由医生传播到法国。同样的，西班牙的马术因那不勒斯人而闻名，其复杂而没有意义的动作证明人战胜了自然。

自然只有以被人类改造过的形象出现，才能被人类接受——或者作为有益的要素：海洋作为交通要道，或者巨大的鱼桶，森林作为木材储备，山作为矿石和大理石的仓库。对美和物质的要求超越一切，所以并没有产生在北方被视作浪漫的自然条件或者对自然的虔诚。

其他

　　对几何图形的热爱从花园修建开始，为花园修建对称的卵石路，线条笔直的篱笆；深刻的影响了城市面貌、政治结构和诗作，如但丁的《神的喜剧》中包含三段33首歌谣，每首歌谣都以"群星"一词结尾。

　　区尔齐尼（Barzini）在谈话中说，现象中表现出来的不外乎是因为现实而变得悲观、多疑的一个民族内心深深的恐惧。对于意大利人而言，到处是灰暗，对称的图形是他们对抗命运无常的一种努力，来避免各种不可预见性。基本上是对威胁他们的混乱发出的咒语，而"自然"是混乱的另一个称谓。只有战胜了自然，人才能成为人。

作者案语

　　区尔齐尼还说，意大利语中的"自然"一直有双重含义。在父母对孩子说的话中，它代表一切和排斥、羞耻和垃圾有关的意思。

第三站

那不勒斯和坎帕尼亚
不幸与狂妄

那不勒斯

我绕开高速公路，改道途经斯塔比亚海堡（Castellamare）和托雷德尔格雷科（Torre del Greco）两座城市，沿着靠近河岸的一条大道来到了城里。首先映入眼帘的是无尽的混乱：人群拥挤，人声鼎沸，人们在各自的门口忙碌着。接着我把目光投向街道两旁昏暗的巷子里，街头的房屋慢慢地消失在一片望不尽的残破中。一切仿佛都在杂乱无章地运动着，如一个有机体不停地吞噬着，然后离开。

一路上，拥挤的交通让人喘不过气来。一会儿这边来了一个滑稽的乐队，一会儿那边的水果摊子倒了一地，一会儿又来了一群莫名的集会游行队伍。在经过波蒂奇（Portici）时，我们碰到了一支送葬队伍，前面走着教士和辅祭人员，随后跟着送葬者。

走在前排的一些人胸前戴着彩色的蝴蝶结，其间他们与同行者闲谈着，同时还努力地寻找合适的言语来表达自己的悲伤。一辆被漆得黑亮黑亮的巨轮马车被一些碎片和银器装饰得十分华丽，车身两旁分别悬挂着大吊灯。八匹头戴鸟羽冠帽的黑马拉着这辆马车缓缓前进。马车后面是装着花环的平板车，散落的花瓣拖过石子路。对葬礼的致敬一方面展示了对亡者尊敬，另一方面却隐藏着人们被愚弄和欺骗的事实。终于，在将近四个小时之后，我到了旅馆。

那不勒斯

对这个城市的第一感觉：从西西里岛一路跟来的那种冷漠和麻木没有延伸到这里，那种让万物处于静止之中的力量突然消失了。

那不勒斯

清晨我来到塔索大道（Via Tasso）。据说，在这里，游客们可以鸟瞰这个城市的全貌，这个城市的复杂程度甚至很难用地图全部勾勒出来，在这里人们却可以将地图上展示不到的地方尽收眼底。

但我却白来了一趟。我只能看到港口的一小部分，能辨别出那些靠岸停着的油轮和冒着浓烟的货船，岸上的仓库、起重机和控制站。远处的一切都早已消失在乳白色的雾气之中，只能在头脑中想象维苏维火山的轮廓。弧形海湾的开端部分刚开始还清晰可见，随后这漫长的海岸线就渐渐消失了。

但是棉絮般的灰色笼罩着万物，缓和了雾气的沉重。它表达了对工业时代的崇敬。它创造了丑陋，同时又将丑陋隐藏起来。

那不勒斯

中午时分，佛罗科·基利希（Folco Quilici）来了，陪同他一起来的还有米莫·约蒂塞（Mimmo Jodice）。米莫·约蒂塞拿出了一本有关那不勒斯的相册。然后我们一同驱车去了旧城区。车子驶进了挤满了人群的、变得越来越拥挤的、错综的巷子。左右两边房屋的正面已经被霉菌熏黑了，从墙壁上脱落下来的粗灰泥弄得满地都是泥渍。就连在关上了车门的车里也能闻到一股潮湿、汗水和腐烂混合在一起的气味，还有那一阵阵从门和地下室都已经残破不堪的房屋里散发出来的发酸的臭味。

有的巷子口开在一个很小的、阳光很刺眼的地方，巷口那儿还摆放着一些货柜和手推车。人们在巷子里摩肩接踵地慢慢地向前挪着步子，似乎无法再继续前进，车子被挤到了对面的一条黑暗的巷子里。在没完没了的噪音中，有些个别的声音特别刺耳。在一个半高的阳台上，一位讨厌的老妇人站在铁皮罐和繁茂的花丛中，嘴里嘟哝着让人听不明白的词儿，朝着巷子里的人群破口大骂，仿佛她从戈雅（Goya）的画中走出来的一样。同时，街头的小贩总是发出奇怪的、哭诉般的叫喊声。

胡同如迷宫一般，我们迷路了。一个身着无袖背心和笔挺仔裤的年轻人靠着门框站立着，J. 向他问路。他一动不动地站在那儿，卖俏地向我们点点头，然后让我们跟他走。他扭着胯走在我们前面，给我们开路。他不必环绕四周，仅依靠他灵活的胳膊就能让人群闪开，给我们让路。走到一个十字路口旁时，他来到我们的车窗前，告诉我们应该如何去郊外。这时，我们发现了他前排假牙中的一颗闪闪发光的金牙。

我们把车停放了之后，约蒂塞对我们解释着说，那个年轻人就是所谓的阴阳人（Feminieli）。这里的有些男孩在很小的时候就被他们的父母送去做男妓来维持整个家庭的生计。没有人对此表示反感，也没有人觉得此类事情是卑鄙无耻的，因为生活是包罗万象的。另外，那不勒斯的这些阴阳人也因为他们的可爱、友好、风趣和美丽而著称。

之后，我们穿过了市区。他们越来越引人注目。有些人年岁较大而且一副穷困潦倒的样子，即使是小孩也带着一种很熟练的无辜眼神。他们中不少人穿着花花绿绿的、中性的衣服倚墙站立着并招呼过路人。最显眼的是一位很受欢迎的中年男人，他把左右两鬓的头发往上扎高，看上去像一个圆锥，以此来掩饰他的秃顶。他身穿一件人造丝的鲜红色晨服，衣服把他肥胖的体型勾勒得十分清晰，腰间系着一条紫色的腰带。当他注意到我们的时候，便走近我们，轻轻地敞开衣服上的大开领并咂舌作声，让我们注意他那油腻腻的胸口。约蒂塞说，这些人的举动之所以没有遭到任何非议应该追溯到战后的年代。当然这也和这个城市希腊色彩的历史分不开。同时，自古以来那不勒斯就是一个不掩盖人性的地方，因为人际距离已经狭小到没有什么是可以掩盖的了。与大多数被轻蔑的同性恋相比，这些穿着女人衣服来逗乐的人们在这里被看作是两性人，在古老的民间迷信中甚至把他们看作是能带来吉祥的人。

那不勒斯

又来到了斯巴卡那波里（Spaccanapoli）地区，这条宽大的走廊用不同的标记将老城区分别命名。在街道的低处，房屋紧密地交错在一起，给人神秘莫测的感觉，也使得集市拥挤得让人无法喘息。商贩们嘴里吆喝着他们的商品；行医者兜售着神奇的药汁并现场给病人开刀去除肉赘和鸡眼，以此来表演他们的医术；还有卖彩票的也在不停地忙活着。到处都是吵闹声，希望、恐惧、疑惑和惊奇交织在人们的心中。他们好像从来不会发怒一样，脸上闪着幸福的汗水。即使是过路人，脸上的表情也不断变化着，好像自豪和骄傲已经成了一种负担一样。不幸和狂妄就是这个城市的代名词。

从一条横街那儿传来一阵阵毫无规律的电子琴声，原来是一个青年男子在一扇门下猛击琴键来试着开始演奏，但是生活的强度压得曲子走调了。这个城市给人一种破败的感觉，这种感觉不单是肮脏和垃圾造成的，连整个老城都是用容易风化的凝灰岩建成的。然后从庭院和阴沟那儿又飘来一股股刺鼻的腐烂食物和大便的臭味。透过窗户可以看到老人们惨白的脸庞，仿佛他们是在从未离开过的地下室长大的一样。不知不觉之中狭窄的街道变成了华丽的房屋和廊柱前宽阔的露天台阶，一会儿又变成了教堂门口那狭长的空地。这时，一列小型的天主教礼仪队伍走了过来，圣母像挂在一个木制的支架上在人们的头顶晃来晃去，圣母从一顶大大的手工制作帽子（Putzmacherei）下露出她甜甜的目光，俨然成了一位神圣的橱窗模特。

续上一段

一排排对着大街敞开着的独栋平房，也就是 bassi，一般用来居住，也有时当作厂房来用：几乎所有的房子里都毫不例外地摆放着一张硕大无比的床，床对于那不勒斯人来说不仅表达了他们对无节制生活极大兴趣，同时也是他们存在的中心和神圣之地；在这里他们出生，死亡和生产，很大一部分的生命都在这里度过，在床上的活动就如平常活动一般，甚至和走在大街上一样的平常。任何时候都可以看到他们，不管老少，在床上睡觉，坐在床上开家庭会议，或者躺在床上看电视。头顶上的白炽灯总是开着的，即使是在阳光很充足的大白天，同时还不忘了摆放配鲜花的神像，甚至还会摆上一尊巨大的耶稣受难像。在深夜里，如果你路过这里，还能听见从紧闭的窗内传出来的喋喋不休的说话声，听见这些声音如何慢慢地远去，然后消失。

那不勒斯

过了一些时日才能对整个城市有个总体的感觉。不同的地区非常混乱地按照不同的行业和手艺进行了划分，鞋匠、制篓者、旧货贩子、做玩偶的裁缝，还有镀金工人。这些手工作坊一般就是一张摆在街上的桌子。如果业务继续扩大的话，那么就把后院、旧车库或者自家的地下室当成工作室。一位糖果生产者自卖自夸地说道，他那儿有一年存货的复活节彩蛋。另一家厂子生产钥匙，还生产专门用来开启结构复杂的防盗锁钥匙。还有一家命其名曰为"圣像诊所"的铺子，在店内可以看到许多蜡制或纸制的小塑像和一尊站在地狱之火之中圣母画像，脸上挂着谦卑的胜利微笑。

基利希（Quilici）说，这种资本主义前的机制形式，外人是无法看清的。它建立在一个由交换系统、联营经营、人际关系和家庭成员构成的一片解不开的灌木丛林之上。在这片丛林里进行着完整的经济循环，每个人以此为生，尽管这并不保险。这个运作了数世纪的组织是无法被移植掉的。因此这里的人们极力反对一切整顿旧城的计划，因为他们害怕那些将导致他们走向毁灭的秩序。他们预感到，现代世界就是他们最大的敌人，所谓的卫生、清洁和纪律只不过是一些用来撕毁这个相互交织的复杂社会网络的借口罢了。

作者案语

谈到那不勒斯人的家庭团结时，约蒂塞说道："家庭就是全部。我可以不知道，全部到底是什么。但可能不是上帝。不管怎样，家庭对于他们而言比教堂更重要，比起被罚入地狱，他们中大部分人更害怕被赶出家门。"

那不勒斯

基利希带着一副相机，总能不断地找到新的拍照动机：在收拾干净的宰鱼案台旁打扑克的人们、一个站在肉铺门口四周张望的屠户和位于拥挤的人群之中推着手推车贩卖卷烟纸、玫瑰花环、护身符或者假药的街头商贩们。

但是所有的抓拍多多少少都有些不真实，即使照片有随机拍摄的效果。好像这里的人们意识到自己在"那不勒斯"这部喜剧中扮演着某个角色一样，为此他们参考旧的画册和明信片中的模特来为新的画册和明信片扮演模特。也许正因为这一点，所以才会导致有如此多不真实的有关那不勒斯的照片。我自问，我何尝不是早就被这不真实所蒙骗了呢。一些站在酒吧门口的男士们乐意地解释道，他们很愿意在相机前摆出各种想要的姿势并且还提出一些建议：他们围着一台收音机，吵闹着，闲扯着，有些人还一副很入迷的样子。最后他们摆好了一个双臂交叉的姿势，自鸣得意地说："我们早就在享受生活了。"而且把"生活"的音发成 Lieffe。

只有一个小个的、瘦得像巫婆的女人成功地躲开了基利希的追逐。当他潜伏在拱门底下准备拍照时，这个女人从柱子后走了出来说道："啊，快别拍了！

为什么要拍我？这儿有的是俊男美女。"

那不勒斯

在托莱多（Toledo）大街我们遇到了一对荷兰夫妇。他们正用一种很不快的眼神朝两侧的胡同望去，高高的胡同昏暗无光，胡同里破旧的房子和波纹皱皮般的墙壁之间一片杂乱。他们总能找到惹恼他们的东西：臭得流脓的垃圾堆、白色的牛肚凝固在拐角处的一扇门底下、悬挂在屋顶的绳子上也粘着灰色的已经僵硬的织物。

对意大利向往的原因经常被描写为：天气宜人、风景迷人、礼仪之邦。在这里人们可以从北欧迂腐死板和拘泥细节的压力中解放出来。即使在阿卡狄亚，我也在（Et in Arcadia ego.）。其实一直以来意大利带给游客们更深层次的享受，即他们能够在此感受到本国的优越性。

那不勒斯

约蒂塞说，法西斯禁止拍摄街道里的贫穷和肮脏。

那不勒斯

将近午夜时分，在空荡荡的、被雨浇湿的普雷比席特广场（Piazza del Plebiscito）上我们碰到了一列天主教礼仪队伍：两个身着奇装异服的舞者，其中一个头戴军盔、身着蓝色制服，衣服上还挂满勋章，他右手持一支鼓棒，用力地将它掷向空中；而另一位则扮成小丑，脸上涂得惨白惨白的，嘴上抹了一层厚厚的绿色胭脂，他身着闪着白光的丝质衣服，四肢极其不协调地在空中做弧线动作并围绕着前一个舞者蹦蹦跳跳着。

随后跟着五个身着制服的乐器演奏者，他们以玩具娃娃的动作有节奏地登场：一台定音鼓、一副镲钹、两台鼓和一个小号。在保罗圣方济教堂（San Francesco di Paola）里用柱子围成的半圆形舞台前的正中央他们停了下来。此时，音乐声越来越大，舞者的动作越来越猛烈。时而，他们感到很骄傲，两手交叉放在胸前，好像身体能够在虚构的舞台上空飞翔一样；时而，又不断地窥探自己，跪倒在地，脑袋不停地抽搐着。

一些路人停留下来，雨又下了起来，但他们的表演并没有停止。戴头盔的表演者以一种梦游般的目空一切的神态围着舞台行进着，小丑的动作变得越来越谦卑，这两个舞者有一段时间好像甩掉了先前设计的舞蹈动作，完全只凭自己的灵感舞动着。他们感到很尴尬，于是又按照原来的动作舞起来，他们向前跳跃着并同时相互交换位置排成一列，开始随着鼓的节拍扭着屁股，最后他们用一种很猥亵的手势触碰对方的下身，突然停了下来。

同时音乐戛然而止。直到小号吹响的时候，鼓手才开始表演。他围着蹲伏在地板上的小丑走了几步之后，慢慢地将鼓棒竖起来然后往下一刺，同时身体稍微转向侧面，带着一副可笑的胜利表情，好像成功地将一把剑刺入了一堆丝绸之中一样。少许踌躇之后，小丑崩溃了，他颤抖着依次伸展开自己的四肢瘫倒在地上。鼓手面带愚蠢的胜利表情将头往后一甩绕着躺在地上一动不动的小丑走着，音乐讽刺地模仿着一些著名的安魂曲，声音变得越来越单薄，最后停止了。整个队伍静止了几秒钟之后，鼓手将鼓棒扔到地上，演奏者把头向前弯曲，将他们的乐器和鼓槌放在胸前——突然一切从刚才僵硬的庄严中解放出来，在一片嘈杂声中所有的表演者不顾围观者脱下头盔和帽子扔了出去。

观众中没有人知道他们是什么人。但是他们的表演包含了舞台魔力的某些元素，而这种魔力是别处的表演无论怎样冥思苦想，无论花费多大的财物也无法拥有的。

作者案语

有关意大利十六十七世纪的即兴喜剧（commedia dell'arte）的谈话。喜剧中所用的面具不是为了伪装而是为了显露。和狂欢节不一样的是，它想展示的并不是一个人所想看到的私密东西，而是在远离了生活中冗长的狂欢节装扮之外的真实人生。

那不勒斯

意大利南部的人们认为，他们常年把时间都花费在所谓牧师嘴里的"周末的恶习"上。为了让邻居妒忌他们，同时也因为他们喜欢挥霍金钱和奢华的生活，他们给自己买了一辆房车，把妻子和女儿打扮成轻歌剧中的女明星，然后开车带她们去几公里外的乡下，寻找一个显眼的地方野餐。

所谓的恶习也有别的方式来表现。这个周日我们就偶遇了其中一种节俭得近乎荒诞的方式。在城里一块位于敞开的废水沟前的空地上有年轻的一家人坐在自己携带的折椅上。丈夫穿着深色西服在看报纸，妻子穿着大花连衣裙坐在丈夫旁边摇着婴儿车。无论是周围的垃圾还是从废水沟里传来的臭气都不可能打扰他们田园般的生活。

那不勒斯

在加里波第广场（Piazza Garibaldi）附近我遇到一个摄影组。他们正在布置一个电影场景。在一家餐馆门前站着一个卑鄙的老男人。他的怀里抱着一个十岁左右的小女孩，女孩金色光滑的长发贴在她华丽的衣服上，垂直披着。当这位老人按照导演的指示向坐在那儿的一位漫不经心的姑娘说着一些不知廉耻的献殷勤的话时，一群人蜂拥而上围着他们，并大声起哄，呼喊着。起哄声让他更有了勇气，一下子把手放到了那位姑娘的双腿之间，但她却没有躲开。

呼喊声停止了片刻之后，一位老妇人，肩上挂着几个用麻绳串在一起的塑料袋，用一种愤怒的声音尖叫起来。美女与野兽。（La Belle et la Bete），无辜被握在了下流的"道德败坏"的手中。真是老一套的伎俩，这种手段真的很有效，即使像刚才的一幕如此容易识破也不会失去它的作用。

作者案语

无辜是美丽的，尽管它受到了威胁，但是所有人共有的一种荒唐意识让他们确信最终无辜会得到解放和拯救。虽然我们感到害怕，但是我们有把握幸运会眷顾我们。海格古斯总是能够战胜勒拿九头蛇，奥德修斯总是能够回到妻子珀涅罗珀的身边，圣·乔治总是能够杀死龙。

当然这种把握是毫无根据的。因为实际上九头蛇取胜的次数多得多，奥德修斯也逃脱不了卡吕普索的引诱，最终龙撕碎了圣·乔治。但是通常的证据证明不了什么。通过否认现实神话才能获得它的可信性。神话就是拯救的承诺，这种承诺否认了自身的荒谬。

那不勒斯

跟着基利希（Quilici），我们绕道去了中央广场（Piazza del Mercato），也就是康拉丁·冯·霍亨斯陶芬被处决的广场。卡尔·冯·安茹当时派人建了两个看台，一个是给侩子手用的，第二个要高一些是为了让他自己观看处决这一热闹场面。从那一天起，这个广场就成了刑场。同时城市的鱼市设在这里。旁边是卡米列圣母（Santa Maria del Carmine）教堂，这是康拉丁的母亲为了纪念自己的儿子而创建的。

在去的路上，基利希想到了托马索·阿尼埃洛（Tommaso Aniello）这个人，他以马萨尼埃罗（Masaniello）这个名字载入史册。事情的经过堪称歌剧素材，同时也是一部政治教育剧本。事情发生在1674年的夏天，当天刚好是卡米尼圣母节（Madonna del Carmine），开始也象以往一样以民间节日的形式进行着。当天的高潮是一场所谓的"土耳其人之战"。化好妆的基督教徒们和伊斯兰教徒们突然相互猛打对方，但最终按照协商的结果还是基督徒获胜。在热闹的节日气氛中一些人突然高呼"免税！"，并表示对刚才穆斯林的失败和受到的侮辱表示不满。因为对于不断提高粮食税的不满已经在前几周引起了不同形式的骚乱和聚众闹事。人民对自己大无畏的行为感到惊愕，高呼西班牙副国王和圣母万岁，但是同时呼吁取消赋税的声音更大。

不知不觉中，他们冲向宫殿。一路上，许多爱看热闹的人们从四面八方涌过来。没有人能弄明白，到底发生了什么事情，但是每个人都跟着跑，同时都在高声呼喊："取消赋税！"为了安抚民众，副总理走上了阳台，他的言语消失在人们沸沸扬扬的喧嚷声中。罗德里格（Don Rodrigo）诡计多端。即使面对着少数他能支配的战士，他也在尝试寻找出路。他将一把把的金币朝民众中扔去，他利用眼前民众之间已经爆发的打闹，从而向安全的新城堡（Castel Nuovo）逃离。在那儿，他命令他的近卫军冲向街道。突然，不知道从哪个方向传来一声枪声，这时民众的情绪变了。他们愤怒地拿着铺路石块、棍棒和手工工具涌向宫廷，击毙士兵，并在城里所有的关税站和税务局放火。夜幕降临时，一群群人冲向富人区，"以人民的名义"闯入富人们的房中，洗劫一空。其他人则把家具、画和生活用品扔到街上，并烧掉。

反抗的声势不断高涨，同时他们也意识到，他们需要一个领头人。这一使命就落在了托马索·阿尼埃洛的肩上，一名中央广场的鱼贩子。他能言善辩，他年轻气盛，同时在刚刚结束的土耳其人之战中以基督徒胜利之军的领袖而享誉全城。人们不假思索地就高呼他为"那不勒斯之王"。

动乱一个接一个发生着。在第二天，骚乱便席卷全城。同时城郊的农民也身佩武器从城门涌了进来。罗德里格把深受人民爱戴的卡拉法侯爵（Carafa）请到宫里并委任他同起义者们谈判。

当民众得知政府愿意妥协的时候，他们提高了要求。现在，他们要求同掌权贵族平起平坐，并且同富人平分财产。马萨尼埃罗还公布了一张富人的名单，要求没收他们的财产。卡拉法并没有立即对此做出让步，于是他们便将他打倒并杀害了他。他的宫殿也被洗劫一空，那些贵重的物品被大肆挥霍掉了，美其名曰是为了满足人民的需求。

接着，罗德里格决定亲自和那不勒斯之王进行谈判。这位鱼贩子穿上了用织有银丝浮花的锦缎做的外衣，并把一把漂亮的军刀系在身上，同时在胸前别上一块圣母肖像的纪念章。当他穿越胡同奔向副国王的住所时，一百五十支连队在胡同里集合排队，他们在这位领袖和他的追随者面前降下他们匆忙缝制的大旗和小四方旗。

马萨尼埃罗当时二十五六岁，无所畏惧。但面对权势者狡猾奸诈的花招伎俩时，他显得格外的幼稚。副国王以西班牙最高贵的仪式款待他以及和他一样身份的人，废除刚刚提高的赋税，甚至几乎同意他所有的要求。这一切让他享受着被溜须拍马的滋味。另外，罗德里格还专门举行了一次庆祝式的礼拜仪式。他同鱼贩子一同在朝廷重臣、高级军官和美女的陪同下一起走进教堂并请求这位那不勒斯之王登上宝座，同这位极其恭顺的人民总司令一起，认真地倾听着这个郑重决定的宣读。马萨尼埃罗是丈二和尚摸不着头脑，很幸福也很骄傲。

连他的妻子，一位普通的鱼市妇人，也被邀请到宫廷里并接受副王后的款待。带着伪善的恭敬，公爵夫人们欢迎着这位"高贵的夫人"的到来："衷心地欢迎您：我们的夫人！"在短暂的生硬的宫廷式闲聊之后，她准备出发回家。一路上，她满心欢喜，爱看热闹的人们以及她的邻居在路旁看着她坐在豪华的马车里，围观者的嫉妒心让她倍感幸福。

在短暂的充满着光辉和意外之誉的日子之后，马萨尼埃罗认识到了他的无知。同时他也看到，他依赖于群众的情绪。动乱将他抬高到现在的位置，但是动乱不能总发生。对此，他不知道应该怎么做。他所知道的是，他痴迷于权力，痴迷于他的重要性以及他周围不断发展的事物。一段时间以来他向所有的人分发黄金和首饰，并授予他的亲信响亮的公爵头衔。在他过去位于市场广场旁的住所处，他计划建造一个巨大的宫殿，并为了扩大地盘，他将他昔日的邻居驱逐出去。为了一次宴会，他叫人将卡拉法宫殿（Palazzo Carafa）里卡拉法家人的头像剪了下来，粘在长矛上，摆在他座子的对面。

一时情急之下将他推向王位的民众，突然明白了，他是真把自己当成了那不勒斯之王。一天，马萨尼埃罗当众穿着他那件闪闪发光的用织有银丝浮花的锦缎做的外衣，以给人们造成一种印象，就是他想放弃权力重操旧业。再也没有人能明白他所说的话，他的怀疑，他一直高呼的背叛计划，还有害怕他的王国遭到蔑视的不断担忧。

马萨尼埃罗越是将权力牢牢地攥在手中，民众就越对他的统治感到厌烦。之后他在街道上又听到了有人再次高呼"副国王万岁！"这位鱼贩子感到越来越孤立，对此他以白色恐怖的统治来回报。宣布死刑判决和执行死刑都掌握在他一个人的手中。他派人在托莱多大街（Via Toledo）的街头竖立一幅绞刑架，以作为他统治的标志。

罗德里格放纵他的行为。他不采取任何反对这位领袖的行动，也不去理会那些希望他进行干预的请求。相反，他在静候着，他可以信赖的只有统治的合法性，而这种合法性是他有而马萨尼埃罗所没有的。很快人民的不快就变成了愤怒，最终骚乱蔓延到了整座城。

在其中的一起骚乱来临之前，马萨尼埃罗从他就近的一所房子逃到了人头攒动的卡米尼圣母堂（Kirche Santa Maria del Carmine）。当他看到人们用充满期待的眼光看着他的时候，他决定做出最后的尝试来扭转局势。他手中紧握着十字架，恳请人们不要抛弃他们的国王。他抱怨人民反复无常，描绘着明天的辉煌；他请求着，诅咒着并且歌颂着，但是民众坚持拒绝他的请求。这时，一些人高呼"够了！"，往前拥挤，企图将马萨尼埃罗从布灵坛上拖下来。然而到了这个时候人们对他的请求还是无动于衷。之后他们把马萨尼埃罗拖到了教士更衣室，片刻之后便出来了，但马萨尼埃罗没有缺。国王死了。他的政权维持了七天之久。

民众的情绪又一次突变。马萨尼埃罗一被杀害,他们就开始痛哭。他们装作没事发生一样,重新把他的头颅缝在他的躯干上,向亡者祈祷着,并将他放在蜡烛和一簇簇鲜花中间,用奢华的白色丝绸布盖住的躯干。凶手被追捕了一些天之后,人们为这位死去的国王举行了一次盛大的安葬仪式。在卡米尼圣母堂里,副国王、朝廷众臣、军官们和美女们在宏大的灵柩台前鞠躬,灵柩台周围站着持火炬者。大主教主持了葬礼。从港口那儿传来了轰隆隆的炮声,这时群众们下跪并高呼:"先王马萨尼埃罗,为我们在天国祈祷吧!"

Qu. 最后用这样的话来结束这个故事,与其说这是一个戏剧素材,不如说它是一部教育课本,它缺少的是道德意义,因此人们不愿意将它和一个寓言做比较。我同意这样的说法,但同时也认为,现实往往是不会有教育意义的,通常是很真实的,真实得甚至很无耻。

那不勒斯

每个人都卷入了关于维苏威火山的话题之中,气氛很轻松。人们必须认为,根据老百姓的说法这座火山已经熄灭了。但丁(Dante)广场边上餐厅里的服务员听到我们这么说,感到很受辱。

最后一次火山爆发是八十年前的事了。1944 年以来,这座火山似乎就开始陷入沉静之中。曾经有一次在夜里,维苏威火山的山顶发出火红的光芒,当时引起了轰动,因为轰动的影响会随着时间逐渐变小而且这种影响力与那不勒斯人的生存息息相关,所以他们格外珍惜这样的轰动。

成千上万的油画、有色版画,甚至玻璃版画,因为在玻璃版画上火山爆发出来的密集的火焰会显得更逼真,都对维苏威火山这一出自然戏剧进行了描摹。即使在今天,J. 说道,没有画家敢在描绘它时,忽略了它那猛烈喷出的火柱。像祖辈们祈求亚努斯(Januarius)使他们远离火山的伤害一样,今天人们私下里祈祷火山重新爆发,祈祷它那埋在地下的无穷力量不要化作地震浪费在几十万里之外的某一个不起眼的地方,如阿维理诺(Avellino)或者普利斯通(Potenza)那儿。

那不勒斯

当我们来到旧城里一家纪念品商店时,看到几乎每一件物品都离不开对火山的描绘，从着色很重的油画到色彩鲜明的塑料浮雕。商店老板非常坦率地谈到他对西西里人的嫉妒。他尤其对卡塔尼亚的居民表示不满，因为埃特纳火山使他们得到了这种扣人心弦的危险，而这种危险本来应该是属于那不勒斯人的，老板这样认为。"维苏威火山并没有死去，夫人"，他说，"请您不要轻信任何谣传。"他指责当地政府部门和科学家们用所谓显而易见的理由来动摇人民虚假的希望。每一个理智的人都知道并且有证据证明，火山的内部在沸腾着，酝酿着下一次的爆发。因此埃特纳火山那如涓涓细流一般的熔岩是十分可笑的，西西里亚人只不过是在装腔作势而已。没有人能够夺走那不勒斯那世界上最美丽同时又是最危险的城市的荣誉称号。

作者案语

站在维苏威火山熊熊燃烧的那不勒斯环景画面前。其画的背后包含着一个奇怪的思想，即十九世纪后期糟糕的艺术用非常牵强的色彩来描绘那不勒斯，如令人感到恐惧的粉红色天空、瓷釉蓝的海洋和青铜色的人物，反而比习惯用雅致的色彩的古典派作品，如哈克（Hacker）、哈克（Lusieri）和爱德华·李尔（Edward Lear）的作品显得更为真实。有时，艺术中的虚假往往是真实的体现。

那不勒斯

也许人们真的低估了维苏威火山的雄心。傍晚同萨维利奥·库莫（Saverio de Cuomo）一起度过，他是我们家族在三十年代时的一个朋友，那时他生活在柏林。他是那种典型的传统绅士，他经常去俱乐部，或者下午时分，当空气中飘过一阵阵凉风之时，他便穿梭于大街小巷同朋友和老熟人一起闲聊世事，生意、仇恨和艳遇等等。随着年龄的增长，他也会经常谈到令人忧虑的丧事。他总是步履轻快地引起旁人的注意。我们来到一家餐馆，面对餐馆内的台阶，他小跳一下登了上去，但是他不得不需要片刻的时间来平衡他摇摇晃晃的四肢，以便找到身体的重心。

C. 说到，这个城市的地下在不断地震动，曾经好几回这里的大学在一周之内记录了几百次的震动。震中位于那不勒斯的西部，波佐利（Pozzuoli）附近。那儿的地下有个巨大的从地底深处往上升的岩浆泡，随之地表也在往上升。这个可以通过海水的水位高度看出来，水位高度在过去的二十年里下降了大约两米。由于地面不断的震动，1970年时，人们就应该从波佐利搬走。即使投入了很多资金，城市改造计划都始终没有落实。他认为黑手党应该对此负责。曾经有人解释过，地震是一座十亿印钞机，人们可以从中得到应有的分红。

C. 认为，总的来说，地震和火山之间的关联很少。即使是那不勒斯也是建造在错综复杂的不同种类的洞穴之上的。有的洞穴大达好几千平方公里。有的人将这些洞穴当作藏匿之处，有些人用来当作仓库，存储货物，另外，所有的居民都把它们当作垃圾堆放地。另外，不能排除的是，也许有一天维苏威就复活了。

作者案语

即使关于维苏威火山将永远熄灭的说法是正确的，周边的人们也会不自觉地想到一些诸如此类的灾难：地震、瘟疫、火山、火灾和地表下沉。似乎那不勒斯已经不再处于深渊的边缘，它的重心已经转移了，好像人们在崩溃前还拥有可以拖延的一秒钟一样。

那不勒斯

从圣马丁修道院（Certosa di San Martino）往下看，无数的房屋错综地排列着，拥挤的人群和车流如蚂蚁一般缓慢地在城市中移动着。朝南望去，是已经荒废的城区，曾经这里是西班牙士兵的宿营和取乐之地，老城的东边是一副杂乱无章的图画，看到的大多都是教堂，同时这些教堂又是辨认方向的标志。通往港口的方向是安吉奥城堡的一大片区域。城市的喧嚣声一直延伸到这里。

这一次海岸线清晰可见，荒芜多石的地带一直延伸到拉马堡港（Castellamare）和索伦特镇（Sorrent）。海洋光滑如明镜，自然地变换着波纹，从鹦鹉蓝到绿色和黑色。后来，在光线的投射下轮廓马上消失了。天边挂着一轮苍白得如玻璃一般的月亮。

那不勒斯

M. 说，那不勒斯是一座装饰华丽的冥府，华丽得那么吸引人，同时华丽中又透露着虚假和低廉,冥府中的人们生活得如此的放肆和大胆。这座城市只能用矛盾的字眼来描绘。在这个阴间般的世界中,一年四季都有集市,集市上有彩灯,童话剧的戏台,不协调的音乐声,当然还有射击棚。

作者案语

M. 同时也发觉到,也许来证明那不勒斯活力和它能腐化一切的力量最有说服力的证据就是,在二战期间连德国人都不得不越来越频繁地替换驻扎在这个城市的部队。

那不勒斯

发生在1980年最大的地震以及随后的一些小型余震在这里留下了它们的痕迹。人们可以不断地在老城里看到倒塌的房屋,让人不安的、倾斜着的房屋门面,已经裂了大口的墙壁。这些事件除了让这个久病不起的城市的贫困化进一步扩大的同时,也有它另一面的作用。

高雅的艺术有这样的特点,它能在既有的事物中找到头绪并且将接二连三的倒霉和厄运转化为幸运的事,对于它而言,这些事件就如同一份礼物总是能够完成他人替代不了的任务。一些人希望从中得到赔偿,一些人则希望得到一份证明它们房屋有倒塌危险的鉴定从而得到国家的援助,而所有的人都可以把这些事件当作是对当地政府部门发泄的理由。我们反复听到来自位于阿维理诺(Avellino)附近的一个村庄的一段插曲。那里的居民通过扭转路标来让那些装满来自于欧洲各地救济物品的货车掉头开到他们村庄。自那以来,他们就获得了一种让人妒忌的知名度。

续上一段

就连充当借口也是地震的功能之一。公共汽车司机可以把它当作没有准时到达圣埃莫城堡(Castel Sant'Elmo)终点站的托词,旅馆门卫可以用它来解释为何夜里暖气管会发出轰轰隆隆的声音。民族博物馆是除了雅典博物馆之外世界上拥有最重要的古希腊罗马珍品的博物馆,那里的看守者可以用它来说明开放的展厅不够多的原因。

在博物馆不对外的地方放置着朱诺·法尔内（Juno Farnese）的一座巨大的头像，这也是我十分想看到的。即使我在看守者眼前摊开一张较大的钞票，我也进不去。在19世纪的时候，人们曾经对是给予朱诺·法尔内还是给予它的那个收藏在罗马卢多维西（Ludovisi）博物馆的配对物优先权的问题争论不休。温克尔曼更倾向于选择罗马式的头像，歌德之类的。在他Corso旁的住所里放置着一座歌德头像的浇铸品，后来他将这个作品运到了魏玛。

当时，人们评价艺术的标准发生了变化，对希腊风格的作品也一样。人们相信可以从来自于第五世纪的法尔内西纳的纪念碑雕塑作品中辨认出荷马史诗时代的神后赫拉。然而从柔和的卢多维西德肖像中不能发现什么，因为它也许是奥古斯都时期典型的肖像。

那不勒斯

也许马斯卡隆（mascalzon）的传统还未终结。在维苏威酒吧中一个那不勒斯人谈论着，他曾经为了饲养蝰蛇搬回到偏远的阿布鲁森（Abruzzen）的一个山谷中，在那儿居住了数月之久。当他拥有了上千条蝰蛇之后，便又搬了回来。他来到离那不勒斯不远的村庄，放养这些蝰蛇。然后他就静静在那儿等候着。

不久之后，这些蝰蛇引来了人们的不安，导致了骚动，人们开始抱怨统治阶级的无能和冷漠。抱怨声越来越大，直到后来他以捕捉蝰蛇拯救者的形象出现了。他保证他知道一种消除人们对蝰蛇不安的方法。以计件工资的形式，他将抓到的蝰蛇放在瓶子里上交给当地部门，同时他还担保，以后再也不会出现蝰蛇了。当时他得到了那不勒斯城里的一座房子。

那不勒斯

在C.的陪同下，我们穿过比萨法尔科内（Pizzafalcone）旧城区，在这里我们寻找威廉·汉米尔顿（William Hamilton）阁下的官邸。他曾经是英国派到那不勒斯的使节。他是研究希腊花瓶的行家，同时也是收集希腊花瓶的第一人。另外，他也是认识到重新被发现的庞贝城（Pompeji）意义的人物之一，他还著有一部关于维苏威火山脚下城市的著作，这部著作永远都值得一读。当然，首先他是因为爱玛·哈特（Emma Hart）而著名的，爱玛·哈特是一个铁匠的女儿，他将她当作他的伊利莎·多莉特（Eliza Doolittle）金屋藏娇。而她则作为汉米尔顿太太通过各种方式给世人留下了深刻的印象。

我们来到一块宿营地，到处都是破旧的房子和小作坊。从前的赛莎（Sessa）宫殿旁盖了些侧房，宫殿被拆分了，还有一些新建的楼梯，因为原来的宫殿现在已经变成了这个居民区的制造盒子的工厂，看上去令人眼花缭乱。在一座拱形大门后面是一个院子，院子里推满了汽车和一些破旧的家具。

更引人注目的并不是这些。当我们想打探这座楼房的情况时，我们没有得到回答反而被拷问了一番："你们在这里想干什么，你们找谁？" C. 费了些力气才让他们打消了对我们的怀疑。最后他劝我们还是回去算了。否则的话，很有可能只要一个暗号住在周围的人们就都过来了，他们可以通过搭起一座墙之类的东西来封锁我们的去路。没有人会理解，其实我们要找的只不过是一座毁坏了的宫殿，因为他们认为外地人来到这里的意图肯定不单纯。凭借这种多个世纪以来的怀疑而形成的凝聚力，那不勒斯的一切都在自我膨胀着，不仅是专横和政府的狂妄，还有理智。

那不勒斯

在中央宫殿附近有许多杂货铺，杂货铺里塞满了货物，多得都快要贴到天花板上去了。我走进其中一家小铺子来买电池。收银台的上方挂着一张刚刚过世的店主的彩色照片，照片放在一个大的黑色相框里。照片上的店主胖胖的，留着髭须，脑袋往后靠着，眼睛死盯着照相机，看上去好像一张通缉令照片。旁边挂着一张年轻姑娘的照片，她穿着一身圣餐礼仪时穿的连衣裙，一手拿着一根有饰带的蜡烛，另一手拿着一本祈祷书。她的一双眼睛非常严肃地看着我，好像每天所承担的责任重得让她喘不过气来一样。

店铺里的一位年轻男子说，他现在一点都不担心会发生地震。从前有一次地震之前，老鼠们都逃离了这个城市。六百万只。一场群体迁徙。突然之间，整个城市变得极其的安静。他认为，我们可以信赖老鼠。现在那些老鼠又回来了，每天晚上在他的房子下面欢闹地跑着。只要他能听到老鼠的声音，他就可以高枕无忧。

那不勒斯

晚上，我们和库莫呆在一起。他的脸上流露出一丝忧郁，好像他也听说过老鼠的故事一样。他确信，直到几年前那不勒斯人在不幸来临前或者困难时期都把希望放在统治者身上，从他们的眼睛里可以看到危险到底有多大。

C. 认为，贫富差距几乎在整个意大利，尤其是在那不勒斯，并不像其他地方有那么明显的界限。阶级社会这个词用在这里是极其荒唐的。几个世纪以来，这个城市的人们紧密地生活在一起。一个来自弗塞拉（Forcella）的工人跟坎迪亚（Candia）伯爵的亲近程度远远大于跟他住在埃波利（Eboli）附近的阶级同志。而这位伯爵的家族世代都是欧洲范围内最高贵的世家之一。向来那不勒斯的房子都是这样的，一些人生活在阴暗的底层，而楼上人家拥有豪华的客厅，屋内挂满了镶有黄金边框的油画和镜子，陈列着来自卡波迪蒙特（Capodimonte）的瓷器，在喜庆的日子来临的时候，瓷器上会摆上上千支蜡烛。同时，人们一起承受战争和灾难的痛苦，一同分享喜悦，一同分担生活的困苦。荣辱与共。随着时间的流逝，这一切使得人和人的关系越来越紧密，像亲情一样的亲密无间。所有社会中的隔阂都消失了，甚至界限被铲平了。

最后，C. 提到了一种地中海式的生活方式。按照这种生活方式，一个人的命运中往往反射着另一个人的命运。不管是喜剧还是悲剧，更替的只是程度而已。

作者案语

这里还得提到一句 J. 熟悉的那不勒斯的谚语：不仅人人在死亡面前平等，同时就像人人知道的一样，在生活面前也是人人平等的。

那不勒斯

我们在熙熙攘攘的人群中登上格拉多迪基亚亚（Gradoni di Chiaia），这一直通往圣德勒萨教堂（Santa Teresella）的，又湿又滑的马路台阶这时一位我通过库莫认识的朋友帕斯卡莱（Pasquale）说道，没有人可以将那不勒斯人从他们的安乐窝、那臭气熏天的胡同和院子中赶出去。他们决不会丢下他们赖以生存的熟悉的生活环境、他们的邻居、他们的教堂和故人。与其他所有南部意大利地区相比，那不勒斯的一大特点是，这里没有移民。

那不勒斯

之后，在返回的路上，我们又途经维苏威火山。有一个古老的设想认为这座山是这个城市的守护神：这个残酷无情的上帝用火来惩罚他的子孙，将他们连同他们的罪恶一起埋葬在岩浆和灰烬之下；它的存在预示着以神秘的方式进行的援助。它所发出的隆隆声对于许多人来说只不过是愤怒的象征，帕斯卡莱说到，他的管家曾经有一次问过他，上天究竟如何来威胁人类，当维苏威沉默的时候；人类又是如何使上天平息下来，如果人们不知到他到底想要什么。

上一次火山爆发之后的许多年里人们还是会聚拢起来，当正在落山的太阳将火山的顶端浇铸得火红火红的时候，好像给人一种假象，火山又要爆发了。人们眼中含着泪拥抱在一起，大街小巷装饰得像要过维苏威主显节一样。那不勒斯人关于这座死火山的悲哀与他们对西西里亚人的嫉妒无关，而是因为幼稚的他们心中有一种先验的不知所措。

那不勒斯

帕斯卡莱讲道："我邻居家的孩子在 14 天前突然莫名地腹痛。所有的办法都无济于事之后，我们建议他应该把孩子送到医院去。但是没有人知道如何让医院接收这个孩子。于是经过长时间的咨询，在众多友人和亲戚的帮助下，终于可以按正常的程序小院。"

"这位邻居认识一个面包师傅，从他那儿得知，他是一个足球俱乐部的会员，那儿的出纳员和一个住在米拉格列（Miraglia）宫殿后面的女人结婚了。那儿还住着一个有轨电车检票员，他的表妹和一个医院里抬病人担架的小子订婚了，这个人最好的朋友有时会给一位律师跑跑腿。而这个律师是一个非常有影响力的人，门路非常的广。自然他就认识那家医院的院长。因此在六天之后，这个孩子就住进医院了。"

P. 认为，要办成这种事情可以不用那么繁琐。但是每个人都感觉自己拥有白白送上门来的机会可以利用的一样。因为人们只有通过这样的方式表示自己可以支配那些重要的和不断扩大的关系网。他补充说道，如果谁不能看清这一点，那么他就永远不可能了解那不勒斯，甚至不可能了解意大利。

作者案语

那不勒斯基本上位于西西里亚的南面，C. 说，只要人们将南方这个概念和坦诚、乐天的物体联系起来想的话。西西里亚人的秉性类似于浓雾地区居民的秉性。

那不勒斯

早晨在宾馆的大堂里，门卫帮我叫出租车，我正在等待着。一对美国夫妇刚刚抵达宾馆，他们在前台办完相应的手续之后，那位丈夫把帽子塞到脖子里，不假思索地把箱子和手提包放到行李车上，以便于将他们推到电梯口。我猜想，他们可能不愿意被晾在大厅里没人管，但现在没有闲着的行李运送者。门卫毫不掩饰地带着蔑视的目光盯着这个男人。

人们从此可以判断一位小姐，她越过她的工作台大声地向周围人说道，她从未做过人事工作。她可能是个容易冲动、神经错乱的、盛气凌人的人。但是永远不会那么简单。"强国的人又是用来干什么的"，他补充说到，"如果人们连一位先生应该做什么，不应该做什么都弄不清楚的话？"此刻在门卫的眼里，这个美国人不仅让自己丢了脸，而且更有甚者，他也伤害了仆役的骄傲。古老的本能告诉仆役，他们自己的威望是与他们各自的主人连在一起的。

人们世世代代，哪怕只是作为仆人、门卫或者是宫廷侍从，经历过安茹王朝隆重的欢庆仪式，没有经历过阿拉贡王朝的舞会和与两西西里王国显耀的贵族们一起参加过波旁王朝盛大的晚会，那么就会对发生的变化感到惊慌失措，这种变化在美国人的行为中暴露无遗。一个草率手势的后果和轻易丢失荣誉的经历深深地在人们心中烙下烙印，以至于人们不能迁就一位行李运送者。

那不勒斯

出租车司机终于到了。他看上去很像来自于巴勒莫的典型学究。他被称作伊尔（il）教授，因为他早年曾经在大学里念过书，后来因为家庭的变故不得不辍学。他大概体重高达 100 公斤，费了好大劲才把车开来的。

他坚持用英语跟我聊天，他曾经在他青年的时候在伦敦待过，学过英语，说的时候总说带有英国上流社会鼻音的"非常忧郁"（very blasé），即使语气总是突然间变得非常激动。他向我描述着他所熟悉的一个街角，一个一度很著名的女歌手在那儿演唱，威尔第（Verdi，意大利作曲家）曾经崇拜过她，她因为一次大咯血从此一病不起；还有那个阳台，就在这里在意大利统一之后维托里奥·伊曼纽尔（Vittorio Emanuele）第一次向那不勒斯人民致词，但是那不勒斯人听不懂他那皮埃蒙特方言（Piemontesisch）；还有这个地方，不久前一对兄弟把那个"扒手之王"在这里干掉，然后把他扔进下水沟里，因为他冒犯了他们的姐妹。

现在我们去维吉尔（Vergil）之墓，就像他所说的一样，维吉尔是历史上最伟大的诗人，比歌德和但丁都要伟大。一座公园的某个部分弯弯曲曲地紧挨在一条公路隧道的背后，一段铁路横穿隧道，公园的边上就是悬崖峭壁。在公园的后面有一座普通罗马家庭的坟墓。为了表示他对路上交通噪音的抗议，他朗诵了一段著名的、精简的墓志铭："Mantua me genuit, Calabri rapuere, tenet nunc Parthenope; cecini pascua, rura, duces."（我生于曼图亚，死于卡拉布里亚，现在帕耳忒诺珀安息。我歌颂牧人、农夫和伟人。）

续上一段

也许他说得有道理。当他和他的车消失在茫茫人海之中时，我却来到海边，慢慢地回忆维吉尔的诗句，这些诗句曾几何时是多么的重要。但是现在我只能记起短短的几行，而且不完整。虽然大家对维吉尔在文学中的地位十分清楚，他本人也对拉丁语世界钦佩得五体投地，但是为什么荷拉慈和其他奥古斯都时期的诗人都敬仰这位大师呢？每当他走进罗马剧院的瞬间，所有人一齐起立，这又是为什么呢？对于这些问题，大家当然知道答案，但知道，并不代表在感情上承认。

突然想跟踪维吉尔的魔力。也许用德国人向来尝试了解他的方式去做会有困难，而这些困难是他带来的。

接着讲

维吉尔的荣誉归功于三部经典著作，是三部而不是三百：《牧歌》（Bucolica），这部诗集中共有十首诗，内容并不像书名所表达的那样只是单纯的牧歌，而是已经超越了一般牧歌的风格，在这部诗集中维吉尔不仅创造了阿卡狄亚（Arkadiens）这个概念和思想，同时在著名的第四首诗中，按照长期流传的习俗说法，用基督教来解释一个婴儿的诞生；第二部是《农事诗》（Georgica），这本著作中描述的是乡村生活，维吉尔好像有意在此再次选用了散文体素材，因为只有散文才能体现形式和内容上的精炼。巴洛克诗人约翰·德莱顿（John Dryden）用英国言简意赅的风格称这部巨著为最优秀的诗人的最优秀的作品。

最后一部是《埃涅阿斯纪》（Aeneis）。在这部著作中，维吉尔用广博的、旨在对整个世界进行宏大描述的姿态将罗马的繁荣和特洛伊衰落联系起来，帝国成为了希腊的遗产，帝国统治的权力是神话、历史和其特征赋予的，这种描述是如此的令人难忘，以至于整个罗马世界必须在这一点上对自己有一个永恒的重新认识："其他人也许会很费力地分割青铜，一副用大理石雕绘的画。集市边空洞的谈话……"罗马应该练习统治的艺术，学会温柔地对待被征服者和残酷地对待傲慢的人。

并非自诩，因为维吉尔更多表现出胆怯和拘束，他是早期诗人的完美化身。在他有生之年，他的名字就和魔力、魔术联系在一起。因为神奇的诗句，如他所创造的，并非凡人能独立完成的。他在公元前19年去世，在他去世的几十年之后，他的诗句已被收纳进小学课本，他的诗句被翻译成希腊文的数量远远多于其他所有诗人作品的数量。他的影响就像亚历山大大帝对人类想象力数世纪的控制一样。他是世界文学中被引用最多的作家，因此人们说，即使他的作品有一天失传了，也可以从不同的文章中重新拼凑出来。

维吉尔传奇般的声誉一方面可以追溯到他的灵感和创造才能，他能赋予平淡的、简明的拉丁文诗歌色彩，从而丰富了人类的表达、思想和感受。但是他又绝对不会一味地精致语言而使诗句虽优雅但空洞，显得矫揉造作，如罗马诗人卡图卢斯（Catull）和奥维德（Ovid）。另一方面，他使语言保留它固有的力量、它的雄伟，但用优美、悦耳和无法预感的自由来表现这种力量和雄伟。

他拥有这少有的造就伟大艺术家的双重天赋：不仅有从整体上进行设计的想象力，同时在细节上有精雕细琢的功夫。与其他所有古典诗人相比，他更能将自己的意志变为现实，不断地与素材和语言做斗争，即使在艰难时期也是如此。《农事诗》这部近百页的作品他创作了七年之久。在创作《埃涅阿斯纪》时，他先写出了一个散文式的框架，然后从不同的角度来将它转换成诗句。他对待它的作品就像一个古老的比喻中所说的那样，"如同母熊舔舐自己的孩子，慢慢地让它成形。"

当维吉尔去希腊旅游，同时复查他所写的作品时，由于发烧，在返回布林迪西（Brindisi）的途中预感自己将会死去，他在遗嘱中没有留下任何可以留下的遗产。包括还没有完成的《埃涅阿斯纪》，在他弥离之际甚至想把它烧毁。奥古斯都将他搬到离自己较近的地方居住，他也没有理会维吉尔的这个举动。

维吉尔声誉之高的另外一个原因在于，他在创造每一个作品时都创造了一种文学体裁，后人才有了写作的出发点。欧洲自然诗歌如果没有《牧歌》是无法想象的，就如同教育诗中缺少《农事诗》一样。而《埃涅阿斯纪》对许多不同类型的作品都产生了影响，比如尼伯龙根之歌、弥尔顿的《失乐园》和伏尔泰的《亨利王颂》（Henriade）。

维吉尔的影响力远远超越了我所描述的，他为整个文学和艺术领域创造了取之不尽用之不竭的概念和思想源泉。《埃涅阿斯纪》的第四本书讲述了迦太基女王狄多（Dido）的故事。她对埃涅阿斯（Aeneas）的爱没有得到满足，如此下去，好像是上天的安排一样，她因爱生恨，以至于埃涅阿斯在奔赴黄泉的路中想求助于她所说的那些感动的话，她都无法听到：这是所有爱情悲剧的原型，包括著名的《特里斯坦》（Tristan）。

维吉尔在开始几页描述了那个遭到暴风雨袭击的特洛伊人，他在仓皇逃亡之中来到迦太基的海岸，像埃涅阿斯一样，眼中充满了恐惧和不确定，突然他发现了一张壁画，壁画描述了一个城市的衰亡。壁画唤起了回忆，在回忆、惊恐和泪水中，壁画同时唤醒了他来到一个人类居住的国家的信心。能够将别人的不幸存放在记忆中的能力，这种能够分担痛苦的大而精的明智是文明人的标志，也是文明人区别于野蛮人的标志。

作者案语

奥古斯都在维吉尔准备烧毁《埃涅阿斯纪》之前保存了这部作品,这和他的一个期待有关,他期待能够将他的出身按家谱的记载与埃涅阿斯的出身联系起来。有人甚至认为,这部作品是他的提议,而且不管怎么说,他在维吉尔写作过程中不断敦促他。当时的维吉尔还不认识这位就是后来的和平大帝,而把他当作凯撒专断的继承者,佩鲁西亚国(perusia)的破坏者和流放的发动者。人们并不是通过赫尔曼·布洛赫(Hermann Broch)才了解到要求维吉尔完成这部作品的苛求给他带来了多大的麻烦。他最终避免了所有具体的政治暗示,将那些不可避免的著名段落公布于众。好像他也能意识到当代社会所缺失的东西一样:许多诗人和作家加入政党参与政治事务,降低了自身的水平——或者过分显示自我的才能。

继续

关于维吉尔特有的、永远都讲不完的故事还有,他如何吸收荷马的作品成为己有,又是如何将他的作品通过影射、更改和转化的手法继续写下去的。尽管如此,他绝不是模仿者,自温克尔曼以来的就像德国人凭借他们对于发现希腊文化的真迹这一事实的迷信所认为的那样。

维吉尔并没有隐瞒他对荷马的亏欠心。在古希腊罗马时期对于艺术家效仿的理解使他强调了两者的联系并直率地将其当作一种有效的权利。借用无处不在,不管是大规模的还是个别的。埃涅阿斯走向黄泉的通道在《奥德赛》中可以找到它的原型。在安喀塞斯(Anchises)葬礼上的比赛可以追溯到《伊利亚特》的题材,即帕脱克罗丝(Patroklos)之死。如果在此更加强调两者的从属性,那么他们都安排了一个噩运来划分胜利和失败。但是这些相似的地方永远不会相互混淆。

区别也是如此。荷马描写时,一个场景接着一个场景,一个人物接着一个人物,所有的事物都保持着相同的诗韵般的距离,而维吉尔则将所发生的事情用戏剧化的手法进行概括。他删除了所有主要情节之外的只是作为陪衬的、表达丰富的、渲染形式的因素,而把出场人物不同的侧重点放在了首位。荷马的人物都是千篇一律的样式，在这样的样式下形成的只是人物，而非心理学。所有的人物都一样的骄傲、勇敢、有毅力或者很健谈，所有的人物都受控于一个完全的、能够冷静地安排不同场景的木偶表演者。

与之相反，维吉尔则精通叙述艺术。他的技巧之一是，他通过人物的重要性提升了人物本身的个性，每一个角色处于中心位置时他们本身都是易懂的，他们的顾虑、疑惑，还有他的矛盾。当人物不再显得像原来那么重要时，他们的某些特征会渐渐模糊。最终他们在作品的大背景下彻底消失，就像普通老百姓一样，在历史中永远不会有他们的位置。

凭借这些，无疑，维吉尔是一种新的叙事诗风格的创始者。概观荷马的作品，相比之下维吉尔的作品及其水平是有所提高的。仍然要提到一个最著名的例子来证明两者关联的还是《埃涅阿斯纪》的整体结构。这部作品颠倒了《伊利亚特》和《奥德赛》中故事情节的设计，后者是先战争，然后是迷途，而在《埃涅阿斯纪》中维吉尔先从迷途开始，然后描述争夺拉丁平原的场景，接着是战争和占领的故事（Epopö），最终所有的故事都融入了整个人类的思想之中，这一思想从历史的深度和宗教的预言出发引导出了一段罗马帝国式的要求："帝国永无终点"，朱庇特（Jupiter）高声喊出。还在《埃涅阿斯纪》创作过程之中，普罗珀兹（Properz）就赞美它，表示它定会超越《伊利亚特》。

维吉尔通过《牧歌》中的第四首田园诗对基督教的兴盛和获取统治权时期的影响最为持久。经过几个世纪，基督教里所说的婴儿的出生、对健康的渴望和临近的时代更替等思想已经引起了一场永不疲倦的争论，争论总是不断更换新的、别样的主题，如此的虔诚如同高深莫测的文学一般。

维吉尔在公元前41年的12月在他朋友阿西尼乌斯（C. Asinius）执政官的家里作了一首诗，当天刚好是他朋友大儿子的生日，因此他也将此诗题词献给他。但是在当时人们就认为这首诗绝对不仅仅只是一首艺术性很高的、通过神秘的主题——一个拯救世界的小孩，来进行艺术上拔高的即兴诗。即兴诗一般除了想表达每一个新生儿的到来都意味着一个重新的无罪和新希望的开始，没有其他可以表达的了。而这首诗自它问世之后就更多被看作一种对拯救的向往，这种向往在那个到处充满了革命、人民战争和政治权利纷乱而摇摇欲坠的帝国流传开来。这首诗很早就被当作一个预先知道救世主的预言。就连维吉尔在公元325年于尼西亚城（Nicaea）的宗教会议上被提升为先知者中的先锋人物，就类似于异教徒约翰内斯的人物一样。无数的纪念图片显示了事物的萌芽，从那个用消失的毒蛇比喻的处女的故事开始直到对满天繁星预示着圣婴出现的思想，将会开创一个和平的时代。到那个时候，就像所描述的那样，地球上的一切都是富余的，栎树将会分泌出蜂蜜就像露珠一般：这个时代已在人们心中。

作者案语

维吉尔的预言伴随他的一生，这些预言一直以来对他都有效。阿西尼乌斯·加鲁斯（C. Asinius Gallus），就像他的名字那样，早在青年时就踏上了政治之路。这个名字在这位诗人去世之后又再次出现在公共场合。甚至他能获得罕见的殊荣，他的头像可以出现在元老铜币上，而这种铜币一般印刻着帝王的头像。在公元前18年，阿格里帕（M. Vipanius Agrippa）去世，皇帝命令高卢士（Gallus）与他的女儿、提比略（Tiberius）的妻子结婚。因为奥古斯都要求提比略迎娶他自己的女儿朱利娅（Julia）为妻，朱利娅的丈夫就是去世的阿格里帕。当时高卢士刚好33岁，正当他年轻有为之时成为了执政官，而且委托他主管许多人都渴望得到的亚细亚省（Asia）。似乎奥古斯都曾经考虑过，让他成为元首制（Prinzipat）（奥古斯都建立的第一古罗马帝国）的接班人。不可排除的是，进行特殊选择的影响对于这些考虑起到了作用，而自维吉尔开始预言，这个影响就一直围绕着这位执政官。

也许正因为相同的原因使得提比略在他上台之后可以不受阻碍地停止他的职务。这样的话，高卢士就更加憎恨强迫他拆散婚姻的奥古斯都了。在公元80年他由于某种原因被捕，被元老院判处死刑。后来又中止了对他的处决，好像冥冥之中维吉尔的诗歌又一次起到了作用。3年后，在高卢士70岁时，因饥饿在监禁中死去。

接着上一段

在德国，维吉尔基本上从未享受过最伟大诗人的称号，不像在欧洲其他国家。虽然他的作品早在公元一千年前由一位德国的修道士诺特克（Notker）译成了德语，但是作品都流散了。相反，不仅在意大利和法国，就连在的英国它的影响力也远远大于这个有教养的共和国。在17世纪和18世纪初期没有哪个诗人像维吉尔的诗歌在英国议会的争辩中被如此频繁地引用过。之后,《农事诗》中歌颂普通人生活的诗句让这个洛可可时代多愁善感的欧洲感动得潸潸泪下。

而在同一时代的德国,维吉尔的名字却消失在虚无缥缈之中。温克尔曼对希腊的热情,由于德国启蒙运动所独有的双重特征,对此产生了另类的影响。虽然莱辛发起的以浪漫主义摒弃一切外来干扰为主题的自由运动主要是反对来自法国的影响,但是不可避免地,这场运动也摆脱不了拉丁语的影子。浪漫派更加注重运用拉丁语的素材,并断然地把原创天才的思想全部归结到古希腊罗马时代,因为在那个时候只有希腊人才能有这样的天赋,其他人只是或多或少扮演着模仿者的角色而已。这个国家的人文主义教育向来以歌德或者甚至以魏玛为导向,忽略了有关联的中世纪或者更早的罗马时代的拉丁语世界这个过渡环节,直接跳跃进入希腊语世界。以前的德国人或多或少都是荷马的崇拜者。

跟乍一眼猜想的相比,这一过程有着更深层的背景。维吉尔的作品比荷马的作品更加严肃,他运用所有的艺术美,通过政治实现意义中可以感觉到的元素来实现他诗的意义。这与德国人无关。因此,在现实和理想这对矛盾中,维吉尔总是选择站在德国趋势的反面。黄金时代神话绝不是和平的乌托邦,直到当代,乌托邦的思想都统治着整个国家的政治思想的传统。黄金时代根本不能算持久和平、富余和脱离历史的中止时代。

维吉尔将这些方面只是描述成了一种思念。因为痛苦和斗争是这个世界最原始的规律,它们赐予人类生活压力、重力和意义。而文化不过只是能力的一种表述,而这种表述从不能忍受看到的和可能看到的之间沉默的矛盾。因此,维吉尔的一段著名的表述"万事俱堪落泪"(lacrimae reerum)不仅源于那近乎忧郁的明智,他认为世间万物都是值得为之痛哭的;更有甚者,它同时也承认万物和泪水是一体的,这是无法避免的。

德国人对维吉尔持有保留态度还因为他们对世间不同的认识。《埃涅阿斯纪》的作者无法跟荷马轻浮的寓言世界相比。一些区别早已存在:在一首叙事谣曲中奥德修斯在迷途之后紧接着返回家乡来结束故事的内容,而埃涅阿斯在迷途之后却旨在建立一个国家。最后这同时表现了政治文明诗人和神秘盲目歌者之间的对立,这一对立带着德国人走向一方,却远离了另一方。在《农事诗》的第二本书中,维吉尔在美丽动人的意大利赞美诗中不仅将之誉为美丽之邦，而且赞美它的中庸之道。

续上一段

人们是否想过，埃涅阿斯会跟随他的父亲安喀塞斯走上黄泉路，而不是去寻找他的母亲们，当他渴望确信自己和自己的生活时。

那不勒斯

穿过城市来到一些教堂，圣布利吉达大堂（Santa Brigida）、圣多梅尼科马焦雷教堂（San Domenico Maggiore）、圣格雷戈里奥—阿尔梅诺教堂（San Gregorio Armeno）和圣乔瓦尼—卡尔博纳拉教堂（San Giovanni a Carbonara）。当人们从拥挤的胡同逃离到这里，让人感到最引人注目的莫过于教堂过于奢侈的宽敞、她的整洁和宁静。充其量只是大多数这类教堂过于繁缛的装饰、过于浓厚的节日氛围，比如不可避免的大理石建筑、石膏花饰和黄金祭品连同摆在前面的图像和雕塑，能够和外面的熙来攘往的人群遥相呼应。

然后是烛光游行，不允许出现任何瑕疵，到处都是花环、圣心、彩石、裸露的十字架、骷髅和成千上万个被信仰所驱使的虔诚教徒们。没有别的地方能像那不勒斯一样能给人如此强烈的感觉，这个城市就是一个巴洛克式的城市，而这一本质直到今天都用一种缺少风格的、凌乱但却充满生机的方式被保留下来。墙壁上、祭台上和圣体柜上摆放着眼睛望着天空的圣像，虔诚的妇女们金发披肩，头裹面纱，脸色苍白，但面颊却泛着患病似的潮红。几乎每个人都穿着真锦缎的、真丝或褪色丝绸的长袍，蜡色的指尖中夹着一个玫瑰花环或者一朵百合花，或者将双手成十字状按在胸前，内心的狂喜溢于言表。

在其中的一个教堂里，一群老妇人聚集在一起。在不断的低吟声中，她们在为一个病人做连祷。她们旁边的墙壁上安了一些玻璃箱子，箱子里挂着数百个冲压的小金属板：用银铁皮冲制的大腿、胳膊、胸脯、鼻子和身体的其它部位，这些部位的毛病都通过圣人的代祷而治愈了，身体部位的旁边记下了病人的姓名和痊愈的日期。当我们经过时，妇人们好像有人提示一样一齐把头转向我们，不做声了。等到她们打量完我们，就又开始用相同的音调吟唱赞美诗进行祈祷。

在教堂侧面的小教堂里，斜靠着祭坛，平放着一尊淌血的耶稣受难像，这尊受难像是用粗俗的现实主义手法表现的。J. 说道，这尊按照耶稣实际大小制作的受难像在不久前刚刚修葺过，因为教徒们觉得受难像上的伤疤和钉痕都已经褪色了，所以无法让人想象到当时耶稣受难时那让人恐惧的场景。为了方便起见，人们就在祭坛的台阶上开始进行修葺。那个时候，每天来教堂做礼拜的信徒们可以亲吻到耶稣的头部和疤痕。当受难像修葺完之后，人们想把它抬回到它原来的位置，但却遭到了堂区教徒的强烈反对。因为没有人愿意在今后放弃这个虔诚的习惯。

妇人们祈祷完之后，也来到了小教堂。她们依次下跪，将双臂挥向空中恳求着，在耶稣受难像上吻了又吻。

那不勒斯

那不勒斯教堂虔诚祷告的宏大场面使得教堂圣物销售店也给人虔诚的印象。但 P. 却不愿了解这些。这一地区的信仰并没有接受基督教中关于禁欲的思想，而宁愿向往东方异像与神迹。同样崇拜非神化的新兴异教徒也曾经来过这里。就连基督教教义的问答手册和教条守则对于他们来说印象都不深刻，他们的基督信仰来自于反射他们自身充满忧伤和不安生活的传说，同样也来自于预示着他们童话般生活的美好期待。

P. 承认，基督教思想在佛罗伦萨或者都灵异化了。可以说，其实有很多种基督教。在意大利起码有两种。圣徒们能辨别出不同地方所信仰的基督教的差别。在北方主要是乐善好施的救苦救难的人们，给穷人们分发热汤，人类无私奉献的榜样，如鲍思高神父（Don Bosco）；南方则相反，都是创造奇迹的人们，如圣热内罗（San Gennaro）。一个是乐善好施的典型，另一个则是术士的代表。在北方，基督教像一部部经典名著，而在南方它则是治疗疾病的魔咒。"如果圣马丁出生在那不勒斯的话"，他补充说道，"那么他就不会把他的大衣分给穷人，而是像侯赛因·吉申格尔（Husain von Bischangarh）王子一样，飞上天去请天使来帮忙。"

作者案语

让人目瞪口呆的是，基督教居然能和如此多的迷信以及直言不讳的异教和谐相处。

那不勒斯

车库修理员给我讲了一个世界上任何城市都不会相信的故事。但在那不勒斯他却不需要声明来担保故事的真实性。

"在前些日子",他说,"走私十分猖獗,水上警察和走私犯用同一个汽油站。行驶较慢的警察船只进行多次侦查后,某一天当局决定,对所有可疑者封锁岸边的加油站。

走私犯们怒了。他们集体向当局提出申诉,将申请书上交有关部门。当他们看到当局无动于衷的时候,开始罢工。起初,他们的行为引来了群众和当地政府部门的嘲讽。之后他们立即停工,从而切断了绝大部分群众日常生活品的供应,包括香烟、咖啡、罐头肉、酒和其它许多物品,几乎所有人们生活所需物品的供应都被切断了。

这时,人们开始感觉到,许多人也认识到,也许是第一次认识到,走私品对于他们来说是何等的重要。一下子,民众的情绪变了。很快整个那不勒斯开始发生暴乱。最后民众恼怒到了极点,警察局长不得不做出让步。加油站重新开放对走私犯们,警察船只显然履行了应有的职责,在漫长的追缉中跟踪走私船只,不久后日常用品的供应恢复了正常。民众的不满也就平息了。"

车库修理员补充说明到,这件事证明了生活的风趣和地中海式生活的智慧。"我不知道,"他接着说,"警察局长是否因此也提升了。但是他应该得到奖励。因为在这件事中,警察局长不仅表现出了工作干劲,同时也表现出他的明智。哪里会有这样的政客能够做到德才兼并呢?"

那不勒斯

显然,走私掌握在那不勒斯黑手党"卡莫拉"(Camorra)手中,车库修理员曾经让我去找过的那位"头戴圆顶毡帽的人"说道。但对此,车库修理员出于害怕却保持沉默。与西西里黑手党低调和忙碌不同的是,那不勒斯黑手党喜欢装腔作势、虚张声势。在其它地方都无法想象的是,一个被关在囚笼(gabbione)里、就像法庭中一个关在肉食动物的笼子中的被告被叫到受审台,他大声喊，他与敲诈走私无关，他从事的是比这个更重大的事件，比如谋杀，但是没有人能够指证他的这一罪行。

很久以来，"卡莫拉"的头目是拉法埃利·库特罗（Raffaele Cutolo），人称"教授"（O'Professore）。自从他在近20岁时谋杀了他的对手之后，他的后半生都只能在牢房中度过。他赞美他灵活的领导才能，他曾经成功地让本来只满足于做水果和蔬菜生意的"卡莫拉"跻身为帕德龙广场借助于一个司令部规模的罪犯辛迪加的分部、他即新黑帮NCO，将毒品交易、建筑生意、走私、敲诈、赌博和卖淫等大规模地控制在自己的手中。同时，他在监狱里可以拥有一排五间带有旧地毯的独立牢房，牢房内还挂有莫蒂里安尼（Modigliani）的油画。另外，他还可以派人去城里最好的饭店叫外卖。

那位"头戴圆顶毡帽的人"说，最核心的领导队伍有五名成员，他们直接命令十二位地区头目。而这些头目下面是（guaglioni），他们有固定薪水专门从事同谋、中间人、贩毒和杀手等行业。他们连工作、文凭、医院床位和养老金都能设法搞到。他说，从那不勒斯开始，几乎整个沿海地区数十万的居民都得依靠"卡莫拉"生活。经折算后，"卡莫拉"仅从当地的店主和小企业主那儿收到的保护费每年就高达四到五百万马克。

这位"教授"不仅只是新"卡莫拉"的组织者，同时还是一位标志性人物。总是穿着一身笔廷的灰色双排扣衣服，金边眼镜后一双机警的眼睛，俨然一个乡土医士或者二级代理商的打扮。他描述道，"他身上混合着现代风格和能说会道的圆滑世故，时而肆无忌惮、时而多愁善感的表情，像从蜡像陈列馆里走出来的一样。整个一个新型阎王爷。他在他的家乡维苏威火山东北角的奥塔维亚诺（Ottaviano）给自己买了一栋梅第奇别墅（der Medici），别墅中有350间房间，一个带喷泉的花园，修剪平整的篱笆和大理石雕像。

要勾勒这个人物的性格，不能忘了他在文学方面的雄心壮志。他还曾经出版过一本诗集，他将其中的一首诗题词献给了一个刚满周岁的婴儿，当他派人将他的父母谋杀掉之后：诗中辞藻丰富，谩骂叛变者的大不义，在诗的末尾告诫小孩要为了另外一种更美好的生活做一个伟大的人。在1980年的地震期间他又变得十分冷血，趁着监狱中的混乱杀害了三名囚犯。其中一位被人发现时身体被一把扫帚柄刺穿，另一位则被他派人用铁门将其头砍掉。当他的门徒将一束他最爱的花送到他牢房时，他非常客气地表示感谢，但补充说道："若是我自己送的话，肯定送菊花，而不送兰花。"

拉法埃利·库特罗在那不勒斯上演的惊险剧通过一个重要的反面角色得到了充实。他装扮成普帕塔·玛莱斯卡（Pupetta Maresca）的样子登上舞台，就像那个斯塔比亚海堡（Castellamare）中的滴血天使一样，通俗点说，就像三分钱歌剧中的女主角一样。30年前她是一个怀有身孕的年轻寡妇，穿着丧服出现在卡尔索·诺瓦拉（Corso Novara）大街上，当众开枪杀死了杀害她丈夫的凶手安东尼奥·埃斯珀斯托（Antonio Esposito）。

许多年之后，普帕塔·玛莱斯卡刑满释放。她公开要求与拉法埃利决斗，从而利用她尚有影响力的"圣女"或者"民族女英雄"的称号将原来的"卡莫拉"掌控在手中，而"卡莫拉"手下的五个集团为了防御NCO（新黑帮）重组成为"新家族"（Nuova Famiglia）她的语言带有强烈的煽动效果："如果他敢对我的人动手"她在一个新闻发布会上说，"那么我将灭了他和他整个谋杀团伙！就连妇女、孩子，哪怕是摇篮里的婴儿都不放过！我会一直追杀这个十恶不赦的家伙和他的杀手们直到他们的第七代！"

那个喜欢和我东拉西扯的戴圆顶毡帽的男人，偶尔也会认为那些"卡莫拉"秘密分子应该被逮捕起来。但是即使警察的行动并不是每一次都会被泄露出去，他们的行动也是徒劳无功的。"卡莫拉"的水太深了，就像黑手党或"勇敢者"（n'drangheta）一样，他们已经深入到意大利社会运行机制的内部。他们不仅仅依附着意大利社会和政府部门核心力量，同时还在都灵、米兰和其他所有地方都设立了连接处。另外，普帕塔·玛莱斯卡，一个将近50岁的年高望重的女人，在那不勒斯经营着三四个以她的名字命名的时装小店。弗朗西斯科·罗西（Francesco Rosi）的第一部电影《挑战》（La sfida）的灵感来源于她，对此她感到十分自豪。

那不勒斯

站在酒店奥维奥城堡（Castel dell'Ovo）门前。这座城堡有一部分建在海上。他的名字让人想到魔法诗人维吉尔。他肯定把这个建在海底岩石之上的城堡用一个巨蛋固定起来了，所以这个建筑物才能够抵挡住暴风雨和地表波动从而保持平衡，也多亏了它的建筑格局。

在古代，人们在这里修建过一个带有鱼塘和花园的豪华型卢库鲁斯（Lucullus）避暑山庄，鱼塘和花园一直延伸到陆地上。五百年之后这里却作为流放庄园：曾经被奥多阿克（Odoaker）流放过的最后的凯撒——罗慕路·奥古斯都（Romulus Augustulus），因为他帝国退出了历史舞台。连霍亨斯陶芬王朝也在这里结束。康拉丁在现有的这座岩石城堡里度过了他处决前最后的日子。

城堡后面是一片海，海浪不断地、带着有规律的节拍朝着海岸线翻滚着。站在城堡上，看着海上波光粼粼，光滑如油，就好像被人抹上了层油膜一样，闪着刺眼的光芒，然后波浪一个接一个地飞溅到布满裂缝的凝灰岩石上。

那不勒斯

我一个新认识的朋友卡米利奥（Camillo）问过关于西布伯格（Syberberg）的故事。这个男人长年以来用混乱来冒充所谓的道德悔恨和思想深度。而且整个世界，包括苏珊·桑塔格都被他所欺骗了。但是，他又补充说道，他自己也被他自己和他所获得的称赞折磨得不安宁。

我们讨论着西布伯格短暂的成功，谈论着他如何利用把混乱的德国人的形象做成讽刺的漫画从而来发展自己。因此，他主要在那些需要很长时间才能形成偏见的国家比较受欢迎。他的电影似乎是为了证实所有公式化的思想，爱浪漫的人一定喜欢烟雾朦胧和灾难。但最后，经过了多年的不确定性之后，人们重新相信，德国人还是不安的制造者。

我讲到，威尼弗雷德·瓦格纳（Winifred Wagner）是如何召开了一个家庭会议，当西布伯格想邀请他做采访之后；她又是如何经过了长时间的内心斗争之后下了决定："我要接受采访，因为在内心深处我能感觉到，他是我们的一分子。"

那不勒斯

在威尔第大街的一座房子上挂着一块黑板，这个黑板上写着，歌德曾经在他第一次来那不勒斯时，1787 年的 2 月和 3 月，就下榻于此。"Alla Locanda del Sgr. Moriconi al Largo del Castello. 凭借这样一个听上去既欢快又华丽的通讯地址，来自世界上四面八方的信都能找到我们"，他这样给魏玛写信。

翻开《意大利之旅》读了几页，其中有个小故事叫做《小公主》，讲的是歌德在一天傍晚拜访菲兰吉里（Filangieri）家时偶遇一位小公主。他非常自然地与公主谈话，她那邋遢的打扮和她的身份一点儿都不相符，身穿一件廉价轻纱女服，头发上的头饰稀奇古怪，以至于歌德把她当作了编制女帽的女工。这位年轻的女士不愿意因为歌德加入了她们的谈话而打断自己，而是"不停地拿出一堆很滑稽的故事来讲，一些事是这些天她们碰到的，而另一些是因为她们搅和而引起的"。之后在告别时，她顺便邀请歌德过些日子来吃晚饭。歌德按约定的时间赴约，他站在这座那不勒斯最大之一的宫殿面前，感到有些突然，宫殿的四周是主楼和侧楼，中间是一个宽广的庭院，露天台阶上站着身着制服的仆人们，宽敞的大厅里到处是军官、宫廷侍者和神职人员，这时歌德感到自己犯了个错误。但最终，他还是走进了宫殿。"小公主走进大厅，和宾客们行屈膝礼、鞠躬和点头示意"，最后扑向歌德，并请他入座就餐。面对小公主淘气的举动，他应该显得笨拙一些。她和一位修士一起在黑板前讲的"通俗笑话"，歌德恨不得马上把这些写进信里。当他认为，这个小女子头脑里尽是些无教养、冒犯神灵的想法时，她又让他吃惊了一把，她突然转换语气，开始发挥她最大的聪明才智来谈论政治和法律改革。

最后，她将歌德邀请到她位于索伦特附近的别墅里，就像她所说的一样，她愿意让歌德在这里摆脱所有的哲学和烦恼。但歌德却并没有作出反应。"在旅行中我学会的只有旅行"几天之后他写下了这样的文字，"我是否也能学会生活，这个我并不知道。"

作者案语

很多人认为，那不勒斯是一个混乱得一塌糊涂、破坏得遍体鳞伤、开始走向衰亡的城市。他那让人信以为真的生机活力，就像巴尔齐尼（Barzini）有一次跟我讲的那样，只不过是一个发烧者在临死前挣扎中的颤抖罢了。

但P.并不这么认为。他带我来到一家普通的餐厅，餐厅的墙上被雕刻过湿壁画，只是这些绘画被墙壁中溢出的硝酸钾腐蚀掉了一些。即使这样，这些绘画好像带领人们进入了另外一个世界：人们坐在凉廊里，眼前是一片宽阔的大海，凉廊顶上缠绕着葡萄藤和常春藤，远处的大海泛着蓝色的波涛，海上的船只迎着海风吃力地行驶着,就好像在跟画家的透视技术做斗争一样。

"这是北方人的错觉",帕斯卡莱认为,"而且跟您这么描述那不勒斯的是个米兰人。但是他根本不了解意大利。因为这不仅仅是那不勒斯跟其他城市的区别,也是意大利跟所有其他国家的区别:意大利不必克服它的危机,而且它根本不愿意这么做。这里根本不存在所谓危机来临前的惊慌不安,像在其他地方那样。这个跟所有意大利人都患上一种的奇怪的麻木心理病有关。一种天生的或者是后天的本能告诉他们,人们不应该对付危机,而应该与危机同在。另外要提到的就是他们能够怀疑一切的感官。他们深知,克服一种危机就标志着另一种危机的来临。因此更为理智的做法就是,适应现存的危机,而不是被不明的危险所摆布。

然后他谈论到其他民族和他们是如何试图应对危机的。比如,法国人的嘴里总是不停地在说危机,但是只它当成一种法律素材。这种心理他还能够领会。只是德国人的想法让他感觉非常异样。有时他认为,德国人根本不畏惧危机,而恰恰是喜欢危机。但是是用一种疯狂的、痴迷的方式去喜欢。多年来,他们总是捏造新的动机给自己制造忧虑。疱疹、艾滋病、森林灭绝、原子能和臭氧空洞。同时他们还把这些惊恐当作一种道德功绩,以此为荣,并且把这些惊恐强加给整个世界。"如果他们能意识到,这让他们的邻居多么地受不了,那该多好啊!"

他还谈到他的疑惑,他认为,这种所谓的恐惧其实只不过是装腔作势罢了,或者是德国人固有傲慢的一种乔装打扮。一会它穿上制服,一会又穿着粗呢长袍,来袭击世界。但是奴役心理是永远存在的。德国人现在又想让世界讨厌他们一下。他曾经听说过的一个词"紧急情况",他用德语说出来,而且腔调很奇怪。危机是生活的一部分,他认为,因为德国人不明白这一点所以显得很幼稚。

当然,在他所说的意大利式对待危机的态度之后隐藏的不仅仅是本能和怀疑主义。这同时是一种感觉,一种被幸运所眷顾的感觉——假若这句话正确的话:幸运是命运的天赋。

那不勒斯

报纸上报导了一则谋杀,谋杀发生在昨天一条空荡荡的大街上。这次可不是"卡莫拉"的杰作,他们的阴谋活动简直天天上报,比这些年死的人还要多。凶手是一位老翁,他杀害了他的情敌。

所有的人,不管是新闻报道还是人们的饭后闲聊,都直言不讳地对这位老翁、死者和那个女人感到同情。面对这种古老而又现代的故事,没有别的地方会像在意大利那样将最简单的人性表现得如此淋漓尽致。每个人都能设身处地地去感受嫉妒、爱情、仇恨或者复仇欲乃至于整个感情剧,不管从那个方向,都如同亲身经历一样。

另外还有社会期待的压力。一位感情上受欺骗的求爱者不能退回到忧虑和痛苦之中。整个世界都在看着他,看他怎样来处理这个丢人的和自尊心上受委屈的角色。再一次又有人为了捍卫自己的脸面和不幸中的尊严而做了傻事。

这就叫做"美形主义"(bella figura)。它还包括葬礼时的富丽堂皇、丰盛的宴会以及对穷人的慷慨大方。"美形主义"是世纪初左右的艺术浪潮,人们为了美丽宁可把衬衣送到伦敦去熨烫。它是一种好出风头的慷慨大方。在这种情况下,人们称赞这位在感情上受到欺骗的老翁,因为他在公共场所杀了人,但并没有逃离现场,而是在那儿一动不动等待着警察的逮捕。

作者案语

"这些人不明白,人们如何做到用一种光荣的方式来感受不幸",马基雅维利写道,不过他是佛罗伦萨人。

续上一段

意大利的思想是,所有人性中的东西都被限定在一个很小的社会范围之内。他指的只是私人范围,在其之内人们能够自然地展现游戏中的激情和每个人都熟知的感情。不存在抽象的、能涉及整个社会的行为准则。而且也不存在对社会责任感的感觉。每个人都在遵守存在的东西。

与P.谈话:这是否跟所有信仰天主教国家的一个特点有关。这些国家都曾经经历过改革和启蒙运动。因为只有这些国家将宗教信条转换成了内心世界的伦理。

P. 表示同意。但又补充道,这主要是西班牙的传统。整个意大利南部都深受这个传统的影响。西班牙的特点是追求头衔、轻视劳动、爱炫耀,一个十足的重关系轻能力的父权主义国家。另外,发狂似地偏爱礼节和那些根本无意义的言辞让人想起西西里岛。

就连"美形主义"的思想都来源于西班牙,P. 继续说,它是平民世界里虚假圣洁的一种特殊形式。他想起一个法语词"Bourbone"(波旁王朝一员),海水和圣水将这个王国和世界分割开了。

作者案语

人们可以从西班牙的传统中对欧洲音乐的产生史有更多的了解。对此那不勒斯也作出了不少的贡献。在争吵中总是容易情绪激动,嘴角向上撇,从而来寻找平衡。17 世纪的作曲家们将大众化的歌曲元素加入到生硬的歌剧礼仪中,从而形成了咏叹调,后来又从中产生悲歌剧和喜歌剧。

多美尼科·斯卡拉蒂(Domenico Scarlatti),他在前半生崇尚严格的形式,他不顾所有的想象力,让他的音乐形式自由呼吸。但是随着年岁的增长,尤其是将眼光投向其他人之后,他突然感觉到应该通过他的创造天赋充分发挥那不勒斯的活力,同时那不勒斯的活力也能让他保持活力:钢琴家们喜欢把有现代气息的情景绘画和袭击式的燃放烟花当成加演节目。当这位著名的教父——圣亚历山大(Alessandro S.)去世之后,突破的时代到来了。埃涅阿斯—安喀塞斯的关系,儿子自然超负荷地承担了父亲留下的所有。

那不勒斯

晚上同 G. 一起在一家码头餐馆用餐,一条搭在水上的小径使得餐馆的一部分建在水面上。服务员称呼我的同伴为"博士"(Dottore),刚开始也这么称呼我,后来改成了"上校",对此他感到有些尴尬。

作者案语

许多意大利人感觉其他民族比自己要优秀,这种感觉深植于他们历经沧桑的思想之中,好像他们不必再向世界证明什么了。反而,德国则刚好显得拥有持久的野心。

因此，他们坚持甘于保持原样。"如果曾经拥有过罗马"，布尔克哈特（Burckhardt）认为，"人们就不愿意再改变自己，至少不会功利性地改变，而是按照人的本性放纵不羁地生活。"

因此，意大利的这种冷漠刚好是他们内心深处自卑情节的阴暗面。细心的观察者肯定总能看到这一点。一位风趣的法国人曾经称意大利为"死亡之地"。忧郁和悲观是他们的本性，即使意大利的这个特征让整个世界都摒弃他。对此，原因很多。比如，强迫他始终站在历史的阴暗面，强迫他在每个小城镇都能找到确凿的证据证明意大利不再愿意保持原样。

那不勒斯

在途中碰到卡米利奥。为了证明意大利人对流动艺人和戏剧表演的激情，他告诉我们，墨索里尼在一战中受伤，康复之后他还拄着拐杖，即使他已经不再需要了。这也算作"美形主义"的一种表现形式。

那不勒斯

今天 S. 来了。他将在那不勒斯待上两天。然后我们一同去罗马。

下午，我们沿着海边走，然后去了动物观测站，参观了汉斯·冯·马利（Hans von Marées）在 1873 年为图书馆作的湿壁画。S. 问起，德国十九世纪资产阶级艺术为何会如此连贯地避开现实世界。法国人总是在描绘街道和日常生活的场景，从马奈（Manet）到梅索尼埃（Meissonier）都是这样，或者甚至描绘城邦中的人民起义，法国人这种理想化趋势旨在对现实和未来社会的美化，而德国人却不然，他们反而朝着某一个历史的方向逃之夭夭，经常回到古罗马希腊时代，或者更多时候会让人感觉回到了中世纪，那里到处都是倾倾斜斜的房屋和不受时代约束的普通人，展示在人们面前的并不是窘困、沉重和劳动的场景，而是一副副人们在椴树下面舞蹈、在乡村的集市上或者在家里围着餐桌煮咖啡或烤糕点的景象。一些人是在大都市里寻找素材，而另一些人则在被历史遗忘的小城镇和村庄里体验生活。画家的创作风格就像作家经历了从莫里克到凯勒再到施托姆的风格变化一样。到处可见《塞德维人》和《茵梦湖》。德国人对于过去和美好时代的向往是一目了然的。他们用一种沉默的韧劲来对抗充满了工业、大都市和社会化进程的上升着的世界。

我们谈到这种逃离趋势的动机和后果。它大多被当作德国厄运的基点。但是我却指出，那些为了维护进步思潮的人们，自诩为批评家，没有充分的权利来提出所谓的指责。因为，从根本上来讲，他们对资本主义式的19世纪主要怨恨在于，它在遭受两种现实的可能性拒绝之后选择了历史，而且总觉得那个迷失的乐园比起幻想无阶级的未来社会更加神秘。

续上一段

在这里应该提一提汉斯·冯·马利这个边缘人物。他的绘画是以古希腊罗马为基础的，经常可以追溯到赫斯柏利提斯或者黄金时代，他总是渴望一个脱离一切时代和历史的世界。但是他的作品中没有任何被神化的人物形象，没有像费尔巴哈（Feuerbach）笔中下凡间的众神，所有的人物素材都来源于日常生活世界，他至少从未打算过要对这些人物进行神话般的美化。画中的人物在阿卡狄亚前面活动，现代生活的重影落在这里。一种永恒的幸运让抑郁的情绪保持平衡。在布满裂缝的地面上，马利将所有的矛盾放在一起，而化解这些矛盾一直是十九世纪时期存在的梦想：古代和现代、北方和南方、思想和单一静止的存在。

在这一点上，人们没有不公正地将马利和塞尚（Cézanne）做比较。他是当时，除了门采尔（Menzel）之外，唯一能与同时代的法国画家相媲美的德国画家。也许这里存在一个原因就是，在十九世纪可能再也没有别的德国画家像他那样对现代派产生过影响，即使影响晚了一些。画家弗朗兹·马尔克（Franz Marc）和卡尔霍·费尔（Hofer Carl）感受到了他的影响，同样还有史雷梅尔（Schlemmer）和其他壁画艺术家，以及雕刻艺术家杜拉里昂（Touraillon）、沙伊贝（Scheibe）、马克斯（Marcks）和施塔德勒（Stadler）。

十分讽刺的是，他的作品正处于自我毁灭之中，即使关于他的绘画将来某一天会完全变黑的害怕遭到了驳斥。但是色彩不再像原来那样红红绿绿。人们认为，在过些年后，就会感觉到，就像他所使用的沥青色颜料一样，作品开始给人夜幕降临的感觉，他那曾经带给我们的明亮世界也开始变得阴暗。

那不勒斯

同 S. 再一次经过托莱多大道，一路上人群不断的从路旁的房屋和胡同里涌出来，然后穿过我们经常迷路的斯巴卡那波里（Spaccanapoli）。一路上他以取笑相互碰撞和欢闹奔跑的人群为乐，我们在人群中辟出一条道。在这种娱乐之中，他承认比他想象中的还要诧异。

在那不勒斯到处都是矛盾。伴随着柔软的方式出现的粗野、在腐烂和堕落的生活中追求健康、阴险中透露着温良、注重装饰和喜欢赤身同在、卑鄙下流和怜悯同情并存、骄傲自豪和唯唯诺诺互相交织，如此多展现人性的抽噎，但又僵硬得像在拨动钢弦。他将他的思考拉入过去而且注意到，看到的人们总是那不勒斯美丽的过去和它堕落的现在。

同时 S. 指出了卡斯提尔（Kastil）统治时期的建筑痕迹。大量的西班牙化的巴洛克式的建筑物的残余似乎通过万维特里（Vanvitelli）较为高雅的建议才得到拯救。他甚至认为，从人潮鼎沸中能够听到一个隐藏着悲伤的声音。然后他又讲到古老而神秘的那不勒斯人在贫困中那胜利的欢呼声。当我们从这迷宫式的胡同走出来后，他突然发现一件费解的事情，那就是这座拥有两百万人口的大城市是如何存在于当今社会中的。那不勒斯似乎是混乱的神化。至少人们在这里没有发现像在其他地方那样规范人们生活的结构。这个城市包含着所有有关现代化这个概念的反面原则。

作者案语

现在也有一些人，他们甚至把未来的希望放在这种无序上，而无序则成为了那不勒斯这个城市的代名词。卡米里奥讲到一位德国政治家，由于那不勒斯的无秩序性让他彻底的兴奋，因此借用了一句 60 年代末的口号："创造大量的小型那不勒斯！"

所有唯理论乌托邦思想、所有有关制度统治和充满技术术语的机械化国家梦想的失败似乎并没有起到什么作用，对乌托邦的信仰还是坚定不移地存在着。因此，他从混乱中获得鼓励，混乱让他高兴，就好像认出了一个现存的美丽新世界一样。人们得问问，单纯的旅游前景有多大。让人期待的好像没有什么新的事物。把政治思想当作郊游的心情是德国人一向的传统。

那不勒斯

在前行之前同库莫共同度过了傍晚的时光。他说,那不勒斯仍然是那样的深不可测,它总是与所有尝试着的解释背道而驰。我们是否注意到,没有一个文学描述曾经理解过那不勒斯?人们可以想到最早的是一些警句妙语,但是它们都太过于有思想显得不够真实。一位作家曾经写过一段文字:那不勒斯是世界上唯一一个地方,在这里可以让人们看到古代世界的城市,从而纠正温克尔曼那些名贵的漫画;那不勒斯是世界上唯一一个地方,它没有在那场惊人的希腊罗马文化的海难中丧生。实际上,他经常把那个古老的雅典想象成那不勒斯,在那里他曾经度过了他的青年时光。但是,这也只能算是一句妙语罢了。

坎皮弗雷格雷地区

通过这条奥古斯都时代的隧道可以到达那不勒斯西部的火山区。这条隧道曾经让游客感觉到似乎到了一个中间王国的意识更加强烈。对于希腊人而言,这个地区不仅藏有一个通向阴间的入口,而且还有许多福地般的原野。今天人们在远离隧道之后,行使在那些毫无差别的城郊下坡路上,不知道这些道路到底可以通向何方。

但是,阿维诺(Averno),卡莫多利(Camaldoli),喷硫火山口(Solfatara)这些名字让人联想到最初的一些记忆,那些拥有神话般魔力的令人费解的概念。说也奇怪,我怎么也想不起来我父亲曾经跟我讲过的他的罗马和佛罗伦萨之旅。但是,这些记忆我总是难以忘记:这个火山硫气孔所形成的地形,也就是一个平坦下陷的火山口,总是冒气和硫蒸汽,希腊人把它叫做"火神希费菲斯托斯市场"(hephaisto);基米亚人的沙滩位于阿维纳(Averner)湖畔,曾经在这里埃涅阿斯走向黄泉。当然,也许是因为这些名字和概念听上去有异域色彩,但是,也与这能产生恐怖效果和更加强烈的心灵感应分不开。

为此,我想在这里再讲两段我记忆中的小故事:这个画面,来自阴间的恐怖向亚该亚人(Achaier)的心头袭来,他们惊愕万分地张大嘴巴尖叫起来,但是人们听不到他们的喊声;小阿格里皮娜(Agrippina)终结的故事,按照她儿子尼禄（Nero）的命令，她被人在附近的巴以阿（Baiae）古城中杀害。我的父亲应该给我们再讲一次这些故事。从那些失败过许多次的袭击到阿格里皮娜如何将那具尸体递交给百夫长的那个场景。"怪兽给人间带来的那颗新芽"，他引用道，"应该遭受致命的一击。"他把这个称作"罗马式的"结局。我们理解不了，他所指的是什么，但是总是那么印象深刻。

续上一段

南方之旅对于父辈们而言并不是所谓的旅游性消遣，而是一种游玩和教育参半的事情，这是所谓的传统大旅行。"意大利"这个字眼象征了所有的暗号，它们把欧洲变成一个万人敬仰的文化大国。

他们在旅途中随身携带歌德的《意大利之旅》，而且总是喜欢引用那些诗人因为感动而想念他父亲的文字。在歌德的旅行中，"那些我今天也是第一次看到的事物给他留下了不可磨灭的印象。"那些舞台、建筑物和艺术品不仅对于他们而言有它们特有的特征，同时它们也值得一看。在歌德的关于他父亲的回忆笔记中曾经提到过一个诺言，这个诺言对于父辈们而言和他们的每一次意大利之旅紧密相连："像人们常常说的，一个幽灵出现在一个人面前，这个人不再高兴得起来。人们可以反过来说，他从来没有完全不高兴过，因为他总是想着去看看那不勒斯。"

续上一段

在战后，我父亲又进行了一次旅行。波佐里，喷硫火山口，卡莫多利。这些地名在我的心中早已经变成了神话。但是他对这些地方的记忆再也找不到了。"我不应该来的"，他说。每个人都清楚，这种再次相遇总是以失望告终，因为它破坏我们的回忆，而回忆总是由少量的现实和大量的想象组成的。回忆才是我们唯一最固定的财产。

巴以阿（Baiae）古城

这座美丽的古城巴以阿，荷拉兹曾经史无前例地这样称呼它，已经荡然无存了。这里曾经坐落着古罗马的夏宫、公共温泉浴场、带有露台的人工花园、花园中的人造山洞，现在取而代之的是挖土机、脚手架、发出吱吱嘎嘎声的传送带一直延伸到抛锚停泊的货船。开采白榴火山灰破坏了海湾。到处垃圾成山，当风吹过一这地区时，开始腐烂的垃圾被风散在各地。汽车残骸、锈蚀的船只堆成的斜坡。昔日别野的废墟已经辨别不清，它们堆积在被垃圾堵住了的水平面下几米处，水慢慢地从表面向外溢出来。

库美（Cumae）

和 S. 一起站在被海水腐蚀的火山口，这里灌木丛生长繁茂，山脚下是传说中女巫的洞穴。努力想背出以前学过的描述"神圣的深渊"和"可怕的谜语"诗句，但是徒劳。

虽然《埃涅阿斯纪》中对女巫洞穴的位置有较为准确的说明，但是人们直到 1932 年才从松动的凝灰岩中凿开百米宽的井穴中发现它。井穴的末端是一个长方形的大厅，另有三个夹室。在这个大厅里神谕宣示所回答提问。库美是希腊人在意大利大陆上的第一个殖民地，也是希腊和罗马内在联系，也就是我们所说的古代，开始的发源地。

S. 至少还能想到邓南遮（d'Annunzio）的一些诗句。在一首悼念伟大的"毁灭性诗人"弗里德里希·尼采（Friedrich Nietzsche）的诗中将他的坟墓安放在库美："放眼望去是那既有破坏性又有创造性的火焰，在命运女神的守护下，那个巨大的野蛮人在这里沉睡。"

继续

库莫在思考那块万物开端的土地的时候，显然是被感动了。通过比较来领会一件事情的独特性，这是库莫的爱好。他问道，世界上是否还存在其他的地方，像这里一样，人民都对他们的来源如此的确信。他懂英语、法语，而且认为我们德国人有托伊托堡森林。赫尔曼纪念碑就起源于这个荒唐的误解。因为新建的帝国曾想用此来暗示自己的年龄，但是实际上整个世界关心的是，它是无文字森林居住者的起源地。

实际上，这座纪念碑很清楚地表明了日耳曼人是从哪个微不足道的地方发源的。人们还未站在充满历史的土地上，因为只有一些部落联合在一起，他们在一个首领的带领下埋伏在隐秘处来诱引古罗马的军团。

在库美思考。这里的一切都可以追溯到荷马的世界。每一座山麓小丘都和神秘连在一起，那里有住在礁石旁的塞壬女海妖，经过这儿的船只都会被撞碎。瑟丝（Circe）把奥德修斯的手下变成猪，艰难地将他从海妖的臂中救出。所有的故事都收进了歌咏之中，所有的一切又来源于这些歌咏。在维吉尔的一千年之前是荷马史诗，在他之后的一千年是但丁。

后来又出现了一个问题，一首诗是否总是要有序曲，当一个民族找到自己的时候。谈话之初，库莫保持缄默，然后喃喃地说着咒语，结结巴巴地说着土语：严格来说，在歌德之前，已经付出了努力，之后也是一样的。

他补充道，他所做的不是字面的功夫。我说，德国人应该感觉到了自己缺少什么，所以在 19 世纪临时创作了一首民族史诗。那么尼伯龙根之歌和其他的来源于埃达神话的起源诗不一样的是什么呢？这个跟德国人本身没有什么关系。如果人们这样来观察事物的话，那么对于德国人而言，起源应该从那个粗暴的修士开始。通过他翻译圣经使他们找到了语言，学会了至今受用的观察、思考，还有感觉。基本上可以说，路德的圣经才是德国人的民族史诗。

"对"，S. 表示认同，"神圣的荒漠智慧和语法：这就是我们！"

蒙德拉格尼（Mondragone）

在一家沙滩餐馆里。通过蒙上一层雾气的玻璃可以看到，厨房里厨师是怎样把墨鱼扔进滚烫的开水中，然后把冒着热气的、两头向上翘起来的鱼从锅里捞出来的。墨鱼呈深紫罗兰色，但是切开后，就会看到里面白色的鱼肉。

餐馆里的布置十分简陋。人们坐在还未加工的、满是油渍的餐桌前。我们想到了约塞夫·布赖特巴赫（Joseph Breitbach）。让他终身苦恼的是用外国的餐具吃饭。我们想起，他年老之后摆脱了年轻时候经常辛辣地进行讽刺的风格，从而经常用"啊，您知道的！"作为开场白。虽然他的初衷是为了教育别人，但是，即使带有自嘲的意思，却最后表达的意思中总有让人放弃、听天由命的含义。他见得多，也敢于跟很多事情做斗争，但是失去的也很多。在他去世前的一段时间，有一次他来到一家餐馆，又以"啊，您知道的！"开始他的演讲，"现在，许多事情让我感到很繁琐。但是在以前，在我旅行之前，我总是要事先把我的男管家连同家里的餐具送走。"

他的声誉与那部遗失了的巨作联系在一起。法国占领意大利之后,那部在他人生的最后 30 年中完成的史诗性长篇小说被盖世太保没收了,但这却给这一损失带来了一种特殊的、历史性的尊严。他喜欢讲历史故事而且懂得赋予它许多戏剧性的闪光点。但是一些听众会自问,这些故事会不会是约塞夫·布赖特巴赫,这位历史叙述家,自己灵感的创造。

为大家所熟悉的已经遗失的文学著作还有:克莱斯特(Kleist)的《罗伯特·吉夏尔》(Robert Guiscard),乔治·布赫纳(Georg Büchner)情欲诗的插画,当然还包括托马斯·曼写给卡雅(Katja)的信。

福尔米亚(Formia)

进城之前,人们经过一个空旷中被意大利柏树和月桂树包围的圆形塔楼,这是西塞罗(Cicero)的墓碑。他的跟从者曾在这里等他,当古罗马的执政官在马克·安东尼(Marc Anton)的催促下决定处死他之后。他被斩首了,手也被砍了下来,头和手被送到罗马并被在罗马广场的讲坛上示众。普鲁塔克(Plutarch)说,他们甚至根本看不清西塞罗的面容,这个让罗马人触目惊心的场景,呈现在人们面前的是安东尼一张真实的脸。

位于墓碑所在区域的乡镇居民打算把墓碑扩展到公园周围。但是附近的农民获悉此消息之后,十分惊愕,表示极力反对并准备动员公众的力量来抗议。"西塞罗已经死了,但我们还活着",墓穴旁的一张布告上写着。一条横幅上写着:这里的公园冒犯和侮辱了农业分工。

有时,让人觉得,历史上重要的人物,对于普通老百姓来说,真是白活了一场。如果他们留给人们的是惊恐和破坏的话,那么就会在人们的头脑中留下一条记忆的痕迹。

斯佩隆加(Sperlonga)

据说,在以前这个渔村的附近是提比略为自己纵欲所修建的春宫:首先映入眼帘的是一个长达 20 米的圆顶餐厅,饭桌四周是砌筑的躺椅,餐厅的一面是个六米宽的半圆,在半圆的最末端摆放了一把岩石雕刻的椅子。在这个洞穴的建筑里，人们发现了一些雕像和碎片，伯纳德·安德烈（Bernard Andrea）经过了漫长的猜谜式的拼合之后，发现这是一尊巨大的波吕斐摩斯像。这座雕塑在洞穴附近的一个小型博物馆展出。

在那里，安德烈连那些在古罗马时代就很有名的、经常刻在浮雕和钱币上的西拉群像（Skylla）都按照原样将它们复原了。由于西拉引起轰动的地位，来自罗得岛的雕塑家们在群像上签下了名字，这些雕塑家曾经按照普林尼（Plinius）的意思在梵蒂冈展出过奥拉孔群像，只有这样才能结束这段古老的争吵，即奥拉孔群像是不是仿照希腊或罗马某个原型的复制品。

我们谈到，自十九世纪以来，人们就已经通过研究证明了提比略那无法描述的放荡生活的不真实性。提比略生活上的纵欲主要是通过苏尔顿（Sueton）传开的：关于他酗酒、派人从很远的地方弄来一些童男、童女让他们做淫乱的勾当等等，然后他再亲手把它们勒死。为了躲避不允许勒死处女的这条禁令，他就在勒死她们之前先玷污她们，或者派人来玷污她们。同样的有关提比略的故事不断地被很多作家描写过，甚至包括罗伯特·冯·兰克·格拉弗（Robert von Ranke-Grave）。关于史事的传说往往比真实更有力，传说往往来源于一些没有源头的素材，并超乎人们的可信度。

在途中

在到达泰拉奇纳（Terracina）之前，我们来到空荡荡的海岸，偶遇一个渔夫，正在拉着一只轻舟上岸。船内两边的坐板上方躺着一条庞大的鱼，大到让人不由得发问，渔夫是如何征服它、并在没有把船只弄翻的情况下，如何把它弄到船里的。就连渔夫自己也纳闷，怎么他会有这么好的运气。为了找同伴们帮忙一起干活，他对着沙滩喊别人的名字。可是，不巧的是，听到的只有我们这些看热闹的人。而且，他也一定认为我们的吃惊和好奇帮不了任何忙。他说，现在他可以一个礼拜不用出海了。但是他也不知道，为什么他不用马上再进行远航。

预防意识永远和南方无关，因为这儿的人们信赖于自然的万能和它取之不尽用之不竭的财富。这种面对自然所形成的态度刚好与面对自然显得软弱无能的姿态相反。因此，他们遇事冷静，他们能够容忍海洋遭到污染的警报、艺的衰落和森林的灭绝。如人们所知道的,大自然带给我们的是蚁祸、病毒和其他破坏性的后果,但是大自然同样拥有对付它们的灵丹妙药。往往聪明的做法是,不把自己牵扯进去,或者只是在言辞上表示反抗。

泰拉奇纳

我们来到陡峭的海岸。前方便是那座下游城市。阿皮亚(Appia)大街紧靠着海。和它平行的是一条运河,运河一直延伸到北边的海岸线。

老城是挨着山崖建立的,在二战中遭到了惨重的破坏。市政厅的建筑模仿古代风格,并且就是在以前法西斯时期的建筑模式基础上扩建的。长廊的一侧对着因为战争所以才露天的广场,另一侧则向大海敞开着,并且安了一块石板。城市的徽章是一座大门,大门两旁分别是一座卫塔。徽章下方有一排文字:歌德于 1787 年 2 月 23 日来到泰拉奇纳,而泰拉奇纳将永远把"这份对世界级伟大天才的记忆"铭记于心。

一位年近七旬的地方高官陪同我们一起参观。踩着特有的跺脚声,他越过广场。他穿着一身黑色的西装,西装好像是挂在他瘦弱的身躯上一样。上衣的翻领上还系上了几条飘带。带着一丝年老者不服老的心情,他总是走在我们前面几步,让人不知所措。他边走边和我们聊天,讲解,一会告诉我们这里是个柱桩子,那儿是一所残破的旧房子。最后,他又领我们走到那块纪念碑面前,他毫不犹豫地承认自己连一行歌德的诗文都没有读过。但是,这又能怎么样呢。他也没有参加过加里波第的侵略战争,但是却为他感到自豪。

泰拉奇纳(Terracina)

在远郊的海边漫步。面对着北方,奇尔切奥山的山顶(Capo Circeo)上悬着一条黑色的云带,云带线条清晰地嵌在呆滞的天空里,就好像是用日本的皱纸裁剪出来的一样。海边的白沙里夹着珍珠母碎片。海水不停地舔舐着岸上的碎石子。海风里夹着焦油和海藻的味道。我们往岸上走了几步,坐在柔软的细沙里,不远处立着两个木桩,中间还挂着一块涂了颜色的木板,木板上的文字由于太阳的照射和盐沙的侵蚀已经看不清了。远眺出去,海面上一片片白色的帆船。

作者案语

离泰拉奇纳不远的地方是意大利中部和南部的分界线,但是它的意义已经不再明显了。报纸上报道过卡塔尼亚大学的一项研究,对自1987年以来数千起政治贿赂进行调查研究。研究结果值得关注,其中之一就是意大利的政治丑闻有从南到北扩散的趋势。莱奥纳多·莎沙（Leonardo Sciascia）曾经暗示性地提到过一排"棕榈树丛",这排树丛逐年向北移动,目前已经抵达罗马的北部。它体现了在意大利和欧洲存在的东方生活方式的急促性,首先表现在公共和私人事件上的错误领导和法西斯主义。其中的个别毒瘤早已越过"棕榈树丛"在北部扎根了。

泰拉奇纳

时近黄昏,我们走在大道上。青年男子们排成排站在马路的两旁,倚墙站着,或者靠在栅栏或栏杆上。在他们中间,当地的姑娘们三两个地走着,好像有歌舞团经过这里一样。喇叭里传来歌剧的旋律,恐怖得能让人患上心脏病,其中一支曲子总是突然转到头音,这些旋律就像是这条热闹街道的背景音乐。这时,一位男子对着过路人大声叫起来,声音听上去很大胆很有挑衅性,引起了哄堂大笑。很少能让我像在这里那样的毫不掩饰地认为,我已经感受到了一种紧张的氛围。它笼罩在已经观看了很多遍的周日街头场景之上。同时,让我感受到这里的居民比墨西拿和克罗托内的居民更加自由、更加无拘无束。

续上一段

傍晚站在饭店的圆形阳台上,饭店挨着奇尔切奥山的山顶。我们的罗马朋友已在这里等候多时。当我们把我们对旅途中获得的印象告诉他时,他认为,所有的青年男女来到大道上自然是为了等待他们登场时的提示语。一个意外的幸福会突然降临到他们身上。但是人们不能被迷惑了。我们所看到的只不过是一场闹剧,即使是意大利戏剧天才创造的最富有想象力的闹剧。然后他打开话匣子说了下去,我将他说的内容简要地记录下来了：

"说到意大利人爱的激情,其实它根本与爱情或者激情无关,即使整个世界都信以为真。相反，它要求一种最大程度的从容。无论何时人们都必须明确，在爱情中要付出自己的全部，只要是对方所想要的：思念、迷惘、急躁、甚至嫉妒和绝望。有时，那不争气的真诚反而会带来真实的伤疤。但是人们必须聪明灵活地使用爱情的技巧。即使没有感觉，意大利式的爱情也能勉强维持下去。确实，感觉反而会给他们带来伤害。取而代之，人们最需要的往往是一种对事物敏锐的判断力。

当然，为爱情而发狂的人到处可见。向来，这种狂热是意大利人对男子汉气慨不屈不挠的幻觉。从某个年龄开始，男人们要用热恋来表现他们的成熟，就像他们经历变声期和长胸毛一样。但是，女人们却在这场戏剧中盲目地配合他们。如果谁没有参与进来，就会突然地消失在布景之外。对激情的呼唤就和其他每一个社会声望一样重要。每个人都承担着一种角色，任何人都不能忘记，他在一个开放的舞台上表演。作为意大利人，像特里斯坦这样的人物是不堪设想的。我们只把他当作舞台上的英雄。有时候，我们这儿当然也会发生悲剧，比如说因为激情得不到回应而发生的自杀、或者因为恋爱双方关系不融洽导致的悲剧。但是，不幸者永远都不是他们感情的牺牲品，而是因为他们在剧情的编排上不够聪明。因为这就是为什么我们意大利人在最从容的情况下，反而容易受伤的原因：戏剧表演艺术的力量能够大于人类本能力量。因为，如果不是这样的话，那么戏剧就没有力量了。"

他说："我刚才所说的角色，只是强加于人生的某一个短暂的阶段。只要这个阶段经历过了，那么这种虚假的装腔作势将在一夜之间消失。然后人们就开始决定与对方建立稳定的关系、婚姻和建立家庭。但是这些决定往往不是恋爱双方自己做出的。他们开始在一定程度上退到经理办公室：在父母的主持之下，还不能少了向亲戚们和可信的朋友们进行详尽的咨询。而这些年轻气盛的人们也就只好没脾气地表示顺从。因为他们现在刚好所需要的是在这段臆想的激情中形成一个敏锐的、会算计的头脑。"

我们的朋友最后还说道，他也许说得有些夸张，他的观点未必适用于任何地方，但是在农村，或者在庸俗的资产阶级大家族里，会像他所说的那样，因为这两个地方是意大利传统观念最根深蒂固的地方。

续上一段

我们对我们朋友的观点提出了质疑。他回答说,所有恋爱中的感觉,就像每个人所知道的那样,都是源自于幻想。这也发生在他的年轻同胞们身上。唯一的区别在于,他们的幻想不是来自于个人的渴望,而更多的是来自于一种对社会的期待。这种期待给他们强加上了轻率的热恋者罪名。

后来,我们的朋友走了,我们又回到了刚才的话题。旧约中关于约瑟传奇的一段情节:雅各臆想中仿佛和利雅度过了一晚,感到十分的高兴,但直到早晨他才发现,原来有人把那个年老的拉结硬推给了他,这个老女人用路德的话来说就是"笨"。这也就说明了幻想的力量,它是如何让这个恋爱中的男子走上歧途的。卡萨诺瓦在他的日记中曾描述过一段在索洛腾(Solothurn)的艳遇,在他绞尽脑汁地想了诡计之后,认为自己这次肯定能够得到自己所想要的,结果在第二天早上才发现,原来那位漂亮的女店主把那位长相恐怖的老妇人引到他床上,老妇人的过分殷勤让他感到烦躁,也破坏了他原来的美梦。最著名的是《费加罗婚礼》里第四幕的场景:伯爵一心想得到苏珊娜,他抓住伯爵夫人的手,心里想着苏珊娜感觉到这手的皮肤是多么的细嫩,当时简直就要发疯了,因为他早已厌烦了伯爵夫人的皮肤。

如此场景显然有它古老的传统,所想表达的不仅仅是对恋爱中的人们表现出来的盲目的幸灾乐祸,而且还有一种生活经验,这种经验实际上就是告诉大家,所有恋爱中表现出来的歇斯底里的兴奋其实都是建立在幻想的基础之上的。但是,这同时也意味着,感情这种东西,从根本上来说,或多或少是冷漠的。而感情又是恋爱者自己为自己创造的。给他带来激情的只是一个纯粹的幻想情网。而其他那些相信感情的人们爱上的其实是他们自己的幻想,在幻想中他们可以惊讶地重新找回自我,这种惊讶就好像被惊人地杜撰出来的一样。

S. 问到,那么当事人得知真相以后,恋爱又是如何变质了的。也许这也正好是对认识的一种惊恐,伟大的感情来自于自我制造的概念。利雅永远也只是雅各精神上的产物而已。七年之内,雅各追求了利雅两次。当他把他娶进门后,又是什么样的真相在等待着他呢?

庞第尼（Pontinia）

我们穿过笔直的、划分成不同大小的街道，在以前这里还是一片沼泽地。这也就证明了墨索里尼最雄心壮志的所谓文明化工程。我们停留在一家居民区附近的客栈里。我谈到西西里，谈到他的不幸、他长年的拘禁，但是也谈到他出于幻想的痛苦。

启程。在去停车场的途中，我们发现背后一排排的建筑群。在一片残垣断壁中最深的那个角落里躺着一条倒毙的狗。它把它的一只爪子伸到头顶的上方，就好像它想以这种方式来保护自己，以防别人察觉到它一样。人们也同样可以在观察其他动物时看到类似的情况。

仿佛世间所有的造物都把死亡看作一种极度的孤单，而这种孤单只属于自己。而人们又越来越喜欢在这种情形下，通过文学作品或者电视剧来向人们展示，用"出于极端之中"来改写以往的时光。那个在火山爆发后沉入淤泥中的多米尼加男孩，直到最后一刻记者们都还在四处寻找他的踪迹，同时他们用物镜、曝光表和变焦距镜头在忙碌地开展工作。一场狂想曲般的死亡。

当然，人们通常通过对社会中的风俗进行批评来维护诸如此类的事情，像今天几乎所有的事情一样。那只倒毙的狗告诉我们，内心思想的外露与其说是违背了社会风俗，不如说是违背了自然规律，与其说是违背了纯粹的社会禁忌，不如说是违背了历史。

作者案语

丑闻可以作为进步的手段。每个人都有权取得成功，因此大家在面对自我时，都坚定地表现的一些简单事物的反抗，比如礼俗。这在任何地方都奏效。就连谈到过已经结束了的禁猎期的新型反犹太主义也是变种，其中的一种变种。

宁法（Ninfa）

宁法从最初的要塞城市，到后来在波尼法爵八世（Bonifaz Ⅷ）的统治下变成凯塔尼（Caetani）的阵地，而现在只是一个哥特式城市的废墟了：一个卫塔、一片片的残垣断壁，还有许多的教堂。意大利柏树和热带树丛之间有一片水洼。水洼中耸立着一座褐灰色的墙垣。在香蒲地和黑莓树丛的后面是一片开满鲜花的荒野。由于处处都是深绿色的常春藤，显得花儿的颜色有点奇怪。不远处那个马塞洛（Ponte del Macello）的名字，一座曾经发生过大屠杀的桥梁，让我想起那些可怕的日子。曾经，处死者的头颅从这儿被扔到水中。

今天的宁法像一座浪漫的花园，这要感谢最后一位凯塔尼（Caetani）栽培植物的心血。这里是意大利的西辛赫斯特或者是意大利的薰衣草园。但是，自古以来这个地方就被人们丰富的想象力用童话和传说装扮得十分美丽。人们讲了一位公主的故事，她在躲避萨拉逊人的逃亡途中，从后面的悬崖上跳了下去。她摔倒地面的地方变成了一口泉眼。

续上一段

如此少见的传说让人意识到，意大利是一个不重视童话文化的国家。在这里没有佩罗（Perrault）、格林兄弟和安徒生。显而易见的是，所谓的古代神话、圣神传奇和根据身边故事改编的戏剧其实都是为了满足人们对幻想和道德伦理的需求。而童话是为了满足其他地方的这种需求。

当然，意大利也有许多的童话，比如说吉阿姆贝蒂斯塔·巴塞尔（Giambattista Basile）的《五日谈》（Pentamerone），一部那不勒斯仙女和笨蛋故事集。但是，真正的意大利童话叫做《埃涅阿斯纪》或者《诸圣传》（Legenda Aurea），如果我们把童话中的男人们抽出来，让他们都去学习如何敬畏圣神，然后用海格立斯（Herkules）、凯撒（Cesare）、波奇亚（Borgia）或者贝特丽采·钦契（Beatrice Cenci）、瑟茜（Circe）和达芙尼（Daphne）换掉渔夫和他的妻子，甚至让（Draguna）王子来代替西西里出租车司机的话。

诺尔巴（Norba）

我们站在高高的山上，整个法宁城尽收眼底。在这里，人们可以找到绘有独眼巨人 Zyklopen 残缺壁画。另外，还看到一些硕大的方石块，看上去像是从远古时代保留下来的一样，传说中说石块是被海格立斯推起来的。在石块的正上方写着几个硕大的黑色字母"希特勒万岁！"

是为了表示某种反抗而做出的无聊姿态吧。此时，没有人还会问，这种反抗是针对什么的。

塞尔莫内塔（Sermoneta）

一座倚着利皮尼山（Monti Lepini）的一面而建的小城。一座带有许多巨大的圆形塔楼的大城堡统治着整个小城，教皇亚历山大六世波奇亚（Borgia）曾经在这里居住过些许年。广场上空荡荡的，只有一些老人们坐在咖啡馆前的荫凉处。一只狗站在墙头上吠着，以此来反抗小城的寂静。

离大道的不远处，我们总是会看到一些被人遗忘的地名，桑多纳多（San Donato）、蒙塔克托（Montalto）、卡斯特里纳（Castellina）或圣天使（Sant'Angel）。在历史的长河中，某一次偶然曾经把它们唤醒过。也许是因为战争，也许因为有人在这里被逐出教会，也许因为某个诗人曾经赞美过这里，或者一位教皇、一名雇佣兵、一个怪癖的公爵曾经把这里当作他们的驻地或者在这里设防。

如果是这样的话，那么在历史中长达 20 或 30 年之久的时间里，这里曾经人丁兴旺、熙熙攘攘、建设、战斗、节日和光辉。然后，这里又回到了以往被人遗忘的年代，只有一座堡垒、一个宫殿或者一片废墟，来表达这种被人遗忘的心情。在潮湿的地牢中长满了蘑菇。它们破坏了壁画、中断了横线脚、阻碍囚犯们在积得越来越厚的尘土中老去。

格罗塔菲罗塔（Grottaferrata）

我们决定在格罗塔菲罗塔停留一些天再启程去罗马。之后，我们将经阿尔巴尼亚山（Albaner）中那些仍然宁静安逸的村庄去往阿里西亚（Ariccia），尽管现在是多雨的季节。在离阿里西亚不远的森林里还保存着德意志罗马人曾经习惯汲水的石井。在画家霍尔尼（Horny）、赖因哈特（Reinhart）、施温德（Schwind）和路德维希·里希特（Ludwig Richter）的作品中出现过这样的石井。一位年轻的庇护者在创造他天才般的水彩速写时，除了用一些简单的铅笔线条进行勾勒之外，只涂上了一些氧化锌的白色涂料，使得在橄榄绿色的画纸上出现这样的效果，即在风景优美的森林中有一束魔力之光，同时还能将这束光如何消失在远处被折回的阴影中表现得栩栩如生。就连在他的画中也曾出现过这口石井。

沿途中，随处可见现代建筑，这些建筑体现了当今世界统一的建筑风格。在这里，富裕的罗马人给自己修建乡村别墅。殷实的人们也想分享这一地区曾经作为古罗马夏宫所在地的荣耀，搬进了一个住宅区中的一所稍逊一筹的公寓中之：高楼中的夏宫，宫中有家用厨房、折叠床和大多中产阶层家庭中舒适的现代化设备。

在这里，引人注目的还有那些刚刚开始动工的建筑。有时看上去就像是在覆盖了森林的山坡中央安放了一排排的梯地一样。内米（Nemi）的火山口湖常常在游记中被称作"奎阿那（Diana）的双眸"，湖面光亮如镜，然而有时湖中倒影会被阵风吹碎，直到云影又变得那么清晰，低低地在湖面上滑动。在陡峭的火山湖畔建立了许多实用建筑。一块块立方石块从火山口湖边缘，顺着山坡重重地滚了下去。废水早已混浊了湖水的清蓝。这是文学作品中固定的惯用语。而且"奎阿那的双眸"早已被镶嵌在那灰色混凝土制作的尖棱相框之中。

晚上和一位挚友T·一起度过。

安其奥（Anzio）

下午来到古老的安提乌姆（Antium），尼禄把他海边的宫殿建在此地。每个人都熟知这个小地方那多石的海岸线，即使人们从未去过那儿。因为在这里安塞姆·费尔巴哈（Anselm Feuerbach）曾经找到了他的自然之旅。他的许多作品中，包括《美狄亚》在内，都用特点鲜明的高山余脉来勾勒地平线的轮廓，就连那幅对歌德诗歌进行绘画式诠释的作品《伊菲革涅亚》（Iphigenie）也表达了从沙滩出发去寻找希腊人心灵圣土的愿望。在安其奥，费尔巴哈在露天里捱过了两天两夜。"荷马风格的海岸。远处是西瑟石。眼前的岩洞被海水一遍又一遍地冲洗着，人们曾在这个洞中发现了阿波罗。"

然后我们来到于1944年春建立的战士墓地。5万名德国阵亡士兵，4万名盟军士兵。德国人两次来到意大利，其间相隔了80年。

格罗塔菲罗塔（Grottaferrata）

去玛利诺吃饭。连T也提到了德国人言行激动的性格。通过灾难赢得的魅力属于"certitudes allemandes",至少自瓦格纳以来就是这样的。带着那些有名气的和今天不太有名气的后裔,即使他们不太愿意承认这件事,但不管怎样都属于他的子孙后代。几个月后德国将重新引领一次世界级的沉沦游戏。

T. 提到西塞罗(Cicero)曾经在附近的图斯库卢姆的一所乡村别墅里居住过。在那本他曾经写过关于此事的书中,其中一段描写了哲学家们在动乱年代会出现在广场上,来表示自己的镇定。就连普林尼(Plinius d. J.)在火山爆发的时刻也走到他家的院子里,尽情地读着李维乌斯(Livius)的书来等待即将到来的一切。

格罗塔菲罗塔

直到正午过后,人们才开始细细地享受生活,但是若可以的话享受的气氛会更浓一些:傍晚来临时一阵凉爽的清风、阳台上夹着苦味的天竺葵的香气、黑暗中的谈笑风生。再往南就不再会看到诸如此类的生活,那里的一切都好像背负着沉重的枷锁,处于高压之下。

作者案语

蒙田(Montaigne)的那句不合时宜的人生格言:"不要把自己卷进去,看一看,然后马上走掉!"

格罗塔菲罗塔

警告滥用比喻!帕索里尼(Pasolini)曾经把一场他亲眼目睹来袭的生态灾难用一个非常震撼的比喻进行了描述,在他创作的散文《萤火虫的终结》的时候。在文中,他把这种昆虫升华成了一种生命的魔力、浪漫惬意的情怀、带来柔和傍晚和完美自然的吉祥物,总之那些他认为遭到现代化威胁或已经被它所破坏的一切美好的东西。当我们在夜幕降临之后经过内米湖畔时,看到空中成千上万只萤火虫越过湖面飞向湖边,就像一朵由许许多多高兴得蹿来蹿去地翩翩起舞的闪光点组成的烟花一样。

哈德良别墅

从格罗塔菲罗塔去往罗马东部那片巨大的废墟地。一看到那破碎的墙砖和横线脚,最显眼的就是那些罗马人发明的、或者至少说是罗马人传播的装饰花纹。他们对物体几何特征,比如不容易看透的物体平面几何图形,有较强的洞察力,同时拥有制图的天赋,能将物体内部线条绘制得一目了然。

欧洲为了满足自身的装潢需求,现在还在使用两千多年前创造的设计模式。锯齿形、圆形屋顶窗、叶状装饰花纹其实和棒形纹饰、回纹装饰还有其他的所有来自远古时代的装饰和切分元素就这一点而言,所有欧洲的艺术只不过是法定的遗产管理罢了;大多数的独创只不过是没有教养或者记忆力低下的表现。

续上一段

威廉·汉密尔顿爵士曾经是英国驻那不勒斯公使,他委托一大批当时的画家和铜版雕刻家,包括威廉·蒂施拜因和克里斯托夫·海因里希·克尼普,对他收藏的名贵花瓶进行作画或雕刻。他们的任务就是,每一件作品都必须以"最仔细的精确性"来绘制。在他后来出版的一部作品的前言中,汉密尔顿爵士写到,艺术家们必须对同一个花瓶进行三到四次的素描之后,才能够使作品在轮廓、绘画的笔法和甚至花纹装饰等细节部分达到尽善尽美。

作者案语

完美无缺的技巧是一种能够唤起人记忆的鉴赏力。哈德良别墅不仅因为它的规模和自巴罗克时代就饱受赞美的建筑作品和自然风光的完美结合而成为世界上独一无二的独特建筑,更让人惊讶的是,它能带给人一种无拘无束的感觉。皇帝钦点的建筑大师派人去模仿他最中意的建筑风格,从而带着这种无拘无束的感觉将世界各地的建筑风格融为一体:雅典卫城、连接卡诺泼斯(Kanopos)和尼罗河的运河、色萨利(Thessalien)的潭蓓谷(Tempe-Tal),甚至诗人们臆想的幻觉世界——比如柏拉图的亚特兰蒂斯(Atlantis)。

收藏家在这里就像建筑师一样严格对待这些来自完全不同文化、不同地方的不一致,正是这种不一致异常地吸引着他,他把它们凝聚成为了空间和形式上的一体。这就是让人感到惊讶的现代化进程。哈德良摆脱了罗马式建筑风格中让人憋闷的拥挤感，在建筑上把这个帝国中的各个王国组合成了一个整体。

为了反对维护纯粹风格的人们，我们也应该想到这一点。所有的历史向它们的后来者敞开大门，供他们使用。申克尔（Schenkel）为一位国王在维苏威火山脚下仿造了一座别墅，为另外一位国王按照都铎王朝的风格建造了一座夏宫。害怕遇到相似的建筑本身是一种对自己缺乏信任的表现。从这个意义上来说，风格的纯粹性是懦弱的象征。

附言

不久前哈德良别墅区一带进行了文物发掘工作。至今人们还对提维里（Tivoli）废墟是否体现了皇帝们的孤独这一共同情绪的观点争论不休。同意这一观点的人认为，皇帝的权力受到限制，他们所承受的辩白压力太大了。接待大厅的布置、规模和相似性是为了告诉那些来自各个不同省份的特使们，各地不同的建筑风格正是体现了帝国疆域的广阔和权力的无限。通过这种方式，不仅让他们对帝国边疆地区的王国有所了解，也让他们获得了不同的建筑理念。这所别墅似乎是一个永远进行着的建筑博览会，通过这个博览会哈德良为这个本来已经安宁的帝国赋予了文明化的新使命。

当然这样的观点并不能排除人们对收藏的激情，更有甚者，它推动了个人情感的政治化。

帕莱斯特里那（Palestrina）

因为托马斯·曼，我们绕了弯路。但是，首先我们往山上走，来到巴贝里尼宫（Palazzo Barberini）。在一个通向宫殿的半圆形台阶的中间竖立着一口石井，它若无其事地站在那儿。据说，它所在的位置正下方就是源泉，以前这里是一座大寺庙的中心位置，寺庙建立在这座城市的山顶上，寺庙的周围是台阶和斜坡。在它的旧墙基上，科隆纳家族和后来的巴贝里尼家族，由于所有权的更替，建立了现在的这座宫殿。也许是因为受古罗马建筑的影响，所以石井的位置才会如此的引人注目并让人感到惊讶。好像建筑师故意想显示自己的笨拙一样，他在石井的左右两边分别竖了一根柱子，将两根柱子用饰有螺旋花纹的横线脚连在一起。因此，人们更容易想到的是，建筑的专横都是带有企图的。

因为从弧形的台阶望上去，观察者可以通过不断地更替角度不断地获得不同的景象。从高处只能看到自然景观，如果我们把我们的视野放到石井的建筑背景中的话，那么罗马城周围那片十分显眼的、无边无际的平原似乎立马变得十分协调。我们还可以看到，连那纯粹人工制作的边饰都已经远离了自然，是那么的接近艺术。

毋庸置疑的是，无论是科隆纳家族还是巴贝里尼家族都意识到了他们建造的这个石井似乎有些碍眼。可能他们都联想到了那位斯塔提乌斯。这位作家认为自然是人类的敌人并尝试通过艺术来征服自然。后世的人们在图片中主要看到的是一个对有限的、残破的现实的隐喻。

帕莱斯特里那

从大教堂那儿开始向上延伸的那条狭窄的胡同，在今天人们把它叫做托马斯·曼大街。这条街道与喷水池大街在半坡上交汇在一起。帕斯蒂那－布拿白尼的家就在那里，托马斯·曼这位大诗人和他的兄弟海因里希曾经在1895年的夏天住在这里，两年后，当他们再一次来到意大利时，他们开始了《布登勃格克一家》的创作。

我们谈到，他为了追述汉萨同盟的商人天地而去寻找《弄臣》世界这样让人奇怪的事情，谈到叔本华、尼采、理查德·瓦格纳，谈到生活让人筋疲力尽、音乐的悲惨世界等问题。他似乎在这个陌生的环境中刚刚意识到自己懂地地道道的德语。我们可以想象到这样的一幅他告诉我们的画面：他穿着高领、双排扣的衣服，头发梳得光亮光亮的，穿梭在南欧熙来攘往的人群中，一切都让这位来自吕贝克的诗人感到惊讶，惊讶得有些呆板。

在他开始写书之前，天天窝在房里蹲在地上看书，这些书籍和意大利毫无关系。没有皮特拉克（Petrarca）、蒙佐尼（Monzoni）和莱奥帕尔迪（Leopardie）。他读俄国和斯堪的纳维亚半岛作家的书，读霍夫曼的书，读埃克曼（Eckermann）和歌德的对话。

他在那里的生活，让他感受到他和地中海世界的距离是多么的遥远。这也表明了他在帕莱斯特里那获得了《浮士德博士》中那个魔鬼的幻景："有人在黄昏时坐在马毛沙发上……"这些场景和对话都来自《布登勃洛克一家》：当克里斯蒂安（Christian）提到他的"痛苦"和他左侧身体神经麻木时，"你会不会也经历过这样的事情？"，他的兄弟反驳道，"如果你在黄昏时刻走进房间，看到一个男人坐在沙发上，他在向你点头，但是这是根本不可能存在的?!"

类似的事情还有很多。托马斯·曼的这部将近一百章的小说中有 40 章是在意大利完成的。甚至那个时代的记录本记下了这样的结束语："就是这样的。"当时，他才 22 岁。

作者案语

为什么阿德里安·莱韦尔金（Adrian Leverkühn）偏偏在帕莱斯特里那进行了这段与魔鬼的对话呢？传记上的解释并不充分，因为在托马斯·曼的作品中出现某个场景中的地点通常隐含着作者那难以捉摸的动机，而只有平淡无奇能够将这个问题和他的早年生活联系在一起。

当然，也可以让人们进一步看到，与魔鬼相遇的地点可以挪到某个中世纪德国城市的氛围之中去，进入一个由哥特式的木架建筑、迷信和被压抑的心境组成的世界中去。特别是，魔鬼表现得十分德国化，就像在作品中最后提到的，他把他的语言称作德语，而且补充说明自己在这次拜访中是特意去往一个异教的世界。

这一让人吃惊的选择可能与讽刺地引用了歌德的那个传说有关：意大利是一个"创新"的国度和一个"灵魂重生"之地。但是，更是因为《浮士德博士》中的音乐思想所以才有了这样的选择。莱韦尔金这个人物可以追溯到尼采那里，也就是"在善与恶的彼岸有一个信念"。这个信念可以像解释《浮士德博士》一样来加以诠释："庄重的是，一个人对南方的热爱，就像我必须爱他一样，如果他怀着对音乐未来的梦想，怀着解救北方音乐的梦想，他的耳边回荡着那段更加深刻、更加强大、也许更加邪恶、更加神秘的音乐前奏，一种超越德国的音乐，这种音乐在看到蓝色狂欢的大海和地中海天空的明亮之前不会像所有的德国音乐一样逐渐减弱、褪色和失去光泽。这是一种超越欧洲的音乐，它会在沙漠中褐色的太阳落山之前依然保持着自己的正义。"

这就是在莱韦尔金耳边回荡的音乐。而在《浮士德博士》中谈及的是作曲家反对浪漫主义的意图，接近尾声的一句话中表达了要收回第九交响乐的意思。

帕莱斯特里那

我们想到彼得·德·门德尔松（Peter de Mendelssohn）和那部由他发起、但从未完结的著书工程。除了丘吉尔传记之外，主要是那部他以极大的热情撰写的、但早在 1918 年就被中断了有关托马斯·曼的著作。

撰写这部著作需要更多的精力和雄心，当他想重新获得勇气的时候，也许，门德尔松又想放弃了。更有可能是诗界反动趋势造成的困难让他感到害怕，这种趋势至少是从那个时候开始持续了一些年而且它的力量是无法估量的。一个真正的托马斯·曼是不愿融入到那个自由派创造的所谓真善美的世界观里面去，他讽刺革命是一场小丑们上演的闹剧，所谓的民主应该被当作一种恐惧和自由派联合使出的阴谋诡计被赶下台。从 1936 年开始，当这位作家给波恩大学的校长写了一封引起世人轰动的信件并对流亡者造成了极大的影响之后，他就重新变成了门德尔松笔下的托马斯·曼。

他有一个奇怪的爱好，即寻找到一个可以把人生套进去的万能公式和喜欢隐瞒矛盾，而恰恰正是这些矛盾才是真正的生活。

作者案语

如果这是正确的话，那么可以这么说：真正的魅力来自于从未见过的事物，来自总是逼迫目光改变方向和进行调整。使所有事先就决定好了的对事物的了解化为泡影的矛盾是传记作家幸福的时刻，成败与否取决于他自身是否陷入了愤怒之中，他是否在一场永远未决的判决中驱散了所有的怀疑。

谁试图来避免这些，谁就得绞尽脑汁地对生活进行阐释。因为崇拜，所以才能写出传说；因为不确定，所以才有传记。这就是历史学家的苦衷，他们只好转向历史中那些奇怪的、仅仅只是恐怖的人物：他们必须增强自己的怀疑并说服自己去写一些让人感到意外的东西，即使人们的道德感悟力已经对此毫无兴趣了，即使这些恐怖的景象看上去是多么的牢固。

如果他们读懂了一段人生而不愿意虚构什么妖魔鬼怪的话，那么他们是不可能利用未见事物而虚构的诱惑力进行写作的。虽然处理那些陌生的、并让人感到讨厌的生活素材总是包含着更加深刻的动机，但是这些动机的形式总是远远早于下定决心进行努力写作。

续上一段

世界各地时时刻刻发生的事情无外乎是一堆堆散落着的废墟。首先，历史学家从废墟中拿出一些东西，然后传下去，变为历史。而由偶然和极度的专断构成的事件，是非常难以理解的。

格罗塔菲罗塔（Grottaferrata）

今天 T. 与饭店老板关于一些琐事进行了争论。当争论最后以他失败而告终时，他居然出奇地感到满意。因为他就是诚心找茬为了让自己生气。

他用语重心长的口吻说，他是这样来看待世间万物的：人们的幸运与不幸，督促人类生活的所有事物都源于唯一的动机——那就是人们渴望激情。爱情迎面走来，随之而来的还有仇恨、权力欲、占有欲和嫉妒。只有在发怒的时候，人们才能感知自我，才能不在让人感到羞辱的平庸之中迷失自我。

提维里（Tivoli）

上午去了千泉宫，它的知名度似乎让人难以理解，它只不过是一个盒子形状的建筑物而已。别墅的正面，除了一个两层阳台之外，没有看出任何线条清晰的建筑元素。

但是业主和建筑师将所有的创造力都放在建在后山斜坡上带有平台的花园或者人造瀑布之上了。而别墅园中的这些人造瀑布造就了这座代表着做作的园林文化的、令人惊羡的建筑作品。当人们沿着台阶、斜坡，经过横墙、寺院和洞穴往深处走，越走越是感觉到房屋的正面只不过仅能算作是建筑上的一幅透视画而已，它限制了一场创造性地排演好了的自然和艺术的舞台戏剧。

注重流水和建筑数量的建筑风格其实就体现在那些人们经过的、等同于整个跑龙套形式的雕塑作品上：那只古罗马的母狼、以弗所（Ephesus）的阿奎纳、斯芬克斯（Sphingen），从他们的身体中能够喷射出水流，以及 Pomonen 和萨堤洛斯（Satyrn）。这些雕塑人物作品放在流动的池塘、洞穴、林荫小径或者鱼塘周围，水中发出因为打漩儿和冒泡儿而造成的单调的嘈杂声。利斯特把它喻成一种交响乐的旋律，但也没能摆脱掉它的无聊和单调。水井很深，布满了青苔和绿藓，人们已经看不出它的建筑特点了。建筑师心中对艺术和自然统一的象征标志已经随着时间的推移失去了平衡。人们会不自觉地想到卢梭的那句格言："不可战胜的自然"，这让我们时常感觉到年代的混乱。

其间，自然也在暴露它的衰竭。那些高大的、经历了几个世纪沧桑变幻的意大利柏树的树干上开始长树瘤，并开始裂缝。不同的疾病使树木开始掉叶。有些树枝从树的整个轮廓中伸出来，光秃秃地露在空中。池中和人工瀑布的水看上去像是灰色的肥皂水，就像是工业废水一样。许多提示牌提醒人们这些水是不能饮用的，这当然显得十分多余。

从南面的平台向平原望过去，曾经见证了历史悠久的、神秘的罗马城四周的平原，今天已经变成了四处垦殖的工业用地。它那令人厌恶的丑陋逐渐消失在茫茫的景象之中，景象中的罗马城的剪影也在云雾中和天空连接在一起。

作者案语

"人类从一座花园走来"，鲁道夫·博尔夏特（Rudolf Borchardt）写到，"人类从一开始所遭遇到的最多的事情莫过于是和亵渎花园连在一起……一座花园对于人类来说，只是用来驱逐他们的东西，否则的话人们曾经又是如何离开它的呢？"

欧利佛诺（Olevano）

想象就是假象。那些小小的村落就能让浪漫的画家们入迷。德国艺术史上村庄也属于能够产生传说的地方，想象把村庄和茂密的丛林、一个孤独和宁静的环境结合在一起："哦，我的欧利佛诺"，就像威廉·韦布林格尔（Wilhelm Waiblinger）写过的一样。虽然村落保留着它那古老的传统不受外来粗野的侵犯，但是它并不像图片上的村落一样并不让人感到神秘，而且保留着那种远古而来的亲切感。村落的背后是高高的山脉，看上去就像是由小小的被打磨过的卵石堆成的一堆巨大的石垒。

老城中隐蔽的胡同和台阶，就像一张巨人的手掌让它们相互交错在一起。

到处都显得弯弯曲曲、暗淡无光、坡度陡峭。孩子们在一个类似隧道的过道中喧嚷着。一些村民悠闲地站在广场上，他们的出现并没有减轻笼罩在这一地区希望黯淡的气氛，只不过像上气不接下气抽泣的音乐声一样，声音从一辆圣洛可广场（Piazza San Rocco）旁边的货车下面传出来。灰白碎石修砌的房屋的颜色显得有些淡。一片淡色中，凸现出越过墙顶突起的五针松的黑色。

无人知晓在大约两百年前，当约瑟夫·安东·科赫（Joseph Anto Koch）熟悉了这里的环境之后，一群德国画家来到了欧利弗诺。希克（Schick）、内尔利（Nerly）、鲁莫尔（Rumohr）和施诺尔·冯·卡罗斯费尔德（Schnorr von Carosfeld）、罗登（Rohden）、福尔（Fohr）、卡特尔（Catel）、赖因霍尔德（Reinhold）和其他作家在这里或短或长地生活过，弗朗茨·霍尔尼（Franz Horny）就葬在这里的公墓里。拉提姆（Latium）所有的村落大都经历过激烈斗争的血泪史：欧利弗诺以另一种方式陷入了历史之中。但它只是其中的一段插曲，很快就从人们的记忆中消失了。

著名的 Serpentara 岛上有一条穿过栎树林到达贝莱格拉（Bellegra）的岩道。树林中曾经那些所谓的德意志罗马人和牧人还有圣经中的人物居住在一起。Serpentara 在今天已经收入到城市的交通地图中。从前繁茂的森林，现在只剩下一些枯木残枝。

咖啡馆的侍者知道向我们描述那些多年前来到欧利弗诺的德国画家。周围闲站着的人自告奋勇抢着干还没干完的活儿：通常以破碎的形式表现的抽象派乐曲，很容易被看作是一种迟来的敬意，对约瑟夫·安东·科赫以及他的圈子表现出来敬意，对歇斯底里的旋律线音乐的敬意。

欧利弗诺

外面，站在巴尔弟庄园前，那里是霍尔尼去世的地方。现在，这座庄园已经成为马西莫别墅（Villa Massiomo）的一部分。70 年代初洛夫·迪特·布林克曼（Rolf Dieter Brinkmann）曾经在这里居住过，伴随他的只有恐惧、憎恶和孤独。记忆中他的所有文字都透露着可以想象到的惊恐和可以听得到的永不终断的死亡旋律。难忘的是他对"糟糕的意大利"永远说不完的仇恨。在这个国度中，他只看到了侍者和理发者在这里居住着，整个城市淹没在一片废车场、废料场和远古时代的废墟之中:"而且我对自己说,就是这样,不用去理睬它们,在这里没有旅游的心情,不必提要求,不用发牢骚。废弃物,仅此而已,就是这样。"

但是,有可能他比他的同代中的其他人更像是早期浪漫主义者的传人。他与他人不同之处并不是他对世界的厌恶,而是更多的表现出一种愤怒的神经质。相比之下,他认为厌恶在形式和虔诚上力度都不够。他的这种破坏性的狂怒同样不会放过他的散文。前人从他们潜意识思乡的痛苦中还是逃离到了一个梦幻的世界,但是痛苦却永无止尽。最引人注目的是他对云海、对空气中漂移着的白色及肮脏的灰色悬浮物产生的萦绕于心的惊愕进行如诗般的描写。从这些物体的骚动、在无垠的空旷中显得密集的假象而造成的内心烦躁中他对自我认识加深了。

附言

"正好有闲暇静坐下来",布林克曼在一封来自欧利弗诺的信中写道,"不用运动,不用写作,不用打字,只要倾听:四周呼啸的风声,十分凛冽,风中的树叶簌簌作响,石块上方锯齿啪哒啪哒的拍打声,忘记合上遮光屏……然后,一切又陷入寂静之中,在寂静中人们只感受到自身的存在,有一些迟疑,在如此的寂静中一动不动地坐着,被呼啸的风声包围着,被十二月的寒冷笼罩着,被远处的街灯照射着,到底好不好。"

但是,在一次柏林艺术学院的讨论中布林克曼曾经对参与者说过,他是极其不幸的,手中没有冲锋枪——这是唯一可以让针对他的风格的批评家闭上嘴巴的方法。

续上一段

让我总是感到吃惊的是,罗伯特·容克(Robert Jungk)曾经讲过的:战后如何在瑞士建立了一个进步作家联合会,而且汉斯·迈尔(Hans Meyer)对于容克拒绝加入这一组织作出了尖锐的评价——"我们会枪毙了你的。"

带着这样的言辞,迈尔加入了斯大林式的对知识分子迫害的传统队伍之中。其间,他对那些独辟蹊径的人十分感兴趣。

格罗塔菲罗塔

清晨，猎者在丛林中。有时会看到四处飞散的鸟群，其中一些突然象石头一样坠落到地上，而有些则在地上跌跌撞撞地动着，好像发怒了一样。然后空中传来一声响亮刺耳的枪声。有一次，一只狗从旁边经过，嘴里还叼着抖动着的食物。

欧利弗诺

曾有成千上万个德国艺术家在 1810 年和 1850 年期间在罗马和罗马周边生活过。欧利弗诺曾经不仅仅是他们钟爱的地方之一，而且这里也蕴含着他们艺术永久的主题。比如千泉宫的意大利柏树、提维里山谷上方的女巫庙、或者是来自于阿尔巴诺的维多利亚·卡尔多尼。

即使德意志罗马人在出身和艺术表现的意愿上有差别，但是一些共通的特征将他们联系在一起。最引人注目的是，古希腊罗马不能再给他们什么暗示。当 1816 年歌德的《意大利游记》问世之后，他们带着不知所措的失望读完了它。因为书中所描述的体验，对于他们来说已经过时了，而且并不能帮助他们消除他们心中的不安同时，他们不知道如何继续对待艺术而感到的一筹莫展。他们没有进入布林克曼的罗马，而进入的是拉斐尔（Raffael）的罗马。他们企图将拉斐尔的冷静和纯粹与丢勒（Dürer）的深沉融为一体。他们用新的方式做着古老的艺术之梦，即让对立变为统一：南北的统一、苏拉米斯和玛丽亚的统一，意大利和日耳曼尼亚的统一，就像这个梦在普福尔（Pforr）和奥弗贝克（Overbeck）的作品中被整体地唤起一样。对于这二位最贴切的评价来自于歌德，这一评价从总体上来讲基调是合适的，他说，这种情况第一次在艺术史中出现，精英天才们喜欢在倒退中发展自己，回到母腹中去，这样才能创造出一个艺术的新纪元。

同时，德意志罗马人，相比他们的批评家而言，更大程度上能够领会艺术中已经开始的两难处境：艺术中相互驱散的趋势，专断和浪漫主义主体性的入侵。但是，这只是一个空想而已，这一过程被一种心灵上新的创造抵制了。在罗马城四周平原神秘的天空下，这片土地上曾经在很长一段时间全因为有神人和半神的存在而十分热闹，而现在只有农夫和洗衣妇。直到潘神离开之前，都只有虔诚的朝圣者或圣人家庭迁入。

古罗马传说中把艺术家毫无差别地一律嘲讽为"拿撒勒人"，这与这些做品创造虔诚的特点没有多大关系。这一名字更是为了把他们从外表中解救出来：穿着类似袈裟的衣服，拖着凉拖，以及极其不修边幅的外表，对此直到今天德国那些专业的文化人们还在包容自己。同时这也表明了他们态度的宗教化和生活方式的禁欲特点。他们中的一些人寻求一种修会式的生活方式，居住在圣依西多禄（S. Isidoro）修道院中，他们睡在修士宿舍中，一起在修道院的斋堂内作画。他们用自己的生活方式来给基督徒之间的兄弟情谊做榜样，这种情感还在政治上与法国大革命中世俗化了的口号"博爱"形成对立。在罗马的那些文雅的法国艺术家们也是这么认为的，当他们把那些心中充满了骄傲自负和对世界忧伤的德国画家称之为"日耳曼人的悲剧"的时候。

艺术家在这个城市如此频繁地停留，他们自二十年代以来把位于康多提大街的格里科咖啡馆当作他们主要碰头的地方。费里尔·门德尔松－巴托尔迪（Felix Mendelssohn－Bartholdy）在一封家书中写到："人们在格里科咖啡馆里看到的都是一些恐怖的人们。这是一间又狭小又阴暗的房间。他们围坐在长凳子上，带着宽大的帽子，屠户家的狗站在他们旁边。他们的脖子、脸颊几乎整张脸都被头发遮住了，互相之间自吹自擂，满嘴都是骂人的粗话……"

继续

然而人们不会不带感情地去怀念那些虔诚得让人感动的艺术家们，他们在作画时，是如此的凝神，哪怕只是描绘一个小森林、一家人某个场景或者是描绘一幅城市景物画。他们所有的人，就好像在吕客特（Lückert）的一首诗中写到的一样，或多或少"被世界抛弃了"。在繁荣的工业化时代，国际社会和政治紧张局势之前，他们一直在寻找一处理想艺术世界中的庇护所，这个理想的艺术世界并没有显露出来太多的活力，而更多的是一种思想上的负担，并在回归到原始的纯粹外来姿态中结束。拉斐尔作品的明亮清澈经他们之手变成了圣坛画像上的呆滞，丢勒作品中流露出来的思想深度变成了多愁善感。总而言之，他们就同巴伐利亚路德维希一世公爵（Ludwig I）曾经评价高尔乃略（Cornelius）所说过的话一样：他根本不懂得作画。他们作品中轮廓过渡不明显，氛围渲染的力度不够，线条对颜色的驾驭不到位，使得作品就像后来被着色的一样。

当然，在绘画方面他们同时也展现出了他们的才能。他们作品的主题已经摆脱了热情和心灵负担的影响，远远超过他们同时代的大多数人。他们其中的一些人体画、静物风景画（Baumstudien）、肖像画堪称完美，完全可以和同时代最有影响力的画家让·奥古斯特·多米尼克·安格尔（Jean Auguste Dominique Ingres）相媲美。而恰恰阻碍了他们绘画设计的也是：他们在现象面前表现出来的敬畏和过于迂腐死板的笃信。这也同时使得其它的作品无心插柳柳成荫。

作者案语

艺术家们世世代代漫长的罗马之旅是否能为他们带来艺术上的成就还是一个疑问。当西斯莱或莫内来到巴黎的城门前，他们还能继续走多远呢？当然，他们看到了一个现实的世界，而不是一个理想的世界。

施特凡·格奥尔格（Stefan George）认为，那些德国艺术家去往意大利，"是为了在深处寻找光亮"。但是没有一个德意志罗马人找到了一丝光，反而所有的人变得比他们本来的思想更加沉重，日尔曼式的冥思苦想更严重。表现得最强烈的就是费尔巴哈和伯克林，还有那个不幸的马雷斯（Marées）。也许伦格和卡斯帕·达维德·弗里德里希清楚为什么他们会拒绝前往意大利。在这些少数人中，还包括布勒希和后来的贝克曼。

苏比亚克（Subiaco）

站在平台上，平台下面是一条奔向山谷的绿色阿尼奥河（Anio），一位修道士和我攀谈起来，他穿着僧衣，头戴一顶工人帽，手中拿着一把伞。他说他已经跟了我一段路，并问我，我来自哪个国家。他对我的回答思考了片刻，好像要整理一下他的思维一样，然后用德语说："啊，德国！我知道的。我曾经去过那儿。我在那儿做了很多事情。"过了一会，他又说："但是，我把德国忘掉了。很幸运。"当我还在思考，他这样说意图何在的时候，他走近我，非常恳切的，用一种几乎发誓的口吻跟我说："我忘掉了我的罪孽。我忘掉了德国的哲学家们。所有的都已经过去了。很久以前存在我记忆中的一切。其中包括弗里德里希·巴尔巴罗萨（Friedrich Barbarossa）。您知道弗里德里希·巴尔巴罗萨是谁吧？当我把整个德国忘掉了，当然也不记得弗里德里希·巴尔巴罗萨了。"

从接下来的对话中，我了解到他曾经教授过多年的哲学，并且写了一些书，当然主要是关于哲学和历史的。其中有一本是关于施陶费尔国王的。巴尔巴罗萨的后代，他补充到，就住在苏比亚克附近。我是否要拜访一下他们呢？我还没来得及回答，他便又说："太晚了。我得走了。我们会再见面的。您不要对此表示怀疑！"他又靠近了我一些，以至于让我害怕自己会从栏杆那儿掉下去。然后他用一种表示否定的手势说："但是，不是在这里！"这时，他往后退了一步，用一种很可笑的方式把伞举到高处，"在彼岸，我的先生。我们会在那里再见的！"离开时，他再一次转过身来，对我说："到那时候，我们再继续聊天。那么我们就不聊德国哲学了，那魔鬼般的哲学。我们聊弗里德里希·巴尔巴罗萨。"

格罗塔菲罗塔

在穿过罗马城四周平原的路途中，让我感受最深的就是它被破坏的画面。眼前的这片草原延伸到罗马城城门脚下就没有了，零星的一些草坪可能在城内还会看得到，比如在奶牛地（Campo Vaccino）广场上，还有奶牛在那里吃草。今天，城市周边已经铺上了环形大道，路旁都是住宅塔楼和工业园区，还有大农场。田野上盖满了塑料大棚，塑料大棚上折射着暗淡的光点。

然后，看到一片开阔的景色，景色中保留着风光忧郁的性格。再往远处望去，四周的风景在稳重和宏伟的感觉中交替着。荒地上，地表断裂现象严重，低矮的丘陵就像堆起来的一个个沙垒，丘陵上杂草丛生。光秃秃的悬崖上，一条条黄灰相间的岩层条，呈现出好像被烧焦的暗金色和黑色。

所有一切的轮廓显得那样的生硬，就连笼罩在平原上淡薄的云雾也不能遮住地貌连绵起伏的线条。透明的空气让自然中所有的线条立体化。零星能找到一座暗红色的农家住房、一截残破的高架渠和那些在风中被剥蚀得破烂不堪的深褐色的钟塔。无论何时，人们只要驻足欣赏，就意味着听到那种在古老的游记中"史诗般"的寂静。到处都是薄荷的味道。远处的高山顶上没有树木。只有南边的阿尔巴尼亚山的蓝色被逐渐明显的罗马城堡上的混凝土灰色吞噬着。地平线上反射着海洋波涛的银光。

人们可以明白，为什么自罗马城四周平原被发现以来就被当作是阿卡狄亚来看待。这里虽然没有牧人，也没有潘神和仙女，但是在这个日益变小的风景中，人们可以感觉到沉静和时间的静止，而这些都只能在神话中出现。

作者案语

数世纪以来，"罗马式的风景"一直是欧洲画家们偏爱的主题。早在约瑟夫·安东·科赫（Joseph Anto Koch）之前，亚当·埃尔舍默和克劳德·劳伦就发现这一现象了。为了寻找更为古老的题材，"理想的风景"，艺术家们总是能在罗马城四周平原这片永恒的自然中获取自己的灵感。那些总是变换着的地形，平原、丘陵、山谷、森林和水域相邻排列着，都充当着艺术家们所寻找主题的各种各样表现形式的典范，英雄式的，还是乡村风格的，或者庄重的等等。

玛利诺（Marino）

面对着对这片平原永不停歇的破坏，让我想起了威廉·柯柏特曾经对一位英格兰大庄园主的描述。在他位于肯特的田产的公园周围，了许多的牌子。牌子上写着："天堂之地。这里不允许射击和打猎。"

玛利诺

晚上和朋友们一起在一家花园餐厅进餐。太阳西下时，进行着短暂的、有力的色彩变幻，它将四周连绵的丘陵染红了，把高处闪着光的房屋从远处迅速在黑暗中下沉的背景中托了出来。当太阳从西边的山脊消失时，它那红红的、闪烁着的光束马上折射到了窗户玻璃上来。

此刻，桌上也泛着光。夜幕降临这一词汇表达的意思只有南方人们才能体会它的含义。

玛利诺

当 S. 对这片平原所遭受到的惨重破坏发出埋怨时，其中桌旁的一位朋友反驳到，这只是一种美学上的论据。而且在美学上这片景色也不再有什么意义了。它已经不再是现代艺术或者诗人作家的重要素材了，就像以前那样。这种损失表明了一些更深层次的改变。艺术发现的地方，现实马上接踵而来。损失也是这样的。

格罗塔菲罗塔

午夜前回到宾馆。当我们从罗马外环路拐向新亚丕亚路后不一会儿就看到街边的炉灶里闪烁着火光。高高的灌木丛林前面模糊的树影移动着。当过往的车辆开足车灯，就会在短短的时间内看到一些妇女站在路旁，汽车前灯打出的光锥中她们的白色肌肤清晰可见。一位年轻的姑娘在一辆停下来的汽车前打开自己的大衣，里面她几乎什么都没有穿，同时她尝试着摆出各种引诱式的动作。当汽车离开后，一切又陷入黑暗之中。过了一会儿，人们又能看到那围绕在炽热炉火周围的隐约浮动着的树影。

T. 说，在秋天，只要夜晚转凉，或者在春天，这些妇女就会在罗马城周围通往城外的公路干线旁点燃装满了焦油和木炭的火炉来抵抗寒冷。她们一般都是成群的。只有一次我们看到过一个单独的女子，她坐在一截墙头上，弯下腰对着火炉，在火边取暖，在光的反射中她的脸和胸通红通红。

古图索（Guttuso）曾在一部画册系列作品中描述过一种罗马独特的场景。在对话中，他说，绘画素材的魅力总是吸引着他。但更多的是控告和反对这种把性、资本主义和贫困化联系在一起的含义。这也许是他所有作品中表现得较差的部分。要表现艺术中的某些罕见的现象要比对艺术单纯的呼唤困难。要去抓住它们，艺术家自身就不能被感染。反抗需要一种远离所有牺牲品的冷静。

作者案语

克莱斯特曾经让一位画家为他的儿子作画。虔诚的心并不代表能创作出虔诚的作品。就像在画玛丽亚圣母像之前进晚餐是无济于事的一样。对于此类的事情，更应该用一种普遍的象对待游戏的纯粹兴趣来对付。

笔记摘录

雷纳托·古图索的别墅建在一个类似公园的地方，维拉特城外的一座丘陵的斜坡上。人们必须通过一条两旁耸立着古树的、弧度较大的弓形大道才能到达那里。如果人们把车停在平台上，那么就会有一位手戴白色手套的仆人登上车门，把来访者从车里扶出来。走在嚓嚓作响的砾石子路上，然后就来到一座华丽的楼房前，这位音乐大师每次都亲自站在敞开的大门里，张开双臂欢迎前来的客人们。

当然，这一切都是他自己安排的。同时表现出一些艺术家们浮华夸张的作风。但是那所谓的地中海式的生活方式将这种拘泥虚礼的东西赋予了人性，它能够包容许多的缺陷，甚至把缺陷变得吸引人。他富有同情心、真挚的感情和激情。这是一种安静和紧张不易混淆的混合体。这座别墅和罗马城内的房屋一样，屋内的桌边摆放着瓷器和银器，助手和仆人站在他身旁。这种动人的、夸张的挥霍使得一个男子的骄傲感溢于言表，也正是这种骄傲感使他从一个小的圈子中跳出来跻身于名流艺术界并成为共产主义议员。位置较低的那个楼是他的工作室，以前是一个马厩。古图索在他工作室的墙壁上用黑炭写着一句话："世上没有懒惰的巨作。"有的时候，我会自问，他是否自己也对此有过疑虑。因为在他家里那些训练有素的忙碌的工作人员把饭菜盛上来，把葡萄酒端上来的时候，他经常会说到劳苦大众受到的压迫和第三世界的解放运动。

续上一段

生活中，艺术家总能用一种几乎精湛而老练的方式把左派思想和富裕市民的现实结合起来，这实在让人惊讶。在附近玛利诺生活的汉斯·维尔纳·亨策也同样如此。人们可以在其中看到类似于理想化的东西。他很好地利用了时代精神的偏爱，而这种时代精神渴望一种和善的雄辩术。同时他把关于良知的问题同对安逸舒适生活的需求最优化地协调一致。只要这个世界存在贫穷和困苦，那么人们就会寻求补救措施。最大的希望还是寄托在个人领域上。至少这也算是补救的开始。救济金的发放从家庭内部开始。

格罗塔菲罗塔

夜里,邻居家的公鸡打鸣声经常把我从睡梦中叫醒,但是母鸡丝毫没有受到任何打扰。每每在公鸡开始新一轮的鸣叫的间隔中,可以听见她们睡觉时从喉咙中发出短促的嘈杂声。我能想象到他是如何在紧闭着双眼的情况下,颤动着鼓得紧紧的脖子向上仰起,猛烈地发出阵阵孤独的叫声。

格罗塔菲罗塔

上午沿着一条通往市场的下坡路往下走,沿途中一位老翁和我们攀谈起来。他戴着一副厚厚的、圆形铁丝架眼镜,眼镜腿缠着医用胶布来固定。尽管天气很炎热,他脖子上还是带着一条厚实的羊毛围巾。他总是挤过来,低声轻语地跟我们说什么伊特拉斯坎殉葬品之类的东西,说这些东西就在教堂围墙的后面,可以带我们去看看。直到我们到达市场,才把他甩掉。

再说说云格尔先生。他总是偏爱那些已经开始退出历史的东西,并从中借用了许多概念。就像他在巴黎的时候总是用高脚酒杯取代玻璃杯来饮酒,将占领军的世界罗马化,在罗马与领事们打交道时,用午餐时喜欢像开骑士会议那样坐着。当他从以匿名形式展开的物质战争中(**Materialkrieg**)获得了这样的经验,即技术上的优势远远比传统意义上宣扬的军事美德更加具有决定性意义,那么这就更加显得引人注目了。无论从字面意义上来说,还转意之后的含义,其中的一些美德都已经消失在战壕中或者避弹所里。而更大的隐患来自于非骑士式的子母弹。同样在这里也与逃亡有关,就像在一个较新的世界中经常发生的一样。

似乎只有自己的时代才是错误的时代。

逃离市场周边的嘈杂和拥挤,来到偏远的街道中,高高的树木将街道庇护在它们的树荫之下。在铺石子路上,布满了模糊的、跳动的光斑。我们经过一道墙,墙上的大门装上了栅栏,门柱上摆放着罗马贵族中赤陶复制品。连企业家、电影演员和工会领导们都对一些早已结束的年代表示出了偏爱。

我们谈到云格尔的偏好,从大多数简单但却充满神秘色彩的现象中能看到一种一般化的思想。他总是在对一块带有斑点的卵石或者一只蜻蜓翅膀上细柔的纹路进行描述之后，喜欢这样来接着陈述：观察者最后得出结论，在类似于这样的现象中能够看到事物一个普遍的模式。或者：应该这样来说……。

这些扩大化的模式给云格尔那些无数的思考加上了重要的附注。作者把个别现象当作事物隐藏着的规律的象征。一个"看不见的总体计划"，就像有一次提到的一样，虽然有时会亲眼看到，那些表面上硬推出来的结论未必与事实完全相符，或者只是一部分相符，但是作者的这些错误的结论却能引起读者的好感。这不仅因为，他对一个果园或者一只甲壳虫甲翼的描写从未让读者感觉到这只是作者对自然界的东西怪癖的兴趣；更因为，读者们深知自己对云格尔的观点深信不疑，并且知道能够洞察到那些能将世界上杂乱无章的万物联系起来的神秘机制的运转是值得的。

可以这样说，一种在混乱的现象中识别出还未被发现的规律的需求是如此的基本，以至于它能够容忍那些迷惑事实的个别现象。最终，这种需求甚至可以成为人们一直寻找着的那把开启神秘世界的钥匙。

格罗塔菲罗塔

我们经过一个内院，在院子的阴暗处站着一尊与实物一般大小的大理石雕塑，在雕塑两肩的中间本应该是雕塑的头像，但现在却放着一个种着常青藤的桶，常青藤的枝叶垂到地上。雕塑的身体被一件绿色的宽外袍裹着。俨然一幅玛格利特的作品。

第四站

关于罗马的片言只字

消失的墓穴板

出发前

在出发去罗马之前总是百感交集,当然心中主要激荡着不安和急切期待的心情。这就是这座城市和这首感恩赞美诗。但是,当罗马出现在地平线上的时候,有些人同样会感到吃惊。荣格(C. G. Jung)曾经在多次旅行时途径此地,因为他认为他自己不可能战胜旅行给他留下的印象的力量。

在途中

清晨我们出发,刚过六点。路途中,让人感到惊讶的是那些由黑渐变为蓝的色调,其他的就是下午的日光。这种景色中包含着罕见的黑夜的特点,即使是在太阳底下。这片死亡之地——也许是对罗马城四周平原的印象创造了这样的比喻。

离罗马城不远的地方

我们经过一个汽车站,一个人站在车站旁等候着,他身着一件蓝色的工作服,手里挎着一个塑料包。他站在那里,额头靠着柱子,双手遮住脸庞。我们停下来,问他,要不要帮忙。他打手势表示不需要,并且生气地对着我们呼喊,让我们前行。当我们再回头看他的时候,他又把双手放在脸上,做出一种绝望的姿势。

罗马

数世纪以来,罗马城的面貌还是没有变化:在那座宏伟的奥理安城墙(Aurelianisch)后面是那座永恒的城市,世界的首都,这里的庙宇、教堂和殿堂比住房都多,而且在朽坏和昏厥中。恩,作为一个几乎完全封闭的地方,哥特人和德意志皇帝、路德、蒙田、歌德和司汤达还有那些旅行者在这个世纪的前四分之一时间里来到这个城市的时候,早就已经看清楚了它的未来。所有的都走了，只有罗马留下来了（Tutto passa, Roma resta）。当他们经过六大拱门中的一个的时候，他们马上看到一股强烈的毛骨悚然的感觉向自己袭来。世世代代的人们穿过城墙的步伐就像一种接纳仪式的行为，他们相信这步伐具有改变的力量。

今天来到罗马的人还能用历史化的感觉来感受这里的一切，而相反不再用眼睛去感受。如果他像大多数人，从北方驶入罗马，在塞特贝格尼（Settebagni）火车站附近，也就是大概30公里路程的地方离开高速公路，在经过漫长的、经过日益萧条的城郊的途中，经过那些工厂和废弃的小企业，首先映入眼帘的是破旧的住房，然后眼前的住房看上去越来越漂亮，最后在穿过一个通道之后，他才意外地发现，自己已经到了城里，行驶在威尼多大街（Via Veneto）上。

继续

在我们之后来到这里的人们不会再看到我们还能看到的一切——这个表达早在十九世纪就出现了。他误判了世界变换的速度，以为未来比实际上要近。不管怎样，这种错误给幸福一个期限。在这个期限里，现实成为了未来。

罗马

我们从南边过来，经过安迪亚蒂娜大门（Porta Ardeatina），驶入城里，然后经过卡拉卡勒温泉（Caracalla），从帕拉蒂诺（Palatin）和西里尔斯（Coelius）之间来到了罗马斗兽场（Colosseum）。我找了一个地方，在这里一眼就能看清这七座山丘，这里曾经是那座前古罗马时代城市的遗址。而所有隆起的山头都只是一种想象了，即使有，也至少有九座，只有那个在古老的国王那儿讲述过的关于山丘的神话才能达到这个神秘的数字"七"。时间早已经把它们或多或少地夷为平地了。那时候，至少曾经有过一次，在那遥远的过去的时候，未来已经成为了现在。

罗马

从宾馆去了格里科咖啡馆，在那里我们和T.告别。这家咖啡馆在不久前被卫生部门停业过一些天。但是侍者现在还显得很生气，嘴里总是嘟哝着"死亡的那些日子"和"世界的悲伤"什么的。

接着和 S. 穿梭在大街小巷之间。先来到马古塔大街（Via Marguta），然后去了人民广场（Piazza del Popolo）。依然是喧闹的交通，尽管存在交通管制。当我们朝下面那条大道看去，宽敞的街道上游荡着成千上万的人们，在街道两旁的房屋之间和这些路人的头上弥漫着缓缓冒出来的淡青色的废气烟雾。位于巴布依诺大街（Via del Babuino）的一口水井边立了个雕像，雕像的许多部位在许多年前就已经残破不堪，水井的面积缩小了许多，已经不再像一块黑色的、轮廓不分明的大圆木，在水井的上方放着一个被修葺过的雕像头部，就像一张白色的死人面具，显得很荒谬。一些路人在水池边上摆放了几束鲜花，就像摆放在墓碑前一样。

罗马

S. 说，这个城市现在的样子和斯达尔夫人（Madame de Stael）或者蒙森（Mommsen）时代的样子没有太多变化，如果人们不把古罗马广场和卡拉卡勒温泉之间的那片区域考虑在内的话，因为草原曾经从那里开始蔓延。到处都是一个接着一个的教堂、居民房，宫殿、工厂和安静的庭院，随处可见花桶之间立着些柱子和布满瑕疵的雕像。然后，我们来到那些蜿蜒曲折、无光的胡同，胡同里的路面是用黑色的熔岩石子铺成的，突然就又会听到房屋门口那大吵大闹的喧哗声，房屋的正面刷成玫瑰红色，挂在上面的石灰白色的徽章，雨滴在徽章上刻下了一条条的纹络。

罗马

在罗马城里闲逛，总是会碰到许多绿色的大遮篷，多年来它们起到了遮掩一些建筑物、庙宇或者一排排街道的作用，这样的话人们就不会知道在这些遮篷后面发生了什么。连图拉真凯旋柱和提图斯拱门也是用支架支撑着，连罗马皇帝奥列里乌斯胜利纪念柱也不例外。人们总会看到被封锁的或者用木板钉牢的通道。多年来，奥列里乌斯胜利纪念柱上的骑兵塑像就被修复者拿走了，再也没有还回来，古罗马城堡上的一位守护者告诉我们。当修复者们把塑像拿走的时候，他仿佛看到了一个暗示。接着，元老院就倒塌了。

罗马

实际上，情况令人失望，L. 说，他是我今天下午在克罗契大街偶遇的一位朋友。一份列上已经遭到毁坏的纪念碑的名录册中，几乎每一页都满满的。名单从古罗马竞技场和古罗马广场上的农神庙开始排列，看到米内瓦上的圣母教堂前面的那座雕刻大师贝尼尼（Bernini）的作品，悲伤的大象，都还没有结束。人们真的应该把这些建筑物关闭起来，或者至少拿个罩子保护起来，或者甚至应该将道路封锁起来，但不必封锁整个城区。一座城市不能成为一座博物馆。在古罗马城堡上居然还有一所户籍登记处，人们在那里注册登记结婚。他们也愿意这样。

G. C. 阿尔甘曾经说过：不是汽车就是古建筑。这是一个错误的二选一。因为如果人们把汽车从这里驱除出去，那么只是给那些蜂拥而至的游客们创造了更宽的空间。这并没有改善什么，而是用一个更大的不幸取代了一个不幸而已。

"这样，您就会觉得两难"，他说。因此，毁灭还在继续。所有的措施只不过放慢了毁灭的速度而已。我们的目光在接近一个不再是罗马的罗马。"我们在地平面上已经看到了一条黑色的条纹。"

罗马

和在旅馆外的凯撒聊起了这个话题。但是，他却只是做了一个轻蔑的姿势。这个城市最引人注目的地方就是它的冷漠无情。与其说这是罗马人的性格，不如说是罗马城的性格。每个来到这里的人接受了一种骄傲自大的被动性。我谈及所谓罗马式的"冷淡的天性"。历经两千年的历史兴衰，从尼禄的"金色宫殿"到今天奥理安城墙（Aurelianisch）之内的沙漠，这些促使了罗马这种无动于衷的个性的形成：一切事物来了又去了，新事物只不过是伪装好了的旧事物。L. 肯定对此忧心忡忡，而且人们也在耐心地倾听他的担心。但是罗马式的耐心只不过是为了表达最大限度上的无法实现。

作者案语

对于如此倾毁和遗失的痛苦自有它的缘由。人们去大都市或者世界各地旅行，是为了对现代的向往，不管是因为实实在在的兴趣还是因为个人特殊的兴趣。但是人们去往罗马的原因刚好相反，是为了亲身体验一下对历史的想象。如果谁不赞成这样的说法的话，可以亲自去那里旅行一次看看。

在这一点上，纽约刚好与罗马的风格相反：那是个能够让人看到未来的一部分的城市。罗马会随着历史的消失而渐渐淡出游客的视野。而纽约的魅力之一在于，它能够把所有重遇的事物用不同的方式进行演绎。如果人们隔了些年没去那里的话，就会发现每一个街角都是崭新的、异样的。

罗马

当我们走出来，走到离人民广场不远的屋顶的平台上，一道道光束袭进街内，我们可以将台伯河的左岸、所有的屋顶、钟楼和鲍格才（Borghese）别墅中花园和帕拉蒂诺都尽收眼底。

每当服务员打开门迎接宾客的时候，就会掀起一阵喧哗。从平台这里就能够听到阵阵短促而又欣喜的叫喊声，惊喜地呼喊、欢腾、重逢的幸福，这些只不过都是为了装饰他们的感情的修辞，而不是感情本身。话语本身没有任何含义，只不过是一种应付场面的技巧而已。这和接下来发生的情节本质上没有任何不同的地方。到来的宾客走到屋外，一群群地凑在一起，大家都在相互说服对方。所有的都是一场游戏，一场华丽的戏剧表演。而真正的幸福表现在，大家都在这个舞台上表演。

每一个宾客几乎都挂有一个好听的、很长的头衔，但并不能显示什么。两位高官、一位地产负责人、一位律师、一位牧师和一位经理。而那些女士们还是那些经常在罗马社会中碰到的、上了年纪的夫人们：一位声音低沉的、瘦骨嶙峋的女爵士，抽着一支细长的烟，已经点了一杯饭前开胃酒科涅克。陪在她旁边的是一位年纪较大的绅士，身着一身光亮的尼龙西服，围着一条红得发光的围巾。他几乎没有说一句话，只是陪在她身旁寸步不离。最后，几个较为年轻人们，其中包括布鲁克斯（Valerie Brooks），T. 认为他们很怪异，也许因为他们用所谓的英国式的执拗和喜欢把社会等级作为生活一部分的习惯将罗马变成他们的罗马。在谈话中他们知道了凯撒成为杀手们牺牲品的具体位置，马克·安东尼曾经对着他滔滔不绝地做了一次冗长的演讲。他们同样还能准确地描述，在古罗马广场后面那片沼泽地上堆放了一堆堆的石块，城内水井的水源是位于亚平宁山脉中的源泉。她穿着一件淡紫色的连衣裙，为了配这条裙子，还专门配了一双绣花长筒袜。

我们围坐在桌旁，聊起了有关于意大利走到今天的那段举步维艰的经历，谈到了南方人徒步到北方工业区的徒步旅行。每个人都找到一些事例来举证在生活习惯上的差异和面对新事物时所表现出来的不知所措。所有人都表达了对将会到来的社会中的一些爆炸式的变革的忧虑，如果菲亚特（Fiat）和意大斯达（Italsider）的失业工人们改变了他们原来的要求和思维方式而又重新回到了远古时代的卡拉布里亚（Kalabrien）的话。那儿所有区域的人们对于现代化这个概念长期以来都毫无准备，它的突然来袭如同一次打击，尽管这片土地早就被法西斯摧残得遍体鳞伤。对于外来的新兴事物的反抗既是它的弱点，也是它的优势。

然后，我们又聊到了在1943年7月25日的夜里召开的法西斯最高委员会的会议，这次会议也就决定了墨索里尼政权的倒台。那位神职人员谈到了在那次集会之前的阴谋，以及导致后来出现的一些戏剧性的事件的发生。这使人想到了伟大的文艺复兴这场巨大的阴谋。清晨，费得尔佐尼（Federzoni）和其他人一起去做忏悔，格兰弟（Grandi），那位伟大的主谋在裤兜里放了两枚手榴弹，在情况万分紧急的时候，他把其中的一枚手榴弹交给了德韦希（de Vecchi）。因为墨索里尼表现得完全不像以前所认为的那样麻木不仁，而表现出来的既带有自我同情又流露出玩世不恭的复杂感情让人难以捉摸。后来人们在他背后这样议论他。揭幕之后的所有事实，就像那位主谋所担保的一样，是完全按照所谓的篡权者规律来进行的，即任何人都绝对不允许夺权，即使是荣誉也不可以。事实上，当时墨索里尼十分镇静，即使他自知他的处境已是绝境，但他的表现给人留下深刻的印象，以至于一些同谋的立场开始动摇，直到会议期间的茶歇才重新坚定了篡权的决心。那位律师说到，后来当墨索里尼面对会议成员言词中充满了对他的蔑视和贬低的时候，他说到，每个人都在按照自我定义的尊严行事。

当人们谈起格兰弟的时候，崇敬之情油然而生。他曾在此事件发生的 40 年后出版了一本回忆录，在书中他改变了事情的真相。与其他的反叛者不同的是，他心中拥有一个广博无私的政治构想：重新制定宪法、建立一个无法西斯分子的政府和刻不容缓地寻找新的联盟，当然是把方向对准同盟国。而其他人，包括国王在内，只考虑到自己和个人利益，甚至也许想在这场胜利中分一杯羹，这正是所有意大利人最原始本能的表现。

特别是，在对变节者的谴责中，格兰弟是唯一一位被排除在外的人，即使他是此事件中的主导者，是最坚定的变节者。当然，被出卖的并不是意大利人，而是德国人。齐亚诺试图来扭转局势，不过这只是一场律师上演的伎俩而已，因此，他发表的演说给集会者连最基本的印象都没有留下来。他们站在进行利益和损失的择决面前，他们当然会选择利益。对此，神职人员的意见是，也许还可以用伦理道德方面的原因来解释，最没有说服力的莫过于对忠诚的解释，忠诚是德国人永远都想做的事情，即使他们永远谈论的都是伦理和政治。

那位穿着花纹长筒袜的英国女人在进餐时坐到了另外的一张桌子旁边。但是，她也从我们的闲谈中获得了一些信息，在起身时，她问到，我们是否知道，那个名叫卡尼古拉（Caligula）的家伙，他在被谋杀的时候，倒下的瞬间还在高呼，他还活着！她应该在我们谈话的同时，考虑到，每个历史人物都会使用这句话，如果这个人物的出现是为了对罪恶产生影响的话。

作者案语

墨索里尼在他生命终结时说过的一句值得关注的话，这句话仍存留在我的脑海中："独裁者是没有选择的：他们不能选择徐徐飘落。"他们必须在瞬间中坠落。

罗马

夜里，沿着一条下坡路散步。我们聊到，当意大利人谈论那段岁月时，说话的语气要轻松得多。"Quel che fu non é"（曾经有过的，现在已不复存在），这是托斯卡纳地区的一句谚语，话中流露出一种拒绝，拒绝让过往的事物慢慢地化成云烟。但是，当然，如此的镇定也有其他的一些原因，其中包括较高速的文明化进程。另外,格兰弟(Grandi)还提到了"野蛮式的激情",在回顾历史的时候,意大利人实现了这种激情,但是这种激情却仍然是以德意志式的特殊形式出现的。

然而,与自我记忆的差距会产生不利影响。我们想起,许多意大利人正是通过这种不言而喻的方式从社会主义转向法西斯主义,然后又回到原来的道路上,寻找到一条从法西斯主义转向以任何形式来鲜明支持社会主义或共产主义的道路。如此让人不知所措的生平,人们在前些年会经常碰到,但现在已经早就消失了。还有,伦佐·德·费利切(Renzo de Felice)的观点认为,意大利式的法西斯主义与国家社会主义刚好相反,它所追求的是原始的左翼思想。这一观点也和意大利人的如此经历有关。很久以前,我们曾经对此进行过讨论。可以肯定的是,墨索里尼从未像希特勒那样利用欧洲的传统和人道方面的习俗来进行分裂,因为,他认为社会主义的思想宝库也来源于欧洲传统习俗。所以,肯定也就因为这个,他本应该计划的分裂活动使得他的拥护者要比希特勒的少得多。

我们可以列举一些原因。其中包括,意大利从未真正认识过那个深植于心中、通过布道的方式来表达的对欧洲的仇恨。这种仇恨在德国存在过,而且通过不断变化的征兆继续存在下去;即使所有的内容都在缩减,但是人道方面的内容却在不断增加;就连对于现实的无法忘怀也和意大利人无法屈从于那些抽象词汇的统治有关,这些词汇经常被嘲讽为"i begriffi";最终,猜疑成为了主导的生活情感。

继续

然而,政治艺术中的游戏特征、迷惑的本性永远铭刻在意大利人的心中。"在现实的世界中"的生存规则,这是弗朗西斯科·奎齐亚迪尼(Francesco Guicciardini)在十六世纪上半叶曾经表述过的。他曾经在他的一生中效劳于那些立场完全不同的人们,甚至经常竭尽全力献身于他所仇恨的人们,但同时他始终是他:曾经做过西班牙王朝中佛罗伦萨共和国的公使,曾经以州长、副国王和中将的身份效忠于罗马教皇,或者连梅第奇的扈从者也当过。他从未超越自我的能力去服务于每一位主人,他也从未相信过任何一位主人。"我的地位处在一些教皇之下"，他写到，"这使得我要为了自己的利益来努力扩大他们的权势。如果我不是这样做的话，那么我会像热爱马丁·路德一样来热爱我自己。"揭露内心世界的思想，他肯定地说，自我裸露的权利是一种稀有的特权。只有圣者、伟人、外国人和疯子才能拥有这样的特权。

而在这个世界中的平民百姓们只能依赖于一种所谓的没有约束的机会主义，因为这个世界要求他们不断地表达意见并且做出良心上的抉择，一般都是关于利益的抉择。他们每次都要以发誓来表示忠诚，即使十指交叉。他们被强者们支使着，只要没有出现更强的强者。从他们的口中说出来的只有那些口是心非的表白。这就是弱者沉默的保留条件。当然，他们在道义上来说肯定是卑鄙的，他们甚至能够扭转整个世界的权力抗衡局势。因为，他们使得战败者永远没有东山再起的机会。他们通过所有贬低和侮辱的行为来对贬低和侮辱进行秘密地报复，并战胜他们。

我曾经用类似这样的话语和几乎无法抑制的钦佩之情向路易吉·巴兹尼（Luigi Barzini）解释过"奎齐亚迪尼主义"。他认为，直到今天人们还可以在意大利人的政治行为中找到奎齐亚迪尼的痕迹。如果离开了这样的生活准则，那么人们就无法经受住混乱历史中人生的变迁和沉浮。我几乎有这样的感觉，伟大的奎齐亚迪尼先生这种伪善的政治思想在路易吉·巴兹尼的眼中代表了对人权的尊重：随大流者将那些可怜的人们供奉为任何时代的英雄，在所谓英雄使用的迷惑术面前，强者的势力遭到了破坏。

作者案语

很可惜我忘了问巴兹尼，他自身是如何经受住历史中的沉浮的。因为，他并没有接受奎齐亚迪尼的建议。

罗马

夜里雷雨大作。清晨，当我们离开饭店的时候，连最后一片云也溜走了。街道上积成了许多的水洼，路旁的流水中浑着泥土，冒着气泡。商店门口，人们把积水扫出遮篷，打开门和窗。在前行中，我们发现屋顶积留的雨水在闪着光，屋顶上方云雾缭绕。

来到威尼斯广场旁。像往常一样，那些穿着雨衣、手拿雨伞的人们让我们联想到那些在法西斯时代聚集在广场上的人们。引人注目的是一列文明主义化妆游行队伍，我想，他们应该是进行了充分准备的。因为几乎每个人都有自己份内的事要负责，所以大家都没有时间顾及旁边的人，但是所有的人都非常清楚秘密警察无所不在。

罗马

对于维托伊曼纽纪念碑（Monumento Vittorio Emanuele），新的、旧的、嘲讽的和震惊的感情交织在一起。S. 说，偏偏这块布雷西亚（Brescia）石灰岩居然抵挡住了时间的风化，连一点铜绿都看不见。从我们身后的一条街道涌出一群美国游客，他们来到广场上，突然听到一个女人的声音："哦，它的美实在赛过圣心堂（Sacre Coeur）！"

我提到 H.，曾经在他住在美国期间来过一次意大利，在回程中他曾向我肯定地说，这块纪念碑是欧洲唯一值得纪念和象征着自由建筑物。从它身上看不到丝毫的死板，而死板会让这片古老的大陆难以忍受。他那次旅行唯一一次感受到了欧洲的神秘。就是当他站在这块纪念碑面前的时候。

作者案语

那位名叫古思特·艾赫的德国乡巴佬，曾经来到罗马后在他的一首诗中写到，这个城市包含太少的世界。而唯一一行流露出他最深处思念的诗句就是："找不到一个假山花园！"

罗马

在纪念碑的对面，拥挤的人群遍布各个大街小巷。也许，人流会显得更加强大，如果这幅包罗全城任何一个角落的城市全景图不是那么凝固死板的话。引人注目的不光是个纪念碑，还有古罗马竞技场、万神殿、天使堡（Engelsburg）或者特莱维喷泉。所有可以和它们相比的建筑或者设施在布局上都无法与之媲美。这个城市的格调很宏大，各个部分在设计上层次分明。艺术历史学家将对这个城市如此之印象归功于那些建筑轴线，它们将那些错综交织的房屋划开，同时似乎变得豁然开朗，使得街道变得宽敞起来，以至于在逃跑和爆发骚乱的时候，也不会显得拥挤不堪。

如此纪念碑似的建筑物使得周围的一切都变得那么宏伟壮丽，这从很早以前开始就属于罗马的特征并且经历了沉睡了上百年世事变幻。即使在罗慕路·奥古斯都（Romulus Augusulus）时期，随着人口的数量急剧下降，罗马就开始走向衰落，那座座丘陵孤零零地遗忘在偏僻的角落里，最终罗马城那些不过几万人之多的落后居民被迫挤到台伯河湾定居下来，但是这个城市坚持不放它那作为国际大都市的称号。对它，从未有人怀疑过这一点。在过往世事沉浮变化中它依然如此坚定沉着。任何事物都无法动摇它承担着超越历史的使命的意识。它也从未为此挣扎过。

取而代之的是，罗马在困苦不幸中设想着它那荒谬的狂妄。从 14 世纪的罗马教皇尼古拉五世（Nikolaus V）直到十六世纪的罗马教皇西斯托五世（Sixtus V），曾经都将这个已经开始衰落的圣地和经常对它执意坚持其宗教地位而感到无助的城市，通过延长对角线或者将道路间的星形汇接点按照扇形往外扩散来开放它，从而使得城市中道路网络系统发达，直到今天都能满足日益增长的发展需求。

同时，罗马城的规模从未以满足自身的需求而设计。而像其他一些类似的曾经为了满足帝国要求的城市，像十九世纪的巴黎城，就显露出其无限制地扩张城市的大小，使得城市各个部分之间毫无联系。罗马城却很好地避免了这一点。因为，在这里，即使城市再庞大，所有的部分总是能够处于一个系统的网络中，虽然罗马城依赖于这样的网络，但是也受到它的控制从而使得它的作用力得以提升，而它并不用从这个网络中脱离出来。这也就赋予了这个庞大的城市，除了维托伊曼纽纪念碑以外，那种独一无二的亲近感。所有的圆柱整齐地排列在两排，中间的台阶和建筑物的正面看起来像一个巨大的舞台，这在其他地方很容易会和"统治性的建筑"联系起来，而在这里，却融入了人性的因素，给人以另一种更高层次的"统治"的概念，这种统治更加接近于被统治者。

继续

罗马在其衰落的过程中仍然保留着它选择了统治的执着：当这个帝国毁灭

的时候，它通过把他的这一执着和犹太基督教联系起来，从而内化了它的思想要求，使其变得脱凡超俗。按照托马斯·霍布斯的说法就是"罗马教皇的统治莫过于是已逝的罗马王国精神，王国的皇冠只能戴在坟墓之上。"罗马城中许多概念都来自于罗马王国政府管理中，例如长官衙署、代理牧师或者主教管区，还有帝皇们将教皇称作"最高祭司长"。更有甚者是朱利安诺·德拉·罗韦雷，当他被选为教皇之后，效仿尤利乌斯·凯撒给自己取名为尤利乌二世。

作者案语

罗马从未丢失过它作为世界中心的意识，这也许与那些城中到处可见的能够联想到历史的见证物有关，即使到处都已是一片废墟。"我们创造了我们的建筑物，然后建筑物又创造了我们。"

续上一段

有时，伟大的规划也只不过来自于伟大的想法，这些想法是出于对贫困的反对。圣彼得堡是这样出现的，当这座象征着现代化的城市建造在很难通达的地带时，桥梁、华丽宽阔的大街和广场搭架在四十多个岛屿上，形成了气质的辉煌和壮观。还有，几乎让人目瞪口呆的帝国式建筑，预先感知到了它作为后来的世界中心，甚至超出了华盛顿和杰斐逊在波托马克河边建城时的花费。而这里充其量也只有在这片沼泽地上建立的垦殖者村落，只有美国国会山和宾夕法尼亚大道两旁那些具有历史使命意识的种植园主宫殿平地而起。类似的还有弗里德里希阿鲁门广场（Forum Fridericianum），它是在走向衰落的普鲁士时期为了反抗对现实世界的忧虑而建造出来的。

罗马

走在通向克罗纳里大街（Via de Coronari）周围地区的辅路上，那里曾经是参观罗马的游客的必游之地，而现在却成为了兜售昂贵旧货的市场，所以我们只好马上折回来。

离那儿不远处，总是能看到那些对着街道敞开大门的工厂。潮湿的圆形拱门下，满满地堆积着破旧而又神秘的机器、稀奇古怪的备件、旧式的家用电器和古玩。门口经常挤满了老人们，他们成天坐在简易木椅上，老翁们把头倚在夹于两膝之间的拐杖上，老妇人们则把她们那已经变得沉重的双腿高高抬起。

　　弗朗科·卡普里维（Franco Caprievi）刚好从拉渥那广场（Piazza Navona）后面的一个木匠那儿过来，走在大街上。他老了许多，仿佛心中的机智风趣和忧郁沉重交织在一起，像个十足的玩世不恭的家伙，但这种忧郁沉重总是笼罩着他。他抱怨着，罗马变得让人难以忍受，一年又一年，春去冬来，永远都是旅游旺季，从未安静过。

　　当我们经过布拉斯奇宫（PalazzoBraschi）时，他似乎找到了多年前的感觉。在一座建筑的大门前，他讲述了布拉斯基·昂埃斯蒂（Braschi-Onesti）公爵的历史。在法国大革命之后的多年里，这座宫殿门口曾经发生过聚众闹事事件。暴徒们誓言要取公爵的头颅，于是开始向宫殿大门，也就是我们眼前这座大门，冲去。当暴徒们的情绪激化到极点时，突然侧门敞开了，在入口处站着身穿高贵制服的公爵，旁边守护着一群仆人，他们手中拿着沉重的篮子。公爵一点头向仆人们示意走出去，过不了多久又是一片寂静，他们大把大把地从篮子中掏出金币和银币向众人们扔去。经过一阵混乱之后，骚乱发生了。众人们争着去抢那些被扔到地上的钱币，一个劲儿地把钱币往自己的口袋里塞。这时，公爵走了下来，双手拿着皮鞭，开始鞭打两侧的暴徒，直到暴徒们全部逃离广场。然后，他朝着宫殿走回去，吩咐仆人锁上了大门。

　　"瞧，这个人！（Ecce homo!）"，用这句话卡普里维结束了他的描述，他那严肃的脸上浮现出了一丝笑容。笑容中含着双层意思。不仅嘲笑那些暴徒们，总是既贪婪又胆小；同时嘲笑那些并不总是那么贪婪胆小的权势者们，就像历史教导我们的那样，但是今天的权势者们总还是那样的。

罗马

　　吃饭时，我们仍待在一起。来到广场旁边玛斯特洛斯塔法诺（Mastrostefano）家族区。我们从过去谈到现在，谈到我们共同熟知的人们。在我们动身之前，一队修女带着一群智障和破相的孩子们走过广场，有些小孩患了孤狂症，有些小孩则畸形得可怕。他们中几乎所有的人都全神贯注并且疑惑地相互看着，但是他们好像并不能看到什么，然而却真诚地微笑着。

当孩子们走过，靠近他们的路人们马上驻足停下来，一声不吭地站在那里。人们脸上露出同情和一种虔诚的胆怯。有些人在胸前画十字，一些年轻人试着去抚摸这些孩子们。

"又是'瞧，这些人们'！"，我对我们的朋友说到，当他们走向我们的时候。他点了点头，反驳我的说法，他说他不能接受我的话语中所包含的那种职责。他和他所有的同胞们一样，在这些上帝的造物面前总是能感受到宗教的敬畏。这些造物们生活在通往另一个世界的中间国度中，没有人能知道，他们到底是什么样的状态。也许他们刻画了有关于人类神秘的真实性，人类必须拥有如此的或者类似的外表，如果事物的本质和现象相符的话。造物者按照自己的心情给人类一个外形，但是却高估了人类。令人鄙视的人们其实不是那些智障儿和畸形儿，而是我们。

罗马

巴拉丁山丘（Palatin）周围夜幕开始降临。在一个墙角那儿，一些年轻小伙子们围着一台收音机蹲坐在一起，收音机里正在转播一场足球比赛。播音员走调的声音和听众们悲叹的回响声穿过空荡荡的破屋，越过空无一人的街道。当天黑了之后，一段公路上从头到尾都高耸着意大利柏树，它们那更深的黑色几乎贴着布满云朵的夜空。背后的城市中，楼房的穹顶、高塔和纪念碑泛着微红的光芒。

罗马

回到饭店之后，继续阅读哈拉尔德·凯勒的《艺术风景画》，刚好读到描写罗马这一章。他讲到，这个城市自身几乎没有给有声望的艺术家带来什么，即使罗马城四周的平原也只是一片毫无用途的土地，与佛罗伦萨的托斯卡纳和威尼斯的泻湖以外的地区（Terraferma）（后来大陆的领地越过加尔达湖到达阿达河的西边被称之为 Terraferma）不同。更确切地说，这座古城能够将世界各地的天才们吸引过来，以建筑师、雕塑家或者画家的身份来创造罗马的面容。

艺术家们来到这座城市之后，马上就抛弃了自己的表达方式，接受了"罗马式的风格"，这也许就是证明罗马为什么从未动摇过、经历了所有困境之后还依然保持着对承担历史使命的强烈愿望那最让人吃惊的证据。罗马式的风格是永远无法表述的一种美学思想。但是，每个人看上去好像都知道，它是一种经典的风格，从不同的风格中发展出来的，或者是一种力求雄伟的高雅艺术。它总是力量多于细腻，这个地方迫使艺术家们更多地在空间上而并非图案上，更多地在力度上而不是在技巧上下功夫。

在时代的变化中，罗马表现出来的既不是某个风格的早期时代或者某个风格的晚期时代，而是永远都处于艺术的巅峰期，在这里所有的艺术天赋都能找回自我。出于同样的原因，罗马极力坚持抵抗哥特式的建筑风格，除了米内瓦上的圣母教堂（Santa Maria sopra Minerva）之外，几乎没有任何哥特式的教堂，即使对于这个教堂而言，人们也是很无奈地在宽度上进行了哥特式的效仿，而不是高度上的仿造。除此之外，没有什么是来自于早期文艺复兴时期的。天才们思想的爆发曾经占据了整个意大利，将偏僻的伯爵庭院变成了辉煌繁荣的艺术中心，但是这些对于罗马来说都只是过客而已。好像这个城市对于这种艺术导致精神上出神入化的效果没有任何意义。

然而，在文艺复兴的顶峰时期，这一状况得到了彻底的改变。在艺术追逐复古风格的时代，罗马式的庄重满足了开创新式风格的要求，与此同时，这个魅力之城吸引了众多的艺术家。许多大家们长年来在罗马聚会。就连那些知识和家庭背景完全不一样的艺术家们都必须服从于当地的风格特征。最引人注目的莫过于卡拉瓦乔（Caravaggio）的变化，当他来到罗马之后，马上放弃了形象生动的风格，从而遵循形式上的宏大；当他继续前行奔向那不勒斯的时候，他又重新拾回了罗马式的宏伟风格。

罗马

这座城市中，石头随处可见，尤其是在广场上。只能看到铺石路面、石井和赭石色房屋门前带栏杆的阳台。没有树木，甚至连一丝绿色的迹象都看不到。就像看到德基里科（de Chiricos）的作品一样，特别是在下午时分，太阳光的影子投了下来的时候。

和 G. 谈到这些，我在奎利纳索（Quirinals）的附近刚好邂逅了他，然后陪着我们一起去了圆柱广场。他嘲笑"北欧人对绿色的狂热"。这种狂热，就像对那份原始时代遗留下来的遗产——森林的濒临灭绝表示抱怨一样,表现了林中居民的一种冲动情绪。那份对城市生活方式的不信任仍然统治着他们的心灵。德国人对城市的憎恨,促使他们拆除了城市中旧式的建筑,建造一片片绿地,从而扭曲了世界原本的面貌。任何人都无可辩驳,他说,根据这样的思想,这个城市是逆自然规律建造的,从而征服了自然。按照一位智者的说法,他风趣地说到:"或者,您是否愿意对此表示否定,即法尔内塞宫的建造者,相比创造疯狂的阿尔卑斯山和罗马城四周平原的创造者而言,是更伟大的艺术家呢?"之后和卡洛见面。约会定在下周一。

罗马

穿梭于罗马郊外,就像今天经过提布提那(Tiburtina)大道一样,仿佛穿梭于现代化的地狱之中。一片荒无人烟的不毛之地,混凝土、灰尘和炎热。在高楼旁边是一些用波纹白铁皮临时搭建的木板房,在房屋前时不时会停靠着一辆破旧的、罩着车罩的雪弗莱,垃圾堆、鸡舍、小工厂,地洞中冒出一阵阵臭气,一头奶牛站在垃圾堆前,等等。

路上,我放弃了做旅行笔记。毫无兴趣去描述这些看到的零碎的事物。也许,因为这样就可以尽情地流泪。

罗马

艾伯托·莫拉维亚(Alberto Moravia)谈到:"神妙的古罗马是一座小城,在这个狭小的空间里,人们可以看到许多见证历史和艺术的事物,在这一点上,世界上任何其他地方都无法与之相比。直到本世纪中期罗马的古城和新城仍然保持着均衡发展,即使法西斯主义也依然对古城的重要性心存敬畏。因此在空想和野生植物的基础上产生了这些巨大的郊外地区,这里比任何一个中部城市还要荒凉、还要丑陋。这里所遭到的破坏比意大利任何其他地方都要严重,因为罗马更有活力而活力往往意味着破坏。而且因为罗马人是野蛮人,自古以来都是正直而又无情的野蛮人。罗马是存在美丽最有意义的城市,也是唾弃美丽最严重的城市。"

继续

莫拉维拉的描述只是停留在美学的层面。无数的中、小型企业给荒芜的郊区劈出了环形公路,在每一个街道的十字路口旁都立着十几个公司和库房的指示牌。

在十九世纪,意大利属于世界上的赤贫国家之一。它没有任何自然资源,例如煤炭、矿石或者石油,而这些正是第一次工业革命时期国家发展和国民富裕的前提条件。即使作为一个殖民国家,意大利和其他备受歧视的国家一样也下手太晚,没有抢先通过掠夺欧洲之外国家的资源来弥补本国的不足。那时候,人民的富裕或贫穷很大程度上都得看大自然的脸色。

因此,如今的工业革命对这些事情都已经是轻车熟路了。对矿藏的依赖开始慢慢地失去了意义。在当今,相对于地球所给予我们的而言,更多地取决于人们知道如何在最狭小的空间去适应环境。也就是说,各国发展的起点又必须重新进行比较,以后的人民可以自己掌握自己的命运,至少相比到今天为止的权利更大。如果用今天的眼光看过去,例如墨索里尼或者希特勒,特别是,他们作为利益分配较少一方的代表上台执政,所以他们的眼界囿于昨天,首先想到的总是通过争夺空间来发展自己国家的未来。他们没有预知到,他们正处于时代的转折点上,这个时候国土面积的大小已经没有什么意义了,自然资源似乎完全被科技资源所取代。今天,罗马已经成为意大利产品销售量最大的生产地之一,而且整个意大利是世界上第四大工业国家。

罗马

卡洛·玛丹那(Carlo Maderna)设计的著名的圣·苏珊娜(S. Susana)教堂的正面远远高于教堂内堂的高度,从而蒙蔽了人们的双眼,教堂看上去没有它原本那么小。从品奇欧山(Pincio Monte)或者马利奥山(Mario Monte)的位置看过去,人们可以感觉到,还有更多的教堂,尤其是巴洛克式的教堂,都使用了千篇一律的花招。砌筑的支柱或者简单的支撑杆起到挡风的作用。

战后建筑风格的准则之一是,建筑作品中禁止欺骗行为。按照这一说法,那么建筑材料裸露在外是完全正确的,它正表现对清水混凝土的一种尊敬。但其实并没有表现出建筑师对建筑设计和建筑材料的真诚，而表现了自身对建筑史的无知。建筑永远都是一门充满了美丽谎言的艺术。

罗马

晚上在卡普里维家。罗马租房都是冷房租。墙壁上，如丝般的灰色壁纸上，贴着罗马、佛罗伦萨和维也纳等城市的景物图。帕拉第奥（Palladio）用随想式的建筑风格将他创造的著名建筑围建在里亚托桥（Rialto）周围。餐桌上覆以餐布，摆满了发黑的银餐具、水晶玻璃器皿和彩色的瓷器。餐桌的对面放着一个巴洛克风格的、让人想到死亡的东西，有着如丝绒般光滑的红色和金色。

吃饭时，我们讨论了一下为什么如此之多的报刊能够取得成功的原因。报纸俨然已经成为了社会归属感的信号。买报纸、送报纸的多于看报纸的人。尽管报纸的印刷数量在不停地增加，但是人们总是感觉自己消息不够灵通。数量过剩，和往常一样，引起了一种新形式的数量不足。

最后一句话经常由卡普里维来说。他说，报刊的成功表明了，意大利社会已经摈弃了法西斯时代的残余，走在一条民主化的道路上，"所有人都在稀里糊涂地瞎聊着，没有人有什么可说的！"

继续

在客人中，又出现了一位拥有任何职业又没有任何职业的男人。介绍 P. 时，说 P. 是作家，但是也是一位演员，甚至是电影城（Cinecitta）电影制片厂的联合制片人，有时也作船长，在游艇上工作。从他的一些话语中可以推断出，他偶尔还炒炒地皮和古玩。但是他的确圆滑，拥有两个在意大利成功的最基本条件，按照 C. 的说法：有影响力的朋友或者一些有分量的名字，通过他们，他可以根据一些附带的暗示获得一些内部特许；还有就是拥有敢说优雅客套话的勇气。C. 认为，一部人们只能称之为"咒语"、"复杂"或者"例外"的电影也总能带来优质的服务，一副绘画是"庄严的"或者简直"美丽极了"，一首曲子用"神奇"或者"无聊"来形容等等。意大利社交中谈话很少建立在可以套用的公式之上。如果谁超越了这一点，那么就会落得个"无聊的人"的骂名。

我用自身的经验表示反驳。但是 C. 却说，这些经历他曾在南方也遇到过，但是那个地方不存在约定俗成的规则。当我们后来谈到环境污染及其危害，其中的一位客人过分激昂地援引了一位政客的话时，大家的眼睛已经被泪水浸湿了，模糊了，但 C. 却斥责说，他不应该表现得那么古怪。

续上一段

而另一个表述在今天晚上逃脱了斥责。一位到场者谈到意大利有关迷信的话题时，补充说到，意大利人和德国人的不同之处在于，意大利人除了魔鬼之外，世界上其他任何东西都吓不倒他们。

罗马

在返回饭店的路上，经过士兵大道。我向 S. 讲述了我在马利奥·普拉兹家做客的经历。当时刚好和我在一起的所有人都极力地劝阻我去拜访他，而且每个人的脸上都写着忧郁两个字。另外，所有人都知道我指的是谁，当我提到"匿名"这个词的时候。

关于他每个人都能讲一个故事。只要普拉兹出现过的地方，产妇就会早产，吊灯就会从天花板上掉下来。有一次，当他踏入一间房屋的时候，挂钟的指针就掉了，另外一次，窗户突然弹开了，一阵风之后，蜡烛全部熄灭了。卡波尼伯爵曾经讲述过在威尼斯一个议会上的事情，当时普拉兹作为有名望的科学家是会议欢迎委员会的成员之一，当委员会在宫殿前的台阶上等待一个英国教授代表团时，突然，好像有一只无形的手，车子在走近我们几米之后掉了个头。还有，孟泰尼里说，他在 70 年代中期参加一家报社"《日报》（Giornale）"成立庆典时，曾经在这之前已经和这位"匿名人士"商量好了写一篇贺词，以此来结束关于迷信的说法。但是当文章排版好了之后，铅印马上就溶化了。人们只好等到报纸第二期的时候发表这篇文章。

一个看似侏儒的人向我迎面走来，他的一只眼睛的眼敛向外咧开，这也许就是为什么整个世界都在背后议论他那恶意的眼神的原因。他的住所好像是一个装饰豪华的阁楼。屋里放满了许多财宝，这些财宝是他一生为之入迷的收藏事业的成果。在这些财宝中，他穿梭自如，即使他得拖着一条腿走路。每一个房间都被取了一个名字，到处塞满了横七竖八的家具，主要是来自于法兰西帝国时代的家具。还有许多哲学家、作曲家、国王和许多回忆不起来的贵族的半身塑像。墙上挂着普鲁东（Proud'hon）、吉罗代·特里奥松（Giroder-Trioson）和温特哈尔特（Winterhalter）以及那些不知名大师们的绘画，此外还有蜡制浮雕、小画像、绢帛画和乐器，其中有几架钟琴和蛇形吹奏乐器。嵌入墙内的书柜里收藏着许多珍贵的初版书籍，其中的一个书柜的玻璃盒子后是历史景致画，并且通过内部的设备在背景画上打了灯光。在一个衣橱上放着几百个各种各样的大理石标本，这些都是人们在沙皇时代的俄国采凿出来的。衣橱上还摆放着一位贵族和一位小姐的雕塑，雕塑身体的一边制作得十分完美，而另一边是用骨骼的形式表现出来的。在一个不起眼的角落中挂着一幅施蒂勒（Stieler）的作品，那幅著名的歌德肖像的草图。这幅作品表现出了其他的作品所表现不出来的特征，即歌德在神秘的威严之下的生动。

只有极少的房间内安了电灯。当夜幕降临时，P. 在那些镀了金的天才塑像、仙女像和女神像中间走来走去，点上了蜡烛，蜡烛放在这些塑像的上方，烛光微弱。在一本书中，他曾描述过他的住所和那些在这里汇编的作品。作品中所描述的屋内陈设井井有条，完全是对紊乱的实际状况的伪装。

给人的印象是，他用词谨慎。从小时候开始，他就在思考一个问题，有多少是看上去被创造的呢，其实是为了消失。对此他从来没有想通过，他认为这是一个彻底的悖论，也许他的收藏欲望正是对这个荒唐思想的一种反抗。当然，也可以列举出其他促使他收藏欲的动机。他经常会想到一句话，就是所有的激情都来自于被拒绝或者遭到质疑的要求。因此，现实也可能促使他养成这种偏爱。因为现实带来的不是艺术性的丑恶，而只是平庸的丑恶。

之后，我们谈到他浪漫主义的作品，同时也谈到了里卡达·胡赫（Ricarda Huch）、奥斯卡·王尔德（Oscar Wilde）作品中的莎乐美主题、理查·施特劳斯（Richard Strauss）和鲁道夫·博尔夏特（Rudolf Borchardt）。他说，他对德国人不太了解，因为德国的浪漫派天才都是哲学家，而对于哲学他知之甚少。哲学思想耗尽了所有德国人的想象力，因此在德国文学作品中缺少想象。但毕竟德国人在音乐方面证明了他们疯狂和恶魔般的个性，这是他们能够创造出杰作的原因。他对德国人的钦佩，可以用这句话来概括，即"在思考中他们总是有理的",在生活中则是理亏的。德国人总是能够在一次次的挫折之后重新让自己的思想去与现实世界作斗争,这着实让他佩服不已。其实,与其说他们是《浮士德》的人民,不如说是《唐吉珂德》的人民。他常常扪心自问,歌德到底和德国人有什么关系。他在这个民族中扮演着一个荒唐的角色。歌德对于有生命的东西及其现象的兴趣,他的现实感和节制的思想在他看来是逆德国的,甚至是一种过度的荒淫。在他说话的时候,我观察到,他的一支裤腿总是往上缩,因此我们可以看到他那深褐色的小腿肌,像被烧焦了一样。

最后,我们又一次谈到了音乐。莫扎特和舒伯特的恶魔化,出于更重要的缘由,还有瓦格纳。拉威尔的《圆舞曲》是 19 世纪对于幸福的一种扭曲式的敬意,说这句话的人意识到了接下来所要发生的事情的恐惧并且感觉到了四分之三节拍所带来的不可抗拒的巨大力量,从而让自己也陷入了恐惧之中。

之后,我们启程。P. 过分客气地、近乎卑躬屈膝地把我送到门口。在他的女管家把门关上之前,我看到他依旧站在黑暗的走廊上。但是,所谓中国人式的客套面具完全摘了下来。他看上去很疲倦,很不情愿地看着前方。

作者案语

在西班牙广场旁的一所我曾经居住过的公寓里,与 T. 这位文雅的、有教养的、见识广的米兰人会面。当我正准备向他述说我曾经在士兵大道拜访的经历时,他刚好在吃饭。刚说了几句话,他就被惊住了。他马上把盘子挪到一边,无语地站起来,匆忙地离开这所房子。数小时后,他才回来。回来后,他对这个"匿名人"只字未提,只是说到他对所谓的通灵和第四维空间的事件一无所知。1972 年的伦敦图坦卡蒙展就是一件不祥的事情。人们这样做,有些不够严肃。

罗马

当我们沿着康多提大道往上走,西班牙广场上方的台阶上那些往后延了很多的建筑线又一次引起了我们的注意:方尖石碑前的台阶,还有圣三一教堂正面的台阶,台阶斜坡也被建在中间的一个平台切成了两段。但是这种干扰明显是大众愿意接受的,这可不是为了亵渎对称原则的严谨性。当然,追求完美是存在的，但是完美也是永远不可能达到的，正因如此，完美才有它的魅力：在18世纪晚期的北德家具工匠总是想完美地模仿法国家具，但是总是做不到，雄心和成功之间永远无法逾越的距离引起了一种令人感动的魔力。西班牙台阶则是一件完美无缺的艺术品，创造者讽刺性地表现着自己高超的技艺，用意地冒着风险在完美中创造缺陷，反而达到了一个更高程度的完美。

即使在文学作品中也可以看到这种完美游戏。在谈话中提到的恩斯特·荣格尔曾经说过：写一页有瑕疵的散文并不难。更高超的技艺在于，能够通过无法让人感觉到的残破和看上去很粗略的表达让句子很容易地达到一种真正的完美。

罗马

在多利雅·庞菲尼别墅（Villa Doria Pamphili）的公园里。这个别墅曾在一些年前属于巴贝里尼（Barberini）家族的财产，然后这座城市将它收管，并向大众开放，于是水井和长凳都被破坏了，雕塑的头部也不见了。C. 把所有的破坏都推到游客身上。有句谚语叫做：野蛮人所要保护的成为了巴贝里尼家族的牺牲品；而巴贝里尼还未曾破坏的东西却被新的野蛮人所毁灭了。

然而，罗马总是疏忽于对本土艺术宝库的保护。哈拉尔德·凯勒（Harald Keller）认为这是因为，在罗马从事艺术的艺术家大多不是本土艺术家，他们作品的创作都是来源于罗马教皇一时的念头。这些艺术家都是罗马的过客，他们来了又走了。罗马人欣赏新的建筑或者雕塑作品时的喜悦中总是能感觉到一丝的蔑视，这种蔑视是专制馈赠的礼物。这也许就能找到，为什么直到今天当人们遇到那些仍然在不断遭到破坏的艺术品时如此痛苦的更深层次原因吧。

罗马

即使在那些存留在记忆中空无一人的支路上，如今也到处挤满了游客；道路里面是一个扩建了的露天博物馆。人们可以感觉到，和以前有所不同的是，游客对艺术时代的风格和艺术品的堆积并不感兴趣。许多人来到罗马，并非为了欣赏这里的建筑作品和传奇般的绘画作品。而这个城市所陈列的艺术品比陈列自身要少得多。

一家工场前的墙壁破旧不堪，上面满是炭黑，前面叠放着柜子、五斗橱和椅子。墙上画着一间位于费拉拉（Ferrara）的教室，学生们正在倾听老师讲述罗马手工业者过去和现在的生活状况，连几个路过的游客也停了下来。从他们的表情上可以看出，他们突然领悟了贫穷和衰老的魅力，好像他们突然觉得这里比所谓的波各赛宫（Palazzo Borghese）和夫人庄园（Villa Madama）更有趣。在对日常生活历史化的偏爱中夹杂着对平庸的偏爱，是今天许多游客的表现。但是，人们扪心自问，为什么来罗马是为了看那些在费拉拉或者博特罗普也能看到的景观。

罗马

晚上在"方塔内拉"（Fontanella），那是我们在60年代末经常去的地方。在那些傍晚，在后面那些房间里，椅子对着黑板排成一排，许多那个时代的著名人士来到这里。作家、画家，有时候也有政治家，那些来自一个体面阶层的名人们，在柏林人们经常这样讽刺地说，大多数情况下都是古托索（Guttuso）来这里主持的。有过一两次摩拉维亚也来过这里，他出现的样子就像三十年代法国片里的一位普鲁士将军。另外，来过这里的还有忧郁而温柔的克莱里奇（Clerici）、卡洛尔·莱维（Carlo Levi）和巴尔蒂斯（Balthus）和那位带着法老式的尊严的老人托尼奈利（Toninelli）。最令人难忘的莫过于翁加雷蒂（Ungaretti）。当他一站在房间门口，听众们的喧哗声在片刻间平息了，好像每个人都感觉到了，走进来的不仅仅是一位伟大的诗人，而且他本身就是一部以最远古的形式出现的文学作品。

这样的印象与他的外表却大相径庭：一位80岁的老人，身穿一套到处都是污渍的西服。他从客人们中走过，与每个人都聊了几句，然后老态龙钟的样子坐在桌旁。在用餐的时候，他取笑其他人的动作过于装腔作势，直到最后覆盆子冰激淋从他的下巴流了下来，当然他吃任何东西都是这样的。与此同时，他时刻体现出了百年以来意大利文坛天才的气质。他总是深藏不露。正是那与他名望和身份不贴切的瘦弱的外表，让我始终难以忘怀。

我们谈到与之不同的那些我们这些年遇到的德国作家。人们从未有过这样的印象，他们所表现出来的不仅仅是一种有趣的艺术追求，而且还有一种非常值得赞赏的道德要求，就像翁加雷蒂（Ungaretti）一样，他们代表了过去所谓文学精神的一切东西。也许，正因如此，或者因为自己的作品往往太渺小了，所以他们经常放弃自身的偏好，对那些跟在自己身后的、无形的往事表示拒绝。绝不是凭借出身，也绝不是所谓的那种牢固的传统关联性揭开了一个时代必须在紧迫之下走完的一段路程。

罗马

如今，某些作家似乎明白了，单单凭靠情绪和对良心激烈的呼吁来完成创作是不够的。因而，还必须与那些经受得住时间考验的客观存在建立联系，缺少回忆的东西是长久不了的。

罗马

在返回饭店的路上，我反复思考，觉得明天应该在 S. 启程之前去参观一下博物馆，比如法尔内西纳（Farnesina）或者梵蒂冈的一些柱子之类的。然而，却遭到 S. 的拒绝。他引用了方塔内斯写给他女儿的一封信的内容，即意大利的大街小巷让人更有旅游的感觉。博物馆给人的感觉，好比人们在疲倦不堪的逃亡中站在一个叉路口上，向右走人们总是会升天堂，往左走便会下地狱。同时，他也害怕博物馆内挤满了一队队的旅行团，那些站在一无所知的好奇者们面前的一无所知的向导们。简直就是一个艺术的鬼怪世界。

实际上，博物馆越来越像验尸房，只能通过机械的手段来验证所陈列的物品是否与原型吻合。走廊里挂满了一排排的绘画作品，就像是一幅幅档次较高的连环画，旁边还附上一些提示牌就像连环画中的对话框。然而，这绝不再是所有者努力的做法，即使他们也一直在付出，他们并没有因为他们拥有这些作品而感到悠闲，反而需要付出更多的精力。在此，人们可以总结出为什么所有传统的东西总是难以断定的原因。而对于新兴事物而言，总是需要精力去思考和想象，因此新兴事物拥有超乎常人所预想的忙里偷闲的机会。

然后，我们抄小路去了奎里纳勒宫（Piazza del Quirinale），之后从那里回到饭店。那些荒凉的小巷子，月光照在房屋正面突出来的缺口上。路边参差不齐的建筑线告诉我们这个城市在不断成长，这是被建筑出来的自然所拥有让人惊诧的两面性。屋檐将一道道深深的影子投射在墙上。皮拉内西（Piranesis）式的朦胧。在铺石路面上，出现出一条条惨白的光束。

S. 说，他明白了为什么夜游罗马不仅仅是游击文学的主要内容之一。原意受控于历史感觉的背景的魔力比白天表现出来的还强大。或者，想象力在夜里更容易让这种魔力复苏。同时，在夜里，历史空间无法掌控的事实会更加清晰的进入人们的意识中。实际上，石头是不会说话的。他们只会发出回声。

继续前行时，穿过一条条黑黑的、停满了汽车的胡同。胡同最深处那角落里的房子那儿亮着白炽灯泡那微弱的灯光。放下来的百叶窗，空荡荡的街道。只有从不远处的饭馆中传来一阵阵嘈杂的说话声，后来才听出来，原来他们是在唱一首歌："因为他是个真正的棒小子……"然后，又只剩下自己说话的回声，一片陌生和安静的气氛，从远处传来的交通的喧哗声也消失在这片安静之中。在一所房屋的墙壁上，在一个壁龛中，有一口发出潺潺水声的水井，井中飘浮着一个软木塞。忽然之间，许愿池中冒出一道熠熠发光的光亮。宏伟壮丽的喷泉建筑艺术，如此的不真实，如同童话一般，就像是巴洛克时代的艺术一样。喷泉建筑思想的大胆正好符合贝尼尼的勇敢，他用最小的尺寸为一座广场设计了这样的建筑：教皇坐在磐石椅子上，继承异教天主耶稣的使命，馈赠人类水源和果实。特莱维喷泉的流水顺着塑像的身体和假山往下流，流水呈现出淡绿色，光滑并闪烁着，在探头灯灯光的照射下，显得比白天要冰冷。走近喷泉时，天空中划出一道道惨白的闪电。一些后来的路人对着刚刚经过的时尚摄影师拍照，而他却在拍摄那些摆着僵硬的姿势的模特们。

罗马

上午，再一次穿梭在罗马的大街小巷之中。图拉真广场，丘比特神殿，马塞卢斯剧院。不知不觉中，就会循着这些名字和地方走去。然后，沿着台伯河走了一段。谈起在 C. 那儿逗留的夜晚和其中一位客人的评语：从来没有哪个城市像罗马一样遭到过去的勒索。

但并不是总是这样的。每一个时代都更愿意去耗尽那些已经发生的事情的能量，并且利用历史来达到自我意图和实现自我状态。这种肆无忌惮而富有成效的与传统打交道的形式破坏了许多零星的东西，但是整体却被鲜活地保存了下来。古罗马就像这座城市的采石场，而这座城市却是在历经了多个世纪的沧桑之后，中世纪即将终结之时才重新在罗马这片土地上建成的，在罗马文艺复兴时代走向衰落，又重新改建罗马，让人误认为巴洛克时代的罗马又重现了。这是缺乏慎重考虑的做法，这是毫无敬仰的做法，但是每一个时代都是如此地占有并赋予自身权利。这证明了一种威力和对文化的狂热。将过往事物进行神圣化永远都是一个时代活力衰减的一个征兆。在十八世纪下半叶，历史性事件的入侵破坏了面对过去的自然，丧失了创造性的活力。所有开始走向没落的时代都是从强化历史开始的。保守即灭亡。

当然过分地强调对现代事物的保护也可能还蕴含着另一个动机。或许，现代在所有过去面前意味着一种质性的飞跃。无论走到哪里，都能看到古罗马建筑残余以及文艺复兴和巴洛克时代保留下来的古迹都无法和当今时代钢筋和玻璃建筑接合起来。总是存在着裂缝。这让我想到旅行之初在锡拉库萨海滩上。同样，十分明显的是，现代事物追求形式化已经不再是一种传统。建筑师不善思考，铝材房屋正面和其不断发展的周边环境之间没有逐级的过渡，这也就让人们忘记了事物之间的不统一性。

即使再进一步发展出现的也只不过是一些新式的材料，那么旧事物显然就不能再维持下去了，与其说它是一种风格形式，不如说它作为历史的一部分已经走到了终结。

作者案语

历史的力量特有的平行四边形模式：守旧和在意识及现实中维护过去的思想在人类将未来把握在手中的同时赢得了它的力量。挽歌表达了怀疑和短暂性的持续存在，刚好与乌托邦——一种满怀急促期望的文学人物相符。

罗马

S. 动身离开之后，我去了阿梵丹山（Aventin）。在古代那里满是高高的居民房，曾是平民们的寄宿地，就像人们今天还能在欧斯提亚看到的一样。中世纪之时，那里还存留一些安静的教堂和修院，圣沙比纳修院（S. Sabina）、圣阿来修教堂（S. Alession）、圣普里斯卡教堂（S. Prisca）。周围到处是荒地和花园。这个地区迄今为止还保存着一些过去孤独的氛围。

　　进口处大门上镶嵌着徽章，围墙后面生长着一些雪松或是五针松，从松树的缝隙中偶尔会看到一些房屋的正面或者是屋顶的小阳台，房子看似是仿古风格，但又能明显地看出房子是在本世纪上半叶建造的。街道上空无一人，只有一辆警车从这里缓慢地驶过。站在马耳他别墅前，透过锁眼看到的圣彼得大教堂的圆顶就像一朵小花饰。正在这时，一个旅游团来到这里，这才让我亲眼目睹了一下这个著名景观的全貌。在另一边的低地中是大竞技场，后面是一片杂草丛生的公园，其中还种植着冬青栎、意大利柏树和月桂树，那里是帕拉丁的一些废墟洞穴，看上去好像已经被铁锈腐蚀了好几个世纪。

续上一段

　　有一种特别的说法认为，意大利是一个由快乐的人们组成的国度。那些决定着它历史的人物只不过是一条阴暗的长廊，长廊由那些推动历史前进的无情的人们组成。对此，在西班牙也存在一些与此遥相呼应的人物：科西莫·梅第奇（Cosimo Medici）和萨佛纳罗拉（Savonarola），波及亚（Borgias）和马基雅维里（Machiavelli），威尼斯的多根（Dogen）和那些城市中专横的暴君，另外还有那些教皇们，从波尼法兹八世（Bonifaz）、凯塔尼（Caetani）到儒略（Julius）二世、德拉·罗维雷（della Rovere），然后是一群贡多铁里雇佣兵（Condottieri）。奇怪的是，从他们脸上那一道道清晰而又让人感到悲伤的疤痕上看不出任何意大利的特征。哈乐其诺（Arlecchino）、布里给拉（Brighella）、哥伦比亚（Colombina）、即兴喜剧（Commedia dellarte）中的艺术人物，以及歌剧文学中的一些丑角，都极力排挤现实中那些让人感到可怕的人物。

作者案语

　　卡尼萨说，根本不存在意大利人。深藏在每一个意大利人内心深处的是猜疑、封闭、忧郁和冷酷，尽管这些都隐藏在他们擅交、甚至乐于助人的外表之下。只有当快乐成为一种普遍的谄媚形式，它才会受到人们的喜爱。而且，这两者——快乐和谄媚都可称作迷惑艺术。

作者案语

卡尼萨又说，富裕在意大利有一种魔力般的魅力，唤醒了嫉妒，更加唤醒了钦佩。仇恨只会在贪婪的富裕那里存在。他认为，富人私下里聚集财富，欺骗穷人，只给他们应得的份额，只有挥霍的人们还保存着一颗真心。

罗马

下午，烈日炎炎，让人窒息，我奔往梵蒂冈。没有人不认为拆除彼得广场前面错综复杂的老房子，那个叫伯尔格的地方，是墨索里尼的设计。人们并没有这样的感觉，直到意外地迈出一步走出狭窄的胡同时，才能看到一个巨大空阔的广场。从天鹅堡那里就能通过协和大道看到一条林荫道，在林荫道的末端是一个看不到边际的广场，那儿还有一座并不起眼的教堂。

或许，这样的判断过于草率。我想到我的父亲，他曾在他的旅行中还看到过伯尔格，之后也看到了那条宽阔而又繁华的大街，这是墨索里尼为了纪念拉特朗条约（Lateran）而修建的。对此存在一种一致的说法，即他无论如何都无法完全确保因此带来的损失。虽然他感受到了，从错综复杂的狭窄和豁然开朗的强烈对比中所带来的刺激，从而使得耸立在那里的圣彼得教堂看上去是如此的宏大。但是，诸如此类自夸式让人吃惊的效果总是让他感到有些不纯真，同时他也自问，这种突破是否不是一种专制，而是为了适合城市规划的解决方案。

从艺术历史学家的研究可以看到，建设一条以天鹅堡为起点、彼得广场和圣彼得教堂为终点的街道的构想让所有罗马教皇的建筑业主从文艺复兴时期开始就一直在忙碌。无论谁看到了协和大道上那死气沉沉的房屋正面，都会惋惜这个构想实现得太晚了。而且这个构想也为一些重要的建筑，比如卡布里尼宫（Palazzo Caprini），拉斐尔的工作室曾经就在那里。

作者案语

一段歌德《意大利之旅》中的描写："如果人们观察这样的一种存在状态，它经历了两千多年的风雨，时代变幻使得它历经无数彻底的沧桑变化，然而还是一样的土地，一样的山川，一样的石柱和城墙，在人民的心中依然还保留着追逐旧事物的痕迹。因此人们可以共同决定命运中的重大抉择……"

罗马

彼得广场上，日日忙碌中的一天：成堆的朝圣者，主教总堂年轻的教士们穿着黑色的教士长袍缓慢地推动着朝圣者的队伍，从车里下来的日本人尝试着成群结队地走在一起，美国女人们带着彩色的帽子站在她们的"罗马"或者"意大利"土地之上，看上去就好像完成了一次扶轮社聚会中的妇女节目。其间，还能看到商人、摄影师、群鸽和小孩儿们。一个修女带着一个班级的学生，14岁的姑娘们个个浓妆艳抹。一队由30或40个神职人员组成的队伍急步走过方尖柱，腋下挎着公文包，手中紧握礼帽。

又一次抱怨伯尔格遭到的破坏。背后的原因是想让圣彼得教堂给人以更意外更强大的感觉，而不是被隐藏在协和大道的遁点之后。以前就曾经有许多的游客提出过这样的异议，即这个建筑看上去比实际上要显得小一些。不论从外面看，还是从里面看，它的比例都没有得到充分的利用。而到处都能够看出这样的意图，即将这种强大变成一目了然的统一：马德纳（Maderna）设计的教堂正面墙壁上的块状岩被一些石柱和壁柱以及墙壁上凸起和凹下的部分拆开，从这里开始直到通过教堂中的祈祷室和透视折射而过度地拆离的教堂内部都能看到这样的统一。

但是，此建筑最明显地体现了古代罗马的建筑原则，即宏大不能体现出庞大的效果。甚至更确切地说：庞大永远都不可能带来宏大的效果。值得一提的是，游客们，尤其是19世纪和20世纪初的游客，经常会埋怨教堂的宏大并没有得到利用。与之相反，帝国时代的罗马却将古罗马竞技场修建在洼地中。

罗马

透过梵蒂冈博物馆的窗户看过去，目光总是会投向后面的花园。第一眼给人的感觉就是，它表达了艺术思想的最高境界，除此之外能够直接地看到一片被保护着的、并被拔高了的自然：巍峨的五针松、庄严的柏树、雪松和栗树。然后，再往前走的时候，透过另几扇窗户便会发现，这个公园本身就是一部巅峰艺术之杰作。每一部分都是按照美学的角度来规划的，每一次景物远近配置都进行了远、近距作用的核算。只有树木和茂盛的植物都处于石头的阴影之中，看上去有些不协调。建筑师不远千里去那些从地平面升起的山脉中采集石灰华作为原材料，从而能够让花园达到设计中上下堆叠的感觉，同时他们还从一些隐秘的小丛林中寻找树木，从而使得树木的排放也给人同样的感觉。大自然只是建筑师修建花园的一个大仓库。

因为，花园从未把自然带入城市，而是一种利用自然的建筑学：规则、精神、几何学和美观。这里的花园与英式花园的风格大相径庭，英式花园纯粹是为了保护自然，只允许对自然进行有秩序地干预。而意大利的花园否认自然，把自然当作艺术品来进行重新创作。

这一将对抗自然的做法推到顶点的花园设计理念在所有的罗马式公园内无处不在。它的设想是，阿卡狄亚是一个梦，曾经在很久以前这里真的存在过伊甸园。圣经中也有过这样的记载，即上帝将人类驱逐出了伊甸园。这个花园是一种充满激情的来弥补这样历史的尝试。花园的主体从未或基本上都未离开重获遗失的天堂的主题。

罗马

在梵蒂冈宫廷的房间里，站在湿壁画面前，一种既陌生又接近的双重感觉油然而生。许多人认为，已经不再可能有接近拉斐尔的感觉了。他曾经长达四个多世纪之久被当作一切美丽的标准来颂扬。没有任何一个艺术家能像他那样被效仿、改变和研究过。这种毫无争议的荣誉停止了。在他和当代世界之间堆积了太多只模仿不创作的作品。

拉斐尔的踪迹一直延续到19世纪学院派研究主义和沙龙艺术那里，他的踪迹作为一种典范在那个地方已经变成一种具有平庸化功能的影子。他已经成为因为效仿者而贬值的艺术家最好的例子。马尔罗（Malraux）说过一句当今十分受用的句子，即拉斐尔对他来说微不足道。他后来在马克斯·恩斯特的作品《在朋友的会面中》出现过一次，虽然是以告别人物出现的。

然而，我想到许多以前的事情。圣母像、葛拉特恩（Galateen）、赫利多莱（Heliodore）和那些文艺复兴时期的肖像，它们刻画了平民世界中关于美丽和名人的涵义，它们在遭受现代化的震惊之后还能如此坚韧地坚持美丽和名人的内涵。直到 1942 年夏天的一天迈尔（Meier）博士离家之前，我每逢周六都会去拜访他，当时我就发现他家中的书房内存留着一幅复制品《圣礼的辩论》，在他的书柜之间，有污渍的玻璃后面还挂着一幅拉伊蒙地（Raimondi）模仿《雅典学校》的版画。诸如此类的模仿对于拉斐尔来说虽然只是意味着一种传记式的意义。但是这还是值得的。也许到我们子孙辈的时候，才会失去意义吧。

作者案语

最后一次拜访那里已经是很久以前的事了。那时总和 A. 一起来，当时他不过 13 岁。也许他并没有想到矛盾，当他无聊地列举着湿壁画的名字、同时摆放那些雕塑时。他将那幅挂在前屋由波兰历史学画家约翰·马泰伊科（Jan Matejko）描绘 19 世纪末索博斯基（Sobieski）解放维尔纳场景的作品和拉斐尔作比较。一幅老练的描绘战役的绘画，蓄着大髭须胡子的战士，飘动着的战旗，和一道作为背景跨越在维也纳和瓦韦尔之间象征着胜利的彩虹。我一直无法做到，成功地去解释为什么拉斐尔是一位要重要得多的画家。人们是如何来介绍这些伟大艺术中的名人的？是什么让他们变得伟大？到底需要多少艺术理解力才能读懂艺术？

罗马

我们刚好站在绘制亚当图案的天花板下面，这时，就好像一块幕布被拿走了一样。原来敷在米开朗基罗湿壁画表层的灰尘、胶水和炭黑夺走了绘画的光泽，让人感觉到一种阴郁的雄伟。但是，现在敷层消失了，绘画的色彩变得十分鲜活，虽然有时也会让人感觉到一种冷静的张力。我们往前越过几个台阶，台阶上绘制着米开朗基罗设计并由后来的修复者改造过的图案，然后从米开朗基罗创作的其中一座男性裸像下面穿过去，裸像描绘了圣经故事中一些情景中的一群裸体少年。此时，人们无法相信自己的眼睛。那粉色和过于逼真的肉色在明和暗的流动中将人体的颜色表现得如此真实，给人以视觉上的冲击，我们后面看到的亚当的绘画也是如此。这种感官上的刺激使得人们以往的知识都已经失去了意义。

人们第一次感受到，米开朗基罗不仅仅是善于使用线条的绘画天才，同时他对颜色的使用持怀疑态度，他认为人们所接触过的颜色充其量只是绘画的补充而已。另外，他作品中的近物暴露了他喜欢使用柔缓过渡和中间色调进行塑造的绘画艺术。圣父额头的抬头纹和脸上局部的光泽，一些绘画技巧上颜色的细微差别，比如为了表现出藏在圣父大衣中领着夏娃过来的小天使塑像，或者最后慢慢地向右上方延伸突然出现在亚当额头上的一道亮光，直到现在人们都认为色彩变化把握得十分细腻，将色彩细微差别隐藏得很好。就连预言家和女巫都从他们固有的僵持中走了出来，他们身后的背景在强烈的阴影作用下显得很有活力，一些被人们当成绘画模式的人物又突然间获得了一种个性，甚至是一种心理作用下的特征，它让观察者从25米深的祈祷室那里就保持着一种封闭的感觉。让人吃惊的还有，米开朗基罗曾经多少次在创作过程中，在将灰泥灌入到人物轮廓之前离开了工作，又有多少次在设计亚当的腿和脚的时候停止了工作。

这位"单色"画家以及他对颜色的禁欲主义统治着绘画艺术长达数世纪，直到人们发现描绘在弧形窗上的人物绘画，才标志着他的时代被彻底推翻了。罗波安（Roboam）和亚比雅（Abias）创作情景画时，擅长使用温和色彩，主要以橙色、绿色和黄色为主，而其他画家习惯运用粉色、紫色和钢青色，色彩之间形成强烈反差，刺眼且不和谐。长袍上凸起的褶皱毫无过渡地突然转换成十分强烈的白色，而它的邻色又显得反光。只要颜料成为唯一表达色调的元素在绘画中得到使用，那么颜料就成为了特有的反自然的元素，大胆而又古怪。只要把这些作品一拿出来，修复者的害怕就一览无遗了。

艺术史学家的震惊是可以理解的，他们从古老的、世代传下来的规则中逃离出来。米开朗基罗出神入化的英雄世界和浪漫的浓淡映衬，使得他和他的同伴，伦勃朗兄弟，以此而著称。但是这种观点不仅陷入动摇之中，而且早已被人超越。同时，那些回响在米开朗基罗耳际恶魔般的窃窃私语也失去了意义：他会变得更光彩、更易懂，可能还会更伟大。

其中一位修复者认为，首先是反对那幅从未想到的、在许多深入研究中保存下来的米开朗基罗画像，这幅画像引发了对绘画进行修复的争论，最终导致人们认为画像是"圣代冰淇淋的颜色"和"艺术上矫揉造作最失败的例子"。让人们感到意外的期待还有，一些美国流行艺术家对湿壁画进行色彩上的修复进行了反抗。这位修复者坐在电脑面前说到，人们今天可以精确地对每日的工

作顺序进行排列。在米开朗基罗创作情景画的时候，他首先确定了亚当的头部应该位于天花板的中央位置，然后是胸部和躯干，从这里接着画下去，从而逐渐地完成了整幅绘画的创作。通过电脑上可以显示出初稿和修复之后的作品之间任何一个细微的差别。就连绘画中一些个别部分的维持状况都能显示出来，还有一些特别严重的或者已经消失的地方以及其他等等都可以通过电脑得知。

从草图上，人们可以看到旁边天花板上的绘画，这幅画表达了创世纪历史中水域和土地分开的情景。颜色如此之深，仿佛已经浸在了深褐色中一样，让人无法看出作品所要表达的思想。我想，这种无法复制也应该算作生活剧的一种吧：只有现在才能提供这样进行比较的可能。这个可能性对那些在些许年后参观这个祈祷室的人们持保留态度，当他们看到那些数百年沉淀下来的、让人敬畏的、出于一些人的激情而执意被保留的尘土已经荡然无存的时候。

罗马

西斯廷教堂给人强大的压力。所有的艺术名人都参与了这里的绘画创作，人力所及的才能已经发挥到了极致。从《最后的审判》中可以看到，圣巴托罗缪手中攥着画在自己囊皮上的米卡朗基罗自画像。这似乎也暴露了些什么。这表现了遭受艺术摧残者那被扭曲的面容。

如今，事实完全相反。艺术破坏了许多东西，只有艺术家自己例外。然而，没有人愿意放弃那份应受的不幸，痛苦的影子自浪漫主义时期以来就弥漫着艺术家的自画像。做耶稣受难状。但是，这些作品毫无意义。

这样的矛盾只能通过挖苦的方式得到消除。这也许正是为何现代艺术丢失了许多可信元素的原因吧。可信性坚持彻底的主观主义，要求一种真实性，或者这只是一种装饰性的姿态。为了找到一些例外，我想到了几个名字。几乎人们所碰到的所有画家，对待世界都是如此毫不留情，而对待自我却是如此宽厚容忍。像艺术家一样深深地烙上资产阶级烙印的平民大众也早就参与到了这样的游戏之中。我想到我那位来自萨尔斯堡的女邻居说过的一句话："一个人为了艺术而毁灭自己，这是不应该得到允许的事情。"

作者案语

站在泰德奇圣墓地（Camposanto dei Tedeschi）旁，这是靠近圣彼得教堂的一个德国人墓地。卡尔大帝修建了这个墓地。但是更让人印象深刻、更具有双层意义的是墓地大门上的一句话:"日耳曼人安息。"

续上一段

还在米开朗基罗有生之年,达尼埃尔·达·沃尔特拉的保禄四世就曾接到过这样的使命,即将西斯廷教堂绘画上人物肖像上有伤风化的地方用颜色涂盖上。宗教目的和裸露之间永远不会有和谐,罗马教廷中的教皇和他的顾问说道。

在戴高乐当政时期曾经有一段时期,他能合理且风趣地化解这对矛盾。曾经在内阁议会中持续争论了很长时间的一个话题就是,是否可以在邮票上面印上戈雅(Goya)的作品《赤裸的姑娘》,这幅作品是否可以算得上艺术。当所有人都表示同意的时候,他直率地下了决定:"这样的话,事情就简单了。如果这是一件艺术品,那么就不存在赤裸的姑娘了。"

继续

另外,这句话也可以反过来理解。如果艺术品中的裸露以裸露著称的话,那么就会降低作品的档次。

罗马

驱车去罗马金字塔旁的新教墓地。雪莱的遗体就埋葬于此,济慈也安葬在这里一块无名的墓穴板下,上面只写着:"这里长眠着一位留名于水中的人。"旧区的墓穴没有围起来,它们杂乱地散落在高高的杂草丛中,看上去好像亡者只是被草草掩埋了而已。就连加斯特恩斯(Carstens)、卡尔·菲利普·福尔(Carl Philipp Fohr)、魏布林格(Waiblinger)和汉斯·冯·马列(Hans von Marees)也安葬在这里,另外还有洪堡的孩子们,亨利埃特·赫特(Henriette Hertz)和戈特弗里德·森佩尔(Gottfried Semper)。在葛兰西(Gramscis)的墓碑上只写着:"安东尼·葛兰西之烬"(Cinera Antonii Gramsci.)。这曾经被帕索里尼用来作为一部诗集的标题。

然后是奥古斯特·歌德,他在1830年来到罗马后不久便死去:即使在死亡中他只剩下儿子了。在他的墓碑上连他的名字都没有,只有一句:"Goethe filius. Patri Antevertens"——"歌德的儿子，走在父亲前面"。当这位诗人接到儿子过世的消息时，他说了一句震撼人心灵的简短的话："Non ignoravi me mortalem genuisse"——"我曾经总是感觉到，我生了一位亡人"。

在一位奥地利军官的墓碑上没有关于战役荣誉和嘉奖的话语，而是一行最精炼的碑文，唤起了整个19世纪的感情："感伤的小提琴手和我的丈夫。"灌木丛中和梯地状的路上到处游荡着小猫。一切都在罗马金字塔眩目的白色衬托之中。

作者案语

在返回的路上，思考为什么这些外国人的墓地有这样特别的吸引力。在拜访中，除了德国人和英格兰人之外，还有法国人，一些荷兰人和斯堪的纳维亚人。我自问，墓碑上的名字对他们来说会意味着什么呢。雪莱和济慈也许可以除外，或者他们是否比道听途说的名字更有意义呢。

当人们站在异国的墓穴前，不自觉地就会想到，每个墓地是如何呼唤起那些埋藏在记忆中的往事的。还会想到不幸、流亡和破灭的希望。尽管，亡者是否在他们曾经感到幸福过的地方逝去，是无关紧要的事。人们所说的"异地"，但是有可能恰恰就是本地。

罗马

工匠们还在饭店的玻璃棚天井中工作。他们用报纸折成帽子戴在头上，他们的声音从狭窄的天井中传上来。

从邮局那里收到一份电报，邀请我参加一场历史研讨会。"除忆诅咒"——"除忆情绪用一种新的形式得以实现"。沉默不是对咒骂的惩罚，唾沫星子才会淹死人。

罗马

有一次，许多罗马人在用餐时的严谨引起了我的注意。用餐对于他们来说就好比一项重要的日常事务，他们倾注一切精力，不容许有半点的分心。

每次都能看到，餐厅中充满了吵闹声，盘子和餐具碰撞的声音，在长形饭桌的最里边正在进行着一场讨论。但是，其中也有个别人或两个人，一般都是客人，看上去根本没在笔记。有时候，有人会向上看看，心不在焉的样子，无神的目光，直到他把适当分量的乳羊肉放到盘子中以便能够吃上一口的时候，眼神才会神采奕奕。

奥斯蒂亚

在卡洛斯家中。他在海岸后面的五针松林中拥有一片田产。漫步于海边。小屋被涂成彩色，从中可见周末留下的垃圾和海上的冲积物，冲积物在海滩上呈一条条深色条纹蔓延开来，消失在远处。海边只有零星的几个人。

聊到西西里和他那里的朋友们。他很少出海去岛上，他说，岛屿不仅改变了它自己的面容，而且也丢失了自己的面容，它是意式的，或者更确切地说，是美式的，还有橘树种植日和夏日里卖俏的移民，这些无法让他理解。骄傲的西西里，他摇着头说到。他还提到进步的耻辱。

继续呆在奥斯蒂亚

为了这个相聚之夜，卡洛请来了路济弗洛·阿普里格利阿诺（Lucifero d'Aprigliano）侯爵，他出生于一个古老的家族。我曾经在克罗托内听说过这个家族，家族的姓氏来源于对毕达哥拉斯狂热的崇拜。

侯爵到达时作了个登场表演。他一下车，便将双肩向后伸展，张开双臂，大声喊："是我！"。他做了一个幅度较大的姿势脱下草帽，嘴中不停地嘟哝着，绕着汽车朝迎接他的人们走过来。他在 70 年代后半期时体形近乎丰满，然而现在身材却显得魁伟近乎优雅。引人注目的是，那与人交谈时悦耳而又尖锐的声音。他的一只手里握着一根带有象牙球形捏手的乌木拐棍来保持平衡。几句话之后，他说起这根拐棍。这是他的一位祖先在几百年前雕刻的。从那球形捏手就能看出它的年龄，因为频繁使用，那圆球已经被磨得亮锃锃的。

"路济弗洛"，在迎接他时，他这样介绍自己。这给人这样的感觉，这位老先生用他名字的双层意义来取乐。他的山羊胡一直留到领带的纽扣那里，胡子被梳理得笔直笔直的，以至于每当他把头往后甩的时候，都好像把胡须捅到空中一样。浓黑的眉毛下一双咄咄逼人的眼睛。额头两侧灰色的头发剪得平短，显得额头较高，好像额头两侧隆起来了一样，整体上看去有点像硫磺的形状，同时也包含了一种近乎讽刺滑稽的模仿。他操一口优雅、老式德文。他那奥地利肤色随他母亲，也和他在维也纳度过的学生年代有关。他曾在维也纳还见过西格蒙德·弗洛伊德。他对他的朋友说，他这一辈子只做了些能够逗乐的事情，所以人们都认为他是一个十足的半吊子。

他从一个人走到另一个人身边，有修养的样子，又有几分机警。而且当他激情澎湃的时候，他又巧妙地使用讽刺降低了这种激情。当人们坐下来的时候，他便开始讲述一些有关他家族史的故事，他的生平，加拉布里恩的状况和这个城市与西西里的区别。此间，他会讲到那些德国人，谈到莫姆森和施彭勒，他认为这二位能够最清晰地刻画德国人的特征，即一面是禁欲的细致缜密，另一面则抱有世界末日般的幻想。对于这两方面，人们都必须添加些音乐，他认为，然后就形成了有关德国人的基本模式。他谈到巴赫，如果没有他，那么德国音乐，或者说自他以来所有的音乐，都是无法想象的。海顿、贝多芬、舒伯特和其他许多音乐家都视他为鼻祖。然而，巴赫只不过是一位卓越的乡巴佬。当他在听歌德堡变奏曲或者即使在听勃兰登堡协奏曲，都会如此失望地感到无聊，然后他就自问，巴赫是否不仅仅是一位工程天才，是音乐界的戴姆勒。他认为这样的比喻很贴切，因为他认为他总能听到那奇妙的棍棒有规律的击打声。对此，他第一次被卷入了一场争论中。最后：他喜欢夸张，因此也喜欢外表；面对这位十足的乡巴佬，他只会脱帽表示敬意。

女厨师打开了饭厅的双重门，这时，这位侯爵又谈到了意大利种族和文化的多样性。这个国家的民族学用一个德语词"打了补丁的地毯"（Fleckenteppich）来形容再贴切不过了。从中人们还须思考一下这样形容的原因，与德国人相比，生源意识给意大利人刻下的烙印要深刻得多。在加拉布里恩主要以希腊人为主，其他地方则以伊特拉斯坎、凯尔特或者伦巴德族人种为主，还有就是西班牙人和法国人。他把当今的意大利描写成一次融合过程。最后意大利人定会形成一个民族，但绝对不会形成一个种族。如果他去西班牙旅行，他感觉就像到了另一个家，但是在伦巴第或者皮埃蒙特地区，他感觉身处异国。南部的分水岭从罗马开始。米兰人曾说过，从那里开始就算做非洲了。但也有和他一样的人们认为，朝北方望去，文化在那里就终结了。

然后聊到意大利的内部迁徙，上百万的人处于流动之中。这也许会促使意大利内部统一。侯爵对此表示反驳。在统一前面发生的总是与之相反的事情，意大利的族间仇视被加里波第的侵略战争所利用，通过这场战争他占领了南部。现在南部在统治着北部，这也是数百年来遭受到傲慢的蔑视的一种补偿。历史再次步入正轨。许多代表着高贵的政治和社会声望的位置都掌握在意大利南方人手中。大量的高级官员和军官都来自于马莎吉诺地区（Mezzogiorno）。因为他们拥有着北方人没有的东西：一种获取权势的天性之后蕴藏着一股挡不住的上进心。

饭后，又来到阳台上。侯爵又想到了旧罗马在世界的权力地位，想到法典和教皇们，时空不停地转换着，这正符合他那喜欢漂泊的禀性。引用他的一段评语：19世纪曾经是一个不折不扣的浪漫主义百年。这个时期创造了许多伟大的人物：加富尔、司汤达、瓦格纳、俾斯麦或者还有拿破仑三世。"当然还包括卡尔·马克思"，他补充到，"我的上帝，如此一个疯狂的、浪漫的头脑！"或者一个制度、一种沿袭了多年的习俗对于他来说都是值得崇拜的，因为它们是古老的。它不需要更加强大的原因。因为如果一件事情缺少了它所需要去抵抗怀疑的伟大和说服力量又如何称得上是古老的呢？关于西格蒙德·弗洛伊德的讲座他说到，使他印象深刻的更多是他那华丽的语言而不是内容。

关于他具有决定性意义的生活经验的问题，路济弗洛不假思索地回答道："永恒的意识。"南部那些贵族统治的城市在历史的灾难中已经发展出了一种无以伦比的忍耐艺术。"我们在一切中幸免于难。"他的一位祖先曾是位伟大的无神论者，1799年在克罗托内，他下令将鲁弗红衣主教在他的宫殿台阶前枪毙。过了不久之后，这位曾经统帅过行刑队的军官的名字就无法再查找得到了，关于红衣主教鲁弗的故事也鲜为人知。与其相反，从历史记载中得知，他的家族曾经乘坐自家的战船参加过莱庞托战役，他的两位祖先曾被弗兰茨一世在帕维亚附近逮捕。

在议会中，他讲述说，曾经一位社会主义党派的议员将他称作"同志"。他打断了这位议员并且问到，他是否知道成为一位路济弗洛（Lucifero，此词还有一个意思是魔鬼撒旦）意味着什么。他回答说，我们最终都属于人类。面对如此尴尬的回答他反驳道：他，那位叫做路济弗洛·阿普里格利阿诺的侯爵，知道他的祖先都有谁，祖先的名字可以追溯到公元前。而这位值得尊敬的议员却充其量说出前两代或三代祖先的名字。在他之前的历史是空白的。谁来自于一个古老的家族，那么就可以在世代之间进行思考，成千上万的亡者可以跟着来讨论，简直就是一曲宏大的多声部合唱，当人们叽叽喳喳地聊起家谱来也不会显得平庸。他还与那个来自于昆图斯·法比乌斯·马克西穆斯（Quintus Fabias Maximus）的马西莫家族争论，到底哪一个家族的历史悠久一些。

当路济弗洛正在谈天说地的时候，我在思考他的那些想法都来自于哪个不同的世界。这些当然也形成了他的魅力。当今时代的损失之一在于，它不再有机会去感受异样的思想。文化作为多样化的原则就是为了抵抗野蛮人的一致思想。

罗马

下午和瓦莱利 B. 一同从广场旁去卡拉卡勒浴池（Caracalla-Thermen）。我们约好了在那些脖子粗大、头部过大的大理石雕塑前碰面，米开朗基罗曾经把这些雕塑放在台阶末端的卡比托利欧雕塑旁。这一次，这个雕塑穿着一身绿色方格纹的服装，配上黄色长筒袜。外表的放肆和严肃，与有点女老师气质的本质形成奇特的反差。

首先谈到那件奇怪的事情，那位文艺复兴大师米开朗基罗为什么会设计一个后门通向罗马广场的广场呢。然后，谈到科拉·迪·里埃恩慈奥（Cola di Rienzo），他曾经在天坛教堂旁边的台阶上，也就是中世纪的处决场，被当时的暴民所杀害。后来暴民们为他欢呼了很多年。就连但丁和佩特拉卡（Petrarca）也将他看作罗马共和国的解放者和重新建立者。一位后来的民众领袖还曾经有过一个梦想，梦想着这个城市能够统治世界。城市超越地域（Urbs supra orbem）。

我的记忆总是被一些重大的历史事件引诱。就像保尔·瓦雷里（Paul Valery）的一句名言，历史是人类头脑这个实验室生产出来的最危险的混合饮料。大约六百年之后，罗马那沉重的历史阴影又再一次地激怒和迷惑人类的心灵，之后人类又重新找到相似的出口。科拉·迪·里埃恩慈奥死后，人们就把他头朝前，捆住双脚挂起来，然后在圣马尔采鲁斯广场示众。

站在广场上，心中涌起许多问题：那过高的大理石台阶是通向哪里的呢；在凯撒被谋杀当日，元老院中元老们伪装的假面是不是导致他在元老院门口踌踌不决的重要原因呢；朱图耳那（Juturna）源源不断的泉水到底是从哪里冒出来的呢。还想到古罗马时期人们许多阴暗的勾当，朱莉亚当时又是如何在大会堂里制定方针决策的。原有的知识让我对一切都有这样稀奇的强烈感觉。

在继续前行中，总是能看到新的数字、人名和度量说明语。有时会因为争论这些说明到底有没有意义而败坏情绪；这些信息只是一个认识的前提，而且所有真实的问题都源于此。因此，我们转移话题，提起罗马的猫。在延伸到帝国大道的护墙角下，站着一位老妇人，她正在从一张已经浸湿的纸里掏出食物，给那些从四周跑过来的小猫们喂食，嘴中还叫着一些猫咪的名字。对于罗马人对猫奇怪的偏爱，也许连他们自己也会情不自禁地钦佩自己：他们的骄傲、那些离群索居的小家伙、他们享受着每日懒散的生活。

然后，步行穿过古罗马竞技场。对于古罗马而言，死亡并不是什么极其恐怖的重大事件。首先基督教创造了死亡，并给死亡戴上严峻审判和永恒诅咒的枷锁。因此，死亡权利的意义越来越显著。此外，古罗马竞技场还是一个演绎死亡艺术的舞台。

但是，对于帝皇而言，更确切地说，这里只是维护其统治的一个工具而已。我们谈到古罗马大将军们使用权力时的理智，他们冷酷而又悲哀的形象。即使那些显得最懦弱的人物，包括卡尼古拉和伽而巴在内，都不例外。而其他的掌权者不同的是，他们无法将他们对于政治的见识付诸现实。他们都清楚，群众的本性永远都是追逐权势和安逸。只有那些懂得与群众打交道的艺术的人，才能无所畏惧。这样的游戏要考虑到权力的需求，就像公共温泉需要舒缓的感觉一样。

陪同我一起前行的一位女士在经过那些还保留着许多高大拱顶、墩子和马赛克地面的废墟时说，人类永远都不可能，即使现在也不可能，再建造出如此"自我挥霍的主教座堂"了。

作者案语

公共温泉同时也是人们消遣和集体放松的场所。从一块武士的碑铭上可以看出，公共温泉在帝皇时代作为饮用水源的重要性。其中还提到当时罗马人其他的消遣场所和对象：林荫道、书籍和游戏性比赛、列柱大厅、荫凉处、处女和公共温泉。

罗马

卡拉卡勒浴池已经破裂不堪，到处蔓生着绿色植物。这样如此冲击感官的场景在别处废墟中是见不到的，即使在提佛利也看不到。终于明白了，为什么18世纪总是那么迷人。因为人们对古罗马的热情，因为大自然是如此的全能，它能摧毁人类的建造物重新让他们回归自然。

继续

"如果人们喜欢一座宫殿，那么必须将它拆除。"狄德罗（Diderot）的这句话很快就成为了一句比喻。既可以用作描述历史上的政权，也可以用来描述人类自己。

罗马

离开卡拉卡勒浴池之后，又沿着奥蕾莉亚城墙走了一段路。我们围绕着这些问题进行了讨论，哪些力量对比的改变能够促使那些修建古罗马界墙的帝王们又去加固他们的基础设施。或者哪个变迁是我们能够想到的，它让那个强大的罗马突然变得那么容易受伤。之后我们去了酒吧，从那里可以看到拉特朗的圣若望教堂。

罗马最辉煌的时刻，瓦莱利讲到，在一天中结束时到来。它经常会出现在品奇欧山上，在那里总是能够看到这个城市上演的最令人难忘的表演。如果太阳还停留在地平线上，逐渐褪去颜色的屋顶和房屋正面泛出一层隐藏已久的红晕，然后万物都笼罩在这感觉不真实的粉色光芒之下。

其间，四周的房屋正面开始显得半明半暗。只有那圣若望教堂宏伟的双坡屋顶还在反着光。随着天空逐渐苍白，房屋立体式的深邃感消失殆尽，渐渐地，只能看见轮廓和轮廓上的线条，直到只剩下一个黑影古怪而又独特地立在夜空下。

罗马

当我们途径花市广场去往朱莉娅大道时，G.说，以前的罗马已经荡然无存了，这个喜庆的、能够触摸到的、平民化的和热情四溢的罗马将会在些许年后溜之大吉。从如今旧市场逐渐消失了它那无序的活力来看，总能让人回想起记忆中的旧市场。现在还能看到的是那些售货伞下叫卖的小贩、小卖主、拉皮条的、送信人和大量参观者。还能看到的是买卖时的小把戏，人们在验货时的表情变化，时而惊慌，时而对价格大加嘲讽，最后当卖者都已经要走的时候，才成交。相同的面孔，就像在费里尼家。

在忙碌的市场边的一家服装摊旁，坐着一群人在玩扑克牌。旧货堆积在鳞次栉比的店铺门前。在这里还能看到书摊和一些刚开张的服装店。在一个台球大厅里，大厅墙上凸显红衣主教半身塑像。空荡荡的球桌。一些老翁蹲坐在墙前椅子上，沉默不语。已经是下午了，G.说，当商贩们都散了之后，景象又会不同了。然后，一群留着长发的年轻人走过来了，过了不一会，吸毒者和贩毒者也来了。他们彻底毁坏了这个区域，比那些将居民赶走的炒房者还要可怕。市场上摊位越来越少，也许到了30年后就只剩下三分之一了。

罗马

时近黄昏，和G.一同去欧斯提亚，他在那里的一家餐馆里有约会，这是家自前段时间以来经常听到过的餐馆。餐馆进口处的一些台阶已经出现裂缝，旁边的杂草向上蔓延。但是，餐厅内部都是正在使用的铬器和铜器、摆好餐具的餐桌和装饰漂亮的开胃菜。店主是一个矮小、胖乎乎的男人。每次当他很客气地招呼客人后，就会把餐巾扔到背后去，然后亲吻指尖来推荐店内的特色菜。当他的这种动作较为夸张的时候，就会产生一种搞笑奇怪的效果。

G.聊到他购下的一幅约瑟夫·亚伯斯（Josef Alber）的作品。我讲到我在纽黑文拜访他的故事。当时，这位糊涂的老翁在来访者面前庆祝自己和他作品的成功。他发表了批判列宁的长篇空论。他说，列宁认为自己代表了革命原则和平等思想。然而这个世纪真正的革命者别无他人，只有约瑟夫·亚伯斯他自己。世界上，只有他的四方形画框能够如此纯粹地表现出得以实现的平等，即使对内部两个四边形进行轻微的移动，这也只能表明理想和现实还不能够完全重合，如今还做不到尽善尽美。因此欣赏他的作品就像是在阅读宣言，一部编码式的《致全人类!》。这样的比喻有过之而无不及。

不仅仅是这位老人如此荒唐地高估自我让我记忆犹新。而当时，更加让我恍然大悟的是，当代的艺术总是需要言语和注释来诠释。这就是为什么约瑟夫·波伊斯（Joseph Beuys）在他的晚年，当时他遭受眼疾和喉病的折磨，曾在小范围朋友内说过，如果可以在聋和哑之间选择的话，他宁愿变成哑巴。

B. 来的时候，餐厅里早就满了，侍者们不辞辛苦地在桌子间狭窄的通道中来回走动。B. 有个不好的习惯，每次说话前他总是要说出那象征着思考的口头禅"Mbò"，然后再停顿片刻随之，又开始用让人无法理解的速度上气不接下气地滔滔不绝起来。这时，高挂在空中的太阳落到海上乳白色的帷幕之后。随之，雷雨怒起，其间刮来的阵风将地上的沙尘和从四面吹过来的垃圾卷成高高的漩涡儿。

离开时，已经风平浪静。黑暗中，我们朝着海岸往下走。路过一片浓密的灌木林。辽阔的海面懒散地浮动着。

罗马

在拯救文物古迹的工作中，人们发现了文物外表的一层保护层。很明显，早在古代，到了后来，直至近代之初，都有涂抹保护层的可能，但是后来就失传了。人们猜想，这可能是由烧化石灰和有机材料组成的混合物，但是它的分子式还没有找到。

所有现象显示，早在那些时代人们就已经形成了文物需要保护的意识。最新的科学检验也得到了一致的结果。检验称，不仅仅只有主要由空气污染导致的化学和物理程序加速了文物的破坏，还有那些微生物也能促进自然中的氮气循环。

罗马

旅行中的插曲——参观名胜古迹。中午时分，途中空荡荡的街道，旁边驶过一辆从国会那里奔向伊曼纽尔纪念碑前的旅游车。车一停，乘客立马取出照相机对着纪念碑拍照，好像接到口令一样。片刻间，乘客的面容消失在这些小黑匣子后面，使得他们看上去都像来自于玻利菲姆（Polyphem）家族的一列列小怪物们。然后，汽车又启动了，打了个急转弯，去接那些坐在对面的游客。

罗马

瓦莱利打来电话。周末她在罗马东部山中的朋友那里，在那儿还碰到了以前的 N. 将军。战后，这位将军便在那里定居下来，隐居在一个庭院中。我问他，是否愿意接见我，他回答到，此时他正闭关不接待外人，除非他的老乡赶到附近来。

罗马

人群在通往西班牙广场的商业步行大街和胡同中移动着，他们把旧时的小日子排挤到了市外。以前的裁缝、鞋匠、糕点店和杂货铺已经烟消云散。人们统一把楼层较高的套房装修成豪华公寓。底层沿街橱窗一个挨着一个排列着。还有大约百分之五的市民居住在这个区域。旧罗马已经变成了一些服装店。展示出来的商品来自世界各地：浪琴手表、古奇（Gucci）提包、芭贝瑞（Burberry）雨披或者是米索尼（Missoni）和卡丹（Cardin）大衣。只有装潢是罗马的。

奇怪的是，那些在街道中摩肩接踵地走着的年轻人和乘坐在小公共中的游客们，没有哪个人会去那些商店里看看。人们在享受着自我。橱窗中闪闪发亮的陈列商品对于他们来说只不过是个背景。好像人们很满足那些能够带来国际化气息的商品，它们昂贵、夸张，也美丽。这个区域比以往任何时候都要吸引人。但是，它却丢失了它的特征。

作者案语

在谈话中，G. 想到那句"德语警句"：天才来自于勤奋。但是，这句话只是反映了德国人在痛苦中获得灵感这一事实。他用罗西尼（Rossini）这个例子来反驳：他的生平告诉我们，天才也可以游戏人间，天才也可能只是一种情绪。

罗马

H. 的来信中充满了对罗马的不满。他在这个城市就从未感到舒服过，首先大概是因为，这里处处让他感到压力，从一个纪念碑跑到另一个纪念碑，从教堂到教堂，就是为了对这个文化之都市民的谦卑以及绘画、柱廊和艺术瑰宝中永恒的光泽和荣誉表示钦佩。但是，他始终厌恶大理石，包括石膏像，他厌烦圣者，甚至乳香都能让他病倒。为什么呢，他问，居然会在罗马感到幸运？就连卡尔索周边地区那悠闲漫步的高贵妇人们也让他感觉到过于高贵和冷漠，出租车太窄，卖者太傲，饭馆太吵。

基本上，每一个从罗马回来的人都会有和他相似的印象。我的也不可能例外。每当他看到一连串挤满了乘客的公共汽车行驶在歌德曾经住过的卡尔索大道上，并从他眼前经过时，他就会向马古塔大街逃去，他可以在那来来回回地散步并且享受学院围墙上的紫藤和那里的宁静。最可怕的要属那些轻型摩托车，他曾在鲍格才别墅里的公园中想躲避这些摩托车，但结果却是徒劳。另外，他认为，老的动物园要更美丽一些。给他留下印象的只有罗马人在罗马的古老中穿梭时的自然随意。

罗马

清晨的品奇欧山。罗马的曙光。最夺目的是它的坚硬。线条永远那么清晰，边缘如此锐利。没有任何过渡。面对这些美丽的风景，它如此的冷酷，但一点都不感伤。这是罗马性格最完美的写照。

罗马

站在奎利纳雷宫面前。在历史上的某个 75 年期间，这里曾是教皇们的夏宫。格里高利十三世在 1574 年派人在山丘上建造了这座宫殿。据说，罗穆卢斯在此出生，这里是意大利国王们的官邸；现在这里是共和国总统的行政楼。1964 年，关于君主政权是否继续存在的人民表决由于意大利民众的热情被激发而酿造了一场事件，还曾经有一次将南北间的分裂白炽化。

如果在短短几十年后再议论这样的话题，就会让人难以想象，必将导致整个民族的破灭。如此蔑视历史的事件在维亚纳、柏林或者慕尼黑都发生过，即使是延续了几千年的朝代也可能昙花一现，历史同样掠过萨伏依王朝远走高飞。没有人会去想念从前的统治王朝，共和国思想已经是不言而喻的事了，处处都如此。甚至连这些王朝的影子都不会投向当今时代。在今天还在执政的王朝，只有在婚礼或者丧礼的时候，这些后裔才会偶尔向群众演员一样象征性地出现一下。

作者案语

在《日报》杂志社与维多利亚·伊曼纽尔一起做采访。他是最后一个国王的儿子。他说，他那十四岁大的儿子最热切的愿望就是能够来意大利看一看。但是，当王朝被推翻之后，王室的所有男性家属被永久逐出意大利。萨伏依王朝战争中不愿意站在德国一边，战争是被拥护的独裁者的事情。但是，在压抑的战争之后，人民就忘掉了。

罗马

中午在法布里佐那里。他想给我看一些他的新作品。一位坦诚但又无聊的英国人，脸蛋通红，也在那里。面对一张巴洛克时代战争作品，F. 专注于他那舞台式的细节描绘手段和绘画技艺的卓越。然而他又对这一主题感到不满。因为，类似于这样的作品一般无人问津。也许，他认为，因为意大利人都把英雄主义当作一种愚蠢的美德。因为在它面前，面对大多数美德都是一样的，只有狡猾才能保护自己。进餐时，两位泰国女人为我们服务。

之前在那不勒斯的时候，当大家谈到德国人，就已经提到了奥斯瓦尔德·科雷尔那幅丢勒的肖像。让我感到惊讶的是，现在又谈起这个了。在慕尼黑著名的古绘画陈列馆中，许多我们的邻居从作品中似乎没有觉得林道尔·考夫曼体现了德国人的特征。他提到的肖像温和而毫无个性的面容，肖像那能通神近乎到了歇斯底里边缘的敏感性，同时还伴随着让人不安的狂热。F. 提到这是一种准确、疯狂和忧郁糅合在一起的混合。

——个像他一样的人，我说，才能创造出这样的词"殡葬工作"。但我不知道如何翻译这个词，无论怎样，饭桌旁没有哪个人能够明白这个词的意思。即使换一种说法也无济于事。

罗马

今天下午和弗朗索瓦一起去特拉斯提弗列。黑暗的胡同，老鼠好像染上了麻疯病，房屋之间牵着晾衣绳。想起那不勒斯，想起噪音、肮脏和活力。又一次听见妇女的尖叫声。然而，一切变得越来越严肃，少了许多色彩。最色彩缤纷的要数帖在墙上的宣传海报，一些关于电影和摇滚音乐会的宣传广告，显得稀奇，也单调得多，还有一些政治党派的呼吁和通知。在悉尼·松尼诺广场旁边的一座有人居住的房子上写着："永远不会离开！"（Non usciremo mai！）空空的橱窗中，坐着跟真人一样大小的纸娃娃。

往里走，狭窄的胡同和像猪圈似的住房被一麻袋一麻袋的垃圾堵着。废水的臭气，小便，贫穷。狗比猫多。但是，撇开社会等级差异不谈，这里倒是洋溢着亲近的乡村气息，尽管在战后的多年里，当艺术家、作家和经理们发现了城郊这个地方的魅力之后，几乎百分之六十的特拉斯提弗列本地居民离开了这里。台伯河右侧的方言，弗朗索瓦认为，跟意大利语相比，它更接近拉丁语。而且那里的居民自认为是罗马最古老的种族。无数的饮食店。他指着零星的几排房屋说，这些房屋自第五或第六世纪以来就一直有人居住。

在特拉斯提弗列参观圣玛利亚教堂。它是第一个供奉着圣母像的教堂。我们谈到虔诚，它只能用金色或彩色的语言来表达。在一尊陈列着的圣像面前，摆着一些用包装纸包着的花束。后殿里，有一副马赛克图案，图案中正襟危坐的圣母玛利亚抱着耶稣。

继续

关于罗马人的生活艺术。弗朗索瓦在多年人生中找到了三句座右铭：世上存在人们无法阻挡的疯狂。然后：人必须忘记强大的厄运，人必须尽情享受微小的幸福。最后：人应该对人类顽固坚持着的愚蠢表示理解，也许可以用微笑来讽刺它，但是不能诅咒它。

罗马

弗朗索瓦领我去的那个餐厅，我以前就知道。那个时候这只是一家非常简单的小酒馆，餐桌上布满污渍，顾客一般都是附近的手工业者和工人们。然后一些人想到在展览会开幕式结束之后或者看完戏之后去那里走一遭。我自问，是什么促使人们会有这样的想法，而且，那些人是否意识到，他们穿着运动夹克或者深色西服会对围坐在周围的人产生什么样的影响，历来这家小酒馆就是他们的场所。

现在的这家餐厅很适合用来谈官司。空间扩大了，桌子成行摆放着，一直摆到花园的院子里。到处都是干净的餐具，每个位置旁都摆了四个玻璃杯。只有周围的居民不再来了。变化太迅速了，以至于店主想保持简单小酒馆的声誉从而尝试着去重新酝酿以前的气氛，反而显得做作，不自然。他打通了厨房，让人一眼就能够看到它，然后在地板上撒了许多的锯末，把巴罗洛特酿红葡萄酒灌入没有贴标签的升瓶中，来招待客人。

继续

弗朗索瓦对意大利的烹调艺术不满意，而且也不喜欢一如既往的上菜程序，以面条开始，英格兰浓汤结束。谁在这一点上没有做到位，那么就会被认为是喜剧丑角。罗马是世界上唯一一个没有著名法国大餐的大都市。甚至连东亚菜肴也不能抵抗住统治着全国的烹调高傲，从而在这里发展下去。

当他在罗马居住的多年中，他已经完全明白了，意大利是一个不折不扣的自我满足的民族，对异国事物没有任何好奇。自18世纪以来，这个国家就在麻木中继续存在着。就好像文艺复兴和巴洛克时代的创作已经耗尽了它所有的想像力一样。

至少，自那以后，罗马就没有参加过欧洲的对话。在哲学中，没有孟德斯鸠、卢梭、康德，对黑格尔和马克思只字不谈。在文学世界中，自但丁和彼得拉克以来，就是一片不毛之地，或者到处充斥着通奸这种题材的喜剧。戈尔多尼被看作天才，巴尔扎克要比曼佐尼伟大，但没有人认识他们。总而言之：意大利人对自己很满足。他认为我的反驳不恰当。连博物馆都到处充斥着意大利式的、对其他世界的冷漠。没有戈华，没有安格尔，没有莫奈。偶尔他也认为，直到当今这个国家才会面向其他国家。

笔记摘选

类似这样的餐厅以前也去过，是古托索带我们去的。当时是八十年代初，也就是我们上一次碰面的时候。与往常不同的是，那个晚上他显得很消沉，连话都不愿意说。

不停地抽烟，一瓶威士忌放在跟前，当然是在用餐的时候喝的，还是沉默不语。当同桌的人提出问题时，比如这个时代中两个伟大的思想潮流，一个是社会主义革命思想，一个是现代艺术，但是两者从未真正地连在一起过，原因到底在哪里呢？只是在十月革命之后艺术得到了一个短暂的喘息时刻。艺术不是像夏卡尔（Chagall）那样在维特比斯克（Witebsk）公园中将树木都涂上蓝色和红色，然后其他人把这样面向未来的比喻解释为几何学结构。不过这个喘息只是一个插曲，仅此而已。没有相互的灵感交流，没有彼此之间的升华。但凡现代艺术家与革命思想联系在一起之后，那么艺术便成了纯粹的空话连篇或者是自我否认的行为。唯一一幅通过了革命掌玺大臣批准的毕加索大作《和平鸽》其实算不上什么大胆的艺术抽象创作，画中的那个大腹便便的鸟在彩虹前面扑扑振翅往上飞。这时，大家能够触摸到空气中的尴尬，于是有人开始反驳这样的说法。也许出于礼貌的原因，古托索也加入了反驳之中，说了自己的理由，还列举了一些人名，即使不是很多。

古托索认真地倾听所有人的谈话，看上去好像在积极思考。当谈话越来越激烈，他开口了，并要求大家继续下去。说话者好像明显得到了鼓舞一样，继续往下说。他自问，他是否曾经说过，是否不是现代社会主义思想，即使以一种民主的形式，对艺术起到了一个阻碍的作用。斯堪的纳维亚半岛在19世纪和20世纪初产生了一大批天才和近乎疯狂滑稽的头脑，其中一些人看上去出于斯拉夫式的分裂状态并且对德国式的空想充满激情。他举例说像克尔凯郭尔、蒙克、克努特·汉姆生、史特林堡、易卜生和其他许多人都是这样的。二战之后，斯堪的纳维亚半岛成为了现代社会福利国家的发源地。但是同时所有人也都看到了，它的生产力同时也就停止了。这也许只是巧合，但是也可能就是后果。

如果所有的问题都归结于社会弊端的话，问题也可以伴随着弊端得到解决；或者人们认为这个后果跟个别人的错误行为有关，这也许可以通过耐心的心理对话治疗得到解决。严格地说，随之，至少文学可能走到了终点，也许甚至艺术也快终结了。

对此，进行了较长时间的争论。直到最后，古托索说到，对于诸如此类的事情来说，问题本身比答案要有意思。然后，他谈到了自己。让大家吃惊的是，他提到他的希望曾经遭受挫折，和他曾经犯过的错误。他那一代的人们生活和工作都不简单，他们很大一部分的精力都去用捍卫自己的行为了。

这样的阻碍曾经是非常强大的。但是人们无法从其中抽脱出来。毕加索走了一条自己的路，一种自然的力量。有时候，他自己就像一张白纸一样出现，时间在纸上描写着它的要求。他满怀激情来遵循这种自然力，永远意识到正确和必要的事物。直到今天他还认为，这是正确和必要的。但是，同时怀疑也产生了。

已有厌世的感觉，之后他提到，我们应该不要太把他的话当真。但是劳累吞噬着他。人完全可以选择一条看上去轻松一些的道路。他感觉自己比实际年龄要老二十岁。这次跨越时间界限的谈话中所表现出来的思想是他最青睐的思想之一。他不相信灵魂可以永恒，但是他很想和梵高对话，当然还有丢勒、塞尚和一些其他大家。

作者案语

艾伯托·莫拉维亚在谈话中说：西西里情结占据了古托索的心灵，永远必须做到最好最优秀，并且在绘画中找到一种途径。"他很仁慈，而且热爱生活。也许正因为他想成为伟大的画家，因此他过于热爱生活了。但是，他的几幅作品已经表明他确实是一位伟大的画家。"

莫拉维亚也说，他太累了。

罗马

上午去了罗马温泉博物馆。古罗马雕塑艺术超越了所有时代的界限，是朴实的征服者民族的雕塑艺术。与文学创作不同的是，从未发现过雕塑艺术向着选择优美主体和修辞方向发展。作品中，不乏皇帝、战士、国家公务员那瘦骨嶙峋的面孔，偶尔在雕像旁边会出现一位看上去像贞节女神的肖像。即使是在雕塑生活，也要尽量避免不幸这样的话题。然后总是关于远征、战利品和自我赞扬的主题，就像在图拉真纪念柱和提图斯凯旋门上的雕刻一样。

然而，这样狭窄的主题范围并不代表了无能。更多地说明了雕塑艺术屈服于罗马法律的权威，这与文学创作和政治手腕是不同的。除了一些皇帝肖像之外，没有碰到过完美的肖像雕塑，出现的都是作者个人生动的面孔。直到更加仔细观察之后，个性才会渐渐远去，那隐藏在一切冷静和自我克制背后缄默不语的容貌才显露出来。

只要罗马追求的是超越自我的目的，那么罗马的形象就会是生硬的。另外，罗马的雕塑艺术都是建筑艺术的一部分，一般都摆设在墙壁前或者壁龛中。这里，体现了罗马人另类的、宏观的思维特征。他们的这种组织能力正是希腊人所缺少的。它的雕塑艺术，总是从模仿人类的个别形象开始，然后通过渲染胜利、痛苦、幸福和惊恐的情绪上升到普遍形象。在每一个希腊的雕塑中，B. A. 认为，似乎都藏着一个四肢可以活动的玩偶；而每一个罗马雕塑作品都体现了一个原则。

罗马

关于罗马人的面孔。人们一般看到的都是一幅幅传统模式和个性相结合的面孔。如果谁的脸上没有洋溢着意大利式的感情，那么就会让人联想到在饭店内院中正在进行的古罗马斗剑士雕像的创作。花市大道货棚下人们的面孔就好像是和图拉真纪念柱上的雕像一个模子印出来的一样。

奇怪的是，这样的模型是如何经历了数世纪风雨洗刷之后，尽管曾经有过没落时代，其间外来移民的融合，还是保存下来了。人们很容易在这样深不可测的疑惑中丢失自己，如果人们把它，如同那许多难以解释的现象，看作是这个城市铸造作品的力量。但从这些面孔中，永远看不出南方人，比如说那不勒斯和米兰人的特征。但是，罗马人头部更有轮廓感，线条更有强度和力度。

让我印象深刻的是三种人。首先是祖先。男人留着短平、钢灰色的头发，苦行僧似的面容，最接近温泉博物馆中那些共和党人的半身塑像。始终衣着合体，对整个世界生硬地保持着距离。从现在的罗马男人身上还能看出厌世、身负重任、忧心忡忡的古罗马公务员的影子。

其次想到的是典型的农民。圆圆的脑袋，低额头，气势汹汹的粗鲁，权力欲望，雄心，但是也喜欢享受，因为享受总是和老练连在一起的。跟他们谈话，他们总是抑制着自己，目光斜视，让人感觉到好像知道一些能够挑起事端并将有权势的人拉下台的阴谋一样。

最后是老妇人。老妇人的面孔像是一块用宝石雕凿出来的浮雕，发蓝的头发。外表散发出生活的智慧、冷静和独立。在西班牙广场和卡尔索之间的路上，经常可以看到一对对高贵的市民阶层，在别的地方这样的街景早就看不到了。但是在罗马和意大利还可以看到，这似乎证明了罗马比别处的风景要多。

在雕像长廊的另一边，同样没有看到在北欧经常可以看得到的未完成的、粘稠的人物面孔。看上去，这样的作品并没有打断生活，而是用以下的表述来描写人物性格：怀疑者满脸布满皱纹；精英们过于圆滑，喜欢漫无边际的沾沾自喜；粗鲁的人是可憎的，充其量是个配角。人们总是各自按照这样的模式自我发展。偶尔人们会有这样的印象，这种模式首先需要一种框架，然后只需要往里填充就可以了。从那些年轻的、还未发育完全的浪荡儿脸上可以看出，那种面部特征最后将成为主流。或者看到一位年轻的女人穿着外套走出门外，当她走在途中时，人们才发觉到，自拉斐尔以来的意大利绘画学校描绘的美景有时会显得空洞和不自然，但其实美景即街景。

罗马

下午在城南路济弗洛家中做客。他的豪宅四周围着高高的围墙，自动铁门打开后，看到一个小型前院。这位侯爵带领我来到一间藏宝阁，那里珍藏着一些贵重的传家宝、书籍和全家福。关于每一件物品，他都为我讲述了一些轶事。在漫步中，侯爵夫人总是保持着一段较小的距离，随从其后。这样的场景在意大利的家族中经常可以碰到。一只鹦鹉被关在金属鸟笼中，鸟儿安静不下来，总是拍打着翅膀，坚硬的羽毛发出单调的嘈杂声，对着金属笼网跳着。

然后，又像在欧斯提亚那样，开始进入负重感沉重的谈话。没有过渡地从一个话题转移到另一个话题，这位侯爵谈到他作为政坛人物的那些岁月。与卡洛·施密德（Carlo Schmid）的长久友谊。他非常尊敬这位先生，即使他信仰那个稀奇的异教，但这也是无关紧要的事情，如果他不是什么人物的话。这里卡洛·施密德来过很多回，但是对这里还是不熟。因此，他曾经下了一个不幸的决心，决定在年老时写回忆录。但实际上，最后写成的不是什么回忆录，只是施密德先生的一些轶事而已。

济普迪威格（Lope de Vega）找到了一句优美的句子：人生就是一个梦想。谁愿意记下自己的经历，那么必须做好准备去讲述这个梦想。伴随着这个梦想，人们是怎样失败或者成功的。这是一件可怕的计划，侯爵认为。同时，人们不可能再保护自己、朋友甚至保持忠诚。冒险的勇气是必要的。他自己没有这样的勇气。加斯比里（De Gasperi）曾经给他一封快信，信中描述了一些骇人听闻的事情。事情一旦公开，无疑将会使整个国家陷入危机。尽管当信一到，就像人们在南方说的 à cheval（骑马），他便马上上路去取这封信。"因为总理确信我这样的冒险，并且只把它当成一种弱点。这种弱点也会表现在政治中。这是决不允许的。"一部自传的作者，如果顾及太多，那么不是变得极其的伟大，成为一位世界伟人，就是只能写出一部像施密德或者施密特先生的生活报告之类的作品。

饮茶时，鹦鹉又不自在了。此时，它的嫉妒心已经不再满足于对着空气尖叫两声来发泄，而是转向来吸引围桌而坐的人们的注意。不知道谁教了它一句"噢，亲爱的奥古斯廷"，但是它每次都是在最后一个音节之前就中断了这句歌词，也许因为它把那个音节忘掉了，也许因为它厌倦了这句并不完整的歌词，同时期待着自己得到更多的重视。

这时，侯爵开始谈到战后的世界秩序和东西对立阵营。他认为，没有人去理会二战的后果，但二战却获得了一个异乎寻常的结果：数世纪以来，第一次在德国和俄国之间形成了一条清晰的种族、政治和意识形态界限，在必要的情况下，这条界限就会引发对立和冲突。他知道，许多人都不愿意承认这个结果。而且德国人很长一段时间为自己在东西方对立中起到居间斡旋的作用感到有些自豪。但是，这样的调和永远都意味着，德国同时也吸纳了每一个对手的一些特征。他认为，德国所有危险性的政策特征都源于政策中侵占亚洲的内容。1945年一切便终结了。

他承认，那是德国所失去的一切：魅力无限的风景、值得骄傲的文化传统、甚至它的一些特征。但是，德国以外的世界认为这是件幸运的事。因此，德国总是跃跃欲试，想夺回它原有的欧洲中心地位。尽管社会民主党和共产党中间存在许多对立，但它们把社会主义当成这一政策根本的内在切合点。背后，将分裂的德国重新统一这个古老的思想也起到了作用。勃兰特和巴尔都是多愁善感的社会主义分子和民族主义者。虽然，他们声称，他们从过去的历史中吸取了教训。但是，真正的历史课就藏在他们的怨恨之后，是可以听到的，但是他们没有察觉到。幸运的是，他们开始尝试着做哲学上和政治上根本不可能做到的事，这就意味着他们将两次踏进同一条河流。

然后，聊到作为政体的现代专政，这是当今最有效的治理人的方式。墨索里尼、希特勒或者斯大林，他们中任何一个人都曾经受到民众的拥护。如果谁不这么认为，那么他描述的就只是自己的处境，而不是现实。给予少数人特权的、不断制度化的并保证自由的议会式民主是一件虽然很高尚、但是毫无希望的事业，因为它违反了人类的天性。这种天性要求得到安全、社会救济和束手无策的反对者。总而言之，无论受到什么影响，专政所带来的都是不关痛痒的东西。现在，左翼占上风，因为它拥有一切雄心所需要的最重要的先决条件：它可以创造未来。但是事物都在变革中。也许，很快，就像他所担心的，右翼又上台了。

后来，在他对我进行了一番刨根问底的探询之后，我讲了我拜访马利奥·普拉兹（Mario Praz）的经过。某一时刻，他好像被弄糊涂了。然后他说，当着他的面就可以无所顾忌地说话，还列举出他祖先中的自由思想者来做引证。但是，这个一向十足自信似乎能滔滔不绝的男人反而显得比较安静了。最后，他认为，意大利直到今天都身陷迷信之中，能够看到魔鬼和幽灵的幻觉充斥着这个国家，"一切文化的起源，不像艺术思维那样富于精美而且一切只不过是表情上的虚情假意，然后马上又会陶醉在欣喜之中，就像历来那样，绕着柱子翩翩起舞"。

晚饭时，我们去了隔壁一间小房间。在大家入座前，侯爵对尼禄又评价一番。他称尼禄是最有意义的罗马皇帝，是时代的巨人。尼禄不是一个纵火者，而是城市学的创造者。之后，谈到政治和它的特征。最可怕的就是自学者。他们高估了思想，贬低了现实。他把教条主义者看作任何形式极端分子的来源。比如说希特勒：他的脑中充满了疯狂的思想，每当他进行胡作非为之前，总是坚持对自学者表示出顺从式的敬畏,直到他开始怒吼并击毁所有的东西。他曾经是"图书馆中的地震"。

离开时,鹦鹉又不安分了。但是,还是忘了最后一个音节。到门口时,侯爵请我触摸一下戴在他左手的戒指。"这是陨石",他说,"蕴藏着对抗一切妖魔的精气。它会护佑你的。"

作者案语

路济弗洛曾抱怨过,罗马教皇曾经想从国家那里骗取进行宣传教育的权利。但是,真正属于自己的权利是不会被骗走的。也许,因此罗马和意大利已经成为基督教界的中心,因为罗马和意大利如此根深蒂固地把恶魔和他的阴谋当成自己的信仰。

罗马

下午,炎日当头,和凯撒一同去奥古斯都的墓碑前看看。雨后的台伯河,河水上涨,河面泛起一朵朵卷着黄泥和尘垢的浪花。我们沿着斯克洛法大街往下走,去万神殿。天空如蓝丝绒一般柔滑。真是不符合逻辑,怎么会把把蓝色归为冷色调呢?

C. 认为万神殿是历史上最完美的建筑。但是,他却没有给出一个理由。而且,他所知道的书中从未提过万神殿。也许,正因为真正伟大的事物是不需要理由来说明的。

但是,我们还是一起寻找出一些理由。比如,此建筑的正面体现出了三个几何学的概念:圆柱、三角和弧形。用简单征服一切。不知名的建筑师把自己的艺术理解力藏在物体的大小和比例中。而其他古罗马的建筑物没有如此地将这些元素结合起来:圆顶和圆柱,拱顶和塑像,希腊的华丽和罗马的简约。C. 暗示性地提到许多艺术史学家的观点,他们认为这种结合并没有成功,但是又问起,它在什么地方曾经明显地出现过呢。

万神殿前面的广场直到不久前还是罗马城四周平原牧人和商贩的聚集地。其中的一部分还保存着。现在,尤其是对面酒吧周围还有许多老男人群聚在一起。破旧的深色外套下一幅幅瘦骨嶙峋的骨架。其中,大部分人都沉默不语,好像刚刚参加完一次葬礼,后来又被广场上熙熙攘攘的游客挤到这个角落一样。

罗马

我们驱车开往阿尔代亚去 M.。城市的紧后方就是阿尔代亚墓窟,那里的一块纪念碑是为了纪念 1944 年三月在四周平原的沙丘上被谋杀的 335 名人质,他们成为当时意大利一个造反团伙报仇的牺牲品。让人惊诧的是,在十九世纪竟然就已经出现了如此激昂的纪念场所。这一事件让那些原本永远只能或者只想默默无闻的人成为了英雄。唯一无法控制同时也令人感到气愤的是,居然在他们的尸体中还发现了其他上百万的尸体。事实上,我们知道在很早很早之前就出现了那种荒唐的死亡,就连神灵来帮忙也无济于事。

即使是花岗岩上涂了瓷釉的、丑陋的图片,也显得比那些沉重的、放置在矮小的混凝板上的柱子或者青铜塑像要容易移动得多。墓地前点着光。四面八方的参观者都来到墓地前。一个来自都灵的青年旅行团,一个法国代表团围着一块他们带来的三色旗,老翁们戴着勋章,系着已经褪了色的绶带。月桂树丛后,再过一段距离就是则济利亚·麦太拉(Cecilia Metella)的墓碑。

继续前行中

当我们路过阿皮亚旧街的地下墓穴和罗穆卢斯的墓碑时,我在想,罗马也算是唯一的一个坟场,在别的城市不可能像在这里一样看到如此多的死亡。到处都是墓碑、石棺、停尸房。教堂的墙壁经常也是砌得很厚,墙壁上还嵌入纪念碑,教堂的地下室中也铺着墓穴板。这个城市最主要的两个建筑作品,天鹅堡和古罗马竞技场都是石碑而已,圣彼得大教堂是一个建在坟墓之上的教堂,其实罗马城中较有名的虔诚地都是这样的。就连罗马广场最开始也是用来安葬的。

作为死亡、消失和短暂最有气势的比喻,这个城市反复被描述着。依波利特·泰纳(Hippolyte Taine)在穿过街道时,感觉到"这种恐惧和一座坟墓的意义"。而且就连长期以来关于古罗马没落的争论不也就是另一种形式的关于死亡的话题吗。

继续

19世纪的游客们早对这个城市的特征有了全面的准备。格里尔帕策（Grillparzer）说，当罗马渐渐靠近时，路过几十个街头摆放着的绞刑架。以前拦路抢劫者们在那里被绞死，他们的灵魂就在大街上晃荡着。道路两旁幽灵排队夹道欢迎，他们在风中摇曳着，告诉我们死亡的庄严和痛苦。

罗马

从阿尔代亚返回的途中，来到就近的一个海边。五针松树下停满了汽车和许多房车。有些车的车门敞开着，从里面传来吵闹的音乐声，声音刚好和海滩上的熙熙攘攘混杂在一起。木棚和客舱周围挤满了人，他们密密麻麻地凑在一起，根本无法看到哪怕一块被踩得紧紧的、深色的沙地。

每隔大约30米便会空出一块圆形的空地。那里立着黑桶，桶里的垃圾满得快要溢了出来，而且垃圾桶四周堆满了瓶子、罐子、纸杯和塑料垃圾。象征着文明的纪念碑上的字体粗细一致，虽然纪念碑已经破旧不堪，但依然如此庄严。这时，过来了几只狗，着实破坏了随意躺在海边休息的人群的兴致。

罗马

斯塔代拉里大道旁竖放着一个近五米宽的埃及井水瓢，它是用一块微红色的花岗石打凿的，在不久前的筑路工作中被发现。纳佛那广场旁的圣依溺斯下方在古罗马时期是一个窑子。从这里朝着另一个方向稍走几步，便是以前万神庙的位置，当时这里是块高地。而今天，这里却成了洼地，并向罗通达广场倾斜着。

周围的地势大概高出六米左右，罗马古城的废墟和瓦砾就埋在这里。总能看到建在洞穴、地下墓穴和地下室上方的房屋，它们在房屋倒塌时被一些较小的房间填平了，后来自然就成为新建筑的地基或者采石场。这些旧房屋在倒塌前，也有可能被数年的风雨夷为平地，从而为其他建筑所用。我在想象那些被踩在脚下的地貌，倒塌楼房楼层间相互挤压着。街道和场所形成的交通网络不断更换，但经过两千多年的变化之后，那些固定的地点依然能够找到自己的位置。

最终，人也是一层一层地在不同的地点生活过，世间的人生活在地狱之上，但是终归也会被覆盖上，房屋变成子孙后代的地下室，最后僵直地躺在庙宇和人们曾经经过的拱门下的远处。无论成败，最终都要跌落到冥间。也许偶尔某个残余会再现天日，就像那个斯塔代拉里大道的水瓢。

罗马

近一周以来，每天都灼热逼人。傍晚时分，夜幕降临时，暴风雨袭来。闪电声和彼此追赶的救护车的尖叫声划破罗马的夜空。也许救护车也属于竞争性产业。

罗马

图拉真纪念柱和马克·奥利尔纪念柱四周的支架不久后应该会倒下。我还能清晰地记得，多年前当我看到长达两百米的雕饰花纹变成了石膏，并且在雨水冲刷下一层层地剥落的时候，是多么的激动。人们站在铺石路面上，看到那些粉末状的瑕疵，遗憾地摇着头。曾在1162年，罗马元老院发布法规，但凡敢触摸纪念柱的人处以死刑。

作者案语

"壮丽宏大属于罗马。"埃德加·爱伦·坡的这句诗句的意义已经没有了。

罗马

再次来到罗马广场。从威尼斯广场直到台阶后通往丘比特神殿的地方停着两排汽车。往上是卡比托利欧广场，广场上是热闹的年市，罗马广场也不例外：来自世界各地的人们在操心的导游的带领下不断地组团来到这里。一些导游正在用喇叭招呼自己的游客过来集合，另一些则手中高举着一面三角旗，上面写着科隆或者佩斯卡拉（Pescara）、奥斯陆、克莱蒙特·费朗（Clermont-Perrand）。帝国大道那边传来的吵闹声，让人无法听到导游的声音。许多游客在看书，另一些则拿着相机拍摄那些变化万千的图案，有些人在找水喝，或者用自己的手帕打个结当作头巾戴在头上。

他们应该听到些什么呢？在巴别诺大道上有一个19世纪早期一位法国画家的画展。在那里可以看到罗马广场：前右方是萨杜恩神庙的石柱，屹立在堆成山的废墟中，左边是塞普蒂米乌斯·塞维路凯旋门，湮没凯旋门的沙已经和两侧的通道齐高。后面连着古罗马竞技场的是一片丘陵起伏的荒野，到处都是罗马柱、细方石和柱顶盘，空隙间还会零星地冒出一簇簇灰色的灌木林。黄褐色的底色上那些彩色的斑点是一些消失在远处的雕像。画面中还有一些正在进行军事锻炼的军人和一个道士，中央是一个将胳膊伸向前方的乞丐。

这样的画面在数世纪后能够让人浮想联翩。现在只能看到沙漠，一片被风化的、混乱的废墟，破旧的小茅屋依偎在古罗马城墙的残垣断壁间和用来当作教堂的庙宇。这就是如今罗马广场的景象，让人想到过去和引起人内心对历史的悲伤。当然，在这个罗马广场的背后必然让人联想到古老的罗马广场，那个古老世界的中心，象征着"Milliarium aureum"，即金色的里程碑。从这里开始，记录着那个时代条条道路通罗马的路程。当时四周是欣欣向荣的广场，大理石和石灰华，还有自奥古斯都时代就有的七层住房，而且当时的居民数比1800年左右还要多。这让我不由得提出了一个问题：罗马在当时的人民心中是永远不会衰落的，当时是什么更加强大的力量让如此强大的罗马毁于一旦。

出现眼前的一种矛盾促使了对罗马衰亡的重新思考。在海因里希·菲斯利（Heinrich Füssli）描绘一个处于沉思中并仰望着古代巨型雕像遗留下来的废墟的人物时，他这样感觉到：这个人物用来表达一个当代微小的眼光对辉煌的过去的回忆。怀着同样感受的爱德华·吉本（Erward Gibbon）决定用一部综合的历史作品来表述罗马的衰亡，"第一次突然在心中闪现这样的想法，即去描写罗马的衰亡，是在1767年的10月15日。当时我坐在丘比特神庙的废墟中，陷入沉思，突然听到宙斯神庙中的赤脚修士们在咏唱晚祷"。

如此短暂的经历古罗马大神庙中单调的念诵经文的声音，让他从中构想了一个世界历史的起点：那些让人感动的废墟就足以见证这个让人钦佩不已的政治强国和文明大国灭亡的历史。而一些粗暴的、其貌不扬的修士肖像充分描绘了取得胜利的毁灭者的形象。"当这个伟大的政体遭到强力攻击或者自身逐渐没落而大伤元气的时候，一种纯正的、谦恭的宗教逐渐地进入了人们的心中，在宁静和黑暗中迅速成长，通过造反扩充力量，最后在卡皮托利山的废墟上竖起胜利的十字旗。"这样的对比写照流露出悲剧式的基调,它也是整本书的基调,一部"也许是最伟大的也是人类历史上最恐怖场面的"历史。

吉本的这种反对基督教的批判与启蒙运动的思想相呼应。但是所有参与到这一长达千年的关于罗马没落的争论的所有人也和他一样,不管是以前的还是后来的,都用自己时代的思想来批判这件过去的事情。罗马是大国兴起、繁荣和衰退的典范:一部历史,以神秘的曙光开始;经历了一段伟人云集的罕见时代,他们性格刚强,对错误和过失有极高的责任心,是一部构建政治和社会结构的教课书,而其中结构的概念可以跨越时空的隔阂决定当今政治和社会结构;然后便开始在瓦解中苟延残喘,第一次感觉到负担过重并且筋疲力尽,内外喧嚣的同时,不同的反抗力量逐渐壮大并且相互促进推动事物向前发展,直到冲突导致所有力量内部的麻痹,这时这个大国好像自己在寻找一个终点一样被挤到了崩溃的边缘。作为一部世界史戏剧,它充分发挥了诗歌的说服力量和科学的魅力,还为遐想的激情创造了无限的活动空间。

在这些空间中,解释的力量也跃跃欲试。人们曾把帝国的灭亡归因于日耳曼人和阿拉伯人的入侵,归因于基督教、希腊人,连文化和种族的融合也想到了,还有就是事物自然生命老化和衰竭的过程。随着科学的不断专业化,人们可以找到更多的原因来解释罗马帝国的毁灭,从奴隶制和资源开采削弱罗马农民的气质,城市化生活方式的终结,到气候变化或者甚至罗马水渠中水质慢慢产生铅中毒的现象。

每个时代如何把它的经验或者对危机的恐惧解释成灾难的全貌体现了一种较新的解释原理。例如,古格里莫·费雷罗(Guglielmo Ferrero)就从一战期间国家权威动摇的经历中推出罗马元老院权力被剥夺是这个帝国终结的关键原因。罗斯托夫兹夫(M. Rostovtzeff)认为,与俄国革命一样,罗马帝国的灭亡是被统治阶级瓦解并征服了统治阶级并最终掌握优先权的过程。而皮格尼奥(A. Piganiol)则通过对法国在二战中失败的影响进行分析,从而抨击了所有以前有关没落的观点。而且他在《蛮族》中描写了一个起决定性作用的事实:"罗马文化的没落不是一次自然死亡。它是被谋杀的。"最近还将环境问题和"交替式的"生活方式的剧增描写成暗中破坏国家政体的因素。

如果历史学家的任务在于将黑暗光明化的话,那么将会有来自完全不同方向的光投在没落史上,而且还会有不少的臆想中发亮的区域照在新的黑暗上。

就像在评价历史事件的时候，没有哪种解释能够完全把个别的条件提升为所有关键的原因。永远都会有无数的理由将如此有分量的历史进程运转起来，就像帝国的兴起和衰落一样。也许强大自身就是一个问题，因为保持这样的强大会越来越束缚那些别处没有的力量；就好像艺术形象的塑造中忽略了静止和适度的元素一样，如果强国在自我膨胀的时候蔑视人的力量的话，那么它必然会分崩瓦解，自取灭亡。吉本列举了二十个促使没落和导致瓦解的因素，其中，就像他所认为的，基督教是起到决定性作用的，如同在一段结语中的描述："促使骤变的力量随着征服在进行复制。并且当时间或者偶然夺走了艺术的支撑，那么令人惊叹的建筑便会屈服于自身体重的压力，从而自我毁灭"。

尽管声音听上去千差万别，但是都源于同一个出发点：即相信罗马的没落是一部悲剧。在学者们冷静地分析问题时，总是会渗透着一种悲哀的或是不知所措的声音，不管是高调的或是压抑的。许多作品的创作好像都是为了通过探究原因在荒谬的现象中挖掘一个意义。虽然罗马通过战争和征服统治了世界，但是它的历史却充满了血腥的、黑暗的事件。但是它那文明化的成就却站在它历史的对面，而且罗马统治下的和平不仅仅只是个单纯的概念。只有二十五个军团，大约十万名士兵长期以来维护着这个伟大帝国的安全，它的疆域从黑海延伸到不列颠，从西班牙穿过北非到达巴勒斯坦和小亚细亚。

罗马帝国权力的双层特征总是显而易见的。黑格尔曾写过，罗马通过形成抽象的国家理论和将有智慧的、形形色色的个体奉献给集体，它让世界"伤透了心"；但是它在面对这种共体的同时又创造了个体，并且它也为"翻开世界历史新的一页"提供了一个立足点。司汤达的想法也是如此，尽管他用了一种独特的表达形式："尽管我要理智地说"，他记下，"对罗马人的回忆让我深深地感动"，而且特奥多尔·蒙森对帝国时代"统治的赞扬"也表达了对责任的同感。这远远超越了对单纯的历史因素的考虑，心中想到一系列的价值和概念，还有权力、国家政权和罗马遗赠给世界的文明。

"世界统治的领袖"，蒙森书中写道，"能够如此长时间的处于有序状态是很罕见的。总的来说，那些固定的管理模式，就像凯撒和奥古斯都在他们的继承者面前示范的管理规范，伴随着奇特的坚定性维持了下来，尽管朝代变迁君王更替……罗马帝国……在它的范围内并没有将属于它的领土不公正地看作是世界的。与其他任何一个统治势力所做到的相比，它维持了许多民族更长时间、更完整的和平和繁荣。在非洲的耕作城市、摩泽尔旁的葡萄农庄、诗一般的山林中和叙利亚沙漠边那些兴旺的村落，都能去寻找并且能找到帝国时代的成就。直到今天，一些东方的景色就像西方一样，虽然帝国时代对此表示谦虚，但是罗马帝国的善治达到了前所未有的高度。天使先生应该来做一次回顾总结，那片曾经由塞维鲁·安托尼乌斯（Severus Antoninus）统治过的区域现在的管理者是否更有判断力，是否管理得更有人情味；从帝国时代开始，文明和人民的幸福总体上是进步了还是退步了，因此十分疑惑的是，评判的结果会不会偏向当今时代"。

遗憾的是，罗马无论如何都不是那个曾经走出历史的世界帝国。在所有追寻帝国伟大和帝国灭亡原因的思考中，好像总是出现一种猜想，但是这种猜想是不可以重复说的：一个帝国，虽然让他的人民臣服于他，但是从来没有把他们当成自己荣誉的对象、猎获物和战利品，以至于他们不是被罗马征服的，而是通过罗马来展现自己。说到奥古斯都，当他生命垂危之时，想着罗马人性化的成就和这个城市为世界上演的这场精彩表演，万民就会为他拍手称快：（Plaudite, gentes!）为了保持这一传统，直到今天遍布欧洲的城市和民族都还在以各种庆祝来纪念他们被罗马帝国征服或者加入罗马帝国统治范围的历史，好像从那一刻开始它们才真正属于这个世界：被征服者为征服者感到自豪。英国历史学家约翰·朱利叶斯·诺里奇（John Julius Norwich）在不列颠被罗马征服两千年之际曾经简短地写下这样的文字："罗马人带给我们文明。这是对我们的一份厚礼，但是我们永远都不可能偿还了。"

而不管美索不达米亚帝国还是阿拉伯大国在埃及的没落，都很少会对思想产生什么影响，更不用说激发人们的感情了。当然这些帝国也很伟大，很古老，并且很强大。为了在没落中唤起人们对它们的灭亡感到的惊讶，由一百个城门组成的底比斯（Teben）、哈伦·拉希德（Harun-Raschid）的巴格达和哈里发（Kalif）的人间仙境所散发出来的光辉要比起罗马那些冷漠的、只强调效果的华丽感来说要更加奇妙，更加能够燃起人们的想像。然而，人们看到，其他的一些大国，比如巴比伦和尼尼微、被七座城墙围起来的埃克巴坦那城和那个熠熠发光的波斯波利斯，都慢慢发展，不断扩大，然后又从历史舞台退到阴影中。连枷太基都只剩下一个名字，而这个名字自身已经没有什么意义，只有作为罗马的对手还能赢得一些目光。

然而，只有罗马是唯一的，而且许多民族直到今天都把它的历史当作是自己的史前史。在广场上看到一队年轻的英国人，他们在狄奥斯库伦神庙旁借助草图和折尺终于找到了当年马克·安东尼对着凯撒的尸体发表演讲的地方。一些参观者站在那里并嘲笑他当时如此多的激情。

随着知识的增长，感悟力就会消失。成语在描述有活力的感情时，是无力的。但是，只有知识才能承担通向感悟的路费。如果连凯撒、马克·安东尼和莎士比亚都不认识的话，那么在刚才所提到的地方除了一个用黑色凝灰岩砌成的半圆和砖石旧屋以外什么都发现不了。因此，那些乘车前来旅行、围在科隆的三角旗或者克莱蒙·费朗周围的参观者，与那些站在某个景观之前就像处于回忆之中的游客是不一样的。与那些不间断的越过圣道的游客人群相比，对这些古老的地方破坏更严重的是他们的一无所知。

都在谈论，罗马柱破裂了，城墙和拱门打碎了。然而，我心中却涌起了这样的问题，是否一段伟大的历史已经走到了尽头，如果石头都被剥蚀风化了，或者只是当这些石头对于路过它们的人来说已经不再意味着什么，即使它们还是那么显而易见。也许，就如同我站在广场上处于拥挤的人群中，站在流动的游客人群中央，感觉到罗马没落的真实情况已没有人愿意再去了解。然后，这个研究了数世纪并且一直在争论中探讨的问题，即没落是什么时候发生的，现在找到了答案。

作者案语

"我敢说，如果罗马人没有存在过的话，那么整个历史都是没有价值的。"朗克想到了这个最精简的方式来表达罗马在那些世纪中作为榜样和模范有多大的影响。

罗马

偶尔在发表观点之后才会形成历史判断力，因为人们之前从书中推出来的都是过于繁琐的观点。

从广场返回的途中经过威尼斯广场和一个不显眼的阳台，曾经墨索里尼在这里发表宣告来干预历史，就像对衰落进行干预一样。他那伟大的时刻到来了，当他在征服了埃塞俄比亚之后便开始宣布重建记过并创建一个新的纪元。就像站在圣安德肋教堂广场一样,人们曾经多少次碰到过那个时代的建筑,他们除了以公元后还用新年历年份来命名。

历史和它的图片以它不可抗拒的力量占据着墨索里尼的思想。他站在阳台上看出去,眼中只有一片片的废墟:罗马广场、丘比特神殿和让人敬畏的古罗马山丘,一切都是伟大的历史。他想回去。因此他始终拒绝为自己修建一座新的办公大楼。当然,他也像其他独裁者一样,想通过修建让世界惊羡的建筑来实现自我永恒,在1942年罗马国际博览会上人们看到了这些建筑。但是它们应该建造在城外,从而不会破坏我们对历史的见证。这样,他成了罗马世界博览会(EUR)的创始人,后来人们把它称作"卫星城"。

从其他的角度来看,人们又一次产生了错觉,这个错觉指引着在这个同盟中这两位独裁者。两位的共同点都体现在表面:喜欢抬高胳膊、行军纵队和对战争的激动。对抗世界是帝国的要求,然而墨索里尼梦想回到过去,相反希特勒则想从过去中走出来。其中一位想继续完成凯撒的事业,同时必然想到实现他关于文明的雄心壮志,而另一位则在寻找这几千年的过错并想着去弥补它们,从而建立一个从未有过的国家。所以,他绝不会有这样的思想,去保护所征服之地的历史文化。他偶尔会引证的"历史女神"就是一个来自于热带森林血淋淋的鬼怪。

希特勒从来不联系历史,他永远都是从历史空白出发,或者站在空荡荡的、毫无历史感的土地上来计划。就连那些前人留下的建筑对他来说都一文不值。他不想搬进亲王们已经清空的房子里,当他表示要修建一座新的总理办公厅的时候,一年后出来了一幅宏伟的领袖宫殿的建筑设计图。以这座建筑为中心的设计图应该献给柏林的历史。

有时,正是微不足道可以体现出差别。但是它也可以无边际地掩饰距离。

罗马

西班牙阶梯脚下还有个别的花贩子搭建了几个支架,自古以来这些支架都是用于建筑。剩下的支架都被那些年轻人赶走了。他们早晨就坐在台阶上,傍晚在那里盯着夕阳看,许多人用同样的目光向里面看看,按照随身听(Walkman）的节奏耸耸肩。天黑了，他们还坐在那里，颤动着，梦想着。一些人躺在背包上睡着了。在上面不远处的平台上摆着几条黑色的毛巾，毛巾上摆放着一些便宜的东方首饰，耳坠、银质手镯、玻璃或宝石项链。旁边蹲着几个衣衫褴褛的年轻人，就像人们在米兰、巴黎或者柏林相同的旧货市场门口看到的一样。他们都属于大都市的面貌。从这几个围坐在一起的年轻人麻木不仁的样子看得出来，他们来自东方，对这里的环境还很陌生。

"欧洲上空蔓延着骆驼的味道"，保尔·克洛岱尔（Paul Claudel）《缎鞋》中的一个人物说。

罗马

西班牙阶梯右边那座房子，济慈曾经在这里去世，再过一个门就是德·基里科（De Chirico）曾经住过的地方。当时只要有人来这里拜访他，这儿总是挤满了人。本来大家都是为了向这位大师请教的，然后他的夫人站在旁边把话题引了过去。而他看上去像是用金属线做成的一个小人物，冷静地观察着他对面的人们是如何从对艺术极大的热情转到低声做起交易：他们把声音压低计算着，说出总数，直到最后把支票从桌子这边推到另一边。此时，德·基里科脸上露出闷闷不乐的高傲的表情，毫无兴趣地走来走去，好像他早就看出来了，这些客人、所谓的热情和他们窃窃私语地说着的数字只不过是荣誉最后的耻辱。有的时候，他独自一个人站在那里，带着听天由命和蔑视的表情，就像是所有人中的一位犹豫的祖先，还在寻找和期待着距离。偶尔他也会走到那些人中去，当他插入他们谈话时，他的观点总是有见解的、尖锐的。只有当大家聊到尼采、他在慕尼黑的日子或者他的早期作品被伪造之类的话题，他才会变得活泼起来。那个时候，几乎人们每天都能看到，他们坐在格里科咖啡馆的一张大理石小桌子旁。在那里他周围的空气是清静的，有的时候，为了忘记生活他又好像在寻找那个有生气的地方，这样的话他就可以高傲地不理睬生活了。那时，他总是不停地模仿前辈的描绘大学，他偏爱丢勒、鲁本斯、夏尔丹、藉里柯和雷诺阿，同时他还极其努力地去跟踪这些大师们的技艺的奥秘。

和几乎所有的现代派画家一样，他算不上伟大的画匠，但是他是绘画内容伟大的创造者，没有人可以和他相媲美。空无一人的广场，死气沉沉的房屋正面，清晰的人物投影都是对新世界的隐喻。就像那些成衣人体模型和捆扎起来的布娃娃，它们悲哀地面向废墟深深地鞠躬，这也表明了，人类在历史的废墟面前是多么的无语。

当他渐渐地疏远了早期的工作，只是还在与评论家的嘲讽作斗争的时候，"伟大的绘画创造艺术"从未抛弃过他，直到他高龄也没有。他的一幅晚期作品《奥德塞归来》中，一个人物坐在一片轻舟上划桨，轻舟漂在一间屋子的一洼水中，实际上这个人从未离开过这间屋子，船儿从一个柜子、一把椅子和一把扶手椅旁边经过：这个隐喻让人永远难忘，它暗示着人类的启程永远都摆脱不了自己的世界，人类永远被禁锢在他们来的地方。

作者案语

德·基里科作品中他画了 30 年的那道奇怪的裂痕，直至今日无人可以破译出。在他早期的一张自画像中写着一句话："Et quid amabo nisi quod aenigma est?"（我应该去爱谁，如果不是这个谜的话？）

罗马

晚上在台伯河的另一边，基利希家中。就几个客人。入口处墙上的四根巨大的男像柱，用的是 30 年代的绘画手法，因为这种不易混淆的描述空旷的高超技艺是当时时代绘画的特征。我和 M. 聊了一会儿，他的电影刚刚取得了成功。我们聊到电影城和新的市场以及费里尼的《甜蜜的生活》。这部电影中描述了一种来源于想象的生活感情。在生活的感情中，许多人重新认识自己，并且多年来无望地尝试着仿效这种感情生活着，尤其在威尼托大街上。这又是一次以罗马为例子，古老的意大利神话描述的是无忧无虑的生活状态，但是这部戏中不象一个北欧人，而是象来自意大利某个小城镇的意大利人在做梦，他像以前的德国人或者英格兰人一样着迷于那种纵欲的、轻浮的、幸福的生活，但是必须同时经受住美丽的空虚的煎熬。这种生活持续了一些年，然后突然清醒过来。那条威尼托大街早就又凝结成一种极度的空寂。可以实现的童话也是厄运的一种。

之后，用餐时，我们转移话题，开始聊到传统的修辞学给意大利文学带来的持续性的困难。宏伟的词语和华丽的表达："博爱"、"爱国主义"、"世界精神"，这些词语无一例外表达了强调的语气，然而概念却是模糊的，并且使得那些具体的东西和不现实的事物也总是会渐渐模糊起来。"用词的风格"总是控制着"风格本身"。词语正是一种手段，它逃避任何一种确定性。无论如何，艺术的语言总是和口语有着严格的区分。贝奈岱托·克洛齐（Benedetto Groce）曾经也在管理文学的有关当局工作过，他就摒弃过皮蓝德委（Pirandello）和伊塔洛·思维沃（Italo Svevo）的作品，因为他们还没有掌握"词语"。到现在，文学才从强权中得到自由。

深层次的原因可以归结到意大利人喜欢使用帷纱。帷纱的图案总是推陈出新，只要从正面看或者是它那让人目眩的图案可以遮挡住帷纱背后的不整洁，那么它是可以忍受一切存在的。在建筑业和绘画艺术中相同的装潢天赋是用一种独特的形式得到实现的，然而起到决定性作用的是设计和式样。这种装潢天赋也阻碍了全世界对文学的理解。真实性总是演变成了美丽的外表，为了满足这样的需求，M. 认为，最终装订工人的技能显得更为必要，而不是作家的技艺。

罗马

当我再一次来到街上，看到雨后的汽车车身上沾满了红黄色的污渍。Q. 说，这是从撒哈拉沙漠飘过来的沙尘。

续上一段

意大利人在装潢技艺上的卓越符合他们作为魔法师、幻想家和巫师的才能。当然也有爱好的成分。因为在所有这些领域都需要掌握迷惑的本领。卡里奥斯特罗（Cagliostro）、卡萨诺瓦（Casanova）和雷斯特利是其中的代表人物。

对于一个意大利人来说，路易吉·巴兹尼（Luigi Barzini）曾说过，现实是会伤人心的，或者至少是无聊的。只有形式和美丽的外表可以和意大利人处于和平之中。世间的人就是为了从生活中创造艺术，所有人都这样认为。如果成功的话，那么天堂都会感觉到。他引用了卡萨诺瓦的一段话，"他是一位特别的意大利人而且相信，保护外表的人是无罪的"。

而德国人则完全不同。他们总是在梦想着如何形成艺术和生活的统一，然而最终表现出来的是他们与世隔绝的浪漫情怀。事实上，更明智的做法是，将两者分离，把所有非艺术的东西从生活中清除掉，坚定地把外表看做现实。因为外表从不欺骗，它只是事物较高层次的表现。因此，意大利人偏爱伪造，伪造不是为了和真品竞争，而是为了超越真品。许多意大利教堂中的大理石罗马柱上，人们只是在石膏上涂了颜色，自然中从未出现的样式才是人们长久以来的特别追求。因为艺术必须要超越自然，或者在艺术面前自然是不必要的。

笔记摘录

在卡西亚大道进行拜访。80年代初，巴兹尼也这么说，对希特勒统治和犯罪的天性进行了详细的研究，但人们从未注意过其中的一个后果，但是它的意义是罕见的。因为第一次在一目了然的历史上出现了愚蠢的犹太人。散落在全世界的犹太人本应该比生活在他们周围的其他人种要更敏锐、更机灵、更有创造力，因为只有这样他们才能战胜劣势。同时，他们让世人明白了，理智可以缓解世界带来的痛苦。

所有这些犹太人生存的条件被希特勒毁灭了。现在的犹太人本应建立了自己的国家，全世界的犹太人本应生活在同情和宽容的防护墙之下。很快他们将不再那么强大，而是和其他人种一样，就像萧伯纳说过的，他们会像所有其他人种一样，只比他们少许强一些。在这一点上，希特勒是优越的犹太人的灾难。巴兹尼由此联想到结束反犹运动的期望。

罗马

W. 打来电话。他告诉我他的60大寿即将到来，为了逃避庆祝生日的繁琐，他决定去希腊旅游，并在生日当天登上奥林匹斯山。

罗马

又一次穿越在"暗店街"后面的旧城区之间。从那里去往斯帕达宫和埃塞勒里亚。卡拉瓦斯的内廷就在斯帕达宫那儿。胡同里、房屋的正面已经发霉，路面的石块被凿开，有的小房屋后面还搭建了房屋、横翼，有的房屋出现了裂缝，有的房屋后面还修建了院子，院子的台阶很陡峭。建筑线重叠在一起，因为人们任意地修建房屋，从未想到过违规。

窗户内，曾经热闹的房屋正门之间拉着绳子，绳子上挂着彩色的衣物。龟井旁一个老翁在洗他的衬衫和长筒袜，水池边有一块镜子的碎片，旁边还有一把刮脸刀。偶尔他也会加入另外两个老翁的争吵中，在他的帮助下，他们解决了争端。这两个老翁，不管窒息的闷热，居然还穿着厚实的大衣，其中一个戴着毛线帽，把整个头都埋在帽子里面。虽然这种现象越来越少见了，但这永远都是罗马最贴近的文学形式：每当窗户对着街道敞开着，那么就能看到屋内的原本处于黑暗中的陈列物被照亮了，把从草地上摘回来的花晒干后装在瓶子里，瓷质的圣像脸、镶上玫瑰花环的全家福和其他的小摆设。在一个已经被熏黑的凉廊中放着一个装满夹竹桃的木桶，旁边的花盆已经堆成了山。

但是永远给人一种印象，这个城市自认为在这些城区感觉到一种难以名状的尊严感。如果身处周边的新城区，这种感觉就很明显。也许，因为那里没有过去，所以它们的光芒会削弱一切，映入眼帘的画面让人不由得产生现代的感觉。

罗马

数周之后，就会感到疲倦，去回忆那些与要去的地方有联系的人名和史实。以站在天鹅堡上为甚。它是个陵墓和要塞，地牢和处决地。它让人回忆起许多相互矛盾事情，想到许多人名：凯撒时代的名人、渴望权力或者寻求庇护的教皇们、情侣、暴乱者、异教徒和罪犯们。一部奇怪的人名册。

想到了红衣主教们和可怕的雇佣兵乔凡尼·委特尔斯奇（Giovanni Viteleschi），想到了本韦努托·切利尼（Benvenuto Cellini），想到教皇亚历山大六世（Alexander Ⅵ. Borgia）、碧翠斯·先丝（Betrice Cenci）和乔达诺·布鲁诺（Giordano Bruno）。当然也想到了特奥多尔·冯诺讷（Theodor Fontane），他对"历史上的刑场"特别偏爱："几乎这是我唯一可以说的激情。"

罗马

来到匈牙利广场旁。一位德高望重的老妇人正在过街，后面跟了一群年轻人,就像她的拖裙跟在她后面。她出奇的胖,样子很喜庆,活动起来身子摇来晃去,显得很麻烦。她身穿一身洁白的、长到脚踝的连衣裙,每走一步裙子上的花边就跟着抖动。连太阳伞也是由和她同行的一位陪同给她撑着,伞的布料也是洁白的丝绸。脖子和手腕上都戴着时尚饰品。当她从人们身边经过时,饰品都会发出丁零当啷声。她头上戴着火红色的假发,眼睛周围涂着淡绿色的眼影。走路时,手中拿着一条彩色的丝巾来扇风。人们后来对我说,人们叫她"拉洛马"(La Roma)。

罗马

下午时分,站在卡内萨家的阳台上。他说,他爱罗马,但是不爱罗马人。外地人永远都是外地人,大多数人都愿意维持这样的状态。因此,贫困让这个城市永远无法认识到它是一个自信的资产者,从而也无法拥有独立的思想和责任心。这个城市的特色是,神职人员、黑色贵族和人民紧密地混杂在一起。虽然事物早就发生了变化,但是遗留下来的影响是可以感触到的。为了去辨认这一点,人们还必须去罗马的社会看看。人们头脑中对于这个城市在封建社会的繁荣一无所知,社会中的妒忌和猜疑、高傲的表情后面隐藏着的仆人气质和小市民的搬弄是非:诸如此类的都是罗马。无论在哪儿,只要有几个罗马人凑在一起,那么空气中就会飘散着谣言。人们总算明白了,猜测如何在反掌之间就变成了事实,欠考虑的手势如何就变成了使坏的暗号。所有事情都可以简化为这几个问题:"谁跟谁,谁反对谁,谁在谁后面?"自古以来罗马欠缺有效的城市管理,这也正是它的城民的写照。

罗马

不久前,几个作家出了一本名为《Contro Roma》的书,书中每个作者都用自己的方式描写了罗马的不堪忍受:存在、噪音、衰落、街道的杂乱、人际关系的冷漠、贪婪和城市的麻木;但是,书中的每一页上都为生活在罗马的决心而自我辩解。

罗马

　　昨天晚上和克莱里奇在一起。之后，我们从他的住所走进附近的一家餐厅。他说，如果人们要寻找一个概念来描述罗马的特征，他想到了"ambiguità"这个词，这个词的意思是双重含义或者模棱两可。这个概念甚至来源于一个令人敬畏的历史，因为在出现其他神灵之前，古罗马的神灵曾经是两面神。罗马的容貌总是和矛盾连在一起。那些著名的通向罗马的大道把形形色色的人种带到罗马，他们都有着与意大利不同的特性：皮埃特蒙的严谨、那不勒斯的无序、佛洛伦萨的严肃、翁布里亚的温柔，当然还有法国、西班牙和德国人种流入带来的影响。虽然罗马调和了这些矛盾，但是永远纵容它们的存在，以至于困难看上去不再那么困难，庄严显得可爱，衰弱变得可以理解等等。

　　当我今天跟他讲述了昨晚的事情之后，曾经就是这样，凯撒认为，但是，此时罗马已经没有自己的面貌了，一切都和每一个发展得过快的城市一样，过去的社会结构既没有保存下来也没有得到新的发展。战后，应该有 100 万人生活在罗马，今天超过 300 万人，也许是 400 万。没有人知道确切的数字，这些就已经很说明问题了。他甚至连我们刚刚所谈论的到底真正的"罗马"是什么都不知道：城内生活着 20 万居民，那些不可忽略的游客还没有算上，还有所谓的伯加塔（Borgate），还有那些已经萧条的城郊区和生活在那里的数百万人都还没有计算在内。那么我们到底能谈什么呢？

　　从前，他说到，人们会很容易地爱上罗马。今天人们去搜寻喜欢罗马的理由的时候，感到很辛苦。罗马已经不再是那个 60 年代的友谊之城，不再是那个可以到处闲逛和悠闲地坐着的地方，不再是那个熙来攘往的地方。那种"douceur de vivre"（甜蜜的生活），他抱怨到，曾经来过这里，任何别处都不象罗马这样给人幸福的感觉，他们感觉到了，但是他们也丢失了这种幸福。

　　此时，这个城市已经变成了一个神经质的大都市，一个被人海堵塞的荒漠，就像阿拉干经常说的那样，它的这种激动总是让人感觉到是徒劳的。也许这不仅仅是一位老人的担忧，而且更多的是这个城市过分的忙碌让人生疏了。不久前莫拉维亚这样说过，他只有在夜里才敢上街走走。

作者案语

当我们在罗马胜利圣母教堂看到贝贝尼的作品《圣特雷沙》的时候,我必须想起克莱里奇说过的"ambiguità"(双重含义或模棱两可)这个词。这个作品好像搅乱了人的感官一样,使得人们对如此神秘的经历感到惊恐,以致于人们会不由自主地问自己,天庭的颤动是否不会有相同的世俗原因呢。当德·布罗斯(de Brosses)总统用怀疑世界的眼光看到这个雕塑时,记下了这样一段话:"如果这是天堂的厚爱,那么我也能看到。人们在世间就会真正偶遇这种爱。"

罗马

我们走进拿波拿广场(Piazza Navona)旁边的房子,这是蒙泰尼里的处所。从前,屋内挂着一幅描绘1750年左右这个广场的铜版画。在这过去的两百五十年里最引人注目的变化就是那几个阳台,此时它们远离广场。如果一个国家能够破坏和拆除某个城区所有的建筑,并且决定时代精神的专政在每次更改标语的时候无人反对,那么来自于这个国家的人会对这里的建筑在时代更替之中表现出来的坚毅而感到震惊。

作者案语

蒙田的随笔《论意志》中有这样一行文字:"我只能去维护它,保存它。这只是一部无声的、不起眼的作品。对它的改进是一项无上光荣的行为。然而,这对于我们这个时代来说是不可能的,因为在这个时代我们已经被革新压得喘不过气来了。因此,我们几乎无法去感觉,我们应该如何抵御这些革新。无为常常和有作为一样值得赞扬,即使无为显得不那么碍事。"

也就是说,文化对于改变的忍耐是有限度的。在生活节奏不断加快的时代里更加重要的是,对传统的维护,而不是毁坏。这也是持续变化的维护者考虑得太少的地方。虽然对社会、艺术和文化规范的修改是必要的,这样的话这个社会才不会僵化。但是这些过程可以加速也可以减速。更明智的认识是,当代社会需要一种持续的姿态。不然的话,过快的改变会破坏现在和过去之间的感情维系。那么这个社会,像个人一样,要感谢这种维系带给我们喘息的机会。有时,对于传统而言,进步已经足够了。

　　进步文化思想的时代必须时刻追随不断的变化,这根源于人们意识的不足,然而对传统的拒绝最终还是归因于进步思想,同时进步思想还会抱怨传统带来的厄运。这里存在一个不可解决的矛盾,首先是谴责尝试改革的经济社会为自己在文化领域创新的骚动。新的保守主义让自己成为森林灭绝、废水污染和古老的营养方式的说情者;然而,保守主义还通过促使变革同时破坏了代表变革的文化基础。领会这其中关联的人,就会对这一认识表示回避,即具体的忧患意识不可能完全预知未来。

罗马

　　又一次来到西斯廷教堂。此时,已经完成了一幅天花板壁画的修复。和第一次来这里一样,感觉如此震撼。在新的这张水土分离的壁画中,从前那两个男人体像被去除了,另外还有三个分散的局部图案每隔五十厘米排列着。四周烟雾弥漫的灰褐色所带来的强烈对比比上一次观察的时候更让人感受到发现了整个大陆的艺术。克莱里奇说,他还有一个愿望,希望自己能活到能看见修复好《最后的审判》。

罗马

　　饭店旁的一面屋墙下,一个年轻人在这里安家。偶尔,他好像在睡觉,然后他又低声并且快速地自言自语。他身前的石子路上放着一个纸盒,纸盒里盛着几百个里拉,他时不时地将里拉递给过路人。他胸前的一块牌子上写着:"Per partire!"下面还写着一行字:"烦够了罗马!"

罗马

　　站在拿波拿广场上,流动艺人、流动商贩和街头速写画家使得广场越来越像个集市,这时我碰到了 K.。他的夫人陪同在他旁边,她热情洋溢地谈到罗马的幸福生活,然后马上开始埋怨罗马交通和通讯设施的不完善,博物馆里挤满了人,旅馆里脏乱不堪。

一切正如她所说。如果人们再往南走的话，那里的旅馆会更脏，炎热、饥饿无处不在，那里人烟稀少。S. 在刚过那不勒斯的路说曾经问过，人们怎么可能会忍受得了这一切呢，还有什么原因促使这么多游客会如此坚定地来到意大利，什么时候人们才会对现实不再抱有幻想。我们绝对不会再像浪漫的拜伦伯爵那样，相信人类旅行的本性，除了雄心之外，人类最强烈的是激情。

我继续向 K. 提问。他谈了一些有关意大利的德国神话，像其他神话一样，它也不想让人感到失望，同时他还提到了所谓的双重感觉，即狂妄和钦佩。这也正是这个国家展现给游客的特色。然而，当他说了不到几句之后，他的夫人便插起话来说："我的上帝，难道你是德国人！"

续上一段

我们分手后，他自问，世界上还有没有其他国家会去谴责与自己特性一致的地方。德国人本身就为自己感到尴尬，也许以前就是这样。几乎在每一个游记中都记录下了对本国同胞感到的恐惧，歌德曾经对波瓦塞雷（Boisserée）说过，《意大利游记》这本书中也表达了"对德国人的憎恨"。

很明显，这样的情绪不断升华。例如，直到六十年代，马克思·贝克曼在德国都一直被认为是放肆的、粗鲁的。直到间接地经过一场伦敦展览会之后，他才从德国人的自我怀疑情绪中解放出来。表现派的境况也差不多。

续上一段

K. 的回答没有结束。神话也可能会让人感到失望，在意大利，它经常会为现实而心碎。塔西佗曾经在描述他那来自北方的邻居们时感到十分惊讶，他们居然会对美丽这个概念如此陌生，他们对形式和装潢的品味居然如此之低。如今的游客总是尝试着去进行逆向思维并发问，为什么现代化对意大利的毁灭比其他国家更显著呢。

虽然巨大的毁坏无处不在，也许这也是过渡到现代所清偿的一部分代价而已。但是，任何地方的破坏都不会如此的没有人情味，除了这个以审美的天性而出众的国家，只要人们回头看看就能发现这一点，当然包括那些不食人间烟火的地方，比如史佩罗、苏比亚克、威吉瓦诺和其他那些数不清的像一件件活生生的艺术品一样的街道、广场和城市。然而，我也想到了一些反例，比如提布提那大道旁的贫民窟，还有就是伯加塔地区的圣罗伦佐或者姆莫罗桥区。

不仅仅是多年来缓慢进行，直到现在开始突飞猛进的，由混凝土、垃圾和有害物质构成的破坏进程唤起了生活在罗马的人们难以逃避的离别情绪，而且人们开始怀疑他们失去了曾经拥有过的、对美化的基本需求。这种怀疑和那些突然引人注目的丑陋占据了人们长期以来的意识世界。迫于这些恐惧，对于失去这个美丽古老的世界而得不到任何的安慰，皮埃尔·保罗·帕索里尼曾经谈起人类对自我的这场《人类学的谋杀》活动。

一切还在继续。梅第奇别墅公园里那一棵棵高大的五针树、拿波拿广场和马太广场上的艺术喷泉、文艺复兴时代房屋正面给人的那种强烈的安静的力量，还有内院中魔力般的沉静，就连上米内瓦之上的圣母教堂前贝尼尼的罗马大象的背上还背着尖方柱。但是，位于鲍格才别墅前那个半人半鱼的海神像的头部已经被折断了，那些古罗马的雕塑身上到处都是一些刻字、祝福语和彩色的爱情宣言。不仅仅丘比特神殿上的标页字母让人为元老院宫殿会不会被拆除而感到担忧。关于元老院宫殿还能维持多久这个问题从未停止过。洛夫·迪特·布林克曼嘲讽地写到，"永恒之城"这个概念只不过是句空话，那种曾经发誓过的永恒只不过是一个时间单位，而且现在已经走到了尽头。

只要罗马存在，那么对于罗马的渴望就曾经存在过。在这些动机之下，这个需求永远排在第一位，即从支离破碎中拼凑一幅历史的图片。不是因为这里曾经代表过那个帕索里尼所美化过的所谓美丽古老的世界，而是因为过去是每一个现代社会所必须具备的生活条件。那道 L. 所提到过的地平线上黑色云条在天空中越来越高，比起个别人那些伤感的偏爱来，要更加黯淡。

附言

但是之后我在思考，罗马永远都是人们抱怨的对象，而且这种抱怨因为环境污染普遍流行起来。北欧人在这个废墟之城，甚至在整个意大利，经常寻找所谓"悲伤的快乐"，就像蒙森在一封家书中所写到的，而且这被当作南方之旅的主要乐趣之一。在酸雨来临之前，一些年来对罗马的悲痛只是停留在那些贫民窟，阿庇亚大道的卖淫和花市广场的毒品交易比起圣卡利诺教堂或者法尔内塞宫对于人们来说更有意义。曾经，在那里人们可以抱怨新形式的堕落，而今天人们却把这些现象归因于传统。

这也许就是罗马人面对四面八方袭来的忧虑而无动于衷的原因：就像去对付这些忧虑会给他们带来更大的困难，所以还不如长期以来发发人人皆知的牢骚。这个城市的人们总是愿意看上去一副被痛苦感动的样子。当拜伦在罗马让托尔瓦森（Thorwaldsen）为自己画像后，他失望地叫了出来："亲爱的上帝！难道我真的看上去不能更加不幸一些吗？"

笔记摘录

我再一次审阅我的笔记，把一些我在这段时间搜集的但是还未使用的笔记汇编在一起。从 Don Calicchio 直到卡尼萨发表的意见。虽然一切都毫无联系，而且观点杂乱。但是依次排列起来是一部意大利人关于自己的永恒讲演。

"我们意大利人是个人主义分子。我们不是个人主义分子，而是狂热的自私自利者们。我们蔑视平等，因为平等只是幻觉。我相信，这个世界是由不同的人组成的。当然，每个人都在尝试，牺牲别人让自己胜出，但是谁又甘做牺牲者呢？最后人们不是变成勒索者，就是情愿者，更替的只是名称：经理、市长、主教，或者职员、秘书、失业者。一切事物都围绕着权力在运转。谁没有名望，连狗都不愿意向他吠叫。有一句无法翻译的西西里谚语是："Cummari èmegghin che futtiri!"

我们意大利人一点都不相信那些巨大的、匿名的机构。国家是一个抽象的庞然大物。权力必须具体到每个人。法律是狡猾人面临的挑战。期待国家给予公正是一种奇异的想法。我信赖朋友。一个人必须拥有上上下下、处理大事小事的朋友。连人本身也和其他人一起置身于不同的关系网之中，大的还是小的需求都要依赖于朋友的帮忙。

在别处人们会为了某个问题而绞尽脑汁，但是在意大利却不存在这个问题：疏远。所有的事物都有人情味。就连那条去往面包房或者卫生用品商店的道路都体现了一种社会性的举动。购物不重要，重要的是谈话和倾听。我们意大利人害怕安静，热爱噪音。不能让人感觉到的就是恐惧。我们拥有的是名人轶事般的历史。结构式的历史让我们感到无聊。意大利的历史是唯一的一部家庭喜剧。

如果水不浑的话，岂能摸鱼？杂乱无章并不阻碍我们，即使我们对它生气。杂乱无章使得庇护与特权的游戏以及依赖于友情的守口如瓶变成了可能。最终，所有人都得益。它使控制复杂化，自由简单化。允许那些永远为私利服务的公开指控。

我们意大利人是怀疑主义者，我们不相信一切，包括允诺和保证。我们不怀疑，利益和玫瑰一样，总有凋谢的时候。所有的事物都是无法估算的，这里不存在固定的基础。当我第一次听到"安全伙伴关系"这个词的时候，我想，人们必须想到这一点。我把整件事当作一种无法置信的花招，然后我又发觉，这只不过是一个令人愤慨的愚蠢行为而已。

在蒙席奇泰拉莱（Monsignore Chitarella）所著的那本专业手册中，关于流行的纸牌游戏的第一条规则就是：永远尝试着去偷看对方的牌。我们钦佩这些目光敏锐的骗子。我们识破了他们，但是为他们喝彩。

意大利人是即兴表演大师。我们永远都在期望着那些不可预见的事情。我们认为理论和构想一无是处。像德国这样的教授国家沉迷在理论之中，而我们是实际分子。无法面对德国！提醒着我们去区分重大和微小的事物。德国人不能对付现实性，因为现实是不可预见的。

北欧人认为，南方的生活要简单些、人情味浓一些，甚至轻松些。实际上，这里的生活更复杂、更残酷。意大利人以前总是等待着那些能够揭开误解的幸灾乐祸的人们能出现。现在，意大利人根本不去等待，因为他们爱上了这些误解，因为它们能够带来好处。

没有意大利人能够感觉到对异国的渴望。没有人像我们这样屈服在意大利著名的魔力之下。我们在数世纪的岁月中在很多艺术领域曾经优秀过。我们最伟大的艺术作品就是一种让人发疯的、其实是可怕的生活方式，然而，在这种生活方式中人们感到幸福。

意大利人认为，整个世界就像他们一样进行思维。他们相信，其他民族只是使用了其他的掩饰方式。我们羡慕北欧人不真诚的天赋。我们感到迷惑，当我们发现，他们认为这种羡慕是真诚的。

改变人类的想法是徒然的。

作者案语

属于罗马景象的还有，也是我没有去过的地方：圣三一教堂和鲍格才别墅花园之间在夜里打着绿光的意大利柏树，年轻人坐在车里把扬声器的音量开大，加大马达从那里飞奔而过，又让人看到了人们尽情地享受各种情绪，不是幸福，更多的是怀疑；在罗马圣母大教堂前那些讨厌的、镶着金牙的流浪者们；浪漫的屋顶花园，还有那站在汽车站气喘吁吁的胖女人，正在用一支铅笔回答报纸上的问卷调查："你是个奇怪的女人吗？"街道间散发着清晨的清凉；还有其他等等。

罗马

开始准备启程。在整理行李的时候又想到了《意大利游记》，又拿出来读了几页，不管是手稿还是后来著名的旧版本。

这本书不能属于，就像人们已经多次感觉到的那样，所谓的文学游记。此书只是表达了个人的一些偏爱的想法，而在描写现实景物时则显得漫不经心。此书更体现了传统创作中的危机风格。语文学家在类似于"自我认识"和"重生"这些概念中可以找到整本书所体现出来的主题。总体来说，这是一本以游记形式出现的发展小说。

在匆匆翻阅几页后会发现，歌德也许是最后一个伟大的诗人，他将思想和存在融合在一起，两者还可以相互促进。他将他一生中第一次成功的爱情史归结于古罗马时代的天然和简朴。

自那以后，游客不可能逃避这样的认识，不同的经验交叠是不可重复的。当然，这首先与歌德的名望有关，而且还与那些获得间接经验的可能性有关。此时，所有的旅行最后都以不同形式的经过告终。

作者案语

在一本集子中，有一封歌德写给卡尔·奥古斯特的信："我看到了以任何形式来评判一个国家的艰难，对于异国人来说不是什么，但是对于本国人来说是困难的。因此如果人太片面了，那么就不能理解属于他的伟大的、多样的事物。"另外，他所提到的那些单独看似乎都很有道理的事物，如果放在一起看，对于他来说，几乎都没有道理。

继续

之后，歌德肯定地说，自从他途径麻尔桥回到北方之后，就再也不会象以前那么幸福了。而关于他的父亲他曾经说过，自从他来到意大利后，就再也没有象以前那样不幸福过。这两句话表达了两种不同的生活情绪：父亲是赢利思维，儿子是损失思维。因为在其中能够幸福是人的需求。而此间的社会变革也通过这些不显眼的语言移动来表现。

罗马

人民圣母教堂的石砖里嵌着无数的墓穴板，曾几何时这里埋葬过神职人员、学者以及虔诚的行善者。参观教堂的脚步把浮雕中平坦的线条磨掉了，只留下了那些较深的雕刻花纹：一座雕塑的轮廓、长袍上的一些褶皱、一个纹章以及一个月桂花环。有些雕像已经完全沦为了石头。但是别处的雕像，连眼窝都还清晰可见，大大的眼睛被时代的尘土染黑，高额头，狭长的唇线，一条额带，一本书。当雕像的特征被磨灭以后，那么雕塑的整个模样也消失了，还有曾经让它们伟大过的雕塑也消失了。

在途中

向这座城市告别。当汽车行驶在往上走的撒拉里大道并穿过山脉的时候，还能让我再匆匆地看看那些被甩在车后的一幅幅景象。每一次启程都是相同的，我认为这种说法不够贴切。人们离开罗马的时候，不像离开巴塞罗那或者阿姆斯特丹，甚至离开西西里和普罗旺斯都不同。在通往法拉汕比纳大街的街道上，我尝试着寻找描述这个区别的词语。然而，当我处在高处满眼都是阿波罗神山，向远眺去便能看到拉丁姆的时候，一些新的想法油然而生，以至于我现在或者之后也不会找到那个合适的词语。

附言

傍晚,在启程前,收拾书本的时候,我翻阅了一下司汤达的札记。书中记载了这样的思想:一次旅行真正的快乐寓于回程中的惊讶。特别是当人们经历了漫长的离别后的偶遇,即使那些不可名状的人和物也会突然变得有价值。

跋

（沃尔夫冈·布舍尔）

西西里逃亡

在约阿希姆·费斯特众多作品中，这部《在逆光中》是个例外。也许它不是他最重要的作品，如果人们想到他的《希特勒传》和《政变》的话，在这两部著作中作者渲染了一种悲痛的感情来歌颂德国人民的反抗；或者想到《帝国的毁灭》，这部作者在几周前于德国柏林元首城堡（希特勒自杀地）创作的作品：感染心灵的精确和冷静。但是这本著作是他最美的一本书，也是最轻松的一本。也许也是他最爱的一本。

这也不是什么稀奇的事，因为这就是这样一本书。此书主要讲了这位研究我们沉沦的历史和我们民族自身探索的历史学家以作家的身份亲自离开祖国南下的经历，别无其他。这位德国的西绪福斯度过了一个漫长的意大利之夏，他停止了手中坚硬的德意志石头，从他那间呆了十二年之久的书房走了出来，开始旅游。奔向广阔的远方。来到万物繁荣的国度。在那里一切事物可以处于逆光之中，不被监视，不被怀疑。

等等。在这儿，我们必须提醒自己，不要那么罗曼蒂克。我们到底在讲什么？当然不是讲歌德时代的意大利，也不是讲歌德从太过人性化的小诸侯国魏玛逃离出来的故事。关于费里尼时代的意大利我们谈论过不止一次，这已经属于昨天的世界。人们必须快马加鞭紧跟时代的步伐，时间的沙漏在漫漫地流光。在这次意大利之旅的开始之时，人们就已经感受到了已经开始的遗失。

在1977年，约阿希姆·费斯特应邀来到法国南部的一位朋友家做客，这个位于法国腹地的地方离圣特罗佩不远。他建议他朋友的一个儿子，陪同他前往，但是他退出了。这对于读者来说倒是件幸运的事儿，因为在这位父亲的眼中，正是他儿子这个小小的逃离才使得这次意大利之行和这本著作能更快的出版。费斯特最后一次到过圣特罗佩是十年前的事情，当时他在从尼斯机场出发沿着那条著名的海岸线的路途中所看到的浓缩成一个想法就是：欧洲正在走向毁灭。它在消失。众多的建筑大师和游客们在推波助澜。其实它已经消失。

那次沿着蓝色海岸（法属里维埃拉）的旅途让费斯特觉得，像他今天回忆起来的那样,就是一次穿梭在混凝土之中的旅行。曾经的地中海世界,他对那位儿子说,已经不是你还能知道的了。这种忧郁的理智促使他有了这次大规模的意大利之旅。而且能够表达这一意图的标题早都想好了。这本书最早取名为《纯粹的告别》。告别那个欧洲,那个在今天——四分之一世纪之后——被那些想变革的政治家轻蔑地称做"古老"的欧洲。

那么,这次旅行还能做些什么呢?它的时代还没有结束吗?旅行者有没有必要考虑一下,当他到达他选好的目的地的时候,他所重新找回的并不是他所真正寻找的,确实,而只是他所要躲避的:到处都是千篇一律、普遍存在的现实世界:那些加上某些配料的匹萨饼和高速公路旁的自助快餐(Albergo dell'),还有那些非常不陌生的穿着便服的人们,那里的生活让他们感到十分的舒适 - 整个一次企业全体员工一天游?这些人们本可以坐在家里欣赏。但是人们不应该认为这种完全有根据的文化悲观主义是一种古怪的想法。人们应该允许这样的旅行,甚至可以说这次旅行是一种必要,而且即使只是为了让这踌躇不定的时光把它的指针停下来而已。再一次重申我的观点,所有正在消失的东西都是一去不复返的。对于作者朋友的儿子或者是其他的读者而言,他们永远都不会再认识到的东西,不是因为他们是无知的人,而是因为他们没有机会去认识那些已经不再存在的东西。一种博科夫式的开场白:说,回忆,说!一个强有力的开端。所有叙述最初的开端。

显然非常必要一个人去进行这样的旅行,连旅行本身都好像坚持这样认为一样,因为又有一位同行者逃走了:约阿希姆·费斯特那时的出版商,他在成书十年之后才出版了此书。沃尔夫·约布斯特·西德勒(Wolf Jobst Siedler)在最开始十分激动地期待实现这次共同穿越意大利的旅行计划,但是后来西德勒拒绝了,费斯特只好一个人启程。另外总是要强调的是,那个意大利之夏其实是很多个意大利之夏。长达十年之久,从1977年直到1987年的秋天,费斯特前往西西里,穿越南部意大利,来到那不勒斯和罗马。

此书中的意大利之旅并不是从北方出发然后慢慢南下接近目的国——就像一部剧本,随着时间的推移剧情发展越来越紧张,最终以到达南方来结束故事。不是这样的,费斯特不是象歌德那样来进行这次旅行的。他从最遥远的一点,几乎快要接近非洲的地方出发,从西西里边缘地区慢慢靠近意大利。而且这种巧妙的构思成功地付诸于实践了。西西里在此书中的份量是最重的、描写的难度是最大的、给人的感觉是最陌生的,因此这一部分是引人入胜的,所以游记中的第一站理应属于让读者眼前一亮的它。《在逆光中》的成功归功于这宏伟壮丽的第一章。

严肃、封闭和专横笼罩着这片土地,绝不是像50年代的欧陆舞曲中给德国人承诺的南方的感觉。费斯特对意大利没有这种甜美南国的印象。人们甚至可以单独把第一章也是篇幅最长的一章抽出来,取名叫作《西西里之旅》,这一章完全可以独立成书。书中描述了这样的一些画面:

"城门口有一家破旧不堪的酒吧,经过一个黑暗的储藏室,通到那些铺着瓷砖的其中一家餐馆,餐馆的饭桌上摆放丰盛,装饰华丽,好像在为某个社交聚会在做准备。但是,我的目光集中在了一位老妇人身上,她一身漆黑地坐在对街房屋前。她朝前俯身,一只手拄着拐杖,另一只手里拿着一根绳子的一端,绳子另一端拴着一头乳头呈黑色的山羊。只要这头畜牲拽一下绳子,她就马上把头转过去观察是否有什么可疑的情况。她有时候也会长吁一口,同时她的脸部肌肉向后紧缩仿佛都快掉到她那无牙的嘴里一样,并且她努力使自己的身子挺直着。然后从她的嘴唇之间冒出了一个令人恶心的粉色口香糖泡泡,随即泡泡破了铺在她整张脸上。只要泡泡这样无声地破裂了,她就逗乐似地暗自咯咯地笑,然后再用鱼际把掉在下巴下面的一丁点儿口香糖送到嘴里。"

为了观察这些画面,人们必须旅游。人们必须独自前行。做好准备来开始这一刻,就像做好准备拾起一个干净得一尘不染的空罐子一样。把罐子装满就是文学。它只保留它所承诺过的东西。带有古老名称的柱子、宫殿和城市做不到这一点,建筑师的后代就更难说了。而且南国天气炎热,那里很喧哗,臭气熏天。

然而在一个懒散的典型的西西里一天的炎热中,我们将目光从这里甩开去对准马尔沙拉甜葡萄酒中的陈年老酒,或者去欣赏欣赏灌木丛中的罗马式别墅,或者观察一下街边那个不起眼的男人们——除了电影《黑帮老大》之外,其他所有电影中那些低三下四的行为都能够适用在他身上,或者是研究研究位于巴勒莫的一所出租公寓的门上写着的一个简单的名字,几个零星的词语,也许就住在这门后的人,也就是可能会把这扇门打开的那个人的全名包含着他与贵族的关系、他的婚姻状况或者几个世纪以来战争的嘈杂声。

"他曾经属于大地产主阶层,在多年前被没收了财产,后来只好栖居于离市中心不远的新住宅区，家中堆放着的家具和纪念品使得房间挤得让人喘不上气来。他犹如窝在楼层里的一只豹（Leopard）"。费斯特曾问过他一个问题：西西里和欧洲的其他地方有什么不一样的。"我们还能知道，什么叫做命运"，他回答道。

豹们。黑色的老东西。地狱中黑夜的阴影。对于地狱，人们不能确信它只是传说还是真实存在的。只要他们愿意，他们就会出现。不管远近，以一种不容拒绝的具体形式出现。让人不安，令人讨厌，使人感动。我们停下来，只是观看周遭的忙忙碌碌，就会突然发现这个国家、这个时代和物体的颤抖都是如此的真实，只要他们不被感知。

连风景都是一件容易受惊的东西：在惨淡的月色下或者在一个无情的午日下，"走在迂回曲折的、部分被铺上了沥青的路上，突然刮起一阵强烈的扬尘，之后不久我的眼前就呈现出充满饥渴的画面，刺眼的阳光使得眼前的一切十分压抑，而这种压抑又给眼前的这幅画面涂抹上了一层充满激情的伤感色调。而这些刚好符合人们对西西里这个地方的想象。画面呈现出一片灰色和沙色，只有那些圆得像人头一样的圆形山顶上布满了青苔和平坦的被烧过的常绿灌木林，就好像盖上了一层树叶和草皮一样。"如此来描写风景，使得这片土地的精神在这一刻显示出来——西西里的内心隐藏着一种非洲的性格——这是一种艺术，西西里精通这种艺术。而在这本书中总是会看到如此之类的小画面。

旅行会赋予旅行者这样的智慧：欣赏画面的才能。这是毋庸置疑的事实，确定到让人很难去解释。所有那些在世间飘荡着的磷火、所有奇特的医生们和那些忧郁的贵族们，居住在当今社会的边界上，处在一个较高（或者仅仅是小丑式的）文化卷子内，而读者肯定会被这种所谓文化文雅（或者仅仅是轻歌剧式）的描写迷住的。

在不知不觉中，我们看到最后几段时，滑进了一个语言的世界，而且我们知道这是来自于哪里的语言。这是乌托邦语言。在他的一篇有关乌托邦的末日（已经是一个末日）的论文中，这位历史学家和政治界的人物，费斯特，给这种语言打开了一扇门。而且事实上，那些太太夫人们在政治界，无论是革命的，还是纳粹的，都只能给人民带来灾祸。这种灾祸是不可动摇的。

但是，就连旅行也只是一种乌托邦。没有人愿意旅行，没有人能够想到冒着生命危险，哪怕只是牺牲心灵上的宁静或者是想到尝试一次失败，不是思念在驱赶他。就这样，旅行把一个人拉到了一个从未到过的崭新世界，而把另一个人带到了那些古老的地方。其中一个人追求那种从未被描述过的无节制的生活，而其中另一个人则追求一种给定了的标准，而这种标准往往是被描述过的：敢于冒险的精神和古典主义。这是哥伦布和歌德的差别。一条是通往印度的海路，而另一条则是逃离魏玛的出路。每一次去往乌托邦的旅行都像保守派把怀旧当作乌托邦一样。这就像一对远亲一样。在其中的一种乌托邦里，一切都不能像其原样保留下去；而在另一个乌托邦的世界里从前的一切都比现在好。有的时候，比如在革命时代，两者可以手拉手一起向前进。因此在新时代的童话中还能听出一首古老的歌谣。

旅行是一种更加没有伤害的乌托邦。有些人赞成这样的说法，那些直到今天还被人们遗忘的德国文学应该可以弥补那些后来的德国人蜂拥赶往殖民地，虽然持续时间不长，但也一直持续到上个世纪 20 年代。在 19 世纪后期，整个欧洲都风靡徒步旅行和探索性旅游。但是当时的德国人，比起打扮成带着盔形凉帽的冠军样儿，却更加喜欢像学者或研究者那样进行旅游，而且喜欢当一个写游记的冒险者。这是一种德意志式的特殊旅行方式，而且也不算是最糟糕的那种。

费斯特应用过其中的一些旅游方式，这些方式都是欧洲一些大旅行家以前喜欢的。那些能够宽恕罪过的地方。把南方当作一切死亡之地。南方不仅是贝德克尔（Baedeker）的南方，他就在那儿，那个等待拯救的地方。解放，整个世界都在谈论。而且一次解放也曾是最近的一次最大的意大利之旅 – 是一次德国新兴思想意识的短暂旅行。

把德国人自言自语的独白变成了沉默是多么的困难，只有那些袭击和诽谤导致了把所有的怒火和不快埋藏在心里才能证明，就好像是这次意大利之旅路边的旁白一样。最严重的时候，就像这样的怀疑所认为的，那些德国人正在继续着的自怨自艾和以旧翻新（一个家具行业的词汇）的性格和道德没有太多的关系，而和尝试着成为"一个在许多领域上都已经变得没有什么创造力的民族"有关，至少因为希特勒和他那可怕的统治吸引了一些目光。

就连那些在旅行和游记方面引人注目的天赋没有挨过在这个德意志伟大的历史时代和希特勒时代。在一些年前，也就是 90 年代初，重新开放了俄罗斯的东普鲁士地区，我在柯尼斯堡遇到了一位女士，几乎一辈子都在盼着那一天，盼望着能够重新再去她的故乡看一看。现在那一天到了。她坐在出租车里，一位年轻的俄罗斯人拉着她穿过了那些古老的林荫大道，这儿离那个她曾经度过了她童年的小城镇只有短短几公里，也就是从那个小城镇她被驱除了出去。随着她穿过座座小村庄她感到越来越不安，越来越怀疑，然后，在接近最后一分钟的时候，她恳求司机掉头。她回到了柯尼斯堡，回到了德国这个家。她的行为比起俄耳甫斯（Orpheus）来说要聪明得多。她没有受她双眼的驱使，直到最后一刻都没有再去看一眼 – 再说一次，仅仅只有唯一的一次。她坐在出租车上，她的目光在这次已经期待已久的旅途中投向了那个完全陌生的故乡。在途中，她终于明白了，她已经永远失去了那个所谓的故乡，然后她继续往前行驶，来到了一个悬崖。她不敢往下看，那里埋藏着德国的游记文学。还有就是：费斯特在他的那篇名叫《德意志别样意识的漫步》的散文中指出，那些德国守旧派的梦想和理想就像无家可归的孩子，或者已经到了无家可归的地步。

东部。在阅读这本书的时候总是好像从一开始就拿着个摄像机摇镜头：从西西里的生硬那里射出来的一束穿透性极强的光芒越过千山万水最后到达那个正在没落的深褐色的东方。从要塞地区到骑士团城堡。从那片唧唧作响的常绿灌木林的冷漠到达一片辽阔、苍白的天空下的土地。南方的世界，就想费斯特所描写的那样，南方就像那个对于陌生人来说生硬的、贫乏的、无声的和看不透的东方一样，如此的没有甜美的感觉。《南方的沉默》 – 沿着作者的手触摸过的痕迹，就像在寻找那个隐藏之地的过程中，最终它被找到了，那扇神秘之门终于突然敞开了。

消失已经成为了一个德意志的话题。它给了费斯特旅行的动力，整本书都笼罩在这种色调之中。不仅是他的描述性文章，就连他的戏剧学都是一种消失性的戏剧学。从宏伟的开场讲述西西里开始，从这个主要部分开始，然后这本书就漫游在其他那些南方的城市之间，几乎没有让人明显地感觉到越来越匆忙仓促，最后消失在罗马这个越来越短的片段中，就像一句还没有写完的句子后面那个长长的破折号。或者，这样讲更好：逐渐地 – 自我无法消失，总是再一次地回过头去看看那个亲爱的过渡，直到最后一页。

约阿希姆·费斯特的历史著作是如此高雅的作品。作家的意图就是从所有的素材中创造一些有效的东西，就是一部著作，一个对特定时代和它的人物尽可能浓缩的肖像。他的意大利之旅，如此地开阔眼见，还是一次旅行。作者的那些意图漫步着，游荡着，它们不必拉着民族自我认识的那架三轮车走上坡路，它们在南方获得了释放。收集并不是让人难受的前期准备工作，而是一个美丽的自我实现的目的。而这却不一样：一个人是否为了写一本有关于希特勒的书而长年都在做搜集的工作，还是在傍晚的时候，在这个或者那个饭馆里坐上半个小时或者三刻钟记录旅行中的方方面面，日复一日，每天都如此。

这本书是如此的自由，在某种程度上可以说是如此的没有目的性，就像那片土地一样，那儿没有在柏林这儿太过有名的地方，这些地方随着几十年的时光反而很奇怪地变得越来越沉重，而不是越来越轻松，因为代沟使得要延续这些回忆变得越来越难。如果它们将会慢慢地石化成钟乳石，最后将用吨来衡量的话，那么这是有助于旅行的。这有助于来写一本书，或者来阅读一本像这样的书。

沃尔夫冈·比舍尔
2003 年 11 月于柏林

Originally published under the title IM GEGENLICHT

Copyright© 2004 by Rowohlt Verlag GmbH, Reinbek bei Hamburg

本书中文简体字版由 ROWOHLT VERLAG GMBH 通过北京华德星际文化传媒有限公司授权中央编译出版社独家出版发行。版权所有，侵权必究。

图书在版编目（CIP）数据

在逆光中：意大利文化散步／（德）费斯特著；苑建华，张晓玲，于芳译．
—北京：中央编译出版社，2011.4
ISBN 978-7-5117-0804-5

Ⅰ.①在⋯
Ⅱ.①费⋯ ②苑⋯ ③张⋯ ④于⋯
Ⅲ.①游记-作品集-德国-现代
Ⅳ.①I516.65

中国版本图书馆 CIP 数据核字（2011）第 040940 号

在逆光中：意大利文化散步

出 版 人	和 龑
责任编辑	董 巍
责任印制	尹 珺
出版发行	中央编译出版社
地　　址	北京西单西斜街 36 号（100032）
电　　话	（010）66509360（总编室）　（010）66509366（编辑室）
	（010）66161011（团购部）　（010）66130345（网络销售）
	（010）66509364（发行部）　（010）66509618（读者服务部）
网　　址	www.cctpbook.com
经　　销	全国新华书店
印　　刷	北京瑞哲印刷厂
开　　本	787 毫米×1092 毫米　1/16
字　　数	350 千字
印　　张	21.25
版　　次	2011 年 7 月第 1 版第 1 次印刷
定　　价	58.00 元

本社常年法律顾问：北京大成律师事务所首席顾问律师　鲁哈达
凡有印装质量问题，本社负责调换，电话：（010）66509618